# 근대 일본의 지식장과
# 젠더투쟁

**저자**

이은주(李恩珠, Lee, Eun-Joo)
동덕여자대학교 일본어과를 졸업하고 건국대학교 교육대학원 일어교육학 석사과정을 거쳐 동
내익원 일본문화·언어학과에서 박사학위를 취득했다. 현재 건국대, 세명대, 가톨릭관동대에
서 강의하고 있다. 주요 연구업적으로 역서에는 『황후의 초상』(2007, 공역), 『동아시아의 국민
국가 형성과 젠더』(2009, 2010 대한민국학술원 우수학술도서), 『주부의 탄생』(2013), 『육아
의 탄생』(2014, 2015 세종도서 학술부문) 등이 있다. 논문에는 「전시기(戰時期) 『주부의 벗(主
婦之友)』에 나타난 '모성' 담론에 관한 고찰」, 「근대 초기 일본의 '여성' 형성에 관한 연구」, 「여
성의 생활과 정체성에 관한 고찰」, 「일본어 교과서에 나타난 '젠더' 표상」 등이 있다.

# 근대 일본의 지식장과 젠더투쟁

**초판 인쇄** 2016년 1월 20일　**초판 발행** 2016년 1월 30일
**지은이** 이은주　**펴낸이** 박성모　**펴낸곳** 소명출판
**출판등록** 제13-522호　**주소** 서울시 서초구 서초중앙로6길 15, 1층
**전화** 02-585-7840　**팩스** 02-585-7848
**전자우편** somyungbooks@daum.net　**홈페이지** www.somyong.co.kr

값 24,000원
ISBN 979-11-5905-046-6　93830
ⓒ 이은주, 2016

# 근대 일본의
# 지식장과 젠더투쟁

PLACE OF KNOWLEDGE AND GENDER STRUGGLE IN MODERN JAPAN

이은주 지음

소명출판

## 일러두기

1. 일본어의 한글표기는 외래어 표기법의 원칙을 따랐다. 잡지명과 인명, 그리고 지명은 일본어발음으로 통일하여 표기했다. 단 각주에 사용된 참고문헌의 일본어 표기는 역자의 표기법을 그대로 따랐다.

   예) 加藤弘之 : 카토 히로유키 → 가토 히로유키

   예외) 竹村和子 : 다케무라 가즈코 → 다께무라 가즈꼬, 이기우 역, 『페미니즘』, 한국문화사, 2003

2. 단행본은 한국어로 번역했고 잡지와 여훈서는 경우에 따라 한국어발음, 일본어발음, 또는 혼용해서 표기했다.

   ① 단행본의 경우

   예) 『十三夜』 : 『주산야』 → 『십삼야』

   ② 잡지의 경우

   예) 『明六雜誌』 : 『메이로쿠잣시』 → 『메이로쿠잡지』

   　　『女學雜誌』 : 『조가쿠잣시』 → 『여학잡지』

   　　『主婦之友』 : 『슈후노토모』 → 『주부의 벗』

   ③ 여훈서의 경우

   예) 『女大學』 : 『온나다이가쿠』 → 『여대학』

   　　『鑑草』 : 『카가미쿠사』 → 『가가미쿠사』

3. 장음을 피하고 단음으로 표기했다. 어두와 어중에 한해 격음을 피했다.

   예) 大久保利謙 : 오오쿠보 토시아키 → 오쿠보 도시아키

   　　大越愛子 : 오오고시 아이코 → 오고시 아이코

4. 외국지명은 원어발음으로 표기했다. 일본의 경우는 일본어발음으로, 중국의 경우는 중국어발음으로 각각 표기했다.

   예) 東京 : 동경 → 도쿄

   　　南京 : 남경 → 난징

5. 논문인 경우는「　」, 단행본 및 잡지인 경우는 『　』를 사용했다. 단 각주에서 인용문의 경우 단편소설은 「　」로 표기했다. 또한 인용문인 경우는 " "를 사용하고 강조할 경우는 ' '를 사용했다.

6. 부록에 사용한 잡지 기사는 한국어로 번역하지 않고 원일본어 논문제목을 참고용으로 활용했으면 하는 의미에서 그대로 제시했다.

7. 일본에서 '양처현모'라는 용어는 실제 메이지기明治期 이후에 등장했기 때문에 본서에서는 '양처현모'라는 용어를 사용했다.

8. 근세 헤이안平安시대에는 왕정문학이나 궁정문학이 있었고 시나 수필, 그리고 와카和歌 등을 잘 쓰는 문인들 중에는 여성들이 많이 있었으나 '여류작가'라는 말은 존재하지 않았다. 그러나 근대 이후 '여류작가'라는 표현을 쓰기 시작했다. 그 이유는 남성작가만으로는 재미가 없기 때문에 여성도 참여할 수 있게 되었으나 남성작가의 입장에서는 여성들은 본류가 아니라 지류라고 여기는 남성주의적 사고를 지니고 있었다. 따라서 본서에서는 이데올로기적으로 이용되었거나 문학사의 반열에 오른 히구치 이치요樋口一葉나 요사노 아키코与謝野晶子에게만 '여성작가'라는 용어를 사용하고 그 이외에는 '여성저자'라는 표현을 사용했다.

# 서문

## 1.

긴 서문이 될 듯하여 미안한 마음이 들지만 본서의 문제의식을 설명하는 것에서 시작하기로 한다. 이 책은 여성의 경험이 여성'들' 내부의 차이나 균열이 없는 동일한 논리로 다루어지는 것에 대한 의문에서 출발했다. 물론 이 책은 일본의 경우를 다루고 있지만 '여성'이라고 명명되는 여성과 여성 당사자 사이의 차이성이 갖는 의미가 일본에만 국한된 문제는 아닐 것이다. 그것은 한국에도 해당되는 것일지도 모른다. 그러한 의미에서 국민국가 내부에서 여성이라고 규정되고 명명되는 구체적 내용을 찾아내고 그렇게 규정된 틀 속에서 여성이 어떻게 실질적인 참여자인 동시에 피참여자가 되었는지를 규명하여 남성과 여성의 이분법이 아니라 여성과 여성'들'의 차이성에 대해서도 함께 다루기로 한다. 특히 후자 쪽, 즉 여성이라고 명명된 여성들 사이의 차이가 갖는 문제점에 대해서도 그 실질적인 내용을 구체적으로 제시한다.

이를 위해 먼저 일본 근대국가의 탄생시기부터 살펴보면 일본에서는 여성이 국민으로 포섭되면서 근대국민국가가 기획되는 시기를 메이지기로 상정하면서 출발했다. 특히 메이지기에 여성을 근대 국민으로 만들어내는 데에 있어서 가장 핵심적인 역할을 한 종합잡지가 바로 『메이로쿠잡지明六雜誌』였다. 여성과 국민의 관계가 B6판 혹은 A5판의 『메이로쿠잡지』에서 결정지어졌다고 해도 과언은 아닐 것이다. 근대 초기 남성지식인들과 여성들이 동참하면서 주창한 계몽이론은 '여성 만들기'를 주도해냈으며 여성주체화라는 이름하에 형성된 근대의 기획 담론이었다.

그러한 의미에서 본서에서는 근대여성 주체화 담론 형성에 잡지미디어라는 지식장知識場이 견인차 역할을 했다고 보았기 때문에 근대 일본의 지식장이라는 용어를 제목에 붙였다. 여기서 지식장이라는 용어는 번역서 작업 중에 발견했던 피에르 부르디외Pierre Bourdieu의 『예술의 규칙』에서 빌려온 개념이다. 그리고 젠더투쟁이란 말 그대로 젠더 재편을 둘러싼 투쟁을 의미한다. 그러나 그 안에 담긴 내용은 남성지식인들이 만들려고 했던 여성논리뿐만이 아니라 당사자로서 직접 여성 담론을 주창한 입장의 여성과, 그것을 피동적으로 수용하는 여성들 내부에서도 차이성과 대립, 상호비판이 이루어지면서 여성 아이덴티티의 재편이 이루어지는 장이었다. 그런 의미에서 젠더 재편은 남성과 남성, 남성과 여성, 여성과 여성의 상호 투쟁 속에서 만들어지고 획득된 것이라고 보았고 그 프로세스를 보여준다는 의미에서 젠더투쟁이라 표현했다.

물론 근대 일본의 잡지미디어라는 지식장에서 벌어진 젠더이론이 실제 현실에서 순식간에 신여성을 출현시킨 것은 아닐 것이다. 당시 『메이로쿠잡지』를 구독할 수 있는 여성은 상류층의 여성이거나 교육을 받은 일부의 여성들이었다. 또한 『메이로쿠잡지』가 남성지식인들만으로 운영된 것이 아니라 『메이로쿠잡지』의 멤버에는 여성참여자도 있었다. 여성들 중에는 남성지식인들과 함께 여성의 근대화와 여성의 주체성 담론을 부르짖기도 했다. 그러한 여성들의 실질적인 실천은 여성참여자와 여성독자 사이에 여성과 여성체험이라는 간극을 낳게 되었다.

또한 동시에 그러한 새로운 여성상에 대한 논리들을 전혀 접하지 못한 계층도 엄연히 존재한다. 여성참가자와 여성독자 사이에서도 차이성이 존재했고 더 나아가 여성독자 사이에서도 차이가 존재했음을 간과해서는 안 될 것이다. 이러한 문제점은 여성들의 차이성을 간과하게 만들었다. 게다가 그것이 여성 당사자의 참여 속에서 전개되었다는 점에서 여성으로서의 모습이 자연친화적으로 여성들 내면에 스며드는 과정을 겪게 되었다. 그렇기 때문에 여성이라는 개념이 설정되고 만들어졌다는 논리를 깨닫기 어렵게 만드는 것이다.

그리고 그것에 의해 고착화된 틀 그 자체에서 여성들은 다시 여성의 모습을 여성 스스로가 재구성해나갔다. 그것은 글쓰기라는 행위에 의해 기존의 여성상을 극복하려 했지만 이미 경험해버린 내면의 예속성 문제는 좌절의 연속이었다. 특히 여성의 독립이나 주체성을 강조하는 논리는 항상 국가의 위계질서 속에서 끊임없이 재편되었다. 그것은 여성이 전쟁에 동원되는 논리 속에서 극명하게 드러나는데 그것은 여성과 여성경험의 간극을 일원화하여 만들어낸 근대 일본의 국민국가의 모습이었다.

물론 이러한 여성과 국민국가의 관계에 대해서는 이미 많은 연구들이 존재한다. 그렇지만 근대의 경험과 여성들의 글쓰기문제를 미디어라는 지식장에서 전개된 담론을 구체적으로 다룬 것은 그리 많지 않다고 본다. 특히 잡지미디어, 제도, 성, 일상, 전쟁을 지식장이라고 상정하면서 그러한 지식장에서 결국 젠더 재편이 어떻게 이루어지는지 그 프로세스를 보여주는 저서는 극히 드물다고 생각한다. 그리고 전쟁이라는 거대담론 속에 수렴되는 젠더의 힘이 갖는 한계점과 그 극복논리의 모색은 본서의 커다란 특징이라고 생각된다. 본서에서 그 문제점을 제시하는

데 있어서 특히 초점을 둔 부분은 근대와 국가, 그리고 지식장에 나타난 담론들의 투쟁에 나타난 여성들끼리의 차이성과 젠더문제였다.

## 2.

이 책은 2012년에 제출한 박사학위논문(「근대 일본문학에 나타난 여성표현과 정체성 연구―메이지에서 다이쇼 초기 여성저자의 작품을 중심으로」)과 2005년에 제출한 석사학위논문(「전시기戰時期『주부의 벗主婦之友』에 나타난 여성 담론과 야스쿠니신사」)을 수정·보완하여 재구성한 것이다. 석사논문에서는 국가와 여성의 문제를 다루었는데 당시에는 젠더라는 말이 크게 유행하던 시기였다. 시대적 유행 담론을 추종한 것은 아니지만 저자의 입장에서는 처음으로 접해본 용어였기 때문에 너무나도 신선하게 다가왔다.

특히 여성이 '여성화된다'는 이론은 너무나도 독특하게 여겨졌다. 그때까지만 해도 그러한 논리들을 깨닫게 해준 용어가 특별히 없었기 때문이다. 현실에서는 그것을 인지하는 데 어려움이 따르지만 이론이나 학술적 세계에서는 그것을 그려낼 수 있지 않을까 하는 생각이 들었다. 그래서 그러한 이론적 틀을 빌려와 국가가 전시기에 여성을 어떻게 관리했는지를 통해 여성의 역할과 '여성 만들기'라는 논리를 분석했다.

그러나 막상 논문을 제출하고 보니 그 이론적 틀에 잡지미디어의 기사를 끼워 맞춘 것은 아닌가 하는 생각이 들어 뭔가 부족하다고 느끼게 되었다. 그러는 사이에 근대란 과연 무엇이고 여성이 여성화된 것은 시기적으로 어떻게 상정할 수 있을까라는 의문을 갖게 되었다. 그 후 박사과정에 진학할 수 있는 기회를 갖게 되어 그동안 다루고 싶었던 근대의 문제를 메이지기로 거슬러 올라가 근대국민국가가 시작되는 시기에

『메이로쿠잡지』라는 근대 미디어 공간에서는 '여성 만들기'가 어떻게 전개되었는지를 살펴보게 되었다.

많은 고민 끝에 5년 만에 박사논문을 제출하면서 여성의 모성이나 성별역할이 시대와 문화에 의해 만들어진 것이라고 결론지었다. 그렇지만 학회에서 발표했을 때 여성에게 모성이나 성별역할이 본질적으로 존재하는 측면이 있다고 주장하는 반론들을 마주하면서 여성들 사이에서도 개인의 체험이나 지위 등에 따라 여성들 사이에서도 차이가 있음을 느끼게 되었다.

같은 여성이지만 동일하지 않은 여성들 사이의 차이성을 과연 어떻게 풀어내야만 하는가를 고민하게 되었다. 그 시기에 마침『황후의 초상』을 공동번역하게 되었는데 일본에서 황후의 이미지가 여성성을 대표하는 역학자로서 만들어진다는 사실을 알게 되었다. 그 후 일본에서 발간된 새로운 학술서를 접하게 되어『주부의 탄생』과, 가정에서의 육아문제가 어떻게 여성의 역할로 규정되었는지 또는 육아 이데올로기를 다룬『육아의 탄생』을 번역하기도 했다.

저자는 이러한 작업들을 하면서 석사논문과 박사논문을 새로 정리해 볼 필요성을 느끼게 되었다. 그중 특히 메이지기, 다이쇼기, 쇼와시기 전체를 통시적으로 살펴보면서 단절적 시대의 내부를 관통하는 미디어 공간에서의 공통점을 찾을 수 있다는 것을 깨닫게 되었다.

특히 여성 담론을 만들어내는 역할에 특히『메이로쿠잡지』,『자유등』,『청탑』,『여학잡지』,『문학계』,『문장세계』,『주부의 벗』 등의 인쇄저작물들을 다루었다. 이 잡지들을 통해 공통적으로 남성지식인들이 만들어낸 여성상과, 여성들이 직접 참여하면서 일구어낸 여성의 아이덴티티 찾기가 오히려 여성의 체험이나 여성의 역할을 이데올로기화하는 데에 공헌했다는 점을 발견해냈다. 특히 여성 자신이 직접 참여한다는 의미에서 여성의 모습은 더욱 실제적인 것으로 간주되었고 그것을 내면화하지 않을 수 없는 상황이 전개되었다는 사실을 알게 되었다.

마지막 장에서는 여성들 사이의 차이성에도 불구하고 이를 일원화시켜 국가 우선주의를 위해 여성화가 허락되고 국가가 그것을 허락하면서 국민화되는 논리를 내포하게 된 이론적 경로를 보여주는 것이라고 생각했다. 이러한 작업은 역설적으로 오히려 저자의 인식경로를 확인시켜주는 새로운 계기가 된 저서이다.

### 3.

현실에서는 이러한 여성과 여성들 사이에서의 차이성 문제는 잡지미디어라는 저널리즘과도 상관관계가 있지만 교육문제와도 매우 밀접한 관련이 있다고 생각한다. 현재 저자는 학생들에게 일본어를 가르치는 입장에서 외국어교육과 학교 커리큘럼의 문제를 연결시켜 이러한 문제점을 밝혀내는 연구를 진행하고 있다. 직접적인 저널리즘은 아니지만 교육 안에 내장된 커리큘럼이나 교재에 나타난 젠더 재편의 문제를 다루고 있다. 그럼에도 불구하고 이러한 고민들이 학술적 이론의 세계라는 점에서 비현실적일 수도 있지만, 이러한 고민을 지속적으로 이어갈 수 있는 것도 한국연구재단의 '박사후 국내연수'의 지원을 받음으로써 지금까지 고민해오던 내용을 정리할 수 있는 시간적 여유를 갖게 되어 가능했다.

저자의 경우 외국에서 유학을 경험하거나 페미니즘 이론을 직접 수학할 수 있는 기회를 갖지 못한 입장에서 이러한 문제를 고민하는 일은 저자 자신이 많은 한계에 부딪치는 것도 사실이다. 그렇지만 이러한 문제를 지속적으로 고민하면서 논고를 집필하는 것은 오히려 그러한 서구적 이론들이 갖는 문제를 보여줄 수 있는 계기가 아닐까 생각한다. 어쩌면 인간의 인식은 외부적 이론에서만 오는 것이 아니라 내부에서 내파될 수 있음을 보여주는 계기도 될 수 있기 때문이다.

본서가 저자에게는 첫 번째 저서인데 이 저서가 세상에 나올 수 있었고 아직 부족함에도 연구를 지속할 수 있었던 것은 석사과정과 박사과정을 지도해주신 신인섭 교수님의 덕분이다. 새로운 이론이나 담론의 소개뿐만 아니라 인식의 상대화라는 시각의 자각방식을 소상히 지도해주시는 데도 불구하고 그에 부응하지 못해서 늘 죄송스럽기만 하다. 평소에 표현을 제대로 못하지만 마음 한구석에는 감사함을 간직하고 있다. 그리고 항상 따뜻한 조언을 아낌없이 해주시는 박종명 교수님께도 진심으로 감사드린다. 또한 교육과 젠더의 문제로 연구영역을 확장할 수 있도록 견인차 역할을 해주셨고 질정을 아끼지 않으셨던 박삼헌 교수님, 오현정 교수님, 민광준 교수님께도 감사드린다. 박사논문을 심사해주신 이현영 교수님께도 감사를 드린다. 그리고 박사논문에 이어 이번에 '박사후 국내연수'를 지도해주시는 가톨릭관동대학교의 강우원용 교수님께도 깊은 감사를 드린다. 또 저자가 오늘날 학문의 길을 걸을 수 있도록 원동력이 되어주신 세명대학교의 정현영 교수님께도 감사드린다.

마지막으로 여러 가지 어려운 상황임에도 본서를 간행해주신 소명출판의 박성모 사장님과 공홍 편집부장님, 한사랑 선생님께도 감사를 올린다.

2016년 1월 겨울 한가운데에서
저자 이은주

# 목차

**종장**   312

# 1. 젠더투쟁의 재고

## 1) 젠더투쟁의 새로운 가능성 모색

일본의 근대문학은 남성작가'들'에 의해 여성이 그려졌고 인쇄물의 보급을 통해 구성원들의 인식을 정형화하는 이야기들이 창출되었다. 일본은 메이지유신明治維新 이후 서양의 근대를 인식하여 근대국민국가를 창출해내는 과정에서 일본 내부의 여성들에게도 근대국가에 걸맞은 국민이 될 것을 요구했다. 특히 메이지기明治期의 잡지나 문학에는 서구와 대등해지려는 욕망 속에서 계몽과 문명화라는 슬로건 아래 표준적인 여성상을 보급하려는 논조가 극명하게 드러난다.

특히 일본의 근대문학 작품에서도 여성에 대한 관심과 여성 만들기[1] 작업이 본격화되어 순수한 여성표상을 등장시켰고, 그에 대항하여 여성 저자들은 소설이라는 형식을 빌려 새로운 여성에 대한 가능성을 찾고자 했다. 그런데 이러한 경합과정은 역설적으로 여성의 모습이 정설로서 제도화·정치화定置化되었다.

다시 말해서 일본의 근대문학은 이처럼 순수한 여성과 여성의 여성상이 경합하면서 일본은 근대성을 추동하고 있었다. 메이지기라는 역사적 배경을 감안해본다면 그 시대의 문학이라는 장치 속에서 여성표상이 대두되었으며 사회적·문화적 배경 속에서 이루어진 인식론적 재배치였음을 알 수 있다. 따라서 본서에서는 바로 그러한 인식론적 재배치라는 '젠더Gender'[2]론에 초점을 맞춰 당시의 시공간 속에서 본격적으로 나타난 여성성의 문제를 다루고자 한다.

일본은 메이지기부터 서구의 문명론을 의식하면서 일본 내부의 제도, 정치, 사회적 구조개편을 활발히 시도했다. 특히 근대 사회적 재편이라

---

1   시몬느 드 보부아르Simone de Beauvoir가『제2의 성』에서 "여성은 태어나는 것이 아니라 만들어진다"는 주장은 여성 자체가 과정 중에 있는 용어라는 것, 즉 시작되거나 끝난다고 당연하게 말할 수 없는 구성 중에 있다는 것, 되어가는 중에 있음을 의미한다(주디스 버틀러, 조현준 역,『젠더트러블』, 문학동네, 2009, 147면).

2   '여성이 어떻게 정치화되었는가'를 보여주는 것은 그리 쉽지만은 않다. 이를 밝히기 위해 본서에서 주목하고자 하는 것은 "여성을 생물학적인 성性과는 다르고 역사적·사회적·문화적으로 구축된 것"(다께무라 가즈꼬, 이기우 역,『페미니즘』, 한국문화사, 2003, 53~58면)이라고 보는 기존의 젠더Gender개념에서 한발 더 나아가 육체적 차이에 의미를 부여하는 학지學知로 보는 시점이다. 다시 말해서 본서에서는 "성적性的 행동(남성이나 여성으로서의 그러한 행동) 규범이 어떻게 창출되고 강요되었는가, 권력이 어떻게 남성다움이나 여성다움이라는 문제에 관여했는가, 보통사람들의 생활이나 실천 속에 어떻게 영향을 끼쳤는가, 성적 아이덴티티는 어떻게 사회적으로 규정되었는가. 그것에 대해 여성은 어떻게 저항하면서 여성이 창출되었는가"(존 스콧ジョン W. スコット·오기노 미호荻野美穗 역,『젠더와 역사학ジェンダーと歷史学』, 平凡社, 2004, 14면)라는 의미에서 학지의 재편성을 재조명하는 것에 역점을 두었다.

는 이름 아래 남성들뿐만 아니라 여성들도 계몽의 대상으로 삼았다. 그런데 근대 일본 남성지식인들은 계몽의 대상 ─ 여성을 '성녀와 악녀'라는 단선적인 인식의 궤도 속으로 끌어들였다. 그러나 그것은 여성 개인의 주체성이 부재된 상황 속에서 남성들의 일방적 시선으로 쓴 글쓰기라는 계몽에 의해 성취된 근대라는 미명의 압박이 전제된 역사적 조건 속에서 형성되었다. 그러므로 근대적 여성 주체성의 형성과 근대문학이 갖는 내통관계를 여성의 정체성이라는 논리 속에서 해명해볼 필요가 있는 것이다.

이를 위해 본서에서는 근대국민국가 논리에 의해 구축된 여성상을 밝히는 것을 첫 번째 목표로 삼는다. 이는 메이지기와 다이쇼大正 초기라는 시대적 상황 속에서 여성이 어떻게 조형되는지를 조망해본다는 의미이기도 하다. 특히 근대라는 문제와 여성을 둘러싼 개념들은 잡지문학에서도 그 영향력을 확인할 수 있다. 이것을 근대문학 장르에 포함하여 여성 정체성의 표상이라는 관점에서 살펴보면, 내용과 표현의 차원에서 남성지식인에 의한 순수한 여성의 주체화를 꾀하는 논조들이 동일한 계열체系列體를 이루고 있음을 발견할 수 있다.

메이지기라는 현실공간 속에서 남성지배적 국가가 여성의 여성성을 장악하고 시스템화하면서 뿌리 깊게 이데올로기[3]를 착근시켰다. 지금까지 헤게모니를 쥐어온 것은 남성이었고 남성들의 입장에서 편성된 여성이었으며 남성들이 시대적 상황에 맞춰 여성성을 감싼 '신화'였음에

---

3  이데올로기란 특정한 역사적 시점에서 문화나 언어에 나타난 암호code와 복잡하고 객관화된 특정한 담론의 장에 자신의 주체를 입지시키는 것으로 해석한다(페터 지마, 허창운·김태환 역, 『이데올로기와 이론─비판적 인문 사회과학을 위하여』, 문학과지성사, 1996, 48~49면).

주목할 필요가 있다.

두 번째 목표는 그러한 신화성이 문학작품들 속에서 여성과 남성, 사회, 제도의 경합내용과 심리적 표현형식의 차원과 삶, 모성, 사랑, 성性이라는 일상 속에서 구체적으로 어떻게 형상화되는지를 조망한다. 특히 남녀의 상극이나 대척점에 위치한 이항대립의 망령이 재생산되지 않으면서도 소통의 회로를 찾아내기 위한 방법으로써 역사의 주변부로 밀려나 억압당한 집단들, 즉 남성들의 선택적 시선[4]의 희생자였던 여성들에게 초점을 맞추기로 한다.

여기서 선택적 시선이란 대부분의 문학작품들이 남녀양성의 갈등과 조화, 그들의 이상형들을 그려내고는 있으나 여성이 남성에게 있어 인격적으로 대등한 동반자로 그려지는 예는 지극히 드물었음을 의미한다. 이는 가부장제하의 남성 중심주의에 입각하여 여성이 묘사되었기 때문인데, 여성은 늘 이항대립으로 나누어지고 분리되어 존재하는 반면 남성에게는 이분법이 적용되지 않았다.

이처럼 여성 안에 그어지는 구획(이분화, 이항대립)이 생기는 원인은 여성이 제국 안에 수용되느냐 아니면 배제되느냐에 있다. 그것은 배제와 포섭이라는 근대의 권력 장치를 한 치도 벗어나지 못한 것으로, 여성의 부정적인 측면은 제국 밖으로 내쫓아 배제시키고 여성의 긍정적인 측면은 제국 안으로 끌어들여 포섭한다.[5] 예를 들어 여성이 제국에서 추방되

---

4  남성들이 지적 생산을 거의 독점했고 남성의 디스프린discipline에 의한 권력 담론의 생산이라는 의미에서의 선택적 시선이며 사실의 부분성partiality에 그치는 것이라는 의미이다. 이는 여성의 부재를 의미하며 여성의 입장이 반영된 상대주의적 담론의 재편이 아니라는 의미이기도 하다.

5  이항적인 위계구조에 기인하여 배열되며 짝을 이루는 대립항들은 늘 폭력적인 관계를 유지하는데 여성 담론 역시 이항적 위계질서에 입각해있다. 남성이라는 일원적 기준에

면 마녀가 되고 제국 안으로 포섭되면 성녀聖女가 되지만 마녀와 성녀는 결국 남성의 제국의 효과일 뿐이다.[6]

이처럼 성모와 창녀라는 이분법적 대립구도는 일본의 경우도 예외는 아니었다. 이는 여성의 이항대립구도일 뿐만 아니라 남성의 시선에 의한 부분적인 형상화논리와 맥락을 같이 한다. 다시 말해서 일본의 메이지·다이쇼기의 소설들은 아가씨 취미·여학생 취미로 조형된 근대적인 여성 혹은 기생계열의 신분적 피차별 여성 중 어느 한쪽만을 그려내는 남성의 시선을 개입하면서 형성된 여성상[7]이었다.

남성의 시선에 의해 복잡성과 다양성을 사상捨象시켜 일면적이고 부분적으로 그려지는 여성상은 다야마 가타이田山花袋의 「이불蒲団」,[8] 아리시

　　입각하여 생산된 양녀와 악처, 천사와 마녀, 성녀와 창녀, 덕녀德女와 색녀 등이 바로 그 것이다(이득재, 『가부장/제/국 속의 여자들』, 문화과학사, 2004, 51~70면).

6　남성작가에 의한 여성표현으로 "여성은 순수하고 영원한 여성적인 것이거나 파괴자로 그려져 성녀거나 창녀로 묘사되며 천사이거나 악마로 규정"되었다(레나 린트호프, 이란표 역, 『페미니즘문학이론』, 인간사랑, 1999, 50~51면).

7　신인섭, 『일본근현대문학의 명암』, 재팬리서치21, 2009, 40면. 신인섭에 의하면 『어떤 여자或る女』의 요코葉子는 근대적 주체의식이 강렬하고 여학생시절을 경험하면서도 여 학생으로부터 소외된 여성이고 요부적 성격을 지녔으면서도 사회도덕 질서에 지나치게 신경질적인 여성이었다. 한편 이혼녀, 미혼모, 정혼녀, 여성가장, 첩 등 다양한 사회적 맥락을 지니는 요코의 복잡한 성격은 일본 제국주의 내에서 타자로서의 요소를 농후하 게 담고 있다고 논한다(신인섭, 같은 책, 63면). 예를 들면 아리시마 다케오의 『어떤 여 자』(1911~1913)의 요코와 아이코愛子, 나쓰메 소세키夏目漱石의 『산시로』(1908)에서 미네코와 요시코よし子, 후타바테이 시메이二葉亭四迷의 『뜬구름浮雲』(1887~1889)에서 오세이お勢, 다야마 가타이의 「이불」(1907)에서 요시코芳子, 다야마 가타이의 『시골선 생田舎教師』(1909)에서 미호코美穂子와 유키코雪子, 모리 오가이森鴎外의 『청년青年』(1910 ~1911)에서는 시게코茂子와 오카쓰お勝가 여학생으로 등장한다.

8　「이불」은 1907년 9월 『신소설新小説』에 발표되었는데 「이불」에서는 고독한 중년 작가 다케나카 도키오竹中時雄가 남모르게 연정을 품고 있는 여제자 요코야마 요시코横山芳子 에게 애인이 생기자 질투를 하며 괴로워하는 심리가 객관적으로 묘사되어 있다. 이 작품 은 결국 사랑을 고백하지 못하고 여제자 요시코를 고향으로 돌려보내는 것으로 끝을 맺 는데, 이 작품에서 요시코는 '자유분방'하고 '제멋대로인 여학생'의 모습으로 형상화된 다. 텍스트는 다야마 가타이, 「이불」, 『일본문학전집 다야마 가타이日本文學全集 田山花袋』,

마 다케오有島武郎의 『어떤 여자或る女』,[9] 나쓰메 소세키夏目漱石의 『산시로三四郎』[10] 등에서 형상화되어 있듯이 여성이 국가의 내부에서 '고요하지 않고' 파장을 일으키면 배제의 대상인 악마로 이미지화되었음을 단적으로 이해할 수 있게 해준다.

그와는 반대로 아쿠타가와 류노스케芥川龍之介의 「가을秋」,[11] 이즈미 교카泉鏡花의 「고야성高野聖」[12]을 보면 여성의 긍정적인 측면, 즉 희생하는

集英社, 1972, 7~60면을 사용했다.

9　『어떤 여자』는 『어떤 여자의 그림프스或る女のグリンプス』라는 제목으로 1911년 1월부터 1913년 3월까지 동인지 『시라카바白樺』에 16회에 걸쳐 연재되었다. 등장인물의 이름과 성격을 개작하여 전편(『아리시마 다케오 저작집有島武郎著作輯』 8집, 叢文閣, 1919.3)과 후편(『아리시마 다케오 저작집有島武郎著作輯』 9집, 叢文閣, 1919.6)으로 나누어 각각 간행되었다. 『어떤 여자』의 경우 신여성인 사쓰키 요코早月葉子는 기무라木村와 재혼하기 위해 미국으로 가는 배안에서 만난 사무장 구라치 산키치倉地三吉와 사랑에 빠져 시애틀에서 내리지 않고 다시 일본으로 되돌아온다. 이 작품에서 요코는 요코하마横浜에 돌아와서도 유부남인 구라치와 불륜관계를 맺어 구라치를 회사에서 쫓겨나게 만들고 그것도 모자라서 구라치를 파멸시키는 '악녀'로 등장한다. 예를 들어 요코는 남편을 섬기지 않고 남편과 과감히 이혼하고 자신이 낳은 자식까지도 버리고 부모를 원망한 것에서 삼종三従을 따르지 않고 거부한 여성이었다. 텍스트는 아리시마 다케오 『어떤 여자』, 新潮社, 2007을 사용했다.

10　『산시로』는 1908년 9월부터 12월까지 도쿄東京・오사카大阪의 『아사히신문朝日新聞』에 연재된 장편소설인데 『산시로』에서도 신여성인 미네코美禰子가 결혼상대자로서 오가와 산시로小川三四郎, 노노미야 소하치野々宮宗八 등 여러 남성들과 교제하지만 결국 남편감으로 부르주아 남성을 선택하여 결혼하는 '이기적인 여성'으로 그려진다. 텍스트는 나쓰메 소세키 『산시로』(新潮文庫, 2003)를 사용했다.

11　「가을」은 1920년 4월 『중앙공론中央公論』에 발표되었는데 「가을」에서도 사촌인 슌키치俊吉를 사이에 두고 언니 노부코信子와 여동생 데루코照子 두자매가 좋아한다. 그러나 여동생도 슌키치를 좋아한다는 사실을 안 노부코는 자신이 좋아하는 남성을 여동생에게 양보하는 희생적인 여성으로 묘사된다. 텍스트는 아쿠타가와 류노스케 「가을」, 『현대일본문학전집 제30편 아쿠타가와 류노스케집 現代日本文學全集 第30篇 芥川龍之介集』(改造社, 1928)을 사용했다.

12　「고야성」은 1900년 2월 『신소설』에 발표되었는데, 「고야성」의 내용을 보면 화자인 '나私'와 도카이도東海道 가케가와掛川에서부터 같은 기차를 타게 되어 하룻밤 동행을 하게 된 고야산高野山에 적을 둔 명예 설교사인 슈초宗朝가 자신의 젊은 시절에 있었던 경험담을 이야기하는 것으로 시작된다. 이분법적 양상을 지닌 여성에 대한 표현이 고스란히 녹아 있다. 그것도 이분법적 양상을 띠는 여성표상이 각각의 여성에게 나타나는 것이 아니

여성 또는 모성애를 가진 여성은 순수하고 영원한 여성적인 것처럼 묘사되어 있다.

이처럼 여성은 문학사에서 정전Canon으로 추앙받는 남성작가들의 작품 속에서 이원화된 뿌리 깊은 억압의 시선들에 의해 유지되었던 것이다. 그런데 문제는 그러한 소재들이 평범하고 사소한 일상 속의 여성들을 다루면서도 여성에게 기대하는 여성상이나 역할이 여성들만의 일상인 것처럼 구조화되고 재생산된다는 점이다. 오늘날에도 이러한 특정한 담론들이 아직까지도 유효하여 재생산되어 오는 것은 여전히 권력이 작동되고 있음을 의미한다.

그런데 여기서 숙지해야 될 것은 본서에서 다룬 작품들 속에서도 구체적으로 나타나듯이 여성들의 일상, 즉 실존적 물음인 연애(사랑), 결혼, 직업(노동)과 가사의 양립, 임신, 출산, 육아는 남녀 모두에게 해당되는 보편적인 문제임에도 예로부터 여성의 전유물인양 인식된다는 점이다. 임신과 출산을 제외하고는 여성이지만 남성적 일상을 살 수도 있고, 남성이지만 여성적 일상을 살아갈 수 있는 중층적인 것임에도 이러한 일상들은 마치 여성들만의 전유물로 박제화되었다. 따라서 여기서 주목

---

라 한 여성에게서 상반된 양상을 보이도록 설정했다. 예컨대 슈초가 본 산중미녀에 관한 표현을 보면 상냥함과 강함, 가벼운 듯하면서도 침착성이 있고 허물없이 편한 듯 보이면서도 함부로 대하기 어려운 듯한 느낌의 여성을 이미지화한다. 이는 상반된 성향의 여성 모습, 즉 '여성성'을 이즈미 교카 또한 첨예하게 피력하고 있다. 또한 교카는 슈초가 본 산중미녀에 관한 표현을 더욱 구체화시켜 산중미녀를 '요부적인 마성을 지닌 여성'인 동시에 '모성애를 지닌 여성'으로 형상화한다. 예를 들어 교카는 산중미녀가 의사인 부친의 과실로 인해 불구가 된 소년을 그냥 내버려두고 산을 내려올 수가 없어서 홍수가 지나간 다음에도 그 소년의 아내가 된 모성애를 지닌 여성으로 그려냈다. 즉 교카는 산중미녀를 요부적인 마성을 지닌 동시에 자애로운 모성애를 지닌 여성으로 상반되고 이중적인 면을 지닌 여성으로 그려내고 있다. 텍스트는 이즈미 교카『고야성·눈썹없는 귀신眉かくしの霊』(岩波書店, 2001)을 사용했다.

해야만 하는 것은 이러한 기존관념에 대한 탈구조화의 문제가 모두 여성의 문제로만 여기는 점이다. 그러나 그것은 여성에게만 해당되는 것이 아니라 남성들의 제국이 제시하는 배제와 포섭이라는 근대의 문화권력 장치 속에서 주변 인물들의 승인(하는, 받는)이라는 협업協業에 의해 이루어진다는 새로운 사유지평에 대한 검토에 있다.

따라서 세 번째 목표는 앞서 언급한 것처럼 여성이 내면화한 여성성을 제시하고 이러한 인식론적 재배치를 국가와 생활로 연결하는 텍스트 속에서 여성의 일상성 또는 일상공간을 그린 여성문학을 통해 여성만의 문화로 정치되는 사랑, 연애, 결혼, 이혼, 직업, 가사양립, 육아 등의 문제를 남성만의 문화로 사유되는 지배, 권력, 폭력, 계급, 계층, 배제, 소외, 차별, 억압 등에 대한 문제와 연결시켜 분석한다. 특히 텍스트 속에서 여주인공들의 여성화과정을 살펴보기 위해 여주인공들이 사회적 규범들과 어떻게 영합하고 충돌하는지 그 양상을 복합적으로 살펴본다. 그 이유는 여성문학에 등장하는 여주인공들에게서 다양한 조건'들'(문화적 코드들)을 읽어낼 수 있기 때문이다.

여주인공들이 기존의 여성규범들과 경합·충돌을 겪으면서 남성들이 규정해놓은 여성성으로부터 저항하고 벗어나려는 극복양상 과정을 통해 그 가능성을 찾을 수 있다. 그와 더불어 기존의 여성규범을 내면화한 주변 인물들의 인식에 둘러싸여 새로운 여성 주체성의 논리를 승인받지 못해 또다시 여주인공들 스스로가 내면화한 여성으로 회귀하는 한계성을 발견할 수 있다. 다시 말해서 여성문학은 여주인공에게서 젠더의 가능성과 한계성을 동시에 발견할 수 있는 양면성을 내장하고 있는 것이다.

## 2) 젠더투쟁의 문제 구조

### (1) 여성 '정체성'의 '고유성'에 대한 재해석

앞에서도 언급했듯이 본서에서는 젠더규범[13]을 여성의 주체화과정
에 대해 의문을 제기할 수 있는 커다란 틀로 설정하면서 출발한다. 물론
이것은 여성성이 '출생 → 성장 → 일상 → 사회 → 사랑 → 가족 → 국가'
라는 틀들 속에서 규정된다는 것에 대한 재고이다. 특히 이러한 공동체
적 생활 속에서 여성 자신이 어떻게 여성성을 내면화했는지를 고찰하
고, 그와 동시에 자아획득이 무엇인지를 점검해본다.

지금까지 젠더규범이라는 준거 틀로서 주체성과 연결하는 논의는 간
헐적으로 여성성과 남성성의 문제를 문학작품에서 유형화하면서 분석
되어 왔지만, 여성성과 주체성을 키워드로 하여 여성의 재출발을 도입
하는 시점은 아직까지 없었다. 특히 일본의 근대와 여성의 역사를 검증
한 기존의 연구들은 여성과 국가에 관한 내용들이 주축을 이루었다.[14]

그 원인을 짚어보면 일본은 제국주의를 통해 천황제나 국가 내셔널리

---

13  본질주의를 지양하고 구성주의를 수용하며 집단적 정체성보다는 개별적 정체성을 수용
하여 푸코Michel Foucault의 주체이론을 이론적 근거로 삼은 주디스 버틀러Judith Butler
는 젠더규범이란 이상적 이분법 형태론, 몸의 이성애적 상보성, 적합하고 부적합한 남
성성과 여성성이라는 이상과 규칙, 이종잡혼이 반대하는 순수성과 금기의 인종적 코드
로 강조되는 많은 것들이라고 논한다(주디스 버틀러, 조현준 역, 『젠더트러블』, 문학동
네, 2009, 67~68면).

14  예를 들면 스즈키 유코鈴木裕子, 『페미니즘과 전쟁フェミニズムと戰爭』, マルジュ社, 1988;
하야카와 노리요早川紀代, 『근대천황제국가와 젠더近代天皇制國家とジェンダー』, 靑木書店,
1998; 우에노 치즈코上野千鶴子, 『내셔널리즘과 젠더ナショナリズムとジェンダー』, 靑土社,
2000; 이게타 미도리井桁碧, 『'일본'국가와 여성'日本'國家と女』, 靑弓社, 2000; 오고시 아
이코大越愛子, 『페미니즘입문フェミニズム入門』, ちくま新書, 2003; 오고시 아이코, 『페미니
즘과 국가폭력フェミニズムと國家暴力』, 世界書院, 2004; 하야카와 노리요早川紀代 편, 『군국
의 여성들軍國の女たち』, 吉川弘文館, 2004 등을 들 수 있다.

즘과 연관이 깊었기 때문인데, 여성도 가해자의 입장에서 비판을 받지 않으면 안 되는 입장에 놓여 있었다. 게다가 여성이 국가이데올로기를 자발적으로 수행하기 위해 국가체제에 적극적으로 가담한 사실은 이를 피해갈 수 없게 만들었다. 따라서 이는 내부적 자기비판이라는 형태의 반성이라고도 평가할 수 있을 것이다.

그런데 문제는 국가와 여성을 일체화시켜 실시하는 체제 비판적 사고가 여성의 다양성을 봉인하는 관점에서 실시한 비판이었고, 여성 내면의 자유를 부르짖거나 탈공동체화하려는 노력에 대해서는 포착하고 있지 않는 점에 있다. 다시 말해서 남성들이 강요한 여성상과 여성들의 자아발견에 대한 글쓰기 행위가 가진 가능성을 묻는 경우는 거의 없었다고 볼 수 있다.

다만 서구 페미니즘의 이론들을 통해 여성의 주체에 관한 논의가 신행된 것만은 사실이다. 그렇지만 그것 또한 세계의 여성학과 맞물려 부흥한 일본의 페미니즘을 논하거나 식민지주의와 결탁한 여성을 비판하는 경우가 대부분이었다.[15] 그런데 여기서 중요한 것으로 국가와 여성, 제국주의와 식민주의를 연결시켜 여성들을 정면에서 비판하는 논리는 구체적으로 젠더사적 남성과 여성이라는 검증을 실시하지 못한 채 국가의 정치적 입장에서만 분석해왔던 것에 커다란 원인이 있었다고 볼 수 있다.

이를 반성하듯이 여성을 둘러싼 담론은 여성 내부의 문제까지 내포하면서도 그것을 관통하는 논리로서 타자에 대한 폭력이 없는 고유성을 유지하는 방법을 모색하고 있다. 이를 위한 방법론의 하나로써 여성이

---

15　니시무라 히로코西村汎子 편, 『전쟁 중의 여성들戦の中の女たち』, 吉川弘文館, 2004; 하야카와 노리요早川紀代 편, 『식민지와 전쟁책임植民地と戦争責任』, 吉川弘文館, 2005 등이 있다.

라는 개인의 신체로 시선을 전환시켜 설명할 필요가 있다. 예를 들어 국가나 정치적 입장에서 벗어나 여성 개인의 문제로 지화시켜보는 논리이다. 즉 여성의 몸이 국가의 입장에서 여성들의 자유를 제한하는 본질이어서는 안 되며 여성의 몸이 남성적 담론 안에서 표상되어서는 안 된다는 문제점이다.

그리고 또 다른 문제로서 국가나 정치와는 구분하여 개인으로서의 여성으로 완전히 떼어내는 것에도 무리가 따르지만 개인으로서의 여성을 다시 몸과 정신으로 나누는 이분법 또한 재고되어야만 한다. 즉 여성은 정신이 아닌 몸이며 문화가 아닌 자연, 남성 = 정신이라고 간주되는 젠더화된 이분법적 아포리아로부터 탈해야만 한다.[16]

이렇게 이분법으로 나누어지는 여성의 몸은 특히 아이를 낳는 도구로서 남성을 위한 성적 대상으로서 또는 가사노동자로서 존재해왔기 때문이다.[17] 다시 말해서 여성의 고유성이 제시되면서 여성을 포괄하는 개

---

16  젠더화된 대표적 이분법들을 표로 정리하면 다음과 같다.

〈표 1〉 젠더화된 대표적 이분법들

| 남성성과 연관되었다고 간주되는 의미들 | | 여성성과 연관되었다고 간주되는 의미들 | |
|---|---|---|---|
| 합리적 | 자아 | 비합리적 | 타자 |
| 강한 | 질서 | 약한 | 무질서 |
| 거친 | 전쟁 | 부드러운 | 평화 |
| 문명 | 신중 | 자연 | 충동 |
| 정신 | 이성 | 육체 | 정열 |
| 지배적 | 지성 | 종속적 | 감각 |
| 능동적 | 안 | 수동적 | 밖 |
| 내부 | 실재 | 외부 | 현상 |
| 객관적 | 초월 | 주관적 | 내재 |
| 공적 | 시간성 | 사적 | 공간성 |
| 추상적 | 형상 | 구체적 | 질료 |
| 독립적 | 심리학 | 의존적 | 생리학 |
| 공격자 | 적극적 | 피해자 | 소극적 |

출처 : 권김현영, 『남성성과 젠더』, 자음과모음, 2011, 21~22면 참조.

념으로서 여성의 지위와 함께 논의되었고 이를 사회적·역사적 현상으로 파악했다. 따라서 여성은 여성의 고유성이라는 이름으로 이념화되어 그 내실을 겸비하게 되었다.

이와 같은 발전과정 양상에 따라 일본여성은 여성으로서의 고유성을 획득하면서 여성화되는 논리가 생성되었음을 간과해서는 안 된다. 이는 곧 여성의 이미지가 다층적인 구조임을 밝혀내는 작업으로 이어져야 하는 문제제기이며 여성들의 구조화와 내면화과정을 밝혀야만 하는 문제이기도 하다. 그러한 의미에서 여성다움을 만들고 얻는 과정과 그 궤적을 추적하는 것이 무엇보다도 중요하다고 생각된다. 이러한 일련의 작업은 동시에 남성이 남성다움을 얻는 과정[18]을 밝히는 것과 동일한 맥락일 것이다.

따라서 여성의 범주화 과정을 발견하기 위해서는 여성성이라는 젠더 규범이 어떻게 이론화되고 여성들이 그것을 어떻게 받아들였으며, 또한 그것으로부터 어떻게 벗어나려고 고뇌했는지 그 양상을 제시해야만 할 것이다. 이를 통해 여성저자가 쓴 텍스트 속에서 여성이 만들어내려는 이상이 남성적 가부장제사회를 전복시켜 억압으로부터의 탈피가 아니라, 남성·여성이라는 성 차이를 극복해내는 인식의 초월을 상정한다는 의미에서 인간보편의 문제로 제시할 수 있는 현재적 진단과도 연결된다고 볼 수 있다.[19]

---

17 김원홍 외, 『오늘의 여성학』, 건국대 출판부, 2005, 72면.
18 남성이 정체성을 획득하고 정체성이 획득되는 과정에는 늘 여성에 대한 그리고 다른 남성 및 스스로에 대한 억압과 폭력이 내재되어 있다(정유성, 『따로와 끼리-남성 지배문화 벗기기』, 책세상, 2006, 44면).
19 "권력은 거부될 수도 철회될 수도 없다. 다만 재배치될 뿐"이라고 주장한 주디스 버틀러

## 2. 젠더투쟁의 프레임과 선행연구

### 1) 젠더투쟁의 프레임

#### (1) 기호로서의 여성 정체성과 주체 담론의 재구성

본서에서는 여성 또는 남성을 하나의 용어이며 기호라고 보는 관점[20]을 중시했다. 특히 여성이라는 용어는 "자연스러운 통일체가 아니라 규율권력이 자연스러운 것으로 반복·주입되어 내면화한 규제적인 허구"[21]를 의미하는 '기호'로 활용되었다. 여성이라는 개념은 "성 억압으로부터의 해방을 위해 여성이라는 카테고리를 내세울 경우 또 다른 종류의 배제를 낳을 위험성을 지닌다. 그뿐만 아니라 남성이라는 지배적인 카테고리를 해체하기 위해서는 그것과 상보적인 관계에 있는 여성이라는 카테고리를 끄집어냄으로써 남녀라는 이분법으로 현실을 변별하는 사상이 봉인해온 여러 가지 권력관계를 해방이라는 이름하에 또다시 봉인하는 모순된 결과가 생겨났다"[22]는 타자 배제의 문제와 부딪치면서

---

의 유명한 명제는 해방이란 완전한 의미의 평등이나 자유가 아니라 또 다른 권력으로의 이양에 불과함을 뜻하는 것으로, 여성의 해방조차도 누구를 위한 어떤 해방인지 역사적으로 맥락화되지 않으면 또 다른 폭력으로 작동될 수 있다는 논리를 제시했다(주디스 버틀러, 조현준 역, 앞의 책, 318~319면). 이는 여성이 기득권을 쥔 사회를 재구축해낸다 해도 그것이 여성상위·남성하위라는 이분법의 전복을 의미한다면 결국 그것은 헤게모니 권력의 쟁탈전에 불과할 뿐만 아니라, 또 다른 '폭력'을 동반하는 순환의 연속으로 다시금 매몰된다는 경고이다. 따라서 본서에서는 버틀러의 논리를 수용하면서 여성상위·남성하위라는 이분법의 전복을 말하는 것이 아님을 밝혀두고 싶다.

20  줄리아 크리스테바저·서민원 역, 『공포의 권력』, 동문선, 2001, 91면.
21  조현준, 『주디스 버틀러의 젠더정체성이론』, 한국학술정보(주), 2007, 154면.
22  다께무라 가즈꼬, 이기우 역, 앞의 책, 73면.

젠더규범 자체를 되묻지 않을 수 없게 되었다.

따라서 본서에서는 남성·여성의 이항대립이라는 편견과 부당함이라는 입장에서 객관적인 중립성을 주장하는 이론을 발견하기 위한 첫걸음으로서 상호배타적이지 않는 주체 중화中和인식론을 찾아내는 것도 염두에 두고 있다. 여기서 주체 중화란 근대에서 가장 중심적이며 근본적인 범주로 다루어졌던 주체는[23] 타자가 동일자와 같으면 타자를 포획 또는 선택하고 동일자와 다르면, 즉 차이가 있으면 타자를 배제시키는 것을 중화시킨다는 의미이다.

이 레토릭은 남성과 여성이라는 기호에도 적용된다. 앞서 언급한 것처럼 이 책에서 강조하고자 하는 것은 주체와 타자의 경계 재구성에 대한 문제를 다루는 점에 있다. 즉 근대 이후 폭력적인 배제를 양산해온 지배적 주체가 형성되기 위해서는 어떠한 방식으로든 타자가 필요했던 것이다. 다시 말해서 주체는 타자와의 관계성 속에서 정의되므로 주체를 증명하기 위해서는 배제되어야 할 타자가 반드시 필요하다. 즉 주체는 자신의 주체성을 보존하기 위해서는 타자를 배제하고 부정해야만 하는데, 그 이유는 타자부정을 감행함으로써 주체로서의 지위를 향유할 수 있기 때문이다.

그리고 주체는 항상 이분법의 어느 한쪽으로만 위치 지워질 뿐, 중첩되거나 이분법을 벗어나는 일은 상상조차 하지 못하기 때문에 상호배타적이며 한쪽이 다른 한쪽을 폄하하는 역사를 반복해왔는데, 바로 여기에 투쟁의 문제가 내장되어 있는 것이다.[24] 이를 극복하기 위해 본서에

---

23  주디스 버틀러, 조현준 역, 앞의 책, 108면.
24  역사 속에서 여성은 항상 인식을 하는 주체가 아니라 인식의 대상이 되는 객체로 취급되

서는 여성과 남성이라는 성적 차이를 그 사회 속에서 내면화한 문화적 인식으로 보고, 포섭과 배제의 선을 긋고 있는 사회적 규범과 인식들이 경계[25]를 재구성하여 다양한 사회적 맥락이 가진 복잡성과 타자의 요소들이 충돌하는 양상을 찾고자 한다.

이를 통해 기존의 주체에 가려져 보이지 않던 영역, 비정상과 동일시되던 외부로서 생각할 가치도 없다고 간주되던 '잉여'영역을 다시 사고할 수 있을 것이며 우리의 인식을 사로잡고 있는 주체 속에 포함된 배제의 문화를 새로이 사유할 수 있는 계기가 될 수 있을 것이다.

본서에서는 기존의 규범화된 이미지에 갇히는 것이 아니라 혼종적이고 중층적인 젠더가 가진 열린 가능성을 여성문학에서 찾아보고자 한다. 그럼으로써 삭제된 타자를 복원시켜 동일자를 전복하는 것이 아니라 이분법의 틀을 뛰어넘는 소통과 융합의 논리를 구축하는 계기가 마련될 것이다.

---

어 왔다. 사회 · 자연의 일반지식뿐만 아니라 가정에서의 여성에 관한 지식까지도 남성은 주입시키는 주체가 되고 여성은 주입되는 대상인 객체였다. 즉 여성이라는 존재는 비본질적인 타자로서 남성들과의 관계에 의해 정의되어 왔으며 남성을 양육, 보호, 내조하는 지위에 한정되어 스스로 주체가 되어 일을 하거나 자신을 나타내는 것이 금지되었다(남인숙, 『여성과 교육』, 신정, 2009, 12~13면).

25 푸코에 의하면 정상과 비정상, 동일자와 타자, 내부와 외부 사이에 만들어진 경계를 허무는 것, 즉 근대적인 이성의 경계를 허무는 것이다. 예를 들어 과학이라고 간주되던 것과 비과학이라고 비난받는 것 사이의 경계, 정상인과 아직 정상인이 아닌 자들 사이의 경계, 이성과 비이성을 가르는 경계 혹은 이성의 내부와 외부를 가르는 경계가 바로 그것(이분법)이다. 한마디로 말해서 내부이자 정상과 동일시될 수 있는 동일자와 동일시될 수 없기에 배제되어야 할 타자 사이를 가르는 경계를 말한다(이진경, 『철학과 굴뚝청소부』, 그린비, 2006, 369면).

## 2) 젠더투쟁과 선행연구

주체와 타자라는 개념론을 남성과 여성으로 등치시키면 일본의 메이지기에 타자의 배제를 통한 주체형성 담론이 어떻게 형상화되는지를 찾을 수 있다. 특히 근대국민국가의 창출이라는 과업을 이루려는 메이지기의 남성지식인들이 여성을 어떻게 범주화했는지를 재조명해 볼 수 있을 것이다.

이를 위해 메이지기에 가장 큰 영향력을 지닌 '메이로쿠사明六社'의 멤버들이 주축이 되어 창간한 『메이로쿠잡지明六雜誌』에 실린 논설에 대한 분석[26]을 시도한다. 『메이로쿠잡지』에 관한 선행연구 중 최근의 동향을 알 수 있는 것으로 이사카 세이시伊坂青司의 논고가 있다. 이 논고에서 이사카는 『메이로쿠잡지』에 게재된 모리 아리노리森有礼의 첩 제도를 나누고 있어 많은 시사점을 준다. 그러나 이사카는 모리 아리노리가 일본의 전통적 '이에家'제도[27]를 철폐하고 근대가족의 개념으로서 서구 일부일

---

26  오쿠보 도시아키大久保利謙, 『메이로쿠사고明六社考』, 立体社, 1976; 이사카 세이시, 「모리 아리노리의 『처첩론』을 중심으로─전통적 '이에'사회와 근대가족의 갈등森有礼の「妻妾論」をめぐって─伝統的『家』社会と近代家族の葛藤」, 『『메이로쿠잡지』와 그 주변『明六雜誌』とその周辺』, お茶の水書房, 2004; 李瑾明, 「文明開化期対外関係에 대한 지식인의 태도─『明六雜誌』의 論説을 중심으로」, 『서울대동양사학과논집』 16, 서울대 출판부, 1992, 126~143면; 임종원, 「후쿠자와 유키치와 明六社 小考」, 『한양일본학』 제13집, 2004, 111~128면; 임현정, 「근대 일본의『明六雜誌』에 나타난 明六社의 國民教育思想 연구」, 성신여대 석사논문, 1999이 있고, 후쿠자와의 여성관에 관한 선행연구로는 박소정, 「후쿠자와 유키치의 여성관」, 단국대 석사논문, 2007 등이 있다.

27  '이에'제도란 근세를 지배한 무사계급에 의해 확립된 제도로써 1600년대 후반 도쿠가와막부의 주자학에 의한 문화정치의 정점으로 '삼종칠거법'이 여성지배이데올로기로 확립되었다. '이에'제도는 가산家産・가격家格이 없는 서민계급에게는 통용되지 않았으나 당시 지배계급이었던 무사계급의 지배이데올로기였기 때문에 규범적 압력으로 작용하여 가장의 가족에 대한 지배력은 서민층에서도 막강했다. 반면 우에노 치즈코에 의하면 '이에'제도는 오랫동안 봉건제도라 여겨왔으나, 최근에는 『메이지민법』의 제정으로

처제의 도입을 주장한 논설 「처첩론」(1~5) 5편의 내용을 검토하는 데 주력한다. 즉 「처첩론」을 둘러싼 네이로구사 멤버들 간의 논쟁을 중심으로 세도적인 측면에만 초점이 맞춰져 있다.

따라서 본서에서는 남성지식인들의 선택적 시선에 의해 그려진 여성상이 어떠한 정체성으로 발현되었는지를 분석한다. 그리고 남성지식인들이 여성계몽논리의 일환으로서 만들어낸 여성이미지에 대해 근대 초기 자유민권운동과 연동하여 출현한 여성들은 글쓰기를 통해 과연 여성을 어떻게 표현하고 여성이 어떻게 표상되었는지, 또한 여성 자신이 어떻게 실천으로 옮겼는지에 대해서도 고찰한다. 그러한 의미에서 여성들의 근대는 무엇이었는가라는 질문으로 자연스럽게 이어질 것이다.

이러한 일본 근대여성에 관해 축적된 연구 성과들[28]을 살펴보면 그중에서도 특히 시사점을 주는 연구자로서 김경일을 들 수 있다. 김경일은 일본 다이쇼기의 잡지인 『청탑青鞜』의 창시자인 히라쓰카 라이초平塚らいてう와 같은 동인이었던 요사노 아키코与謝野晶子에 대한 모성론을 소개

---

탄생한 메이지정부의 발명품이라고 논하며 메이지 이전에는 배타적인 부계 직계가족을 무사계급 사이에서는 볼 수 있었지만 서민들은 잘 알지 못했다고 논한다. 홉스봄Eric Hobsbawm이 『전통의 발명』에서 말했듯이 '이에'는 근대의 발명이라고 말한다. 그와 동시에 '이에'제도는 근대국민국가에 적합하게 만들어진 가족모델이며 역으로 국민국가 또한 가족모델에 적합하게 형성되었다. 이와 같이 『메이지민법』이 공식화된 부권제적 '이에'제도는 도쿠가와 막부시정 무사계층에만 한정되었던 가족제도의 특성을 모델로 한 것이었다. 국가의 기초단위로써 '이에'는 근대국가성립과 함께 더욱 공고해져갔다(우에노 치즈코, 이미지문화연구소 역, 『근대가족의 성립과 종언』, 당대, 2009, 91~93면).

28 이가라시 도미오五十嵐富夫, 『일본여성문화사日本女性文化史』, 吾妻書館, 1988; 오키 모토코大木基子, 『자유민권운동과 여성自由民權運動と女性』, ドメス出版, 2004; 신선향, 『일본문학과 여성』, UUP(울산대 출판부), 2005; 이노우에 기요시, 성해준·감영희 역, 『일본여성사日本女性史』, 어문학사, 2004; 김연옥, 「明治의 女性 民權論의 思想的 行路」, 『서울대 동양사학과논집』 제26집, 2002, 47~66면 등이 있다. 그와 연동하여 한국 측 연구동향을 보면 김경일, 『여성의 근대, 근대의 여성』, 푸른역사, 2004 등이 있다.

하면서 일본과 한국의 신여성 개념의 유사성을 논한다. 또한 김경일은 신여성에 관련된 실증적 차원과 담론연구의 주제들을 종합적으로 망라하며 신여성의 문제를 전통과 근대의 충돌과 갈등으로 해석한다. 이러한 시점은 결국 국가에 의한 여성·남성의 창출이라는 사유방식을 개진하면서도 그 담론 속에 갇혀 젠더규범의 틀 내부에 머무르는 문제성을 자각하게 해준다.

또한 일본에서 여성이 객체로 타자화되고 부정되는 과정을 구체적으로 제시한 '훈육서'를 살펴보기 위해 남성지식인이 쓴 「여자를 가르치는 법敎女子法」[29]을 텍스트로 삼았다. 에도江戸 후기에 일본적으로 변용된 독자적인 여훈서가 대량 출판되었는데, 그중 박물학자이자 유학자인 가이바라 에키켄貝原益軒의 『화속동자훈和俗童子訓』(1710)[30]이 그 효시이기 때문이다. 여성의 사상이나 인식 또는 행동 등 여성규범에 대해 설명한 「여자를 가르치는 법」에 관한 연구는 아직 활발히 이루어지지 않은 상황이다. 다만 김언순의 논문은 중국 여훈서들에 대한 개괄과 함께 조선시대에 유행한 여훈서들을 살펴본 후, 중국의 여훈서와 조선의 여훈서를 비교·검토하는 것에 많은 부분이 할애되어 있다.[31] 반면 하야카

---

29 「여자를 가르치는 법」의 내용 중 가르침의 중심은 여덕女德, 특히 여성은 남편의 집에 시집가서 남편의 집에서 생활하는 존재로서 화순和順·경순敬順의 부덕婦德 또는 효를 익힐 것, 술과 차를 너무 마시지 말며 거문고와 샤미센과 같은 음락音樂을 배워서는 안 된다고 되어 있다. 하지만 7살까지는 남녀가 동일한 교육이 필요하고 한자를 포함하여 글을 쓰고, '집안을 알리고 재산을 계산하기' 위해 산수(주산)를 배워야만 한다고 적고 있다(가이바라 에키켄, 「여자를 가르치는 법」, 『가이바라 에키켄집貝原益軒集』, 国民文庫, 1913).

30 『화속동자훈』은 에도시대인 1710년 가이바라 에키켄이 집필한 교육론으로 일본 최초의 체계적인 교육서로 일컬어진다. 『화속동자훈』은 전 5권으로 구성되어 있는데 권1부터 권4까지는 아동일반의 교육모습에 대해 해설되어 있고 권5가 바로 「여자를 가르치는 법」이다.

31 金彦淳, 「朝鮮時代 女訓書에 나타난 女性의 正體性 硏究」, 한국학중앙연구원 박사논문, 2005.

와 노리요早川紀代는 에도시대의 여성교육론에 중점을 두어 살펴봄과 동
시에 에도시내에 있었던 일본의 여훈서를 고찰했다.[32] 이러한 신행연구
를 답습하면서도 가이바라가 「여자를 가르치는 법」에서 여성의 삶과 정
체성을 어떻게 규정했는지를 살펴보고, 여성작가 히구치 이치요樋口一葉
가 쓴 「십삼야十三夜」 속에서 여주인공이 유교적 덕목을 어떻게 인식하
고 있었는지라는 문제를 고찰하는 것으로 여성의 젠더 재편논리를 확실
하게 드러낼 수 있을 것이다.

「십삼야」에 대한 연구로 신선향은 전체적인 내용을 점검하면서 남성의
이기적인 태도에 고통당하는 당시 여성의 삶의 질곡에 착목한 논고가 있
다.[33] 특히 신선향은 여성의 삶이 당시 사회에 의해 어떻게 규정되었고 그
것을 수용하면서 삶의 다층적 질곡이 가진 사회성이 무엇이 문제인지에
대해서는 과제로 남아 있다. 기존의 봉건 사회적 인식을 탈피하려는 비평
적 정신을 확대하여 그 시대의 정신적인 역학들의 경합과정을 드러내어
여주인공 오세키お関가 이혼을 통한 배제와 소외의 경험에서 형성되는 새
로운 주체형성의 시도까지 다루어야 하는 것은 과제로 남겨 두고 있다.

같은 시기 장은경의 논문은 「십삼야」에 관해 집약적이며 개론적으로
논하고 있는데 "친정과 시댁, 남편과 아이와의 관계 속에서 아직은 독립
된 자기 공간 및 자기세계를 고집할 수 없었던 당시의 여성을 그려내고
있다"[34]고 분석했다. 그러한 의미에서 여주인공에게서 보이는 독립된

---

32  하야카와 노리요, 「일본의 근대화와 여성상, 남성상, 가족상 모색日本の近代化と女性像、男
性像、家族像の摸索」, 하야카와 노리요 외, 『동아시아의 국민국가 형성과 젠더-여성상을 중
심으로東アジアの國民國家形成とジェンダー—女性像をめぐって』, 靑木書店, 2007.
33  신선향, 「『십삼일 밤十三夜』의 세계」, 『일본문학과 여성』, UUP(울산대 출판부), 2005,
211~213면.

자기세계의 구현을 위한 주변과의 소통과 정신적 주체성에 대한 문제를 다루어야 함을 보여주고 있다.

그리고 조혜숙은 오세키가 주위사람들에 대한 양심의 가책을 억누르지 못한 결과, 이혼 결심과 아들 다로太郎에 대한 마음·주위사람들에 대한 양심의 가책이라는 두 개로 그 내면이 분열된 채 부모님에게 이혼장을 부탁하는 심리현상을 구체적으로 분석했다. 즉 오세키가 이혼 결심을 철회한 이유를 오세키가 가진 양심의 가책이라는 측면에 초점을 맞춰 논하고 있다.[35] 특히 양심의 가책을 느끼게 되는 '모정'이라는 관념과 남동생의 입신출세를 위한다는 것은 여성의 역할이라는 문화적 장치로 작동한 여성상임을 자각하는 계기가 되는 문제를 재고하게 해준다.

또한 「깨진 반지こわれ指環」에 대한 일본 측 연구를 살펴보면 대표적인 연구자로서 히라타 유미平田由美를 들 수 있다. 히라타 유미는 기존의 선행연구들을 면밀하게 검토하며 「깨진 반지」에 대해 여덕女德을 강요하고 압제적 결혼에 복종하게 하는 남성원리에 대항하는 새로운 여성원리를 제시한 작품이라고 평가한다. 여주인공 '내'가 "'이 반지를 위해 일한다'는 행위가 어떤 것인지 구체적으로 묘사되어 있지 않기 때문에 그 결의는 아직 '소망'에 머물러 있는 듯이 보인다"[36]고 논한다. 즉 「깨진 반지」의 여주인공이 여덕과 여권의 경계를 횡단하면서도 양처현모[37]논리

34  장은경, 「히구치 이치요의 작품에 나타난 여성의 삶의 양상」, 영남대 석사논문, 2005, 26면.
35  조혜숙, 「공유할 수 없는 생각-『십삼야十三夜』」, 『일본근대여성의 시대인식-여류작가 히구치 이치요樋口一葉의 시선』, 제이앤씨, 2010, 150면.
36  히라타 유미, 「여성 운명의 응시-「깨진 반지」女運命の凝視-「こわれ指輪」」, 『여성표현의 메이지사女性表現の明治史』, 岩波書店, 1999, 111면.
37  일본에서 '양처현모'라는 용어는 메이지기 이후에 등장했고 유교문화권의 '본가'인 중국과 한국에서 각각 '현처양모'와 '현모양처'라는 용어가 19세기 말부터 20세기 초에 걸

에 다시 부합될 수 있는 가능성에 대한 한계성을 짚어냈다. 그렇지만 그 저서의 전체적인 분량으로 볼 때 「깨진 반지」에 할애된 부분이 너무 짧아 이혼과 여성주체의 왕복운동 속에서 찾아내려는 여주인공 '나私'의 정신적 독립의 실현가능성에 대한 언급이 필요함을 느끼게 해준다.

「깨진 반지」에 대한 한국 측 연구로 앞서 언급한 신선향의 연구가 있는데, 신선향은 「깨진 반지」에 대해 "주어진 현실을 바꾸려고 새로운 길을 모색하고 서구 여권론의 영향을 받은 여성이 각성해간다는 시대적으로 절실한 테마를 섬세하게 표현한 점에서 문학사적 가치를 지닌"[38] 작품이라고 평가했다. 그리고 신선향은 '내'가 안주할 때마다 '나'를 닦아 '옥'으로 거듭나기 위한 레토릭으로서의 깨진 반지인 것으로 언급하면서도 자각적인 여성이 되기 위한 가능성과 연결하여 분석할 필요성을 제시해주었다.

「생혈生血」에 대해서는 하세가와 게이長谷川啓와 이지숙, 그리고 안노 마사히데阿武政英의 연구가 집적되어 있다. 하세가와 게이는 다무라 도시코田村俊子 문학에 있어 "남녀양성의 상극의 테마는 「생혈」에서 비롯된다"며 "생혈을 빨아먹는 남성에게 증오를 품기 시작한 여성의 존재 감각을 상징적으로 표현"[39]하고 있다고 평가한다. 또한 "사랑의 대상이어야 하는 남성이 여성의 억압자와 지배자가 되는 부권제에 대립관계의

---

처 등장했다(고야마 시즈코小山靜子, 『양처현모라는 규범良妻賢母という規範』, 勁草書房, 2004, 5면). 일본의 근대 이전에는 좋은 아내 또는 선량한 아내를 요구한 반면, 근대에는 그것만으로는 부족하기 때문에 가정에서 자식의 교육을 담당하는 담지자로서 현명한 어머니까지 요구했다. 따라서 본서에서는 '양처현모'라는 용어를 사용한다.

38  신선향, 「『깨진 반지』」, 앞의 책, 137면.
39  하세가와 게이, 「해제解題」, 『다무라 도시코작품집田村俊子作品集』 제1권, オリジン出版センター, 1987, 443면.

구도를 상징적으로 표현했다"[40] 고 논한다.

그리고 이지숙은 "남녀양성의 상극, 즉 남녀 이항대립적인 구도는 여성이 남성과의 관계에서 종속에서 평등으로 발전해가며 점차 타자성을 극복해가는 여성 자아의 자기발견과정"[41] 이라고 언급한다. 또한 "기존의 문학작품에 만연된 남성 중심적 사랑과 성의 형태를 반박하면서 여성이 주체가 되는 사랑과 성을 모색한 작품"이자 "신여성의 참모습을 그리고자 한 도시코의 의도가 제대로 부각된 작품"[42] 이라고 부연설명한다.

안노 마사히데는 이지숙과 마찬가지로 "종속에서 대등으로 반전하며 이루어진 '타자화된 여성'의 발견과정"[43] 이라고 피력한다. 이러한 「생혈」에서 남녀양성의 상극을 통해 남성과의 관계를 상하주종에서 수평이라는 평등으로 발전해가며 타자성을 극복하는 여성 자아의 자기발견과정이라는 분석은 많은 시사점을 준다. 이를 바탕으로 본 연구는 결과적으로 「생혈」의 여주인공이 남성문화 속의 여성성을 찾아낸 것이라는 한계성을 고민해볼 필요성을 느꼈다. 즉 여성성의 초극이라고는 하지만 그것이 가진 남성문화 구조의 범위나 규범 속에서 '허락된 타자성'이었다는 점을 제시할 필요성을 깨닫게 해준다.

「구기자열매의 유혹枸杞の実の誘惑」에 대한 선행연구는 그다지 이루어지지 않은 상황이다. 그렇지만 그중에서도 하세가와 게이의 연구는 여

---

40  하세가와 게이, 「해설解説」, 『다무라 도시코田村俊子』, 日本圖書センター, 1999, 261면.

41  이지숙, 『일본 근대 여성문학 연구』, 어문학사, 2009, 111면.

42  이지숙, 「다무라 도시코田村俊子의 「생혈生血」론」, ―여성적 언어의 특징을 중심으로」, 『일본문화학보日本文化學報』 제33집, 2007, 199면.

43  안노 마사히데, 「일본 여성소설에 나타난 타자성 극복양상」, 김은희, 『신여성을 만나다』, 새미, 2004, 289~304면.

주인공 치사코智佐子가 신체적 성폭력이라는 불행한 경험을 통해 얻게 되는 자각논리에 초점을 맞춰 분석한 최초의 연구이다 [44] 이러한 자각의 경로에 대한 구체적인 제시는 많은 시사점을 얻으면서 치사코가 신체＝성적 폭력이라는 불행에 대해 주변 인물들이나 그 사회가 어떻게 평가하는지에 대해서 주목할 필요성을 깨닫게 해주었다.

그리고 이지숙은 "소녀의 성적 자각은 엘렌 식수Helene Cixous가 말하는 가부장제도, 소위 기존질서에 도전하는 '저항의 수단'으로 제시되었다"[45]고 평가했다. 이지숙은 저항의 수단으로서 신체가 활용되고 자아의 재구성을 이루는 의미로 해석한 것이다. 이러한 연구에서는 그러한 저항이 치사코의 내면 안에서 일어났지만 사회적·문화적 환경이나 상황이 어떻게 치사코를 재규정하는지에 대한 문제점을 시사해주고 있다.

앞에서 언급한 것처럼 성이나 젠더범주의 구별 짓기 역시 이분법에 기초한 구성물인데 그러한 내면이 생물학적 신체 속에서 나타나기보다는 '성'이라는 규범을 규정하는 문화 속에서 구성되는 논리이다. 그러므로 여주인공이 그것으로부터 어떻게 자유롭지 못하고 어떻게 성규범에 회수되는지를 살펴보아야만 할 것이다. 그러한 타자이해의 가능성이 어떻게 가능한지를 밝히기 위해 다무라 도시코의 「그녀의 생활彼女の生活」을 분석한다.

이 작품에 대한 선행연구로 역시 하세가와 게이를 들 수 있는데 하세카와 게이는 「그녀의 생활」이 결혼생활에서 성차별의 본질, 즉 가사·육

---

44  하세가와 게이, 「해제」, 『다무라 도시코작품집』 제2권, オリジン出版センター, 1988, 441면.
45  이지숙, 「1910년대 일본여성소설의 여성적 글쓰기」, 김은희, 『신여성을 만나다』, 새미, 2004, 153면.

아노동과 사랑의 노동 등을 해명한 작품이라고 평가한다.[46] 그리고 이지형은 "이성적 측면이 강하게 나타난 이색작품이며 사랑과 상호이해에 의해 맺어진 연애결혼에 있어서조차 여성은 성역할에 순응해야 하는 자기기만을 겪지 않으면 안 된다는 심리적 메커니즘을 솔직한 문체로 폭로한 작품"[47]이라고 평가한다. 그와 동시에 마사코의 심리상태를 여성정신질환이라고 간주되는 히스테리와 연결시켜 서술한다. 또한 이지숙은 "남녀 양성의 상극이라는 테마를 주제로 아내를 억압하는 남편과의 상극을 통해 가부장적인 결혼제도의 모순을 고발"한 작품이라고 논한다.[48]

그리고 마지막 제5부에 대한 선행연구 중 대표적인 것으로 와카쿠와 미도리若桑みどり의 『전쟁이 만드는 여성상戰爭がつくる女性像』[49]을 들 수가 있다. 일반적으로 전쟁 체제 안에서 여성은 피해자로서의 측면이 강하다고 전해진다. 그러나 와카쿠와는 여성의 이러한 문제에 한계성을 지적하며 사회시스템 속에서 나타나는 여성의 특질이 전쟁을 추진하고 지탱한 역할과도 연결된다는 시점을 제시한다.

와카쿠와는 남성과 여성의 관계성이 만들어낸 인류의 전쟁역사를 조망하여 남성의 전유물로 인식되던 전쟁에 여성이 근원적으로 관계하고 있음을 밝히고 있다. 즉 전쟁에서 여성의 관여가 구조적이라는 시점을 잘 드러내준다. 힘과 폭력에 의한 타자지배의 전쟁원리는 가부장제의

---

46  나카무라 미하루中村三春, 「다무라 도시코─애욕의 자아田村俊子─愛慾の自我」, 『국문학國文學』 제37권 13호, 學燈社, 1992, 75면.

47  이지형, 「다무라 도시코田村俊子의 문학과 여성정신질환─히스테리를 중심으로」, 『일본문화학보日本文化學報』 제34집, 2007, 203면.

48  이지숙, 「『그녀의 생활彼女の生活』에 나타난 신여성의 정체성에 관한 연구」, 『일본문화학보』 제31집, 2006, 364면.

49  와카쿠와 미도리, 『전쟁을 만드는 여성상』, ちくま学芸文庫, 2000.

원리에 내재하는데 이를 전쟁시스템의 기반이라고 보았다. 와카쿠와는 전쟁과 여성이라는 문제를 전쟁 ＝ 남성, 평화 ＝ 여성이라는 이항대립에 의한 것이 아니라 상호보완적인 일체로서 논하지 않으면 안 된다고 지적하고 있다. 여성은 가부장제도-군사체제의 권위적인 구조 속에서 지배당했다. 그렇지만 여성은 이 구조 속에서 권위에 종속하고 스스로의 역할에 때로는 온순하게, 경우에 따라서는 열광적으로 이 시스템을 지지·보완하고 이를 유지하기 위해 불가결한 일부로 파악하고 이를 제시했다는 점에서 큰 의의를 지니고 있다.

그리고 와타나베 스미코渡辺澄子는『여성들의 전쟁책임女たちの戦争責任』[50] 에서 여성잡지였던『주부의 벗主婦之友』에서 여성작가(문학자, 페미니스트)의 전쟁가담을 와카쿠와보다 비판적으로 지적하고 있다. 당시 여성들은 남성이 일으킨 전쟁에 의해 남편, 자식, 애인, 형제 그 이외의 소중한 사람을 빼앗긴 비통의 눈물을 흘리고 기둥을 잃은 집에서는 자식을 데리고 고생하는 피해자임과 동시에 적극적으로 전쟁수행의 주체가 된다는 것이다. 즉 여성들은 전쟁의 피해자에서 가해자로 전환된다. 정부의 요청에 의해 각 매체는 솔선해서 호응하고 문학자는 전지戦地로 파견되고 르포reportage나 국책을 첨가한 소설이 세력을 미치게 되었다. 정부는 문학자의 이용가치에 주목하고 문학자의 동원을 계획해서 종군하게 했고 그 당시 문학자들이 뽑히는 것은 마치 자랑이나 되는 것 같은 풍조가 생겨났다. 와타나베는 그 대표적인 사람으로『주부의 벗』의 황군 위문 특파원으로 파견되었던 요시야 노부코吉屋信子를 '총후의 여성'이며 국

---

50  와타나베 스미코, 「일본의 근대전쟁과 작가들日本の近代戦争と作家たち」,『여성들의 전쟁책임』, 東京堂出版, 2004.

책추진 역할을 담당한 한 명이었다고 지적한다.[51]

또한 '어머니'는 나라를 만드는 핵심이라고 선전하고 태평양전쟁도 '어머니'의 전쟁이라는 비유를 동원하기도 한다. 당시 국가는 여성들에게 가정이야말로 우리들의 직장, 이 직장을 통해 익찬하는 것이야말로 영광이라며 전시하 어머니, 아내를 포함한 여성의 각오 및 생활태도, 대정익찬大正翼贊, 신도실천臣道實踐, 직역봉공職域奉公, 일억일심一億一心, 검약저축倹約貯蓄 등을 국책에 밀착시켰다.

일본의 근대국가 형성에 '부국강병'을 남성의 아이덴티티의 핵으로 삼고 그 현실에 기여하는 것은 여성의 임무로서 여성의 아이덴티티의 핵은 '양처현모'였다. 부덕婦德의 규범인 '양처현모'야말로 바르고 아름다운 여성의 덕목이었기 때문에 여성들은 '남성 ＝ 군인'에게 헌신을 다하는 것으로 자연스럽게 전쟁 속으로 편입되었다.

당시 여성은 낳는 성이면서 어머니가 되어 지켜야만 하는 국가를 상징했다. 또한 치어걸로서 전쟁을 열광적으로 지원하고 병사인 남성과 한 쌍이 되어 전쟁을 수행하고 여성의 존재가 없으면 전쟁도 불가능하다고 선전했다. 특히 『주부의 벗』에서는 1936년부터 패전까지 기사의

---

51  요시야 노부코는 『주부의 벗』의 전속작가로서 1937년 이후 전국戰局의 진행과 함께 전쟁 이데올로기에 휘말리게 된다(위의 책, 147면). 요시야 같은 여성주의도 국가주의에 휘말려 하위의 종속인 것으로 되어 페미니즘사상은 파시즘에 통합된 것(같은 책, 148면)이라고 지적한다. 동시에 『주부의 벗』은 1930년대 전반에는 전쟁열을 띤 기사가 비교적 많지 않았지만 1934년경부터 군국주의를 조장하는 기사가 많이 실리기 시작해서 다음 해 35, 36년부터는 전쟁에 관한 기사가 많아지고 중일전쟁日支事變 후인 1937년 9월부터는 직접적인 전쟁기사가 갑자기 많아지기 시작한다. 그리하여 『주부의 벗』, 『부인클럽婦人俱樂部』, 『신여원新女苑』 등의 여성지는 일제히 시국에 호응해 전시색을 띠게 되었다. 그리고 그 당시 주부의 벗은 최대의 부수를 자랑하는 매체로써 여성독자들에게 영향력에 있어서 다른 잡지를 압도하고 있었다고 지적한다(같은 책, 139면). 같은 책, 127면.

특징 7가지에 대해 ① 모성찬미, ② 가족제도의 옹호, ③ 가사・가정의 지혜, ④ 황실숭배, ⑤ 시국에의 관심, ⑥ 전쟁옹인, ⑦ 성적性的 기사라고 정리한다.[52]

『주부의 벗』의 역할은 전지를 참관하고 그 결과를 국내여성에게 보도할 수 있는 신속한 행동력과 시국 호응의 담론을 생산하는 일이었다. 즉 정책이나 법은 국민을 물리적으로 움직일 수 있지만 내면을 움직일 수는 없다. 내면을 움직이는 것에 '문화'를 동원하지 않으면 안 되었던 것이다. 그것은 한마디로 말하자면 담론을 만들어내는 인간이 필요했다. 그 보고서의 내용은 전쟁의 정당화, 군대에의 위문과 사의謝意를 표하고 여성독자들에게 전적戰績・전장의 모습을 전하며 전선戰線과 총후를 하나로 융합하는 내용의 글들이었다.[53]

일본 제국주의전쟁은 페미니즘(여성작가, 문학자)을 이용하여 여성의 능력을 활용하고 여성의 힘을 가정 안에서 가정 밖으로 끌어냈던 것이다. 이러한 내용과 약간 차이를 보이는 것으로 오쓰카 아키코大塚明子의 「『주부의 벗』에 보이는 일본형 근대가족의 변동(1)-부부관계를 중심으로『主

---

52　기타다 사치에北田幸恵, 「여성해방에의 꿈과 함정女性解放への夢と陥穽」, 오카노 유키에岡野幸江 외, 『여성들의 전쟁책임女たちの戦争責任』, 東京堂出版, 2004, 136~140면 참조. 그리고 특히 전장의 모습의 보고 과제로서는 ① 전선・일본군의 상황 ② 전황, 황군의 승리, 우월성의 선전, 적국에의 보복요동 ③ 현지인의 환영, 반항의 교정 ④ 평화를 회복, 우호, 공영실현이라는 목적의 미화였다. 이는 전선과 총후를 하나로 융합하려는 역할을 담당한 논리였다(같은 글, 145~146면).

53　위의 글, 140면. 또한 이와 같은 맥락의 주요 선행연구로는 다카하시 사부로高橋三郎, 「전쟁과 여성戦争と女性」, 전시하사회연구회戦時下社会研究会 편, 『전시하의 일본戦時下の日本』, 行路社, 1992; 히로카와 노리코広川紀子 역, 『여성과 전쟁女性と戦争』, 法政大学出版局, 1994; 스즈키 유코鈴木裕子, 『페미니즘과 전쟁-부인운동가의 전쟁협력フェミニズムと戦争-婦人運動家の戦争協力』, マルジュ社, 1986; 후지이 다다토시藤井忠俊, 『국방부인회国防婦人会』, 岩波書店, 1985; 요시미 가네코吉見周子, 『일본파시즘과 여성日本ファシズムと女性』, 合同出版, 1987; 가노 미키요加納実紀代, 『여성들의 '총후'女たちの'銃後'』, 筑摩書房, 1995 등이 있다.

婦の友』に見る「日本型近代家族」の変動(1)－夫婦関係を中心に」[54]가 있다. 오쓰카는 가족에 초점을 맞추며 특히 부부관계에서 여성에게 강요된 이상적인 부인의 상像을 포교했다는 것을 지적하고 있다. 위에 제시한 선행연구를 발판으로 삼아 구체적으로 어떻게 그러한 상황이 연출되었으며 그것이 시대적 상황 속에서 어떻게 여성을 동원하는 논리로 창출되고 보급되었는지를 검토한다.

본서에서는 이러한 선행연구에 시사를 받으면서도 기존연구와는 달리 여성의 젠더규범 속에 갇힌 여성과 주체의 문제를 연결시켜 젠더규범이 나아가야 할 방향에 대해 살펴본다. 더 나아가 작품의 동선들 속에 나타난 자아정체성의 재출발을 젠더규범의 재배치라는 텍스트로 지평을 넓혀 분석한다.

또한 남녀의 젠더규범이라고 여겨지는 여성성·남성성이라는 기존의 고정관념으로부터 탈주하려는 입장[55]을 중시한다. 여성성이나 남성성은 원래 타고난 어떤 것이 아니라 '모방' 행위를 통해 획득할 수 있는 후천적 구성물[56]이기 때문이다. 이를 바탕으로 여성이 기존의 남성 담론을 벗어나려는 노력이 또다시 자신의 단선적 주체 속에 갇히는 오류를 범하지 않는 주체 담론에 대해 고민해보고자 한다. 이를 위해 본서에서는 여성을 둘러싼 사회·문화적 장치들의 '경합'과 그것을 '승인'하는 또는 '승인'받는 주변 주체들과의 상관관계라는 구도를 구체화시킨다.

---

54 오쓰카 아키코大塚明子, 「『주부의 벗』으로 보는 '일본형 근대가족'의 변동(1)－부부관계를 중심으로「主婦の友」に見る「日本型近代家族」の変動(1)－夫婦関係を中心に」, 『소시오로고스ソシオロゴス』 No.18, 1999, 243~258면.
55 주디스 버틀러, 조현준 역, 앞의 책, 41면.
56 위의 책, 167~169면.

## 3. 본서의 전체 구도

이 책에서는 일본 근대문학 작품 속에서 여성의 정체성이 어떻게 나타나는지를 구체적으로 밝히기 위해 다섯 개의 부로 구성했다. 즉 서장, 본론은 제1부에서 제5부까지, 그리고 종장으로 이루어져 있다. 먼저 서장에서는 문제의 소재와 연구사를 검토했다. 종래의 선행연구가 여성사의 개괄적 소개나 서구철학의 인식론적 개념에 대한 기준을 설정하고 현재의 보편적 사회에 대입하는 모순을 지적했다.

이러한 스테레오타입적인 전개대입방식이 과연 소설이라는 장르에서는 어떻게 나타나고 어떠한 한계성을 지니고 있는지를 지적하고 또한 그 가능성의 통로를 제시하고자 했다. 그러한 의미에서 남성들에 의한 여성 만들기 작업, 남성작가에 대한 여성작가의 저항과 공모, 여성저자에 의한 여성의 새로운 틀 짜기의 가능성을 동원하여 여성개념의 재검토에 대한 필요성을 지적했다.

본서에서 메이지기에서 다이쇼 초기로 한정하여 대상으로 삼은 작품을 시대 순으로 나열해보면 「여자를 가르치는 법教女子法」(1710), 『메이로쿠잡지明六雜誌』(1874~1875), 「동포 자매에게 고한다同胞姉妹に告ぐ」(1884), 「옥중술회獄中述懐」(1885), 「깨진 반지こわれ指環」(1891), 「십삼야十三夜」(1895), 「원래, 여성은 태양이었다元始、女性は太陽であった」(1911), 「생혈生血」(1911), 「구기자열매의 유혹枸杞の実の誘惑」(1914), 「그녀의 생활彼女の生活」(1915)이 그것이다. 이 시기 여성에 의해 저술된 작품은 많이 있지만, 본서에서 다룬 남성지식인이 저술한 『메이로쿠잡지』와 「여자를 가르치는 법」을 제외

한 나머지 작품은 여성이 타자이기를 거부하고 주체로 형성되는 과정을 살피는 데 있어 적절한 자료라고 여겨지는 작품만을 선별하여 다루었다.

글의 전체구성을 구체적으로 살펴보면 제1부 제1장에서는 일본의 메이지기 남성지식인들이 근대국민국가를 구상하면서 여성을 어떻게 대상화하고 있었는지를 밝혀낸다. 후쿠자와 유키치福澤諭吉와 모리 아리노리 등이 중심이 되어 결성한 메이로쿠사의 멤버들이 만들려고 했던 근대여성의 이미지가 과연 무엇이었는지『메이로쿠잡지』를 통해 살펴본다. 즉『메이로쿠잡지』에 남성지식인들이 게재한 논설 중 여성교육, 처첩론, 남녀동권론, 창기문제를 중심으로 남성지식인의 여성상을 구체적으로 고찰한다. 다시 말해서 일본의 근대화를 위해 여성계몽을 주도한 남성지식인들이『메이로쿠잡지』를 통해 어떠한 여성논리를 전개했는지 살펴봄으로써 근대 담론 속에 감춰져 있던 남성지식인들에 의한 여성논리가 어떠한 것이었는지 그 전모가 드러날 것이다.

제1부 제2장에서는 메이지기 남성지식인들이 계몽논리의 일환으로 만들어낸 여성이미지에 대해 여성들은 과연 어떻게 표현하고 어떻게 표상되고 있었는지 또한 어떻게 실천에 옮겼는지를 고찰한다. 이를 위해 당시 자유민권운동과 연동하여 나타난 기시다 도시코岸田俊子, 후쿠다 히데코福田英子, 시미즈 시킨清水紫琴, 히라쓰카 라이초 등을 통해 살펴본다. 특히 여성교육논리, 남녀동권론, 남존여비세태풍자, '이에'제도비판, 여성자각이라는 측면에서 고찰한다.

제1부 제3장에서는 여성의 '일상'을 규정하는 논리를 전개하고 있는 가이바라 에키켄의『화속동자훈』속에 들어 있는「여자를 가르치는 법」과, 여성작가 히구치 이치요가 쓴 소설「십삼야」를 텍스트로 삼았다. 즉

「여자를 가르치는 법」에서 여성의 삶과 정체성을 어떻게 규정했는지를 살펴보고 여성작가가 쓴 「십삼야」 속에서 여주인공이 ﾏ교들 어떻게 인식하고 있었는지를 고찰한다. 그 연장선으로 제2부 제1장에서 「십삼야」를 더욱 심화시켜 분석한다.

제2부에서는 메이지기 여성저자의 소설 속에서 여성이 어떻게 표상되고 있었는지를 분석한다. 즉 여성이라는 개념은 고정되거나 불변하는 것이 아니라 유동적인 것으로 동시기 여성이라는 개념이 어떻게 표현되었는지를 살펴볼 필요가 있기 때문이다. 여성들 간의 다양성을 살펴보는 작업은 고정적이고 전형적인 여성성이 아닌 새로운 종류의 여성성을 찾는 시도이기도 하다.

이를 위해 제2부 제1장에서는 근대 초기 메이지 여성문학의 대표자로 손꼽히는 히구치 이치요의 「십삼야」를 살펴보고, 당시 사람들의 인식 속에 연애 관념과 결혼관념 그리고 이혼관념이 어떠한 양상을 띠었는지를 밝힌다. 다시 말해서 「십삼야」에서는 연애와 결혼 그리고 이혼을 모티브로 하여 여성의 삶과 정체성이 제도와 공동체 속에서 어떻게 표상되고 있었는지를 고찰한다.

제2부 제2장에서는 시미즈 시킨의 데뷔작이자 자전적 소설인 「깨진 반지」를 중심으로 여성의 주체형성 과정을 밝힌다. 특히 위의 두 작품은 여성이 주인공으로 결혼이라는 제도 속에서 남편이라는 타자로부터 한 인격체로서 인정받지 못한 여성으로 설정된다는 공통분모를 갖고 있다. 또한 기존의 남성지식인이 규정한 여성규범으로부터 저항하고 새로운 정체성을 찾으려는 점에서 공통점과 차이점이 발견된다.

제3부에서는 실존적 물음인 여성의 주체성을 주조하는 데 있어 가장

긴밀한 관련이 있는 '성性'을 키워드로 하여 다무라 도시코의 작품을 중심으로 살펴본다. 이를 위해 여성의 성에 대한 인식을 그리고 있다고 생각되는 「생혈」을 제3부 제1장에서 분석하고, 제3부 제2장에서는 「구기자열매의 유혹」을 검토한다. 이는 당시의 시대적 성 문화에 대한 성찰을 의미할 뿐만 아니라 신체와 인간 내면의 자유라는 문제를 묻는 작업이기도 하다. 또한 남성과 여성의 기존규범이나 자연이라는 개념으로부터의 일탈이라는 흑백론적 물음이 아니라, 기존의 고정관념으로 자리하고 있던 여주인공의 성도덕 관념과 근대의 자유연애관이 충돌하는 의미에서 갈등하는 여성의 내면심리에 착목하여 고찰한다. 이 두 작품은 여주인공의 시점에서 작품이 전개되고 있을 뿐만 아니라, 여성에 의해 쓰인 문학텍스트 속에서 여성을 포함한 주변 인물들이 '성'에 대해 어떻게 사유하며 행동했는지를 알 수 있는 공통항을 지니고 있기 때문에 함께 다룰 필요가 있다.

제4부에서는 다이쇼기로 한정하여 젠더의 재편과정을 잘 드러낸 다무라 도시코의 「그녀의 생활」을 통해 젠더관념과 '모정'이 여성의 자아정체성과 어떠한 상관관계가 있으며 또한 어떠한 젠더양상으로 나타나는지를 고찰한다. 이는 곧 젠더관념과 '모정'이 여성의 정체성 찾기와 연결되는 궤적양상들을 통해 드러날 것이다. 그와 동시에 젠더는 사회·문화적으로 형성된 규범들과의 경합과정에서 재편되고, 주변 인물들과 얽힌 환경 속에서 자아가 승인되거나 승인받지 못하는 구도 속에서 나타나는 아이덴티티의 재편이라는 것이 스케치될 것이다.

마지막으로 제5부에서는 일본의 전시기(1937~1945)에 발행된 여성지 『주부의 벗』[57]이라는 잡지를 통해 여성들이 국가의 전시체제에 어떻게 규정되고, 또한 어떠한 방식으로 국가와 관계를 맺게 되었는지에 주목한다. 전시체제라는 특수상황을 염두에 두더라도 이 시기 여성에 대한 규정은 메이지기 이후 '양처현모' 담론의 놀라울 만한 변용으로 나타났다. 특히 중일전쟁을 거치면서 태평양전쟁에 이르기까지 일본은 전쟁수행과 관련하여 여성을 '관리'하기에 이른다. 물론 그 이전에도 그 이후에도 국가(혹은 남성 중심적 권력)는 여성의 삶의 방식에 관여하고 관리해왔다. 그 방식을 한정된 시기의 제한된 담론 공간을 통해 고찰하는 것이 본 장의 목적이다.

이를 위해 전쟁수행의 한 축이 된 여성이미지가 어떻게 대중매체를 통해 일반 여성들의 인식 속으로 보급되고 각인되는지를 단계적으로 분석한다. 제1장에서는 여성 = 모성이라는 등식과 전쟁이데올로기(혹은 국가이데올로기)의 관련성을 밝히기 위해 그 논리의 확산에 『주부의 벗』이 어떻게 기여하는가를 살펴본다.

제2장에서는 이와 관련해서 죽음에 상징성을 부여하는 야스쿠니신사靖国神社[58] 담론이 자연스럽게 부각된다. 전시기 일본에서 장한 어머니

---

57 『主婦之友』의 용어에 관해서는 다음과 같은 견해가 있다. 정현숙(「일본의 출판문화―다이쇼・쇼와 초기의 잡지 출판을 중심으로」, 『한국방송통신대 논문집』 제31집, 2001, 180면)은 『主婦之友』를 한국어로 번역하여 『주부의 친구』라고 표기하고 있다. 또한 요시다 고이치吉田好一(『외길―주부의 벗사 창업자・이시카와 다케미의 생애ひとすじの道―主婦の友社創業者・石川武美の生涯』, 主婦の友社, 2001, 5면)는 "『주부의 벗』 잡지명에 대해서는 창간 이래 『주부의 벗』이었는데 1953년 잡지명과 함께 회사명을 『주부의 벗』으로 바꾸었다"라고 한다. 본서에서는 개명 이전의 기간을 주로 다루고 있다는 것을 감안하여 『주부의 벗主婦之友』을 사용하고 『주부의 벗主婦之友』이라고 표기한다.

58 야스쿠니신사에 대한 표기법은 다음과 같은 선행연구를 참조했다. 송영걸(「明治政府와 天王制国家」, 『漢陽日本学』 10, 漢陽日本学会, 2002, 184~185면)은 '야수구니'로 번역하고 있다. 그러나 박규태(「야스쿠니靖国신사와 일본의 종교문화」, 『종교문화연구』 제2호, 한신인문학연구소, 2000, 131면)는 '야스쿠니신사'로 번역하고 있으며 니시무라 아키라西村明의 「위령慰霊과 폭력」(『종교문화비평』, 청년사, 2002, 251면)에서도 '야스쿠

상像 만들기에는 '죽음'의 미화와 야스쿠니신사의 상징성이 상투적으로 따라다니기 때문이다. 이것은 천황제 내셔널리즘과 국가신도라는 복잡한 문제를 내포하는데 본서에서는 문제를 제한하여 여성 담론과 야스쿠니신사의 접목에 주목한다. 그 당시 여성들에게 있어서 야스쿠니신사에 합사合祀되어 영령이 될 수 있다는 의식의 내면화야말로 천황제국가 이데올로기의 정수라 할 수 있다. 그리고 『주부의 벗』에서는 그 논리를 열심히 전파하고 있었다.

제3장에서는 전쟁수행과 관련하여 실제적인 여성의 역할을 부여하는 '백의의 천사' 담론이 당시 여성들의 내면에 어떤 방식으로 부여되는가에 대한 분석이다. 종군간호사 담론이 『주부의 벗』에서 어떤 역할을 했는지 주목하는 이유는 단순히 국가동원체제의 한 축을 이룬다는 의미에서만은 아니다. 여성 담론의 호재였던 종군간호사 담론의 허와 실을 파악함으로써 제1장에서 살펴본 여성 ＝ 모성과의 호환성은 물론, 제2장에서 살펴본 죽음의 미화로 이어지는 징검다리를 점검하고자 한다. 예컨대 전쟁터에서 병사를 간호하는 일이 여성의 본능과 직결된 자애정신이라고 강조하는 대목에 주목하고자 한다. 전쟁터에서 백의의 천사로서 병사에게 편지를 읽어주기도 하고 병자를 간호하면서 자기 몸을 돌보지 않는 희생정신을 발휘하는 여성의 모성애를 『주부의 벗』은 열심히 그려내고 있었다. 그러나 실상은 그와 같은 모성적 여성이미지를 충족시키지 못하고 병에 걸려 죽는가 하면 전쟁이 격렬한 곳에서는 간호사의 복장 대신 병사의 복장을 하고 전투병으로도 가담하게 되었다.

니신사'로 번역하고 있다. 또한 이원범 역(『천황제국가의 성립과 종교 변혁』)에서도 '야스쿠니신사'로 번역하고 있다. 그러므로 이 책에서도 '야스쿠니신사'라고 칭한다.

마지막으로 제3장에서는 궁극적인 문제점을 내포한 국가적 규모로 자행된 성역할의 '폭력성'에 관해 고찰한다. 남성은 밖, 여성은 가정이라는 성역할분담논리는 그 자체가 여성의 억압을 전제로 하는 점에서 폭력적이다. 게다가 그 성역할분담론이 남성은 전투지(밖), 여성은 가정(안)의 국가동원논리에 접목될 때 여성 스스로가 남성인 남편과 자식을 국가의 희생양으로 내보내고 가정에 안주하는 기묘한 '안전성'을 확보하게 되었다. 그 결과 국가로부터 소외되는 내적 폭력을 경험하는 이중적인 폭력에 노출될 수밖에 없었다. 이는 '야스쿠니의 어머니', '모성의 발휘', '국가의 어머니'라는 논리 속에서 자연스럽게 부각될 것이다.[59]

---

59 오시마 신조大島信三, 「신이 된 소녀들神となった乙女たち」, 『정론正論』 8월, 産経新聞社, 2003, 328면.

# 제1부
# 잡지미디어의 지식장과 젠더 상징

# 제1장

# 근대 종합잡지『메이로쿠잡지』의 공론과 여성상

본 장에서는 일본 메이지기明治期에 강제와 자발의 경계에 놓인 '여성상'에 대한 문제의식에서 출발한다. 즉 일본 제국주의 담론 중, 특히 여성이라는 부분에 초점을 맞춰 여성의 강제와 자발이 이데올로기와 어떻게 연결되는지 그 구체적인 양상을 밝히려 한다.

일본은 메이지기 이후 서양의 근대에 편입하기 위해 서구와의 관계 속에서 서둘러서 국민국가를 주조하지 않으면 안 되었다. 그 국민국가를 주조하는 과정에서 여성을 어떻게 국민국가의 일원으로 삼을지가 부각되었다. 이를 설명하기 위해 전자의 강제라는 부분에 초점을 맞춰 살펴본다. 즉 강제라는 측면을 통해 일본의 메이지기 남성지식인들이 근대국민국가를 구상하면서 여성을 어떻게 대상화하고 있었는지를 밝혀내고자 한다. 이를 위해 후쿠자와 유키치福澤諭吉와 모리 아리노리森有礼 등이 중심이 되어 결성한 메이로쿠사明六社의 멤버들이 만들려고 했던 근대여성의 이미지가 무엇이었는지 『메이로쿠잡지明六雜誌』[1]를 통해 살펴본다.

　일본의 근대화를 위해 계몽을 주도한 남성지식인들이 『메이로쿠잡지』를 통해 여성에 관한 논리를 어떻게 전개했는지를 살펴봄으로써 근대 담론 속에 감춰져 있던 남성지식인들에 의한 여성논리가 무엇이었는지 명백하게 드러날 것이다. 즉 남성지식인들이 여성계몽[2]의 일환으로써 여성을 위한 여성상의 제시와 함께 일반남성들에게도 심어주려고 했던 여성논리가 과연 무엇이었는지를 파악하려는 것이다. 이는 곧 남성지식인들이 제시한 여성논리가 여성과 남성 모두를 계몽하면서 근대국가에 필요한 국민으로 양산해내려는 논리였음이 밝혀질 것이다.

　먼저 『메이로쿠잡지』에 관한 선행연구를 보면 메이로쿠사 멤버들의 문명관이나 계몽사상이라는 측면에서 분석한 연구나 메이로쿠사의 국민교육에 대한 연구가 주류를 이룬다.[3] 본 장에서는 이러한 선행연구에

---

1　『메이로쿠잡지』는 1874년 3월부터 1875년 11월까지 총 43호가 발행되었다. 본서에서 사용한 『메이로쿠잡지』는 오쿠보 도시아키大久保利謙, 『메이로쿠잡지』, 国際イラスト技研, 1976을 텍스트로 삼았다. 그런데 이 텍스트에는 페이지가 표기되어 있지 않으므로 본서에서는 페이지 표기가 생략되었음을 밝혀둔다.

2　근대를 대표하는 용어인 계몽enlightenment은 인간성의 발견과 삶의 진보를 가능케 하는 인간정신의 혁명을 뜻하는데 자유와 평등 위에 성립된 근대에 몰아친 '인간의 해방'은 곧 '남성의 해방'만을 의미했다(테오도르 아도르노·호르크 하이머, 김유동 역, 『계몽의 변증법』, 문학과지성사, 2001, 12면). 이 말은 근대의 산물인 계몽이 여성을 자유롭게 하기는커녕 여성을 타자화하여 억압했음을 의미한다. 이를 구체적으로 풀어서 말하면 계몽이라는 이름하에 여성은 생산노동에서 축출되어 가정으로 유폐되었으며 사회적 담론을 통해 보호받아야 할 의존적 존재로 폄하되었다. 그런데 계몽이라는 이름 아래 남성의 이익을 위해 여성을 타자화하는 것 역시 눈에 보이지 않는 '비가시적인 폭력'이라 하겠다. 여기서 '폭력'이란 남성 지배를 표현한 것으로써 남성이 가정에서 여성에게 가하는 폭력뿐만이 아니라 권력이 있는 자와 없는 자, 지배자와 피지배자 사이에서 발생하는 폭력을 의미한다. 이처럼 인간을 통치하기 위해 왜소한 인간으로 만드는 것은 '진보'라는 이름하에 추구되었는데 이것이 바로 '계몽의 이중성'이라 할 수 있다.

시사를 받아『메이로쿠잡지』에 남성지식인들이 게재한 논설[4] 중 여성교육, 처첩론, 남녀동권론, 창기문제를 중심으로 남성지식인들의 여성상을 구체적으로 살펴본다. 특히 여성교육논리, 남녀동권론, 남존여비 세태풍자, '이에'제도비판, 여성자각이라는 측면에서 고찰한다.


## 1. 계몽과 여성교육의 운명


"서구에서도 어머니의 역할이 국가적 관점에서 중시되어 여성교육의 필요성을 주장하는 논거가 되었다"[5]는 고야마 시즈코小山靜子의 지적에서도 알 수 있듯이 당시 남성지식인들은 근대화를 이루기 위해 무엇보다도 여성의 역할, 그중에서도 어머니의 역할을 계몽한다는 의미에서 여성교육[6]이 급선무임을 주창했다. 즉 일본은 서양의 눈에 노출되자 선

---

3  오쿠보 도시아키大久保利謙, 『메이로쿠사고明六社考』, 立体社, 1976; 이사카 세이시伊阪青司, 「모리 아리노리의 『처첩론』을 중심으로 - 전통적 '이에'사회와 근대가족의 갈등森有礼の「妻妾論」をめぐって - 伝統的「家」社会と近代家族の葛藤」, 『『明六雜誌』とその周辺』, お茶の水書房, 2004; 李瑾明, 「文明開化期対外関係에 대한 지식인의 태도 - 『明六雜誌』의 論説을 중심으로」, 『서울대동양사학과논집』16, 서울대 출판부, 1992, 126~143면; 임종원, 「후쿠자와 유키치와 明六社 小考」, 『한양일본학』제13집, 2004, 111~128면; 임현정, 「근대 일본의 『明六雜誌』에 나타난 明六社의 國民教育思想 연구」, 성신여대 석사논문, 1999 이 있고, 후쿠자와의 여성관에 관한 선행연구로는 박소정, 「후쿠자와 유키치의 여성관」, 단국대 석사논문, 2007 등이 있다.
4  『메이로쿠잡지』에는 여성관련 논설이외에 학술, 사상, 정치, 경제, 종교, 풍속 등에 관한 논설이 게재되어 있다.
5  고야마 시즈코, 『양처현모라는 규범良妻賢母という規範』, 勁草書店, 2004, 7면.
6  당시 여성은 경제적 · 정치적 권리뿐만 아니라 교육의 기회도 부여받지 못했다. 근대에

택의 여지없이 개항했는데, 근대화를 이루어 서구에 편입하기 위해서는 남성지식인들이 여성의 교육과 계몽이 필요함을 부르짖지 않을 수 없게 되었다.

그런데 남성들이 노동자와 병사로서 직접적으로 국가에 공헌하는 것과는 달리, 여성들이 남성들을 지지하고 새로운 노동력을 재생산하는 것으로 국가에 불가결한 존재로서 여성을 포섭하기 위한 남성지식인들의 의도가 짙게 깔려 있음을 알 수 있다. 메이지 국민국가의 지상과제는 부국강병이었으므로 이를 달성하는 것은 남성으로 여성에게는 단지 남성의 보조자로서 역할이 요구되었다. 특히 메이지기 이후 현명한 어머니를 만들기 위한 여성교육의 필요성을 주장했다.

먼저 여성교육을 부르짖는 논설로 『메이로쿠잡지』(제8호)에 게재되어 있는 미쓰쿠리 슈헤이箕作秋坪의 「교육담敎育談」은 '자녀교육에 대한 부모의 의무'라는 내용을 담고 있다.

> 자녀를 교육하는 것은 천도인리天道人理로써 본래 부모의 임무임이 명백하다. (…중략…) 바라는 것은 지금부터 널리 여학교를 세우고 힘껏 여성을 교육하여 어머니로서 자식을 교육하는 것에 대한 긴요함을 알리는 데 있다.[7]

들어와서도 여성들은 오랫동안 교육의 기회로부터 배제되었다. 지금까지 어떤 사회를 막론하고 여성의 영역은 가정이었고 여성은 남성을 통해 세계를 인식하고 이해했으므로 남성이 사회뿐만 아니라 여성까지도 지배·통솔해왔다. 여성은 교육받을 가치가 있는 성이 아니라고 보았으므로 여성에 관한 지식은 대부분 남성의 여성에 대한 생각의 투영에 불과한 것이었다. 따라서 여성교육의 목적은 여성을 더욱 여성답게 교육시켜 성별로 분리된 사회구조를 굳건히 하는 데 있었으므로, 체계적인 학교교육을 많이 받을수록 성별로 분리된 문화와 가치체계에 더 잘 적응하게 될 수밖에 없다는 것은 두말할 나위도 없을 것이다(남인숙, 『여성과 교육』, 신정, 2009, 12~13면).

7    미쓰쿠리 슈헤이, 「교육담」, 『메이로쿠잡지』 제8호, 1874.

미쓰쿠리는 가정에서 자녀교육을 담당하는 것이 어머니의 역할이라며 여성교육과 여학교설립의 필요성을 토로한다. 일본이 학교교육, 특히 여성교육을 시도한 배경에는 당시 일본이 당면했던 시대적 상황을 엿볼 수 있다.

나카무라 마사나오中村正直도 여성교육의 필요성을 주창했는데 그것이 바로 「선량한 어머니를 만드는 설善良ナル母ヲ造ル說」(제33호)이다. 이 논설에서 나카무라는 "동권同權인지 아닌지 그것은 차치해두더라도 남녀의 교양이라는 것은 동등해야 한다"[8]며 교양 레벨에서의 남녀동등이야말로 국력의 원천이 된다고 보았다. 즉 나카무라는 동권을 논하기에 앞서 남녀의 교양이라는 측면을 중요시했는데, 그 이유는 남성이든 여성이든 교육을 통해 교양을 가짐으로써 인류 전체의 위상이 높아지기 때문이라는 것이다. 특히 모리 아리노리는 「처첩론4妻妾論ノ四」(제20호)에서 여성교육의 필요성을 다음과 같이 설명한다.

> 그런데 어려서 배우지 않고 이미 어머니가 되어 자식을 기르게 되고 그 사랑의 힘을 이용하는 방법을 알지 못한다. (…중략…) 여성은 우선 학술적이고 물리적인 것을 익혀야 한다.[9]

모리에 의하면 "여성은 원래 정이 많고 사랑이 깊은 사람"[10]이지만 여성이 학식이 부족하여 사랑을 제대로 이용하는 방법을 모르고 있음을

---

8   나카무라 마사나오, 「선량한 어머니를 만드는 설」, 『메이로쿠잡지』 제33호, 1875.
9   모리 아리노리森有礼, 「처첩론4」, 『메이로쿠잡지』 제20호, 1874.
10  위의 글.

꾸짖고 있다. 이를 통해 모리가 사랑과 관련된 표현을 여성에게 속하는 것으로 고정화시켜 여성은 마치 정이 많고 사랑이 깊은 존재라고 규정하고 있음을 간취할 수 있다.

그리고 모리는 여성이 국가에 필요한 인재를 육성하는 역할을 담당해야 한다는 의미에서 여성교육을 중요시했던 것이다. 게다가 모리는 여성에게 '학술적'이고 '물리적'인 교육을 받게 하여 실생활에 지식을 활용할 수 있도록 여성교육의 중요성을 피력한다. 계속해서 모리는 여성의 역할 중 특히 어머니의 역할을 강조한다.

여성은 남성의 아내가 되어 가정을 다스리는 데 그 책임이 결코 가볍지 않다. 그리고 어머니가 되어 자식을 가리키는 등 그 임무는 실로 어렵고 또한 중대하다고 말할 수 있다.[11]

모리는 특히 어머니가 자녀교육에 힘써야 함을 설파하고 있다. 그 이유는 근대 이전의 일본에서는 남성이 자녀교육을 담당했지만, 근대 이후부터는 여성이 자녀교육을 담당해야만 했기 때문에 특히 유년기의 자녀교육을 담당하는 어머니로서의 역할이 중요하다고 주창한다. 그러나 겉으로 보기에는 모리의 주장이 획기적이고 새로운 인식을 심어준 담론인 것처럼 보이지만, 그것은 결국 여성의 역할 중 어머니의 역할을 충실히 해주기를 바라는 내용이었다.

그런데 여기서 특기할 만한 것은 "세속은 여성을 남성의 유희도구로

---

11 위의 글.

삼고 주색, 가무로 쾌락을 얻는다"[12]는 모리의 의미심장한 말이다. 즉 모리는 일반남성들이 여성을 주색과 가무를 위한 유희의 도구로밖에 여기지 않음을 비판하고 있다. 모리는 일반남성들이 여성에 대한 기존의 인식을 깨고 새롭게 여성을 인식해야 함을 주장함과 동시에 주색과 가무 등의 쾌락에서 벗어날 것을 촉구했다. 모리가 가정에서의 여성역할을 중시하면서도 일반남성들에게 새로운 여성관을 자각시키는 전략을 취하고 있음을 알 수 있다.

## 2. 처첩과 남녀동권의 마술화

『메이로쿠잡지』에 모리가 게재한 11개의 논설 중 「처첩론」이 5편이나 실려 있는 점에서 그 사안을 매우 중요시하고 있었음을 짐작케 한다. 당시 근대국가의 근간이 서양의 일부일처제 근대가족에 있음을 숙지하고 있었던 모리는 '처와 첩의 문제'를 다룬 논설 「처첩론1妻妾論 / 一」(제8호)에서 당시 일본에 만연된 축첩풍습에 대해 비판한다.

특히 모리는 "부부관계는 인륜이 기본이다. 이를 바탕으로 바른 행동이 있으며 바른 행동은 국가의 시작을 이룬다"[13]며 남편은 가족을 부양해야만 하고 부인은 남편을 지탱해야만 하는 것이 '의무'라고 논한다.

---

12  위의 글.
13  모리 아리노리, 「처첩론1」, 『메이로쿠잡지』 제8호, 1874.

즉 모리의 논리를 통해 남편은 가족의 생계를 유지하기 위해 밖에서 열심히 일하고 부인은 가정에서 남편을 지지하는 보조자로서의 의무를 다하는 성별역할을 명확히 구분 짓고 있음을 들여다 볼 수 있다. 또한 모리는 「처첩론2妻妾論ノ二」(제11호)에서 혈통을 바로 잡는 일은 서구사회의 일반적인 습관으로, 그것은 윤리에 의해 성립되었다며 일본의 가족관계 문제를 다음과 같이 지적한다.

> 지금 아내에게 자식이 없고 오히려 첩이 자식을 낳을 때는 첩의 자식이 그 가계를 잇는 것을 상례常例로 한다. (…중략…) 아내인 자가 인연이 없는 아이를 자식으로 인정하고 처음부터 납득한다고는 볼 수 없다. (…중략…) 하녀에게서 태어난 자를 억지로 자식으로 인정하게 할 수 있는가?[14]

모리는 일본에서 혈통을 중시하지 않음으로써 생기는 윤리문제 폐해의 한 예로써 첩의 자식이 가문을 계승하는 문제를 들고 있다. 당시 일본은 첩의 자식이라 하더라도 가계를 계승할 수 있음을 법으로 규정해놓고 있었다. 아내는 남편이 아내가 아닌 다른 여성, 즉 첩, 하녀, 다른 집안의 여성 사이에서 생긴 자식을 친자식으로 인정해야만 하는 불합리한 논리가 정당화되었던 것이다. 모리는 당시 불합리하게 일본의 국법으로 규정된 축첩蓄妾을 신랄하게 비판하고 있다. 여기서 주목해야 할 것은 아내가 첩이나 하녀에게서 태어난 아이를 처음부터 자신의 자식으로 납득하는 것이 아니라 억지로 인정한다는 점이다. 이처럼 모리는 부부 사

---

14 모리 아리노리, 「처첩론2」, 『메이로쿠잡지』 제11호, 1874.

이에 여성의 역할만을 강조하여 가계계통만 이어가는 형식적인 공간으로서의 가정을 걱정하고 있는 것이다.

또한 모리는 부모자식간의 친연성에도 의심이 가고 친척관계도 유지되지 않는다는 점에서 내실적인 가족이 아닐 뿐만 아니라, 부부 사이에도 윤리가 존재하지 않기 때문에 부부라는 이름마저도 유명무실하다고 논한다. 모리의 이러한 논리는 부부의 윤리관계의 중요성을 강조하기 위해 기존의 첩 제도를 비판적으로 다루고 있는 점에서 근대적이라고도 볼 수 있다. 그렇지만 여기서 간과해서는 안 되는 것은 모리가 국가적 견지에서 가족구성원들 사이에서의 윤리성이 결여된 형식적인 가계계승의 공간이라는 점을 우려하고 있는 점이다. 다시 말해서 모리는 여권女權이나 여성의 지위향상을 위한 계몽논리라기보다는 국가적 견지에서 국가를 위해 필요한 가정의 역할을 계몽하려는 의도가 짙게 깔려 있다.

가정은 자본주의체제하에서 여성의 재생산노동이 일어나는 현장으로 여성은 가정에서 미래의 노동자를 출산하여 자식들을 양육하고 남편을 보조하는 역할이 요구된 것에서 이를 뒷받침해준다. 이처럼 근대 남성지식인들은 일본이 근대화의 길을 가기 위해 여성의 모습을 이상화하면서 여성을 계몽시키고 있었다. 그러나 그것은 남성지식인들이 남녀동권론자였기 때문이 아니라 근대국민국가를 만들기 위해 여성이 어떠한 역할을 담당해야 하는지에 초점을 둔 것이다.

다음은 남녀동권을 주장한 대표적인 논설로 후쿠자와 유키치의 「남녀동수론男女同數論」(제31호)을 들 수 있다. 「남녀동수론」에서 후쿠자와는 "세상의 남성과 여성의 수는 대개 같기 때문에 남성 한 명과 여성 한 명이 만나 부부가 되어야 한다"[15]고 주장한다.

「남녀동수론」을 보면 역시 후쿠자와답게 이해하기 쉬운 예를 들어 일반 민중을 계몽시키고자 함이 역력히 드러난다. 또한 후쿠가와는 일반 남성들이 첩을 두거나 창기를 사는 등의 "부끄러운 일은 스스로 금하는 것이 시작이고 이 동권의 시작"[16]이라고 논한다. 즉 후쿠자와는 일반남성들이 첩을 두거나 창기를 사는 행동은 부끄러움이라고 논하며 그런 수치스러운 행동을 하지 말 것을 남성들을 향해 강한 어조로 호소하고 있다. 즉 첩이나 창기를 폐지해야 한다는 내용을 담고 있다. 그와 동시에 후쿠자와는 남성과 여성이 만나 부부를 이루는 이성애를 주창하고 있음을 단적으로 파악할 수 있다. 즉 후쿠자와는 서구를 경험한 지식인답게 남성 한 명과 여성 한 명이 만나 부부를 이루는 근대국가의 근간인 일부일처제를 부르짖고 있다. 다시 말해서 후쿠자와는 「남녀동수론」을 통해 이성애를 정당화하는 근거인 일부일처제를 주창했던 것이다.

그런데 후쿠자와가 첩과 창기폐지를 주장한 이유는 여성과 남성 모두 동등한 인간이라는 남녀동권론을 위해서도 첩과 창기 본인들을 위한 것도 결코 아니었다. 후쿠자와는 여성뿐만이 아니라 일반남성들까지도 계몽 대상으로 포획하여 일반남성들이 첩을 두거나 창기를 사는 그런 수치스러운 행동을 하지 말 것을 촉구했다. 그러나 이는 어디까지나 후쿠자와가 국가적 견지에서 국가의 폐해를 걱정하는 의미에서의 주장논리였던 것이다.

가토 히로유키加藤弘之 또한 후쿠자와와 크게 다르지 않음을 알 수 있는 것으로, 특히 「부부동권 유폐론夫婦同權ノ流弊論」(제31호)이라는 논설이 있

---

15  후쿠자와 유키치, 「남녀동수론」, 『메이로쿠잡지』 제31호, 1875.
16  위의 글.

다. 가토가 기대하는 여성상이 고스란히 담겨 있어 대단히 흥미롭다.

> 종래 남편이 부인을 멸시하는 나쁜 풍습과 첩을 두는 추악한 풍속이 점차
> 사라짐에 따라 부부동권이 진정으로 실행되기에 이르렀다. (…중략…) 지
> 금의 서구는 (…중략…) 부인의 권리가 오히려 남편의 권리를 능가하는 것
> 처럼 보인다. 이는 부부동권론을 오인해서 생긴 병폐이다.[17]

가토는 서구의 남녀동권론이 나오면서 남편의 여성멸시관과 축첩풍
습이 없어져 부부동권이 실현되기에 이르렀다며 남편, 즉 남성의 여성
멸시나 첩을 두는 풍습이 없어져야만 부부동권이 실현될 수 있음을 피
력한다. 그러나 가토는 "부부가 함께 문을 출입할 때 여성이 먼저 나가
고 그 뒤를 남성이 따른다. 앉을 때에도 여성을 상석에 앉히고 남편은 그
다음에 앉는다. 이웃집을 방문할 때에도 부인에게 먼저 인사를 하고 그
다음에 남편에게 인사를 한다"[18]는 등 서구에서 여성에 대한 남성의 태
도는 부부동권론을 잘못 이해해서 생긴 병폐라고 신랄하게 비판한다.

또한 쓰다 마미치津田眞道도 「부부동권변夫婦同權辨」(제35호)에서 사적
생활에서의 부부동권은 인정하지만 공적 세계에서의 여성동권 주장에
는 난색을 표한다.

> 부부동권이란 (…중략…) 민권상民權上 그 나라의 남녀의 권리가 실질적으
> 로 동등하다. (…중략…) 국가정사政事에 관한 공권은 남녀가 처음부터 별개

---

17 가토 히로유키, 「부부동권 유폐론」, 『메이로쿠잡지』 제31호, 1875.
18 위의 글.

이다. 예컨대 이 공권은 종래 단지 남성을 중심으로 한 것으로 여성은 이에 참가하는 것을 얻게 되었다.[19]

이처럼 쓰다는 서양의 성별역할분업의 합리성에는 긍정적이었지만 민권상 남녀의 권리가 실질적으로 동등하다는 남녀동권, 즉 참정권에 대한 여성의 권리획득 요구에는 위기감을 느끼고 있었다. 당시 자유민권시기에는 남성에게만 투표권이 주어지고 여성에게는 아직 참정권이 부여되지 않았다.[20]

게다가 막번幕藩체제를 전복시켜 출발한 메이지정부가 표본으로 삼고 있는 서양에서조차 여성에게 참정권이 주어지지 않았기 때문에 일본에서 여성들이 참정권을 주장하는 여성의 권리획득 요구에 가토와는 달리

---

19  쓰다 마미치, 「부부동권변」, 『메이로쿠잡지』 제35호, 1875.
20  1925년에 실시된 보통선거법에 의해 일본남성은 물론이고 일본에 거주하는 조선인과 대만인 남성에게도 참정권이 주어졌으나 여성의 참정권은 주어지지 않았다. 19세기 후반에 이르러 여성들은 고등교육의 기회와 재산권을 획득하고 제1차 세계대전의 종식과 함께 여성도 선거권을 획득하게 되었다(다께무라 가즈꼬, 이기우 역, 『페미니즘』, 한국문화사, 2003, 42면).

〈표 2〉 국가별 남녀의 선거권 획득시기

| 남성 | | 연도 | | 여성 |
|---|---|---|---|---|
| 프랑스 | ← | 1848 | | |
| 독일 · 미국 | ← | 1870 | | |
| 이탈리아 | ← | 1912 | | |
| 영국 | ← | 1918 | | |
| | | 1920 | → | 독일 · 미국 |
| 일본 | ← | 1925 | | |
| | | 1928 | → | 영국 |
| 스페인 | ← | 1931 | → | 스페인 |
| | | 1945 | → | 일본 · 이탈리아 |
| | | 1946 | → | 프랑스 |
| 대한민국 | ← | 1948 | → | 대한민국 |

출처 : 이남석, 『참여하는 시민, 즐거운 정치』, 책세상, 2005, 47면 참조.

서구유학경험[21]이 있는 쓰다마저도 부정적이었던 것을 감안한다면 당시 여성의 참정권은 상상조차 하기 어려운 시대였음이 추론 가능할 것이다.

결론적으로 쓰다가 서양의 성별역할분업의 합리성에 긍정적이었던 것은 국가적 견지에서였음을 간파할 수 있다. 그와 동시에 쓰다가 여성의 참정권에는 부정적인 것에서 남성주의적 시각에서 벗어나지 못하고 있음을 간취할 수 있다.

한편 쓰다는 「성욕론情慾論」(제34호)에서 성욕은 인간에게 부여된 가장 중요한 것이며 인간이 생존하는 이유라며 인간이 지닌 성욕은 자연스러운 것으로, 남녀 간에 생기는 성욕이야말로 인간생존의 전제가 되며 행복의 기원이라고 논한다.

> 성욕은 인간에게 천부적으로 주어진 가장 중요한 것이다. 우리들은 이것에 의해 생존이 가능한 것이다. (…중략…) 인간에게 성욕이 없다면 우리들은 인멸할 것이다.[22]

즉 쓰다는 인간에게 있어 성욕이야말로 가장 중요한 것으로 인간이 살아가는 이유라고까지 언급한다. 게다가 쓰다는 성욕이야말로 남성만

---

21  서구의 견문을 경험한 학자들로 모리 아리노리의 경우 영국·미국·프랑스·러시아 등을 방문했고, 후쿠자와 유키치는 프랑스·미국·영국·네덜란드·러시아를, 니시 아마네西周는 네덜란드를, 나카무라 마사나오는 영국·미국·프랑스·러시아를, 쓰다 마미치는 네덜란드를, 미쓰쿠리 슈헤이는 영국·프랑스·러시아·네덜란드를 다녀온 경험이 있지만, 니시무라 시게키西村茂樹·가토 히로유키·스기 고지杉亨二 등과 같이 외국 체험이 전혀 없는 양학자도 포함되어 있었다(후쿠다 아지오福田アジオ, 「메이로쿠사明六社」, 『결사의 세계사1 ─ 결중·결사의 일본사結社の世界史1 ─ 結衆·結社の日本史』, 山川出版社, 2006, 179면).

22  쓰다 마미치, 「성욕론」, 『메이로쿠잡지』 제34호, 1875.

이 소유하는 것이 아니라 천성적으로 남녀 모두가 가지고 태어남을 어필한다.

그러나 쓰다는 결국 국가적 견지에서 남녀에게 성욕이 없다면 대를 이을 자손이 없어 나라가 존폐위기에 처하게 될지도 모르기 때문에 성욕을 억압하지 않는다는 논리를 주장했다. 쓰다 또한 성욕논리를 국가의 관리대상으로 보고 일반 민중에게 성욕의 자연성을 강조하여 국가의 기본적 단위인 가족의 계승을 촉구했음을 파악할 수 있다.


## 3. 성의 관리로서 창기의 정치화


쓰다의 「폐창론發娼論」(제42호)을 얼핏 보면 '창기를 없애자'는 주장인 것 같지만 그 실체는 전혀 달랐다.

> 무지의 소시민이 창기 때문에 유혹에 빠져 가산을 탕진하여 가정을 잃는다. (…중략…) 신체의 쇠약과 정신이 혼미해진 자들을 일일이 나열할 수가 없다.[23]

쓰다는 앞의 「성욕론」에서 남녀에게 성욕이 없으면 대를 이을 자손이 없어 나라가 존폐위기에 처할지도 모른다고 성욕의 중요성을 설파하며

---

23  쓰다 마미치, 「폐창론」, 『메이로쿠잡지』 제42호, 1875.

일반남성들에게 성욕을 억압하지는 않지만, 창기에게서 이성적인 남성이 되기를 기대했던 우려가 「폐창론」에서 여실히 드러나 있다. 즉 쓰다는 창기의 존재로 인한 폐해를 걱정하며 창기폐지의 중요성을 주창하고 있다.

이는 쓰다의 모순으로, 만약 남성에게 성욕이 없다면 창기가 존재할 필요가 없는데 쓰다가 창기폐지를 주장한 이유는 창기들의 인권이 훼손되는 것을 염려해서가 결코 아니었다. 그것은 단지 국가적 견지에서 남성들이 창기로 인해 집안일을 소홀히 하고 가산을 탕진하고 몸이 쇠약해지면 당시 일본이 기치로 삼고 있던 부국강병에 위협을 느끼기 때문이다. 결국 쓰다는 「폐창론」을 통해 일반남성들에게 경각심을 불러일으키도록 경종을 울렸던 것이다.

이에 반해 후쿠자와는 첩 제도의 폐지를 주장한 반면, 창기문제에 대해서는 지배자의 시점에서 "나는 창기를 폐지하자는 쪽이 아니라 오히려 보존하기를 바란다"[24]며 창기존재의 필요성을 논한다. 쓰다와는 달리 후쿠자와는 창기를 남성의 성욕처리 장소로써 필요불가결한 존재로 간주했다. 다시 말해서 쓰다가 앞의 「성욕론」에서 남녀에게 성욕이 없음을 우려하며 성욕의 중요성을 설파한 것과는 달리, 후쿠자와는 남성들이 창기에게 성욕을 발산하지 못하면 "양가집 자녀에게 음란한 행위를 하게 되어 (…중략…) 사회의 질서도 이 때문에 문란해진다"[25]고 주장했다. 이는 후쿠자와의 모순으로, 양가집 자녀에게는 양처현모가 될

---

24  후쿠자와 유키치의 1885년 작품인 「품행론品行論」, 게이오기주쿠慶應義塾, 『후쿠자와 유키치전집福沢諭吉全集』 5, 岩波書店, 1971, 566면. 본서에서는 후쿠자와의 여성관을 살펴보기 위해 『후쿠자와 유키치전집』 안에 들어 있는 「품행론」을 살펴보았다.
25  위의 글, 565면.

것을 기대한 반면 창기들에게는 몸을 바쳐 세상에 안락과 행복을 가져다준다는 의미에서 창기의 존재를 인정하기는 입장이 있다. 이처럼 후쿠자와는 여성을 양가집 규수와 창기로 이분화하여 다르게 처우하며 각기 다른 여성의 역할을 요구했던 것이다.

국민의 성적 행위에 대한 통제는 모든 국가사회에서 사회통제의 주요 수단이었기 때문에 후쿠자와 역시 성에 있어서 이중기준을 지니고 있음을 알 수 있다. 후쿠자와는 서양을 경험한 지식인답게 근대 대중사회의 지배정책으로써 성性관리시스템이 얼마나 중대한지를 절실히 인식하고 있었다. 여기서 특히 확인해 두어야 할 것은 일본의 근대 남성지식인들이 여성을 필요에 따라 이분화하면서 국가에 필요한 여성의 역할을 강조하고 있었다는 점이다.

제2장

# 여성이미지의 각축과 여권女權의 변증법

앞 장에서는 남성지식인에 의한 강제라는 부분을 살펴보았다면 본 상
에서는 여성들의 자발이라는 측면을 살펴보기로 한다. 이를 위해 본 장
에서는 남성지식인들이 계몽논리의 일환으로써 만들어낸 여성이미지
에 대해 여성들은 과연 어떻게 표현하고 어떻게 표상되고 있었는지, 또
한 어떻게 여성들이 실천했는지 세 가지 측면에서 고찰한다.

이러한 검토 작업을 통해 일본이라는 국가공동체 안에서 여성을 둘러
싼 표상 양상이 어떠했는지가 드러날 것이다. 이는 곧 여성의 이미지가
다층적인 구조임을 재현하는 작업이며 여성들의 구조화와 내면화 과정
을 드러내는 것이기도 하다. 지금까지 일본 근대여성에 관한 연구 성과
들을 보면 신여성들의 사상이나 활동, 그리고 운동에 초점을 맞춰 근대
적 성격을 밝히는 데 집중된 연구들이 많다.[1]

그와 연동하여 한국 측 연구동향을 보면 일제식민지기 조선의 신여성

과 일본의 신여성[2]과의 관계를 분석해낸 연구가 주류를 이룬다.[3] 따라서 본 장에서는 당시 자유민권운동과 연동하여 등장한 기시다 도시코岸田俊子, 후쿠다 히데코福田英子, 시미즈 시킨清水紫琴, 히라쓰카 라이초平塚らいてう 등 여성들이 어떻게 여성 자신을 표현하고 여성에 의해 여성이 어떻게 표상되고 있었는지를 살펴본다.

구체적으로 기시다 도시코의 「동포 자매에게 고한다同胞姉妹に告ぐ」, 시

---

1 일본 '근대여성'에 관한 일본 측 연구 성과들로 아사다 유코浅田祐子, 『『청탑』이라는 장 一문학・젠더・신여성『青鞜』という場一文学・ジェンダー・新しい女』, 森話社, 2002; 기무라 료코木村涼子, 『'주부'의 탄생—부인잡지와 여성들의 근대'主婦'の誕生一婦人雑誌と女性たちの近代』, 吉川弘文館, 2011; 신페미니즘지평회회新・フェミニズム批評の會 편, 『『청탑』을 읽는다『青鞜』を讀む』, 學藝書林, 1998; 하야카와 노리요 외, 『동아시아의 국민국가 형성과 젠더—여성상을 중심으로』, 青木書店, 2007; 호리바 기요코堀場清子, 『청탑의 시대—히라쓰카 라이초와 신여성들青鞜の時代—平塚らいてうと新しい女たち』, 岩波新書, 1988; 이가라시 도미오五十嵐富夫, 『일본여성문화사日本女性文化史』, 吾妻書館, 1988; 오키 모토코大木基子, 『자유민권운동과 여성自由民權運動と女性』, ドメス出版, 2004 등이 있다. 그리고 한국 측 연구로 윤혜원, 「현대일본여성운동—青鞜運動과 그 社會的 背景을 中心으로」, 『亞細亞女性研究』 제18집, 1979, 113~145면 등이 있다.

2 이득재에 의하면 한국에서 '신여성'이란 일제가 문화통치로 식민지배 방식을 바꾼 1919년 이후에 생긴 용어로써 '참된 개성을 가진 개인으로서의 의의를 자각한 여성'으로 정의되었다. 또한 한국에서의 신여성은 여성의 권리와 교육 정도의 향상을 목표로 하면서도 가정 안에서의 여성의 역할을 중시하는 교양 있는 여성스러움을 칭찬하는 계몽적 보수파로부터 개인주의적인 의식을 강조하고 섹슈얼리티에 연관된 문제를 포함하여 전통적인 여성성의 규범에 의의를 제기하는 진보적이고 래디컬한 여성에 이르기까지 폭넓은 스펙트럼을 갖고 있다. 일본에서는 '신여성'이 야유적인 뉘앙스를 동반하는 반면 한국에서는 '신여성'이 높이 평가되었다(이득재, 『가부장/제/국 속의 여자들』, 문화과학사, 2004, 32면).

3 일제식민지기 조선의 신여성과 일본의 신여성과의 관계를 분석해낸 대표적인 한국 측 연구로는 문옥표, 『신여성』, 청년사, 2003; 김경일, 『여성의 근대, 근대의 여성』, 푸른역사, 2004 등이 있다. 그리고 식민지기 조선의 신여성에 관한 한국 측 연구로는 연구공간 수유+너머 근대매체연구팀, 『매체로 본 근대여성풍속사 신여성』, 한겨레신문사, 2005; 김미영, 「1920년대 여성 담론 형성에 관한 연구—'신여성'의 주체형성 과정을 중심으로」, 서울대 박사논문, 2003; 이명선, 「식민지 근대의 신여성 주체형성에 관한 연구—성별과 성의 관계를 중심으로」, 이화여대 박사논문, 2003 등이 있다. 일본의 신여성에 관한 한국 측 연구로는 최현주, 「일본 근대여성의 신여성론 연구—1910년대를 중심으로」, 서강대 석사논문, 1998 등이 있다.

미즈 시킨의 「깨진 반지こゎれ指環」, 후쿠다 히데코의 「옥중술회獄中述懷」,
히라쓰카 라이초의 「원래, 여성은 태양이었다元始、女性は太陽であった」를
분석한다.


## 1. 여성교육의 정당화와 젠더의 역설


　메이지 초기 자유민권운동과 연동하면서 출현한 기시다 도시코는
『자유등自由燈』[4]에 실린 논설 「동포 자매에게 고한다同胞姉妹に告く」[5](1884)
를 통해 여성교육의 필요성을 호소하고 있다.

　　그렇다면 옛날부터 남성이 여성보다 훌륭한 점이 많은 것은 배운 자와 배
　　우지 못한 자의 차이, 사회에 나온 자와 그렇지 못한 자의 차이처럼 활동하
　　는 세상의 넓고 좁음에 의한 것으로 자연적으로 타고나는 정신력에는 차이
　　가 있을 리 없다. (…중략…) 우리나라(일본－인용자)는 예로부터 여성이
　　배우는 법 자체가 잘못되어 여성사회의 지식발달을 방해하는 요인이 많다.

---

4　1884년 5월에 창간된 소신문인『자유등』은『자유신문自由新聞』에 이어 자유당의 '제2의
　기관지 역할'을 했다. 특히 여성의 존재를 의식하여 여권론에 지면을 할애했다. 사회하
　층민과 여성을 독자로 삼았다(오키 모토코大木基子, 『자유민권운동과 여성自由民權運動と
　女性』, ドメス出版, 2004, 109~110면).
5　기시다 도시코의 「동포 자매에게 고한다」는『자유등』의 논설란에 10회에 걸쳐 연재되
　었는데 특히 소신문이라는 대중적 미디어에 처음으로 발표된 여성 자신에 의한 본격적
　인 여권론＝여권선언이었다(오키 모토코, 앞의 책, 109~115면).

여성의 뛰어난 점이 적은 이유도 그러하다. (…중략…) 여성을 남성 위로 하고 남성보다 어느 정도 많은 권리를 부여해도 당연하지 않은가, 어떠한가? 비뚤어지고 강경한 어조로 주장하는 남성논자도 이점에 대해서는 입을 다물고 할 말이 없을 것이다.[6]

기시다는 남성이 여성보다 뛰어난 점이 많은 이유가 배움의 차이, 세상과 교제하는 범위의 넓고 좁음에서 기인한다고 피력한다. 그러므로 남녀 모두 자연적으로 타고나는 정신력에 있어서는 차이가 없다며 천부인권론을 주장하고 있고, 남존여비의 사회구조를 철저히 비판하고 있으며 남성중심사회제도하에서 여성의 불행을 예리하게 꼬집고 있다. 즉 이 말은 남성지식인들이 내세우는 생물학적 남녀의 차이에는 그 안에 이미 여성에 대한 차별을 내포하고 있으며 여성을 차별의 대상으로 삼고 있음을 의미한다.

반면 기시다는 배움의 유무와 여성의 사회(세상)로의 확대가능성을 차단하는 것에 남녀차이의 원인이 있다며 그 차이를 차별로 이용하려는 남성논자들을 향해 강하게 목소리를 드러내고 있다.

따라서 기시다는 이를 타파하여 평등사회를 구축하고자 여성들이 분발할 것을 촉구했다. 또한 기시다는 여성들에게도 배움의 기회를 준다면 남성들 못지않게 뛰어날 수 있음을 역설했다. 게다가 당시 남성지식인이 여성보다 남성이 우월하다며 남성에게 많은 권리를 주는 것이 당연하다는 주장에 대해 기시다는 비뚤어진 논리라며 남성지식인을 향해

---

6  기시다 도시코, 「동포자매에게 고한다」(1884), 다카다 치나미高田知波, 『여성작가집女性作家集』, 岩波書店, 2002, 9~11면.

신랄하게 비판했다.

　그렇다면 시미즈 시킨의 데뷔작 「깨진 반지こわれ指環」(『여학잡지女學雜誌』, 1891)를 통해 실제 현실에서는 여성교육이 어떻게 이루어지고 있었는지를 살펴보면 다음과 같다.

　　내가 교육받은 여학교에서도 그 당시에는 한결 같이 중국식 수신학을 가르쳤으며 서적 같은 것도 유향劉向의 열녀전列女傳 같은 것만 읽게 했기 때문에 나 또한 어느새 그런 것에 감화 받아서[7]

　이처럼 여성의 삶과 사고방식 및 행위양식은 그 당시 여성이 어떠한 교육환경에 처해 있었는지를 살펴보면 곧바로 이해할 수 있을 것이다. 즉 당시 일본에는 신교육이 들어온 상태였지만 위의 글을 통해 현실에서 이루어지는 실제 교육은 중국식 도덕교육 위주의 수신과목에 집중되었음을 추론할 수 있다.

　예컨대 학교에서는 『여대학女大學』[8]의 내용을 담은 봉건적인 유교도덕을 가르쳤고 여성을 규제하고 억압하는 『열녀전』[9]을 읽게 함으로써

---

7　시미즈 시킨, 「깨진 반지」, 나카야마 가즈코中山和子 외, 『젠더의 일본근대문학ジェンダーの日本近代文學』, 翰林書房, 1998, 7면.

8　에도시대에 부녀자의 도덕지침서로 에도시대의 여훈서는 일반적으로 칠거・삼종이나 정절 등 남존여비의 도덕을 설파했다. 에도전기에 중국의 여훈서를 번안한 가나로 된 책이 출판되었으며 중기에는 민간을 대상으로 하여 평이한 교훈을 습자용 교과서로 만든 『온나이마가와女今川』 등도 출판되었다. 1716년에 『여대학 보물 상자女大學寶箱』의 간행 이후 '여대학'이라는 이름을 가진 유사본이 다수 출판되어 『여대학』이 통속적인 여훈서의 대명사가 되었다.

9　『열녀전』은 유교적 여성상을 본격적으로 다룬 최초의 여훈서로, 전한前漢 말기 유학자 유향이 편찬한 중국 최초의 여성전기집이다. 전체적으로 중국 고대문헌에 등장하는 106명의 여성이야기를 전기로 재구성했다. 다시 말해서 『열녀전』은 사실 그대로를 옮

여성들에게 양처현모[10]가 될 것을 강요했다. 당시 여성교육의 목표가 양처현모의 육성에 있었음을 대변해준다. 또한 교화의 시작은 학교에서 비롯되기 때문에 학교교육의 힘이 얼마나 위력을 가진 것인지를 가늠할 수 있을 것이다.

따라서 시킨은 구습에서 벗어나지 못한 교육현실을 비판함과 동시에 이러한 현실에서 여성들이 모르는 사이에 구습인 양처현모논리를 내면화해서는 안 된다고 보았다. 왜냐하면 일본 근대화의 시발점으로 자본주의 시스템에 합치하도록 일본사회를 개혁하는 것을 목표로 삼았던 메이지유신은 여성을 그 과정 속으로 끌어들여 당시 국시國是였던 부국강병을 지탱해주는 여성이 될 것을 요청하기 위한 논리였기 때문이다.

---

긴 것이라기보다는 실제 인물들이 활동한 시대보다 훨씬 후대에 저자의 상상력으로 각색한 부분이 많다. 내용을 보면 여성의 이미지와 덕목에 따라 7가지 여성상으로 유형화하여 이상적인 여성상과 경계해야 할 여성상을 분류하여 유교적 여성상을 구축하고자 했다. 특히 등장인물 중에는 역사적 실제인물도 있어서 리얼리티를 살리는 한편 허구적인 가공인물도 있다. 문학사적 의의로는 최초의 여성전기라는 의미를 넘어 남성 중심의 역사서술에 여성의 기록을 추가하여 여성의 이야기가 공식적인 역사의 장 속에 편입되는 계기를 마련했다. 형식을 보면 모의母儀(훌륭한 어머니들), 현명賢明(현명한 여인들), 인지仁智(지혜로운 여인들), 정순貞順(예와 신의를 지킨 여인들), 절의節義(도리를 실행에 옮긴 여인들), 변통辯通(지식과 사리에 밝은 여인들), 얼폐孼嬖(나라와 가문을 망친 여인들) 7가지 여성상으로 구성되어 있다(유향, 박양숙 역, 『(역사를 바꾼 여인들)열녀전』, 자유문고, 1994; 유향, 이숙인 역, 『열녀전-중국 고대의 106여인 이야기』, 예문서원, 1996 참조). 유향이 중국 여훈서의 일종인 『열녀전』에서 다양한 여성이미지를 통해 이상적인 여성상을 정립하고자 한 의도에는 여성이라는 존재가 지닌 무한한 힘과 에너지에 대한 긍정이 깔려 있다. 즉 유향이 『열녀전』을 편찬한 목적은 이러한 여성의 역량을 유교적 이상사회를 건설하는 데 적극적으로 끌어들이려고 하는 데에 있었다. 즉 여성의 참여를 규방으로 제한하고 남성을 완성시키는 내조자로 설정할 뿐 여성을 독립된 주체로 설정하지 않았다(金彦淳, 「朝鮮時代 女訓書에 나타난 女性의 正體性 硏究」, 한국학중앙연구원 박사논문, 2005, 62~66면).

10  전전戰前의 일본에서는 국가공인의 여성교육이념으로써 '양처현모'가 존재했고 학교교육을 통해 '양처현모'가 육성되었다(고야마 시즈코, 『양처현모라는 규범』, 勁草書房, 2004, iii면).

이처럼 메이지국가가 여성에게 요구한 첫 번째 역할은 '양처현모'였다. 즉 부국강병을 직접 담당하는 것은 남성들로 여성들은 남성의 일을 돕고 후계자가 될 아들을 훌륭하게 키우는 역할이 기대되었다. 그러므로 시킨은 여성들이 그런 논리에 휘말리지 말고 각성할 것을 촉구했던 것이다.

한편 메이지 말기 자유연애를 감행하고 자신의 성을 결정하는 주체를 확립하며 양처현모주의에 반기를 들며 등장한 것은 히라쓰카 라이초였다. 히라쓰카는 『청탑靑鞜』 창간호의 발간사 「원래, 여성은 태양이었다元始、女性は太陽であった」(1911)에서 여성교육의 필요성을 강력히 부르짖고 있다.

> 나는 일본 대부분의 지식인처럼 여성고등교육의 불필요 논자는 물론 아니다. (…중략…) 무릇 지식을 구한다는 것은 무지무명에서 벗어나 자기를 해방시키기 위한 것임에 틀림없다.[11]

이와 같이 히라쓰카는 남녀를 불문하고 자기해방을 위해 교육의 필요성을 주장했다. 당시 일본은 '고등여학교령'(1899)[12]을 통해 여성의 중등교육제도가 확립되었지만 현실적으로 여성들이 모두 교육을 받을 수

---

11 히라쓰카 라이초, 「원래, 여성은 태양이었다」, 히라쓰카 라이초저작집 편집위원회平塚らいてう著作集編輯委員會 편, 『히라쓰카 라이초저작집平塚らいてう著作集』 제1권, 大月書店, 1983, 23면.
12 학교의 증설, 학생 수의 증가는 특히 고등여학교의 경우가 현저한데 1918년에서 1926년 사이에 학교 수는 약 2.5배, 학생 수는 약 3.2배로 증가했다(같은 기간 중학교의 학교 수는 1.5배, 학생 수는 2.1배 증가). 1925년도 고등여학교 졸업자는 같은 연령의 여성인구의 약 10%에 달했다(마에다 아이, 유은경·이원희 역, 『일본 근대 독자의 성립』, 이룸, 2003, 208~209면).

있었던 것은 아니다. 예를 들어 당시 수업료는 학부모가 지불해야만 했기 때문에 경제적 이유 또는 여성이 배우면 혹시 남성을 무시할 수 있다는 우려 등의 이유로 교육의 수혜에서 배제된 여성들도 많았다.

그러나 히라쓰카는 『청탑』의 창간사에서 여성이 인간으로서의 자기해방을 성취하기 위해서는 여성교육이 급선무임을 주창했다. 더 나아가 여성과 남성이라는 이분법적 논리를 초월하여 여성도 한 인간으로서 교육받아야 한다고 주장한 히라쓰카의 논리는 '남녀동권론'의 새로운 구호로써 '천부인권과 인간평등'의 주장이 그 논리를 지탱해주는 역학으로 작동했다.

## 2. 젠더의 제도화와 반발

「동포 자매에게 고한다」에서 기시다는 봉건의식의 발로인 남존여비 사상을 다음과 같이 비판한다.

우리나라(일본 – 인용자)에는 예로부터 전해오는 여러 가지 나쁜 교육과 습관, 풍습 때문에 문명자유국 국민들에게 부끄러운 점이 있다. 그 나쁜 풍속 중 가장 으뜸은 남존여비의 풍속인 것이다. 원래 이 풍속은 동양 아시아의 폐습으로, (…중략…) 인간세계는 남녀로 이루어져 있으며 당연히 남성만으로 세상은 만들어질 수 없는 것이다. 이 사회에 하루라도 여성이 없다면

인류는 무너지고 나라는 멸망할 것이다.[13]

기시다는 메이지 신정부가 들어섰음에도 여전히 남존여비사상이 만연되어 있는 세태를 풍자하고 있다. 특히 동아시아의 폐습으로써 남존여비사상을 비판하며 구습을 타파할 것을 피력한다. 기시다는 동시에 당시 남편이 아내의 재산을 관리하도록 되어 있는 불합리한 『메이지민법明治民法』[14]의 폐해를 규탄하고 있다. 즉 메이지정부는 여성들에게 다양한 역할을 요구했는데 여성의 역할을 규정하는 여러 가지 법체계를 확립함으로써 여성들이 제도적으로 저항할 수 없도록 만들었다.

그 대표적인 것이 바로 『메이지민법』인데 메이지정부는 메이지유신 이래 서구화를 지향하면서도 근대 서구의 기본사상인 남녀평등과 일부일처제만은 그대로 수용하지 않았을 뿐만 아니라 오히려 아내의 무능력화, 막강한 호주권, 가독 상속 등을 국가법으로 신설하여 여성의 지위를 자리매김하는 중요한 요소로 등장시켰다. 따라서 기시다는 얼토당토않

---

13  기시다 도시코, 「동포자매에게 고한다」(1884), 앞의 책, 3~4면.
14  『메이지민법』에 의한 여성의 지위를 살펴보면 '이에'의 통솔권자로서 호주를 두고 그 호주에게 가족의 거처 지정권과 혼인, 양자입적 등의 동의권을 부여하고 호주의 거처지정에 따르지 않거나 동의 없이 혼인 등을 행하는 가족을 이적할 수 있었다. 호주는 보통 일가의 가장에 해당하는 남편 또는 아버지였기 때문에 남편의 폭력을 참다가 가출한 아내는 호주권에 반하는 것으로 간주되었다. 특히 남편은 아내의 재산을 관리하도록 정해져 있어 여성은 결혼함으로써 무능력자로 간주되어 아내는 남편의 동의 없이는 함부로 계약을 체결할 수 없을 뿐만 아니라 남편이 아내 모르게 계약을 하는 등의 피해를 입는 경우 감수할 수밖에 없었다(와키타 하루코脇田晴子 편, 『일본여성사日本女性史』, 吉川弘文館, 1988, 200~201면). 이처럼 『메이지민법』은 여성이 남성과 '이에'제도에 예속될 수밖에 없는 결정적인 역할을 했을 뿐만 아니라 1947년 미군정하 민법이 개정되기까지 여성의 법적지위를 규정하는 가장 중요한 역할을 했다. 『메이지민법』은 1898년에 제정·공포되어 1948년까지 약 50년간 시행되었다(장미화, 「일본의 아시아·태평양전쟁기 여성동원정책에 관한 연구」, 한양대 박사논문, 2007, 23~24면).

은 법제도를 만들어 여성과 여성의 역할을 규정하는『메이지민법』의 폐해를 꾸짖고 있는 것이다. 이처럼『메이지민법』이 여성들의 지위를 가장 낮은 상태로 만든 법적 기제 중의 하나였음을 단적으로 알 수 있다.

예컨대 여성을 억압하는 주요 법적 기제였던『메이지민법』을 좀 더 살펴보면 당시 아내는 무능력한 존재로서 남편의 동의 없이 재산을 마음대로 처분할 수 없도록 법으로 규정해 놓았다. 즉 여성은 남편의 사유물로 노예나 다름없는 존재였다. 또한 당시 메이지정부는 민법이라는 시스템을 통해 여성을 '이에'제도하에 두고 관리·통제하고 있었다. 한마디로 말해서『메이지민법』은 여성을 무능력자로 규정했을 뿐만 아니라 가장인 남편의 지배하에 두는 등 국가는 여성을 보조국민으로 취급했던 것이다.

특히 당시 지식인이나 위정자들은 자신들이 원하는 여성상을 만들어 근대 일본을 만드는 데 필요한 보조국민으로서 여성을 상정하고 있었음을 알 수 있다. 즉『메이지민법』은 보조국민을 창출하기 위해 적합한 법체계였음을 간취할 수 있다. 따라서 기시다는 그러한 불합리한 봉건적인 악습의 폐해를 꾸짖고 있다. 한편 시미즈 시킨의「깨진 반지」에는 당시 여성의 결혼생활에 있어서 불합리한 상황이 더욱 구체적으로 드러나 있다.

얼굴도 못 본 정혼자인 남편과 젊어서 사별했다고 해서 그를 위해 코를 베고 귀를 잘라 절개를 보이라는 등. 혹은 시어머니가 얼토당토않은 이유로 며느리를 구박해도 며느리가 된 자는 그 집을 떠날 수 없다고 해서 시댁을 떠나지 않는 것을 더할 나위 없는 여성의 미덕이라고 알고 있었습니다.[15]

위의 대목을 통해 알 수 있는 것은 당시 새로운 시대가 도래했지만 그럼에도 불구하고 봉건적이고 여성의 미덕론이 존재하고 있었으며 여성들은 그것을 내면화하고 있었다는 점이다. 여성들에게 남성에게 헌신하는 것만이 여성의 미덕이자 바른 길이라고 가르쳤다. 여성들은 아무런 의심 없이 그것을 추종하여 남편과 시부모에게 순종하며 살아가는 것이 당연하다고 여성들 스스로 내면화했던 것이다.

결국 시킨은 이 글을 통해 자각하지 못한 여성, 자아발견을 하지 못한 여성, 주체성을 확립하지 못한 여성을 표상함으로써 여성들을 각성시키고자 했던 것이다.

## 3. 여권의 반발과 전회로서 젠더의 국가화

이제까지 글쓰기를 통해 여성들이 각성할 것을 피력한 것과는 달리 직접 현실에 맞선 특기할 만한 실화가 있어 소개하기로 한다. 구수노세 기타楠瀬喜多의 일화가 바로 그것이다. 1878년明治11 구수노세가 한통의 서류를 고치高知현청에 제출했던 실제 있었던 일이어서 리얼리티를 통감할 수 있을 것이다. 구수노세는 당시 여성에게 권리는 없고 의무만 있는 것에 대해 불만을 품고 불공평한 취급이라며 납세를 거부한다.

---

15  시미즈 시킨, 「깨진 반지」, 앞의 책, 7면.

당시 호주였기 때문에 납세의무를 지고 있던 구수노세는 납세의무를 다하면 선거권을 부여받을 수 있다고 생각했지만 당시 호주라 하더라도 여성에게는 선거권이 부여되지 않았기 때문이다.[16] 그래서 구수노세는 직접 정부를 상대로 선거권요구를 호소했던 것이다. 그 서류를 당시 남성자유민권가가 대신 써 주었다는 설도 있지만, 여기서 그것이 진실인지 아닌지는 차치해두더라도 구수노세가 불만이나 한탄에만 머물지 않고 정부를 상대로 선거권 요구를 행동으로 직접 실천했다는 점은 높이 평가할 만하다.

한편 여성의 권익주장을 위해 자유민권운동에 직접 가담한 여성으로서 기시다 도시코와 후쿠다 히데코를 꼽을 수 있는데, 다음 문장은 기시다가 여성들에게 자각할 것을 호소하는 이유와 여성해방운동을 부르짖는 이유를 알 수 있는 단초를 제공해준다.

내가 『자유등自由燈』의 문단을 빌려 이렇게 세상 사람들에게 미친 여성 혹은 모자라는 여성이라고 손가락질과 비웃음당하는 것을 꺼리지 않고 동포자매에게 진정으로 고하고자 하는 것에는 깊은 이유가 있다. 나라를 생각하고 세상을 걱정하는 진심에서이다. 나의 정답고 사랑스런 자매의 자유와 행복을 발전시켜 나아가기를 바라는 정신에서 나온 것이다.[17]

그런데 기시다는 단순히 여성의 권리를 확보하겠다는 입장이 아니었다. 기시다가 부르짖는 여성의 권익주장은 나라를 생각하는 국가적 차

---

16 오키 모토코, 「자유민권운동과 여성표상自由民權運動と女性の表象」, 앞의 책, 39~42면.
17 기시다 도시코, 「동포자매에게 고한다」(1884), 앞의 책, 3면.

원에서의 자유와 행복을 발전시킨다는 논리였다. 여성의 권리향상이 국가적 발전논리와 연결된다는 기시다의 입장은 여성의 권리와 국가의 불가분성을 인식시키기에 충분했던 것이다. 기시다는 이를 위해 남녀동등권이 필요함을 강조한다.

> 영혼에서 사지오관四肢五官에 이르기까지 남녀 모두 자연의 천성을 얻어 부족한 것이 없고 남성의 넘치는 부분과 여성의 부족한 부분도 인류사회를 구성하기 위한 것이며 소위 동등동권이라 할 수 있을 것이다. (…중략…) 단지 남성은 강하고 여성은 약하기 때문에 동등하지 않으며 동등한 권리를 가질 수 없다고 단순히 논하는 것에 어찌 반론의 여지가 없겠는가?[18]

기시다는 인간은 누구나 태어날 때부터 선천적으로 평등한 존재로 남성 = 강한 존재, 여성 = 약한 존재라며 힘의 강약에 따라 존비귀천을 나누어서는 안 되며 여성들도 남성과 똑같은 대우를 받아야 함을 강력히 호소했다. 그러나 기시다에게 있어 여권은 정치적 권리에서의 남녀동권이 아니었다. 그것은 다름 아닌 일상적인 가정생활에서의 남녀동권을 의미했다.[19]

이를 구체적으로 말하면 기시다는 여성에게 정치적 권리와 정치적 활

18 위의 글, 4~5면.
19 반면 당시 압도적 다수를 차지하고 있던 남성민권가들은 민권의 확장·확립을 정치적 권리와 정치적 활동을 보장하기 위한 시민적 권리의 확립이라고 생각한 반면, 일상의 가정생활에 있어서의 남녀동권과 서로에게 동등하게 대우하는 것 등은 생각하지 않았다. 즉 남성민권가들은 정부의 압제와 집회조례·신문지조례에 의한 민권운동에 대한 탄압을 비판하면서도 가정에서는 전제군주로서 가정에서의 남녀동권에는 깨닫지 못했다 (오키 모토코, 앞의 책, 114면).

동을 보장하는 언론과 집회 등의 자유 실현보다는 여성이 생활하는 공간이 가정이라는 장소에서 여성 자신이 주체성을 확립하고, 남성과 동등한 권리를 가진 자로서 남성에게 인정받는 것이 필요하다고 생각했던 것이다.

여권확장을 주장한 또 다른 대표적인 여성으로 후쿠다 히데코가 있다. 후쿠다는 기시다 도시코가 오카야마岡山에서 실시한 연설에 감동받아서 자유민권운동에 가담하게 된 여성이다. 후쿠다는 특히 자신이 평소 생각한 바를 몸소 실천한 실천적 여성이라 하겠다. 후쿠다가 성장한 메이지 20년대는 국회개설을 요구하며 일어난 '자유민권운동'이 한창 고양되던 시절로, 후쿠다의 자유민권운동에의 자연스러운 가담은 기시다의 영향뿐만 아니라 시대적 상황과 맥을 같이 한다고 할 수 있다. 후쿠다의 저서 중 『나의 반생애妾の半生涯』(1904)에 안에 실린 수기 「옥중술회獄中述懷」(1885)가 정수를 이루는데 자유민권운동에 나선 이유가 더욱 극명하게 드러나 있다.

원래 우리는 민권의 확장이 없다. 따라서 부녀자가 누습陋習에 익숙해져 비굴하게 남성의 노예인 것을 만족해하고 천부자유의 권리가 있음을 알지 못하고 자신들에게 어떠한 폐제악법弊制惡法이 있는지도 전혀 개의치 않고 (…중략…) 이렇듯 부녀자가 무기무력無気無力한 것도 전적으로 여성교육의 불완전함, 동시에 민권확장을 하지 않는 것 (…중략…) 우리는 동정동감同情同感의 민권확장가와 서로 손잡고 마침내 자유민권을 확장하는 일에 종사할 것을 결의했다.[20]

위의 문장은 당시 19세 소녀였던 후쿠다가 오사카大阪사건에 연루되어 미결未決감옥에 수감되었던 기간 중에 작성한 수기형식의 글이다. 후쿠다는 여기서 일본여성이 천부적인 자유의 권리를 찾지 못하고 남성에게 예속된 것에 만족하고, 정치는 여성이 관여할 일이 아니라고 여기는 것은 여성교육이 불완전하고 민권에 대한 인식부족이라고 생각했기 때문에 민권운동에 나섰음을 당당히 밝히고 있다.

또한 민권의 확장·확립이 선결과제라고 생각한 후쿠다는 여성들도 일본국민으로서 "여권을 확장하고 남녀가 동등한 지위에 이르게 되면 3천 7백만 동포 자매 모두 국가정치에 참가하게 되고, 결국 나라의 위급함을 남의 일처럼 보지 않고 폐제악법이 제거되고 (…중략…) 애국의 정情도 마침내 간절해진다"[21]고 주장한다. 당시 후쿠다의 여권획득 주장은 국가를 상정한 논리였고 그 자장 안에서 여성의 권리와 남성의 권리가 동등함을 주장한 논리였다.

이처럼 기시다와 후쿠다는 여성 자신을 위한 것이 아니라 국가적 견지에서의 여성자각, 즉 여성교육의 필요성을 주창했던 것이다. 따라서 앞의 제1부 제2장에서 근대 남성지식인이 국가적 견지에서 여성교육의 필요성을 주장한 것에 대해 여성논자들도 남성지식인들의 논리를 반박하고 저항하는 한편, 남성지식인들의 논리를 모방하고 있었음을 발견할 수가 있다.

기시다와 후쿠다는 모방을 통해 남성지식인들의 지식을 습득했다고 할 수 있다. 이는 거꾸로 말하면 남성만이 국가의 장래를 걱정한 것이 아

---

20  후쿠다 히데코, 「옥중술회」(1885), 후쿠다 히데코, 『나의 반생애』, 岩波文庫, 1904, 21면.
21  위의 글, 21면.

니라 당시 여성들도 국가를 상정하고 있었다고 해석할 수 있다. 이를 환언하면 남성뿐만 아니라 여성들도 근대국민국가의 논리에 편입되어 국가관 또는 국가의식을 드러내고 있는 것에서 그 자장으로부터 자유롭지 못했음을 보여주고 있다.

# 제3장

# 여성 당사자의 젠더 계몽과 자생의 좌절

에도江戸 후기, 특히 여성의 생활이 활발해진 시기에 여훈서가 대량으로 출판되었다. 예를 들어 반즈케 미타테番付見立의 『여대학女大學』, 나카에 도주中江藤樹의 『가가미쿠사鑑草』, 사쿠마 쇼잔佐久間像山의 『여훈女訓』, 가이바라 에키켄貝原益軒의 『화속동자훈和俗童子訓』 등이 바로 그것이다.[1]

그중에서 유학자 가이바라 에키켄의 『화속동자훈』(전5권, 1710)이 그 효시라 하겠다. 가이바라는 『화속동자훈』 안에 들어 있는 「여자를 가르치는 법敎女子法」[2]에서 여성의 일상을 규정하는 논리를 전개하고 있다. 그런데 가이바라는 「여자를 가르치는 법」에서 여성은 결혼하면 남편과

---

1  하야카와 노리요, 「일본의 근대화와 여성상, 남성상, 가족상 모색日本の近代化と女性像、男性像、家族像の摸索」, 하야카와 노리요 외, 『동아시아의 국민국가 형성과 젠더—여성상을 중심으로』, 靑木書店, 2007, 16면.
2  텍스트는 가이바라 에키켄, 「여자를 가르치는 법」, 『가이바라 에키켄집貝原益軒集』, 國民文庫, 1913을 사용했다.

시부모를 섬겨야만 하는 자이기 때문에 부모의 가르침이 중요하다고 지적한다.

가이바라는 그밖에 여성의 아내·며느리로서의 마음가짐과 행동에 대해서도 설파한다. 「여자를 가르치는 법」[3]은 대부분의 여훈서[4]와 마찬가지로 결혼 후 '여성의 삶'에 착목해서 논하고 있어 다른 여훈서와의 차별성이 별로 없다.[5] 그러나 여훈서가 다른 '여성계몽서'에도 영향을

---

3 金彦淳,「朝鮮時代 女訓書에 나타난 女性의 正體性 硏究」, 한국학중앙연구원 박사논문, 2005; 하야카와 노리요早川紀代, 앞의 글.

4 예를 들어 중국의 『여사서』는 청나라 왕상王相이 기존에 유행하던 여훈서, 즉 후한後漢의 반소班昭(호는 조태고曺大家)의 『여계女戒』, 당나라 송약소宋若昭의 『여논어女論語』, 명나라 인효문황후仁孝文皇后의 『내훈內訓』, 명나라 왕절부王節婦 류씨劉氏의 『여범첩록女範捷錄』 4편을 묶어 엮은 책으로, 중국에서는 여성교훈서의 종류만 해도 무려 150여개에 달한다(이숙인(2003) 『여사서』, 여이연, 349면). 『여사서』의 내용을 살펴보면 다음과 같다. 『여계』는 비약卑弱(몸을 낮추고 태도를 부드럽게), 부부夫婦(통솔하는 남편과 따르는 아내), 경순敬順(공경하고 순종하는 마음), 부행婦行(덕 있는 행동), 전심專心(온 마음을 남편에게), 곡종曲從(시부모에게 정성으로 따르기), 화숙매和叔妹(시집의 형제자매와 사이 좋게 지내기) 7장으로 구성되어 있고 『내훈』에는 덕성德性(덕성에 대해서), 수신修身(수신에 대해서), 신언愼言(말은 신중하게), 근행謹行(행동은 조심스럽게), 근려勤勵(열심히 일함), 절검節儉(절약과 검소), 경계警戒(경계하고 조심하는 태도), 적선積善(선을 쌓아가다), 천선遷善(선을 실천하다), 숭성훈崇聖訓(훌륭한 말씀을 존숭함), 경현범景賢範(훌륭한 분들을 본받다), 사부모事父母(부모를 섬기다), 사군事君(후비의 남편 섬기기), 사구고事舅姑(시부모를 섬기다), 봉제사奉祭祀(제사를 받들어 모시다), 모의母儀(훌륭한 어머니상), 목친睦親(친척과는 화목하게), 자유慈幼(자식사랑), 체하逮下(첩에 대한 배려), 대외척待外戚(외척관리) 20장으로 되어 있으며 『여논어』에는 입신立身(자신을 바로 세우다), 학작學作(일을 배우다), 학례學禮(예를 배우다), 조기早起(아침 일찍 일어나다), 사부모事父母(부모를 모시다), 사구고事舅姑(시부모를 섬기다), 사부事夫(남편을 섬기다), 훈남녀訓男女(자녀를 가르치다), 영가營家(가정살림을 경영하다), 대객待客(손님을 접대하다), 화유和柔(사람들과 화목하게 지내다), 수절守節(절개를 지키다) 12장으로 되어 있다. 『여범첩록』에는 후덕后德(황후의 덕), 모의母儀(훌륭한 어머니들), 효행孝行(효를 행한 여성들), 정렬貞烈(정절을 지킨 여성들), 충의忠義(충성과 의리를 지킨 여성들), 자애慈愛(사랑을 실천한 여성들), 병례秉禮(예를 실천한 여성들), 지혜智慧(지혜로운 여성들), 근검勤儉(검소하고 부지런한 여성들), 재덕才德(재능과 학식을 가진 여성들) 10편으로 구성되어 있다(김종출 역, 『여사서』, 문화각, 1966, 9~10면; 이숙인, 『여사서』, 여이연, 2003 참조).

5 「여자를 가르치는 법」과 마찬가지로 『여사서』도 결혼 전의 여성의 삶이 아니라 결혼 후의 여성의 삶에 착목하여 논하고 있을 뿐만 아니라, 부모·시부모에 대한 효와 부부관계

주었고 여성의 일상을 지배하고 있었다는 측면에서 여훈서에 대한 고찰은 무엇보다도 중요하다.[6]

이처럼 여훈서는 가부장적 가족질서 안에서 남성의 지위를 높이는 반면, 여성의 지위를 약화시켜 남성지배・여성종속의 구도를 더욱 양극화시키고 여성을 남성보다 열등한 존재로 인식시키며 성별계층 구조를 더욱 공고히 하는 한편 그것을 유지하도록 기능해왔다. 특히 메이지기明治期 일본에서는 중국의 여훈서[7]를 모방하여 일본만의 독자적인 여훈서를 고안하고 유포하여 여성을 규정하고 억압하는 기제로 사용되었다. 따라서 본 장에서 다루려고 하는 여훈서가 여성의 삶과 정체성을 파악하는 데에 있어 매우 귀중한 자료라 여겨지기 때문에 이를 다룰 필요가 있을 것이다

그러므로 본 장에서는 유교적 덕목을 구가한 여훈서, 특히 「여자를 가르치는 법」을 검토하여 여훈서가 여성의 삶과 정체성을 어떻게 규정했는지를 검토한다. 또한 본 장에서는 여성작가가 쓴 소설 속에서 여주

---

에서 요청되는 마음가짐과 태도를 논하고 있어 차별성이 별로 없다고 판단된다. 그럼에도 불구하고 내용은 전혀 다르기 때문에 「여자를 가르치는 법」의 검토는 분명히 의미있는 작업이라 여겨진다.

6  중국의 『여사서』가 나온 후 한국과 일본 등의 동아시아 각국은 중국의 『여사서』를 수입하여 국가의 지원을 받아 각국의 언어로 번역되어 유포했다. 동아시아 각국의 여성지식인들은 직접 이 책을 읽고 암송함으로써 자신을 형상화했고 책을 읽을 수 없었던 일반여성들은 지식인여성이 하는 방식을 거울로 삼아 자신을 규범화해갔다(이숙인, 앞의 책, 350면).

7  중국의 여훈서는 '여성을 위한 가르침' 혹은 '여성의 모범상'을 담고 있으며 제목은 물론 내용도 거의 유사하다. 그 이유는 기본이 되는 몇 개의 텍스트를 바탕으로 새롭게 편집하거나 내용을 축약 또는 덧붙이는 등 약간의 변화만 주었을 뿐 내용상에는 큰 변화가 없기 때문이다. 예를 들면 『예기禮記』의 「내칙內則」, 유향劉向의 『열녀전列女傳』, 반소班昭의 『여계女誡』, 『속여훈續女訓』, 『여교女教書』, 『여훈女訓』, 『여헌女憲』, 『여사서女四書』, 『여교女教』, 『명감明鑑』, 『소학小學』, 『궁잠宮箴』, 『여효경女孝經』, 『여논어女論語』 등이 바로 그것이다(金彦淳, 앞의 글, 49면).

인공이 남성지식인이 규정한 여성성을 어떻게 내면화했는지를 살펴봄으로써 자아획득이 무엇인지 살펴보는 계기를 마련하고자 한다. 이를 위해 히구치 이치요樋口一葉의 「십삼야十三夜」(『문학계文學界』, 1895)[8]를 중심으로 소설 속에서 여주인공이 유교적 덕목을 어떻게 인식하고 있었는지를 규명해보고자 한다.

## 1. 젠더와 결혼의 프로젝트화

### 1) 딸과 부모의 운명론

히구치 이치요의 「십삼야」를 보면 결혼한 딸이 인력거를 타고 친정집에 오는 것으로 소설은 시작된다. 본 장에서 소설이 시작되는 부분에 주목하는 이유는 소설에 있어서 시작과 결말은 주제를 포함하여 많은 의미를 함축하고 있기 때문이다. 이 소설의 도입에서부터 결혼한 딸이 친정을 방문하는 것으로 시작되는 것은 작가의 의도와 함께 당시 사회현상을 재현한 것으로도 이해할 수 있을 것이다.

---

8 　신선향, 「『십삼일 밤十三夜』의 세계」, 『일본문학과 여성』, UUP(울산대 출판부), 2005, 211~213면; 조혜숙, 「공유할 수 없는 생각-『십삼야十三夜』」, 『일본근대여성의 시대인식-여류작가 히구치 이치요樋口一葉의 시선』, 제이앤씨, 2010, 150~151면. 텍스트는 히구치 이치요樋口一葉, 「십삼야十三夜」, 쓰보우치 유조坪內祐三・나카노 미도리中野翠, 『메이지문학 히구치 이치요明治の文学 樋口一葉』 제17권, 筑摩書房, 2000을 사용했다.

「십삼야」에는 결혼 전의 오세키お関에 대한 묘사가 생략되어 있지만 다음 문장에서 오세키가 적어도 부모님의 명령에 순종하고 거역하지 않는 딸이었음을 미루어 짐작할 수 있게 해준다.

아무것도 모르고 저렇게 기뻐하는데 무슨 낯으로 이혼장을 내놓는다는 말인가.[9]

이혼을 결심한 오세키는 이혼장을 제출하기 위해 친정집에 도착했지만 이혼하면 자신에 대해 실망할 부모님을 생각하며 갈등하는 오세키의 내면묘사가 그것을 대변해준다. 또한 오세키가 결혼 전에 사귀었던 남자친구 고사카 로쿠노스케高坂錄之助가 있었음에도, 하라다原田의 구애에 못 이겨 부모님이 정해준 남성과 결혼한 것만을 보더라도 충분히 예상할 수 있을 것이다.[10] 그뿐만 아니라 오세키가 "부모가 말하는 것이라면 어떤 다른 의견을 말할 수 없었습니다"[11]라고 한 서술에서 당시는 여성이 자신의 목소리를 드러내지 못하는 것이 당연하게 인식되던 시절로,

---

9   히구치 이치요, 「십삼야」, 앞의 책, 217면.
10  아무리 하라다의 적극적인 구애가 있었다 하더라도 결혼할 당시 오세키의 나이가 17살이었기 때문에 호주인 아버지의 동의가 필요했다. 그 이유는『메이지민법』에 결혼은 남자 30세 미만, 여자 25세 미만일 경우 부모의 동의를 필요로 한다(아오야마 미치오靑山道夫, 「혼인동의婚姻同意」, 나카가와 젠노스케中川善之助 외,『가족제도전집 법률편 I 혼인家族制度全集 法律編 I 婚姻』, 河出書房, 1937, 89면)고 되어 있기 때문이다. 이처럼『메이지민법』은 에도시대 무사계급의 가부장적인 가족제도를 기반으로 호주를 정점으로 가족을 호주에 종속시키는 '이에'제도를 통해 사회를 구성했다. 입적, 전적, 제적 등의 권한을 호주에게 부여하고 이에 따른 경제적・사회적 통솔권을 호주에게 일임했다. 또한 가족 구성원의 혼인에도 호주의 동의가 필요했다. 또한 호주는 재산상의 권한을 가졌다. 1947년『메이지민법』이 개정되어서야 호주의 동의 없이 당사자의 의지에 따라 결혼할 수 있게 되었다.
11  히구치 이치요, 「십삼야」, 앞의 책, 235~236면.

부모님의 명령에 거역하지 못하고 순종적인 여성의 길을 실천하는 여성이었음을 증명해준다. 다시 말해서 여성의 수종성이 하나이 명확한 데제로 텍스트화되고 있었다.

동시에 가이바라는 「여자를 가르치는 법」에서 첫 도입부분을 시작으로 마지막 끝맺을 때까지 수미일관되게 부모의 가르침을 주장한다. 즉 남성과는 다른 사회구조로 인해 삶의 영역이 가정 안으로 한정된 여성에게 특히 부모의 가르침이 중요하다고 강조한다.

> 남성은 밖에 나가 스승을 따라 사물을 배우고 친구와 사귀고 세상의 예법을 보고 들으므로 부모의 가르침만이 아니라 밖에서 견문하는 일이 많다. 그러나 여성은 언제나 집 안에 있어 밖에 나가지 않으므로 스승과 벗을 따라 도를 배우고 세상의 예의를 보고 배우거나 할 수가 없다. 부모의 가르침만으로 입신하는 것이므로 부모의 가르침을 게을리 해서는 안 된다.[12]

「여자를 가르치는 법」의 첫 소절에서부터 가이바라는 남성 ＝ 밖, 여성 ＝ 안이라는 성별역할분업을 명확히 구분 짓고 있다. 즉 남성의 영역은 밖으로, 남성은 부모뿐만 아니라 밖에 나가면 스승이나 친구로부터 가르침을 받을 수 있지만, 여성의 영역은 가정에만 한정되어 있어 스승이나 친구를 접할 수 없기 때문에 부모의 가르침이 중요하다고 설파한다. 가이바라는 특히 "여성이 어릴 때부터 남녀의 분별을 바르게 하고 예의범절을 엄하게 훈계하고 가르쳐야만 한다"[13]고 주장한다.

---

12  가이바라 에키켄, 「여자를 가르치는 법」, 『가이바라 에케켄집』, 國民文庫, 1913, 60면.
13  위의 글, 68면.

그뿐만 아니라 가이바라는 "부모의 가르침이 없고 절도 없는 행위를 하면 평생 몸을 헛되이 하고 이름을 더럽히고 부모와 형제에게 수치심을 주고, 보고 듣는 사람들로부터 비난받는 것이야말로 애석하고 딱한 일이다"[14]라고 일침을 놓는다. 또한 여성은 "남의 집으로 가서 남을 받드는 자이므로, 특히 여성이 부덕不德해서는 시부모와 남편의 마음에 들기 어렵기 때문에 어려서 아직 집에 있을 때부터 잘 가르치는 것이 필요하다"[15]고 가이바라는 거듭 피로한다. 또한 가이바라는 일찌감치 여성에게 기술을 가르칠 것을 호소한다.

> 여성에게는 일찍 여공女功을 가르쳐야만 한다. 여공이란 길쌈하고 재봉하고 실을 꼬고 뽑아내고 세탁하며 또한 식사를 마련하는 기술을 말한다. 여성은 외부에 관한 일은 없다. 여공에 힘쓰는 것을 일이라고 한다. 특히 재봉하는 기술을 잘 배우게 하는 것이 좋다. 일찍 여성으로서의 기술을 가르치지 않으면 시집가서 기술을 가지고 일할 수가 없으며 남들이 나쁘게 말하고 웃음거리가 되는 법이다.[16]

가이바라는 부모된 자는 반드시 여성에게 여공을 가르쳐야 함을 유념하지 않으면 안 된다고 역설한다. 따라서 당시 오세키의 부모가 지극히 일반적인 부모였다면, 오세키가 어릴 적부터 순종적인 여성으로서의 길을 실천하도록 가르쳤을 것이라는 점은 그다지 상상하기 어렵지 않을

---

14  위의 글, 68면.
15  위의 글, 60면.
16  위의 글, 68면.

것이다. 이처럼 가이바라가 "사람의 용모는 타고난 것이기에 고치기 어려운 일이나 마음은 변하는 이치"[17]라며 여성이 마음을 호우치는 것에 중점을 두고 있음을 파악할 수 있다. 다음 문장을 보면 금방 이해할 수 있을 것이다.

여성은 마음 하나를 바르고 깨끗하게 하고 어떤 변화가 있어도 설사 목숨을 잃는다 하더라도 절의節義를 굳게 지키는 것이야말로 후세에 이르기까지의 면목이리라.[18]

게다가 가이바라는 「여자를 가르치는 법」을 통해 부모들의 마음을 움직이게 하여 여성들이 단일하고 순수한 여성성을 갖도록 강요하며 세뇌시켰던 것이다. 게다가 가이바라는 "마음을 써서 여성을 가르치고 훈계한다면 여성의 몸가짐이 나빠지거나 화禍가 될 리 없는데, 그러한 일이 생기는 것은 자식을 사랑하는 방법을 모르기 때문"[19]이라고 부연설명한다.[20]

가이바라는 그것도 모자라서 옛날에 시집가는 날까지 어머니된 자는 중문中門까지 나와 출가하는 딸에게 타이르기를 "시집에 가서는 반드시 삼가고 경계하여 남편의 마음에 어긋나지 말라"[21]고 하며 여성이 출가할

---

17 위의 글, 66면.
18 위의 글, 68면.
19 위의 글, 75면.
20 또한 가이바라는 "남편의 집에 가서 사치를 하고 태만하고 시부모나 남편을 따르지 않고 남이 싫어하게 되고 부부 사이가 화순和順하지 않는다. 혹은 불의不義나 음란한 행위가 있다고 해서 내쫓기는 일이 세상에는 많다. 이는 부모의 가르침이 없기 때문이다"(위의 글, 75면)고 덧붙여 말한다.
21 위의 글, 68면.

때 부모가 가르친 예법禮法이라고 논한다. 또한 가이바라는 부모된 자와 시집가는 여성이 이것을 잘 지켜야만 한다고 경고의 메시지를 전한다.


## 2. 예절과 젠더 역할의 덕목화


### 1) 인내의 미덕화와 직분의 합리화

당시 대부분의 여훈서를 보면 결혼함으로써 생기는 인간관계에 많은 부분을 할애하고 있다. 즉 남편과 시부모, 그리고 자식과의 관계에 비중을 두어 여성성과 여성의 역할을 규정하는 덕목에 대한 서술이 대부분을 차지한다. 예를 들면 여성은 결혼을 통해 여성의 역할과 여성의 규범이 확정되고 정체성을 의식하는 것처럼 제시되어 있다.

여성은 결혼을 기점으로 남편, 자식, 시부모와의 관계성 속에서 여성의 지위와 여성의 삶 또는 여성의 역할을 비로소 발견하게 되는데, 「십삼야」 역시 결혼 전의 이야기는 생략된 채 결혼 후부터 사건이 전개되고 있는 점에서 일맥상통한다고 하겠다. 다시 말해서 결혼 전 여성의 삶은 거의 주목받지 못하고 결혼 후의 삶에 조명이 집중되어 있다.

예컨대 여성에게 있어 친정집은 결혼하기 전에 일시적으로 머무는 공간이고 남편의 집은 여성의 삶의 터전으로 평생을 살아가는 공간이다. 이를 더욱 구체적으로 말하면 결혼 전 여성의 지위와 삶은 아직 결정되지 않은 상태로 결혼을 통해서만 형성되는데, 즉 여성은 결혼함으로써 자신의 존재를 뿌리내리게 된다. 따라서 결혼함으로써 생기는 남편과의 관계, 시부모와의 관계, 남편의 형제ㆍ자매와의 관계, 자식과의 관계, 자신이 통솔해야 하는 하녀와 하인과의 관계 등 타자와의 관계망 속에서 여성의 정체성이 형성된다는 것이다.

또한 여성은 결혼함으로써 비로소 아내ㆍ며느리ㆍ어머니라는 지위를 획득하게 된다. 특히 가이바라의 「여자를 가르치는 법」 역시 딸로서 지녀야 할 '효'와, 결혼함으로써 획득되는 가족관계를 충실히 수행하기 위해 필요한 덕목과 마음가짐, 그리고 지침들이 소개되어 있다. 여성들은 결혼 후 만나게 되는 타인과의 관계성 속에서 자신의 역할, 즉 결혼하기 전에는 딸의 역할, 결혼 후에는 아내ㆍ며느리ㆍ어머니의 역할을 충실히 수행해야만 했던 것이다.

그런데 「십삼야」에서 오세키의 부모는 당시 주임관奏任官[22]이었던 하라다의 집안과는 신분에도 차이가 있고 오세키의 나이가 어리다는 이유로 하라다와의 결혼을 거절했다. 그 이유는 가난한 오세키의 집안과 신분 높은 하라다와는 생활수준이 달랐고 학력에도 차이가 있었기 때문이다. 그러나 하라다는 "특별히 까다로운 시부모가 있는 것도 아니고 자기가 좋아서 신부감으로 달라고 하는 것이니 신분이니 뭐니 말할 것도 없고 배워야 할 것이 있으면 데려가서 충분히 가르칠 테니 그런 걱정일랑 필요 없다"[23]고 했을 뿐만 아니라, 결혼만 시켜 준다면 오세키를 "소중히 여기겠다"[24]고 당당히 말했다.

---

22  주임관이란 메이지기 내각총리대신이 직접 임명한 고급관리를 말한다.
23  히구치 이치요, 「십삼야」, 앞의 책, 225면.

결혼생활에 있어 여성에게 가장 중요한 사람은 역시 남편과 시부모인데 남편이라는 존재를 전제조건으로 결혼생활이 성립되기 때문에 여성에게는 그중 남편이 가장 중요한 존재이고 그 다음이 시부모이다. 따라서 여성에게는 남편과 시부모의 마음을 얻는 것이 무엇보다도 중요하다. 왜냐하면 여성이 남편의 집에 안정적으로 머무를 수 있는지의 여부는 남편에게 달렸기 때문이다. 또한 시부모는 남편과 마찬가지로 여성의 거처를 결정할 만큼 영향력을 지닌 존재로서 여성은 자신을 낮추고 약한 존재가 되어 남편과 시부모의 마음을 얻도록 잘 섬겨야만 했다.

여성에게 결혼하기 전에는 딸로서 절대적인 규범이라 할 수 있는 '효孝'를 강요했다면 결혼 후에는 아내와 며느리로서의 '경敬'을 요구했다. 그러나 이는 결혼 전 친정부모에 대한 '효'만을 가리키는 것이 아니라 결혼 후 연장선상으로 (자신의 부모와 마찬가지로) 시부모를 '효'로써 섬겨야만 함을 의미한다. 당시는 여성이 시집가서 남편과 시부모를 섬기는 것을 당연한 것으로 여기던 시절로, 오세키의 부모는 오세키가 섬겨야만 하는 시부모가 마침 하라다에게 없는 것을 다행이라고 여겨 하라다와의 결혼을 승낙했는지도 모른다.

「여자를 가르치는 법」을 보면 부모와 시부모, 남편, 시동생과 시누이, 그리고 시집친척과의 관계, 심지어 하녀와의 관계[25]까지도 언급되어 있는 반면 자식에 대한 내용은 단지 두 줄에 불과하다.[26] 이는 근대 이전에

---

24  위의 글, 225면.
25  가이바라는 뒤에 나올 여성이 출가하기 전에 익혀야 할 덕목으로써 13가지를 규정했는데 그중 13번째 항목에 하녀와의 관계, 즉 하녀를 부리는 데 주의해야 하고 경계해야 할 사항에 많은 비중을 차지하며 논한다.
26  그 내용을 보면 가이바라는 "자식을 사랑한다고 말하지만 고식姑息하며 의방義方의 가르

는 자식에 관한 것은 남성의 일로, 여성은 거의 관여하지 않았음을 단적으로 알 수 있다. 그뿐만 아니라 친정형제와 벗과의 관계성에 대해서는 거의 거론되어 있지 않다. 가이바라는 여성이 결혼하면 그들과의 관계를 끊고 젠더에 갇힌 삶을 살기를 단적으로 내비추고 있다.[27] 즉 가이바라는 여성이 결혼함으로써 형성되는 인간관계를 더욱 중요시했음을 알 수 있다.

그런데 하라다는 오세키가 관리하고 부려야 할 하녀나 하인들 앞에서 오세키의 친정이 비천하다고 퍼뜨려 하녀나 하인들한테까지도 얼굴을 들 수 없게 만든다. 시부모나 남편의 마음에 들어야만 아랫사람들도 고개가 수그러져 안주인인 오세키의 말을 잘 들어 가정을 보전할 수가 있는데 남편이 오세키를 무시하면 집안을 잘 다스릴 수가 없다. 따라서 오세키의 어머니는 그에 대한 방책으로써 다음과 같은 제언을 한다.

가장 중요한 것은 하녀들 앞에서 안주인의 체면을 깎아 결국에는 아무도 네 말을 안 듣고 다로太郎를 키워놔도 어머니를 무시하게 된다면 어떻게 할 것인가? 할 말은 분명하게 말하고[28]

여성이 결혼해서 맺어지는 타인과의 관계 중 자신이 다스려야 할 하녀나 하인과의 관계 또한 중요한 사안으로 관계가 원만해야 되는데, 남

---

침을 모른다. 사애私愛가 깊어 오히려 자식을 해친다"(가이바라 에키켄, 「여자를 가르치는 법」 앞의 책, 78면)고 논한다.

27  이 부분은 가이바라가 뒤에 나올 여성이 출가하기 전에 익혀야 할 덕목으로써 13가지를 논했는데 그중 10번째 덕목에 해당된다.

28  히구치 이치요, 「십삼야」, 앞의 책, 226면.

편이 하녀나 하인들 앞에서 자신과 친정집을 모욕하면 하녀와 하인들한 테까지도 체면이 안 서기 때문에 잘 다스릴 수가 없다. 이처럼 자신이 부려야 할 하녀와 하인들한테까지 눈치를 보고 신경을 써야 하는 것에서 당시 여성의 지위가 어느 정도인지를 가늠할 수 있을 것이다. 오세키의 어머니는 심지어 자식한테까지 무시당할 우려가 있으므로 자신의 의사를 분명히 말하라고 딸의 심정을 이해라도 하듯 이혼하겠다고 선언한 오세키를 위로한다.

그러나 겉으로 보기에는 어머니 역시 같은 여성이기 때문에 딸의 입장이나 처지를 잘 아는 것 같지만 마음으로만 이해하고 위로할 뿐 딸에게 이혼을 승낙하거나 권유하지는 않는다. 오히려 다시 한 번 참고 인내하며 살기를 바란다. 이는 오세키의 어머니가 자신이 살아온 길과는 다른 방향을 제시하는 것이 아니라, 오세키에게 자신의 전철을 밟는 것을 여성의 숙명으로 받아들일 것을 강요하는 것에서 가부장제를 용인하고 있다고 풀이할 수 있다. 그와 더불어 같은 여성으로서 성차별을 받아온 어머니는 오히려 오세키에게 '역차별'을 행하고 있다. 즉 오세키의 어머니는 딸의 행복보다는 오세키에게 참고 인내할 것을 강요하는 장면에서 '순'여성성의 논리를 발견할 수 있다.

특히 「여자를 가르치는 법」을 보면 '여성의 직분'이나 '부인의 직분'이 노골적으로 가시화되어 있다. 가이바라는 먼저 여성의 직분으로써 '사행四行'이라는 것을 규정하고 있는데 부덕婦德, 부언婦言, 부용婦容, 부공婦功이 바로 그것이다. 가이바라는 여성이 힘써야 할 일로써 '사행'을 강조한다. 좀 더 자세히 살펴보기로 하자.

부덕이란 마음씨가 좋은 것을 말한다. 마음이 정숙하고 깨끗하며 화순한 것을 덕으로 삼는다. 부언이란 말씨가 좋은 것을 말한다. 거짓말은 하지 않고 말을 골라서 하며 합당치 않은 나쁜 말을 쓰지 않는다. 말해야 할 때 말하고 쓸데없는 말을 하지 않는다. 또한 남이 하는 말을 잘 듣는다. 부용이란 모양이 좋은 것을 말한다. 억지로 치장만 하지 말고 여성은 모양이 유연하고 여성답고 차림새가 고상하고 몸가짐이 단정하고 아름다우며 의복에도 때가 묻지 않고 산뜻하게 하고 있는 것이 좋다. 이것이 부용이다. 부공이란 여성이 해야 할 기술이다. (…중략…) 이 네 가지는 여성의 직분이다.[29]

이처럼 가이바라는 여성들에게 '여성다움'을 강요하며 세뇌시켰던 것이다. 또한 가이바라는 '여성의 직분'과 구분하여 '부인의 직분'에 대해 다음과 같이 논한다.

여성은 (…중략…) 친정이 부귀하더라도 남편 집에 가서는 친정에 있을 때보다도 몸을 낮추어 시부모에게 겸손하게 하고 삼가 받들어 조석의 봉양을 게을리 해서는 안 된다. 시부모를 위해 바느질을 하고 식사를 준비하고 자기 집에서는 남편을 받들어 거만하게 굴지 않는다. 자신의 손으로 의복을 정돈하고 방을 쓸고 식사를 준비하고 실을 잣고 바느질을 하고 자식을 키우고 더러워진 것을 씻어내고 하녀가 많아도 만사 자신이 고통을 참고 일한다. 이것은 부인의 직분이므로 자신의 위치나 신분에 비해 그 이하로 스스로를 낮추어 노력하지 않으면 안 된다.[30]

---

29 가이바라 에키켄其原益軒, 「여자를 가르치는 법教女子法」, 앞의 책, 64면.
30 위의 글, 62~63면.

이처럼 여성은 타인, 즉 남편과 시부모를 받드는 존재로서 친정집이 아무리 잘 산다 하더라도 시집온 이상 자신을 낮추고 남을 공경하는 품성을 기르도록 경순敬順해야 하며 남편과 시부모를 따르는 존재로 자리매김 된다. 또한 여성에게는 집안일을 담당하는 역할자로서의 권한이 주어졌다. 예를 들어 여성에게는 가정 내의 의식생활을 전담하게 하고 식솔에 대한 통솔권이 부여되는 반면 가정을 경영하는 것은 가장인 남편의 몫이었다. 따라서 가이바라는 남성이 여성을 포함한 가족들 앞에서 대표하는 자이고 여성이 뒤에서 남편을 보조하는 자로 규정지었다.

「십삼야」를 보면 하라다가 무시와 학대라는 형식으로 오세키에 대한 불만을 표출하고 있는데 오세키에 대한 하라다의 불만 원인이 부정확하다. 그러나 다음 문장에서 오세키의 발화를 통해 하라다가 아내의 역할에 불만이 있음을 확인할 수가 있다.

> 의복에도 더욱 신경을 쓰고 기분에 거슬리지 않으려고 애를 쓰는데 그저 제가 하는 일은 하나에서 열까지 마음에 들어하지 않는지 말끝마다 집안이 재미없는 건 아내가 처신을 제대로 못하기 때문이라고 말해요. 그것도 무엇을 못하는지 이런 것은 좋지 않다고 말이라도 해주면 좋으련만 한마디로 한심하다. 재미없다. 이해할 수 없는 여성. 아무리해도 말상대가 안 되는 여성.[31]

오세키의 어떤 부분이 마음에 안 들고 어떤 불만이 있는지는 정확히 서술되어 있지 않지만, 특히 아내의 역할에 대해 하라다의 불만이 내재

---

31  히구치 이치요, 「십삼야」, 앞의 책, 224면.

되어 있음을 알아차릴 수가 있다. 일본은 근대 이후 아내의 역할에 있어서 자식을 양육하는 것만이 아니라 남편과 동일한 교양수준까지 겸비한 것을 요구했던 것이다. 즉 아내의 역할은 더 이상 희생과 사랑만으로는 자식을 키울 수 없으며 지혜로운 어머니의 역할까지도 요구되었다.

그뿐만 아니라 근대 이전에는 「여자를 가르치는 법」에도 나와 있듯이 여성이 "자기를 뽐내고 똑똑한 척하며 집 밖의 일에 관여해서는 절대로 안 된다"[32]고 명시되어 있다. 그러나 근대 이후에는 여성은 교양을 가진 자로서 남편의 상담자역할까지도 담당해야만 했기 때문에 그것을 겸비하지 못한 오세키는 하라다로부터 비판을 받는 것이다. 즉 오세키는 하라다가 원하는 '순'여성성에 대한 이미지에 부합되지 않는 여성으로 표상되었다.

## 3. 젠더의 모순성과 자생의 딜레마

「여자를 가르치는 법」에 여성이 출가할 때 부모가 가르쳐주어야 할 덕목으로써 13가지 항목이 부가되어 있는데 길지만 인용해보기로 한다.

첫째, 친정에서는 자기 부모에게 전적으로 효도하는 것이 도리이다. 그러나 시집가서는 전적으로 시부모를 자기부모보다 더욱 중요시하여 두텁게

---

32 가이바라 에키켄, 「여자를 가르치는 법」, 앞의 책, 65면.

사랑하고 존경하여 효도를 다하지 않으면 안 된다. 친부모 쪽을 중히 여기고 시부모 쪽을 경시해서는 안 된다. (⋯중략⋯) 둘째, 부인에게는 달리 주군主君이 없다. 남편을 진정한 주군이라고 여겨 존경으로써 섬기지 않으면 안 된다. (⋯중략⋯) 부인은 남편을 하늘로 삼는다. (⋯중략⋯) 셋째, 시삼촌, 시누이는 남편의 형제이므로 다정하게 대해야 한다. (⋯중략⋯) 넷째, 질투심은 절대로 일으켜서는 안 된다. (⋯중략⋯) 다섯째, 남편이 만약 불의不義나 과실이 있을 경우에는 자신의 얼굴빛을 부드럽게 하고 목소리를 상냥하게 하며 마음을 겸손하게 해야만 한다. (⋯중략⋯) 여섯째, 말을 삼가고 수다를 떨어서는 안 된다. (⋯중략⋯) 일곱째, 여성은 항상 신경 써서 몸을 굳건히 지키지 않으면 안 된다. (⋯중략⋯) 여덟째, 무당 등이 하는 일에 현혹되어 신불神佛을 욕되게 하고 가까이 하여 함부로 빌거나 아부해서는 안 된다. (⋯중략⋯) 아홉째, 남의 아내가 되고서는 그 집을 잘 보전하지 않으면 안 된다. (⋯중략⋯) 열째, 젊었을 때 시삼촌, 친척, 붕우 혹은 머슴 등 젊은 남성이 왔을 때 익숙하여 가까이하고 항상 함께 있어 마음 놓고 이야기해서는 안 된다. 삼가 남녀의 구별을 굳건히 하지 않으면 안 된다. (⋯중략⋯) 열하나, 몸의 장식이나 의복의 염색과 무늬도 눈에 띄지 않는 것이 좋다. (⋯중략⋯) 열두째, 친정집 부모 쪽을 우선시하고 시부모와 남편 쪽을 그다음으로 여겨서는 안 된다. 정월이나 명절 등에도 우선 남편 쪽 손님을 접대하고 친정에는 그다음 날 가서 만나는 것이 좋다. (⋯중략⋯) 시부모나 남편의 허락 없이 부모형제 쪽으로 가면 안 된다. 제 맘대로 친정 부모 쪽에 물건을 보내거나 해서는 안 된다. (⋯중략⋯) 열세 째, 하녀를 부리는 데 있어서 마음을 쓰지 않으면 안 된다.[33]

위의 13가지 조목 역시 결혼 전의 여성에 대한 규정이 아니라 결혼 후의 여성에 대한 규정으로, 가이바라는 여성들이 결혼하기 전에 미리 이 항목들을 익혀서 내면화할 수 있도록 부모들에게 교육시킬 것을 역설하고 있다. 즉 가이바라는 부모들이 "몸을 삼가게 하고 수양시키는 것은 의복이나 장식물로 치장하는 것보다 여성을 위해 이익이 있는 것을 모른다"[34]며 가정에서 여성에 대한 부모교육의 중요성을 신랄하게 꼬집고 있다.

이처럼 가이바라는 「여자를 가르치는 법」을 통해 정신에서부터 신체에 이르기까지 일거수일투족 일일이 나열하고 열거하며 여성들이 따르지 않으면 안 되도록 강요하고 세뇌시켰음을 간취할 수 있다. 즉 여성이 일상생활, 특히 결혼생활에서 힘써야 할 일과 경계해야 할 일을 함께 제시해주고 있다.

가이바라는 지식과 지위가 낮은 여성이라도 잘 이해할 수 있도록 여성이 결혼함으로써 힘써야 할 일과 경계해야 할 일을 명확히 구분지어 실천할 수 있도록 논진을 편다. 이를 통해 일반대중들도 쉽게 이해할 수 있도록 의식해서 논한 가이바라의 의도를 쉽게 알아차릴 수 있을 것이다. 심지어 가이바라는 여성의 의복의 색상과 무늬까지도 하나하나 간섭하며 몰개성적인 여성을 만들기 위해 악전고투했음이 엿보인다. 이를 좀 더 구체적으로 살펴보기 위해 열한 번째 조목을 부연설명하면 다음과 같다.

의복과 몸의 장식에 지나치게 예쁜 것을 좋아하고 남의 눈에 띨 정도가 되는 것은 좋지 않다. (…중략…) 지나치게 화려하고 큰 무늬는 눈에 띄어서

---

33  위의 글, 69~73면.
34  위의 글, 75면.

천하다. 자기 집 분수보다 의복이 예쁜 것을 즐겨서 몸을 장식해서는 안 된다. 자기 몸에 어울리는 의복을 입어야만 한다. (…중략…) 의복은 몸의 밖에 있는 것으로써 소중히 여기지 않아도 된다. 의복을 치장하고 남에게 자랑하는 것은 의복보다도 존중해야 하는 그 마음을 잃은 것이다. (…중략…) 몸의 치장은 밖의 일이므로 그저 몸에 어울리는 의복을 사용해서 무리하게 치장하고 밖을 광내고 남에게 자랑해서는 안 된다.[35]

의복은 원래 신체를 보호하는 기능뿐만 아니라 자신을 표현하고 개성을 표출하는 기능을 지닌 것[36]임에도, 가이바라는 감추어진 여성의 욕망을 분출하는 의복을 통일시키고 있는 것에서 여성의 욕망을 억압하고 있다고 하겠다. 이처럼 가이바라는 몸과 의복을 동일시하며 특히 여성의 의복에 관해 많은 부분을 할애해서 논하고 있다.

그리고 부인은 남편의 집을 자신의 집으로 삼는 것이기에 출가하는 것을 '돌아간다'고 표현한다. 따라서 가이바라는 "남편의 집을 자기 집으로 생각하여 돌아갔으면, 즉 한번 갔으면 자리를 잡는 것이 당연한 일이다. 그러나 부덕해서 시부모나 남편에게 어긋나 화순하지 못하면 남편이 싫어하고 시부모가 미워하여 친정으로 쫓겨나는 화가 생긴다. (…중략…) 남편이 부드럽고 온화하여 아내의 불순을 참고 돌려보내지 않지만 쫓겨날 허물은 있는"[37] 것이라며 부인들에게 남편으로부터 쫓겨나지 않도록 주의하라고 피력한다. 그런데 「십삼야」에서 오세키의 이혼

---

35  위의 글, 72~73면.
36  이인자, 『의상심리』, 교문사, 2001, 3면.
37  가이바라 에키켄, 「여자를 가르치는 법」 앞의 책, 75면.

결심은 가이바라가 앞에서 주장한 시집에 정주해야 함을 부정하는 여성, 즉 여성규범으로부터 일탈하는 여성에 해당된다고 하겠다. 그것은 반대로 가이바라가 가르친 여성상에 대한 저항이라고도 할 수 있다.

또한 가이바라가 "부인에게는 삼종三從의 길이 있다. (…중략…) 아버지의 집에서는 아버지에게 순종하고 남편의 집에서는 남편에게 순종하며 남편이 죽은 후에는 자식을 따르는 것을 삼종"[38]이라고 정의한다. 즉 '삼종'이란 세 가지 순종을 의미하는데, 여성을 남성에게 평생 동안 예속시켰을 뿐만 아니라 이와 같은 남녀의 차이는 차별로 이어져 여성을 차별적인 존재로 고착화시켰다.

이렇듯 가이바라는 '삼종'이라는 논리를 여성들에게 주입시키고 세뇌시켰던 것이다. 따라서 여성은 평생에 걸쳐 남성인 아버지와 남편, 그리고 아들에게 예속되는데 오세키 또한 그것으로부터 자유로울 수 없었다. 부모의 설득으로 인해 오세키가 아들과 남편이 있는 공동체 속으로 돌아간 것은 '삼종'이라는 자장에서 벗어나지 못해 '순'여성으로 회귀되었다고 볼 수 있다.

특히 가이바라는 경계해야 할 일로써 부인에게 '칠거七去'[39]라 하여 나쁜 일이 7가지가 있는데 여성이 그중 한 가지라도 그것에 해당되면 남편으로부터 떠나야 한다는 논진을 편다.

---

38  위의 글, 65면.
39  가이바라는 칠거 중 자식이 없는 것은 천성이고 나쁜 질병은 질환이다. 이 두 가지는 천명으로서 힘이 미치지 못하는 일이기에 여성의 잘못은 아니지만, 그 이외의 5가지는 모두 자신의 마음으로부터 나온 잘못이기에 삼가 하여 남편으로부터 내쫓기지 않도록 조심하라고 주장한다.

첫째로 부모에게 순종하지 않으면 떠나라. 둘째로 자식이 없으면 떠나라. 셋째로 음란하면 떠나라. 넷째로 질투하면 떠나라. 다섯째로 나쁜 질병이 있으면 떠나라. 여섯째로 수다스러우면 떠나라. 일곱째로 도둑질하면 떠나라.[40]

가이바라는 '칠거'란 여성이 남편의 집에서 쫓겨날 수 있는 공식적인 사유로 부모된 자는 반드시 여성에게 가르치는 것이 좋다고 강력히 호소한다. 가이바라는 "이 다섯 가지 중 부모에게 순종하지 않는 것과 시집에서 시부모에게 순종하지 않는 것은 부인으로서 최고의 악이다. 그러므로 남편이 내쫓는 것은 당연하다"[41]고 서슴지 않고 논한다.

또한 가이바라는 '칠거지악七去之惡'의 하나인 '질투하지 않음(불투기)'을 규정함으로써 여성들에게 생존을 영위하기 위해서는 무조건 참아낼 것을 요구했는데, 다음 문장에서 오세키 또한 그것으로부터 자유로울 수 없음을 추출해낼 수 있다.

설령 남편이 기생한테 빠진다고 해도 첩을 둔다고 해도 그런 일에 질투할 저도 아니고 하녀들한테서 그런 소문도 들었지만 그 사람은 사회적으로도 능력을 인정받은 분인 만큼 남성은 그 정도는 있고[42]

남편인 하라다가 그 이전에도 자주 외박하곤 했고 하녀들에게서 소문을 들었다는 오세키의 발화를 통해 추론해보면 하라다가 기생집에 드나

40　가이바라 에키켄, 「여자를 가르치는 법」, 앞의 책, 66면.
41　위의 글, 66면.
42　히구치 이치요, 「십삼야」, 앞의 책, 224면.

들거나 첩을 두었을 가능성이 높다. 그런데 위의 글을 통해 오세키가 질투하는 것이 아니라 오히려 암묵적으로 용인하고 있음을 발견할 수가 있다. 그러므로 오세키는 여성이 남편으로부터 이혼당할 수 있는 공식적인 사유라고 규정된 '칠거' 중 '불투기'의 덕목을 거역하지 않고 그것을 내면화한 여성이라고 할 수 있다.

그런데 가이바라는 앞에서 13가지 덕목 중 열두째 덕목에서 '제 맘대로 친정 부모 쪽에 물건을 보내거나 해서는 안 된다'고 논한 반면, '칠거'를 논하면서 "부모형제나 다른 사람에게 주는"[43] 것도 '도둑질'이라고 명확히 규정짓는다. 따라서 가이바라는 "만약 필요해서 줄 경우 시부모나 남편에게 물어서 명령을 듣고 써야만 한다"[44]며 "남에게 주면 그 집의 도적"[45]이라며 그러한 여성이 이혼당하는 것은 당연하다고 강력히 설파한다.

이처럼 여성이 결혼하면 친정집을 멀리해야 되는 것은 말할 것도 없이 친정집에 도움을 주는 것은 이혼을 당할 만큼 중요한 사안으로써 하라다가 그것을 좋아할 리 만무하다. 왜냐하면 그것은 '칠거' 중 '도둑질'에 해당되기 때문이다. 그렇지만 「십삼야」에서 오세키가 부모님에게 친정집에 대한 근황과 남동생 이노스케亥之助의 안부를 묻는 것에서 오랜만에 친정집에 방문했음을 단적으로 알 수 있다. 예를 들어 이노스케가 야학에 다니고 있다는 것과 최근 이노스케의 월급이 올랐다는 사실을 오세키가 묻는 것에서 이를 대변해준다.

---

43 가이바라 에키켄, 「여자를 가르치는 법」, 앞의 책, 67면.
44 위의 글, 67면.
45 위의 글, 67면.

그뿐만 아니라 당시 여성의 삶은 남편의 가족중심으로 구성되어 있기 때문에 오세키가 친정집은 물론이고 남동생과의 인연도 끊어야만 했다. 그럼에도 불구하고 '이에'제도하에서 집안의 대를 이을 이노스케가 잘 되어야만 한다는 사고가 가족의 공통된 인식으로 자리하고 있었기 때문에 가난한 오세키의 친정집은 하라다의 도움 없이는 이노스케의 입신출세가 도저히 불가능하다. 따라서 남동생의 입신출세를 위해서는 하라다의 도움을 받을 수밖에 없다. 오세키는 말 그대로 도둑질에 해당하는 행위로 볼 수 있는 친정집에 물심양면으로 도움을 준다는 점에서 오세키는 '칠거'에 위배된 이단적 여성이라 할 수 있다. 이를 환언하면 오세키가 '칠거' 중 다른 덕목에는 부합되는 여성이지만 그중 일곱째 덕목을 거부하고 반역한 여성이라고 논할 수 있다.

그런데 오세키의 부모는 이혼하겠다고 선언한 딸에게 오히려 여성의 역할을 강요하고 주입시킨다. 즉 오세키의 부모는 하라다의 불합리한 행동을 탓하기보다는 오히려 오세키에게 일방적이고 무조건적으로 여성의 역할, 특히 아내와 어머니의 역할을 잘 수행해내기를 거듭 강조한다. 이를 테면 오세키의 부모는 오세키에게 무조건 남편의 비위를 맞출 것을 강요한다. 오세키의 부모는 여성의 침묵을 미화하고 있고, 자신들이 내면화한 여성성을 본질적인 것으로 간주하여 오세키의 이혼 결심을 철회하는 쪽으로 전회시킨 것은 오세키의 이혼하려는 욕망을 억압한 것이라 할 수 있다.

또한 「여자를 가르치는 법」을 보면 "형제라도 어릴 때부터 남녀 부동석으로 남편의 옷걸이에 아내의 의복을 걸지 않고, 의복도 부부가 같은 용기에 넣어두지 않으며 옷도 공통으로 하지 않고 목욕하는 곳도 따로

하고 또한 부부라도 분별을 바르게 한다. 하물며 부부가 아닌 남녀는 말할 나위도 없다"[46]고 제시되어 있다. 이처럼 가이바라는 남녀를 구분하여 남성과 여성의 다름, 즉 차이를 차별로 연결하여 여성을 차별하고 있는 것이다.

이러한 남녀의 차별규정은 여성의 불평등한 사회적 지위를 더욱 공고히 함으로써 여성을 억압하는 가부장제도를 유지하고 확대하는 기능을 했다. 물론 이러한 논리가 현실에 얼마나 영향을 미쳤고 반향을 주었는지 확인할 수는 없지만 적어도 「십삼야」의 서술을 통해 그 일면을 확인할 수가 있다.

그 한 예로써 하라다가 오세키에 대한 불만을 무시와 학대라는 방식으로 표출하고 있었음에도 오세키는 전과는 달리 변한 하라다의 마음을 전혀 알아차리지 못한다. 이처럼 오세키는 하라다의 행동변화에 대해 이유는커녕 아무것도 의식하지 못한 채 참고 견디는 것만이 미덕이라고 여기며 7년 동안 살아온 것이다. 즉 오세키는 남편의 무시와 학대에도 자신이 낳은 다로를 생각해서라도 남편의 말에 반항하지 않고 '예예' 하며 잔소리를 참고 인내하고 순종하며 살아왔다. 다시 말해서 오세키는 결혼 후 경제적 부양을 대가로 남편에게 예속되고 종속된 삶을 살아야만 하는 것을 당연하다고 여겼다.

그런데 바로 여기에서 여성이 남편에게 반항하지 않고 참고 인내하며 순종하는 것을 미덕이라고 여기는 '순'여성성의 논리를 강요하고 있음을 간취할 수 있다. 그러나 문제는 오세키 또한 '순'여성성을 내면화하

---

46  위의 글, 69면.

여 그것으로부터 자유로울 수 없었던 점에 있다. 다시 말해서 오세키에 대한 하라다의 무시와 학대를 무조건 참고 인내해야만 한다고 여긴 것은 내면화된 여성성을 재정치再定置화한 것으로 해석할 수 있다.

그럼에도 불구하고 하라다는 오세키에게 "오기도 고집도 없는 바보 같은 것, 저래서 마음에 안 든다"[47]며 오히려 화를 낸다. 만약 오세키가 하라다에게 "조금이라도 내 처지를 설명하려고 하면 말대꾸를 트집 잡아서 나가"[48]라고 할 것은 당연지사였기 때문에 아무런 변명도 하지 못하고 그저 참을 수밖에 달리 방법이 없었다. 하라다는 욕구불만을 자신에게 복종하지 않으면 안 되는 사람, 특히 아내인 오세키에게 분풀이라도 하듯 발산했는데 여기에 바로 강자가 일방적으로 약자를 지배하는 '힘의 논리'가 작동되고 있음을 간파할 수 있다.

하라다는 남성성이라는 권력 속에서 오세키에게 규율화된 여성성을 요구하고 있었다. 이처럼 남성에 의해 강요되는 여성성은 남녀의 성불평등을 기반으로 가족구조를 유지하고 여성들이 자신에게 부여된 불평등하고 억압된 위치와 역할을 무의식적으로 지속하게 만든다. 그런데 여기서 결코 간과해서는 안 되는 점은 흔히 신체적 위해를 가하는 것만이 폭력이라고 여기기 쉬운데, 무시와 학대라는 오세키에 대한 하라다의 언어폭력 역시 눈에 보이지 않는 비가시적인 폭력으로써 신체적 폭력과 다르지 않음을 직시해야만 할 것이다.[49]

---

47  히구치 이치요, 「십삼야」, 앞의 책, 224면.
48  위의 글, 224면.
49  흔히 폭력이라고 하면 범죄와 테러, 사회폭동, 국제 분쟁 같은 것이 떠오를 것이다. 하지만 그것만이 폭력은 아니다. 슬라예보 지젝Slavoj Zizek에 의하면 폭력은 주관적 폭력, 객관적 폭력, 상징적 폭력으로 구분된다. 직접적이고 물리적인 폭력은 대량학살, 테러 등

이 속하고 이데올로기적 폭력은 인종주의, 성차별이 이에 포함된다. 지젝은 눈에 보이는 '주관적 폭력'보다 눈에 보이지 않는 '객관적 폭력', 즉 '상징적 폭력symbolic violence'과 '구조적 폭력systemic violence'이 중요하다고 피력한다. 즉 주관적 폭력과 싸우는 척하지만 실제로는 구조적 폭력의 가해자 역할을 하는 자들이 보여주는 위선을 폭로하며 특히 구조적 폭력은 경제체계와 정치체계가 '정상적으로' 작동할 때 나타나는 파국적인 결과라는 점에서 우리의 일상을 지배하기 때문이다. 폭력의 궁극적 원인은 공포에 있는데 공포는 언어 자체에 내재된 폭력의 기초를 이룬다(슬라예보 지젝, 이현우·정일권·김희진 역, 『폭력이란 무엇인가』, 난장이, 2011, 23~24면). 또한 프란츠 파농은 어떤 사회가 자기 구성원들, 특히 가지지 못한 사람들에게 발언의 장을 열어주지 않는다면 그 사회는 폭력적인 사회이며 사회의 폭력은 자기표현의 권리를 얻기 위한 또 다른 폭력을 부른다고 주장한다(알리스 셰르키, 이세욱 역, 『프란츠 파농』, 실천문화사, 2002, 25면).

## 소결론

　이상으로 제1부 제1장에서는 일본 메이지기 남성지식인에 의해 규정된 여성양상에 초점을 맞춰 고찰해보았다. 일본은 근대국민국가를 이루기 위해 남성지식인들이 『메이로쿠잡지』에 게재한 논설 중 특히 여성교육·처첩론·남녀동권론·창기문제를 중심으로 남성지식인들의 여성상에 대한 담론을 분석했다. 먼저 남성지식인들이 제시한 여성교육논리를 보면 미쓰쿠리 슈헤이는 어머니의 역할이 중요하기 때문에 '여성교육'이 필요하다는 논조였다. 또한 나카무라 마사나오도 여성교육을 주창했는데 그것은 어디까지나 국가적 견지에서 교양국가로 나아가기 위한 하나의 방편이었다. 한편 모리 아리노리는 여성이 국가에 필요한 인재를 육성한다는 의미에서 사회적 책임을 중요시했는데 이를 위해서는 여성교육이 필요함을 역설했다. 모리는 특히 「처첩론」에서 일부일처제 도입의 중요성을 계몽시키고자 고군분투했다.

　한편 후쿠자와 유키치는 첩이나 창기제도 폐지를 주장했는데 이는 궁극적으로 여성 자신을 위한 것이 아니라 국가적 견지에서 주장하는 논리였다. 가토 히로유키는 남성의 여성멸시나 축첩풍습이 없어져야 부부동권이 실현될 수 있다고 주장한 반면 서양에서 남성이 여성에게 대하는 태도를 보고 부부동권론의 병폐라고 경고했다. 그리고 쓰다 마미치는 서양의 성별역할분업에는 긍정적이었던 반면 여성의 참정권부여에는 부정적이었다. 또한 쓰다는 폐창론을 주장했는데 이 또한 창기 자신을 위한 발언이 아니라 국가적 견지에서 창기를 폐지해야 한다는 입장이었다.

그런데 여기서 특히 주목해야만 하는 것으로 후쿠자와가 「남녀동수론」에서는 첩 제도 폐지와 폐창론을 주장한 반면 「품행론」에서는 오히려 창기존재의 필요성을 주장한 점이다. 즉 후쿠자와는 「남녀동수론」에서 근대국가의 근간을 이루는 일부일처제와 이성애를 주장한 반면, 10년 뒤에 쓴 「품행론」에서는 남성의 성욕처리 문제를 해결하기 위해 창기를 필요불가결한 존재로 간주하여 창기존재의 필요성을 주창했던 것이다.

그러나 그것은 결국 후쿠자와가 첩이나 창기 자신을 위한 것이 아니라 국가적 견지에서 여성을 그때그때 필요에 따라 이분화하여 국가에 필요한 여성이 되기를 바라는 의도였음이 밝혀졌다. 즉 이는 남성지식인들이 근대국가를 만들어내는 과정 속에서 국가에 필요한 여성의 역할을 강조하기 위해 교육, 처첩론, 창기를 취사선택하면서 '여성 만들기'를 시도했음이 명확히 드러났다.

그런데 여기서 짚고 넘어가야 하는 것은 남성지식인들의 경험이 각기 다름에도 『메이로쿠잡지』에 게재된 논설들이 한결같이 '여성계몽'이라는 이름하에 순수한 여성성을 공통된 중심테마로 삼고 있었다는 점이다. 즉 당시 남성지식인들은 가부장적 질서와 남성 위주의 질서를 흔들지 않고 고요함을 파괴하지 않을 정도의 여성상을 기대했던 것이다. 다시 말해서 남성지식인들은 서구의 근대국민국가에 편입하기 위해 일본에 걸맞은 전형적인 여성상을 구현하고 있었음을 알 수 있다.

제2장에서는 남성지식인들이 규정한 여성이미지에 대해 여성들은 과연 어떻게 자신들을 표현하고, 어떻게 재표상화했으며 또한 어떻게 실천했는지를 당시 자유민권운동과 연동하여 출현한 기시다 도시코, 후쿠다 히데코, 시미즈 시킨, 히라쓰카 라이초 등을 통해 살펴보았다. 기시다 도시코는 생물학적 차이가 아니라 배움의 유무에 따라 남녀차이가 있으므로 여성들에게도 교육의 기회를 주어야 한다는 입장이었다.

그리고 시미즈 시킨은 당시 봉건적인 유교도덕을 가르치고 봉건적인 『열녀전』을 읽게 하는 교육현실을 신랄하게 비판하는 한편 여성들이 그러한 현실을 내면화해서는 안 된다고 피력했다. 시킨은 실제 이혼을 경험한 장본인으로서 글쓰기를 통해 여성들이 혹시라도 자신과 같은 신세가 되지 않기를 바라는 마음에서 앞으로 자신처럼 피해당하는 일이 없도록 여성들을 자각시키고자 했다.

히라쓰카 라이초는 남녀를 불문하고 인간으로서 자기해방을 위해서는 모두 교육받아야 한다고 주장했다. 히라쓰카의 이와 같은 논리는 남녀라는 이분법적 논리를 초월한 '남녀동권론'의 새로운 구호로써 '천부인권과 인간평등'의 주장이 그 논리를 지탱해주는 역학으로 작동했다. 기시다도 글쓰기를 통해 남존여비사상이 잔존하고 있는 『메이지민법』의 폐단을 지적함으로써 실제 현실에서의 여성모습이 표상되었다. 또한 시킨의 글에서도 종래 여성의 미덕으로써 양처현모의 여성모습이 표상되었다. 이것이 바로 현실에서의 여성모습으로 자기인식을 하지 못한 여성, 자아발견을 하지 못한 여성, 주체성이 결여된 여성으로 표상되었다.

그렇지만 주체성 찾기의 방법론으로 여성들이 각성할 것을 피력한 것과는 달리 직접 현실에서 행동으로 보여준 구수노세 기타의 일화를 살펴보았다. 구수노세는 당시 여성호주로서 직접 정부를 상대로 선거권을 요구했다. 당시 남성호주에게는 선거권을 부여한 반면 여성호주에게는 선거권이 주어지지 않았기 때문이다. 따라서 구수노세는 기존의 제도에 저항하여 규범을 따르지 않고 도전했던 것이다.

그리고 저항을 실천에 옮긴 여성으로서 기시다 도시코와 후쿠다 히데코를 손꼽을 수 있다. 기시다는 인간이 선천적으로 평등하기 때문에 남성 ＝ 강함, 여성 ＝ 약함이라는 이분법적 논리로 존비귀천을 구분해서는 안 된다며 이분법적 논리의 해체를 주장했다. 그런데 여기서 빼놓을 수 없는 것은 기시다가 남성지식인들과 마찬가지로 남녀라는 개인보다는 국가적 견지에서 결국 나라의 진보를 저해하는 것을 우려하는 입장에 서 있었다는 점이다. 기시다의 연설을 듣고 영향을 받은 후쿠다는 천부인권을 외치며 자유민권운동에 직접 참여했는데 후쿠다의 논리는 여성도 일본국민이라는 입장에서 여권을 확장시켜야 한다는 주장이었다.

결론적으로 말하면 기시다와 후쿠다는 자유민권운동에 직접 참여하여 일본국민의 입장에서 국가를 위한 여권을 주장했다. 즉 기시다와 후쿠다는 국가의 진보를 긍정한다는 의미에서 여권확장을 획득하려는 기획 담론을 제시했다. 이는 또한 남성지식인만이 국가를 상정한 논리를 주장한 것이 아니라 여성논자들 중의 일부는 국가적 견지에 서서 여권 주장을 했음을 잊지 말아야 할 것이다.

제3장에서는 일본의 근대 초기 여성들의 삶과 정체성을 파악하기 위해 여훈서의 일종으로 여성규정을 집대성한 「여자를 가르치는 법」을 분석하고, 여성작가가 쓴 소설 「십삼야」 속에서 여주인공이 유교적 덕목을 어떻게 인식하고 수용·내면화했는지를 살펴보았다. 「여자를 가르

치는 법」에서 가이바라는 여성이 결혼함으로써 생기는 인간관계, 즉 남편, 시부모, 자식, 그리고 하녀·하인 등 타인과의 관계성에 비중을 두고 제시한 여성규범을 여성들에게 지킬 것을 강력히 호소했다. 즉 가이바라는 여성을 억압하고 규제하는 「여자를 가르치는 법」을 통해 여성들이 결혼함으로써 타인과의 관계 속에서 진정한 여성이 되는 것처럼 세뇌시켰다. 또한 가이바라는 남성과 여성의 차이를 차별로 이행시켜 여성에 대한 차별로 고착화시켰다.

예컨대 가이바라는 특히 13가지 항목을 여성이 출가하기 전에 잘 가르치지 않으면 안 된다고 강력히 주장했다. 그런데 가이바라는 아내가 남편에게 이혼당하지 않으려면 유교 최고의 덕목인 '순종'을 지킬 것을 강조하며 딸을 둔 부모와 당사자인 여성들에게 익히도록 경각심을 불러일으켰다. 또한 가이바라는 당시 여성들의 삶이 혼인을 통해 결정되기 때문에 여성이 남편가족의 일원으로 편입됨으로써 남편을 따르는 것은 물론이고, 여성의 직분에 충실할 것을 여성들에게만 일방적으로 당부했다.

특히 가이바라는 「여자를 가르치는 법」을 통해 정신에서부터 신체에 이르기까지 일거수일투족 일일이 구체적으로 열거하여 여성성을 여성들에게 강요하고 세뇌시켰다. 즉 가이바라는 「여자를 가르치는 법」을 통해 여성이 일상생활, 특히 결혼생활에서 힘써야 할 일과 경계해야 할 일을 함께 제시하여 아무리 지식과 지위가 낮은 여성이라도 잘 이해할 수 있도록 구분하여 세뇌시켰다. 이는 가이바라가 힘써야 할 일과 경계해야 할 일을 단선적으로 구분해줌으로써 일반대중들도 쉽게 이해할 수 있도록 일부러 의식해서 논한 것임을 간파할 수 있다. 더 나아가 이는 가이바라가 여성을 동일화하기 위한 전략이었음을 간파해서는 안 될 것이다.

그뿐만 아니라 「여자를 가르치는 법」에서도 강조되고 있듯이 당시 여성에게 요구되는 '삼종지도'와 '칠거지악'은 여성행동의 준거 틀로써 제시되어 여성의 권한을 집안으로 한정지었을 뿐만 아니라, 남성중심의 가부장제도를 더욱 공고하게 유지하기 위한 규범으로도 작동시켰다. 이와 마찬가지로 여성저자가 쓴 소설 「십삼야」에서도 여주인공은 당시 남성지식인이 규정한 여성규범에 따라 자신의 신체를 규율했음을 알 수 있다. 다시 말해서 여성저자가 쓴 소설 「십삼야」에서 여주인공 오세키가 부모의 설득으로 인해 아들과 남편이 있는 공동체 속으로 돌아간 것은 '삼종'이라는 자장으로부터 벗어나지 못하고 '순'여성으로 회귀되었다고 볼 수 있다. 그와 더불어 오세키가 '칠거' 중 '불투기'의 덕목을 거역하지 않은 것에서 '삼종칠거'를 내면화하여 순종적인 여성의 길을 실천하는 여성임이 입증되었다. 「십삼야」에 대한 내용은 뒤에 나올 제2부 제1장에서 자세히 후술하겠지만 당시 사회적·문화적 인식들은 여주인공의 행동을 규제하는 보이지 않는 권력으로 작동되었음이 드러났다.

# 제2부
# 여성의 제도적 지식장과
# 젠더 주체 투쟁

# 제1장

# 젠더 모방과 새로운 젠더 사상화

지금까지의 페미니즘에서 여성을 논할 때 사용되는 '디스프린disci-pline'은 '탈'남성론이라는 한계를 벗어나지 못하고 있다. 따라서 본 장에서는 남성 중심적 권위주의에 기대고 있는 남성들의 경험만이 모든 경험을 대표한다는 잘못된 가정에서 벗어나 여성들의 일상적인 경험과, 여성이 만들어내려는 정체성이 과연 여성들 사이에서의 차이라는 같음과 다름을 어떻게 나타내는지에 초점을 맞춘다.

지금까지의 많은 글들이 남성에 의해 억압받는 여성으로 혹은 억압받는다는 공통의 이해를 가진 우리로서의 여성으로 표현되어 왔다.[1] 즉 기존의 연구들은 여성들 사이에 존재하는 차이에 대해 명확히 설명해내지 못했다. 일본 근대문학 속에서 이제까지의 여성론을 살펴보면 남성에

---

1 캐롤린 라마자노글루, 김정선 역, 『페미니즘, 무엇이 문제인가』, 문예출판사, 1997, 15~16면.

의한 여성억압과 수난당하는 여성의 모습을 논한 것들이 주류를 이룬다.[2] 이를 위해 본 장에서는 메이지기明治期 여성작가의 소설 속에서 여성이 어떻게 표상되고 있는지를 분석한다.

물론 여기서는 소설을 하나의 텍스트로 간주하여 분석하는 것을 전제로 하여 소설이라는 언어표현 속에 나타난 여성의 자유라는 논리가 어떠한 의미를 두고 발현되는지를 염두에 둔다. 구체적으로 근대 초기 메이지 여류문학의 제1인자로 손꼽히는 히구치 이치요樋口一葉의 「십삼야十三夜」(『문학계文學界』, 1895)를 중심으로 여성의 '주체' 형성 과정을 밝힌다. 「십삼야」[3]는 일본 고유의 명절인 '십삼야'에 한 여인이 남편과의 갈등을 그린 작품이다. 당시는 일반적으로 남성작가에 의한 여성표현이 거의 대부분이었으나 이 작품은 여성작가에 의해 여성이 표상[4]된다는 점에서 주체라는 측면을 고찰할 수 있는 텍스트라 여겨진다. 특히 이 작품은 여성이 주인공으로서 결혼이라는 제도 속에서 남편이라는 타자로부터 한 인격체로 인정받지 못한 여성으로 조형된다. 이 여주인공은 남

---

2 신선향, 「『십삼일 밤十三夜』의 세계」, 『일본문학과 여성』, UUP, 2005; 이지숙, 『일본 근대 여성문학 연구』, 어문학사, 2009; 장은경, 「히구치 이치요의 작품에 나타난 여성의 삶의 양상」, 영남대 석사논문, 2005; 조혜숙, 『일본근대여성의 시대인식─여류작가 히구치 이치요樋口一葉의 시선』, 제이앤씨, 2010; 하세가와 게이長谷川啓, 「해설解説」, 『다무라 도시코田村俊子』, 日本図書センター, 1999 등이 있다.

3 텍스트는 히구치 이치요樋口一葉, 「십삼야十三夜」, 쓰보우치 유조坪內祐三・나카노 미도리中野翠, 『메이지문학 히구치 이치요明治の文学 樋口一葉』 제17권, 筑摩書房, 2000을 사용했다. 「십삼야」는 1895년 12월 10일에 발행된 『문예구락부文藝倶樂部』 제1권 제12편 임시 증간 「규수소설閨秀小說」에 발표된 작품으로, 『흐린 강にごりえ』에 이어서 발표 당시부터 주목받아 이치요 작품에 있어서 걸작 중의 하나로 평가받았다.

4 '표상'은 'representation'을 번역한 말로 'representation'은 '표상하다'는 뜻 이외에 '재현하다', '대표하다'는 의미를 지니고 있다. 즉 사물을 눈앞에 재현하거나 사물을 보고 그에 상응하는 단어를 머릿속에 재현하는 것을 말한다. 표상체계는 무언가를 떠올리도록 해주는 개념이나 상상, 판단의 체계를 말하며 개인마다 약간의 편차는 있지만 대개 집단적으로 유사한 구조를 지니고 있다(이진경, 『철학과 굴뚝청소부』, 그린비, 2006, 355면).

편과의 대립·갈등구도를 그리며 나와 다른 타자를 발견하고 남편이라는 타자를 통해 자아에 눈떠 이혼을 결심하지만 결국 좌절하고 만다. 그렇다면 이 작품의 시대적 배경인 1890년대는 대체로 이혼율이 높았던 시기였음에도 왜 이혼을 포기한 것일까.

본 장에서는 우선 이혼을 포기한 작품을 다루고 다음 장에서는 이혼을 실천에 옮긴 작품을 다루기로 한다. 본 장에서 이혼을 키워드로 삼은 이유는 이혼이 두 작품의 중요한 모티프로써 동시대 속에서 같은 여성이지만, 서로 다른 결론을 도출해내는 차이를 밝히는 데 중요한 텍스트이기 때문이다. 특히 이 두 작품은 이혼이라는 것이 과연 여성의 정체성 문제와 어떻게 연동되는지를 살펴보는 데에 있어 최적의 자료라고 생각된다.

이를 통해 본서에서는 당시 사람들의 인식 속에 연애 관념과 결혼관념, 그리고 이혼관념이 어떻게 작동되고 있었는지를 밝힌다. 더 나아가 연애와 결혼, 그리고 이혼은 여성의 삶과 정체성에 어떠한 상관관계가 있으며 어떠한 영향을 주었는지 「십삼야」의 서술을 통해 고찰한다. 그와 더불어 여주인공이 제도와 공동체로부터의 탈피가능여부에 대해서도 고찰한다. 왜냐하면 남성들이 만든 제도와 공동체에 대한 여성들의 투쟁은 남성들에 대한 저항이기도 하기 때문이다. 이러한 일련의 작품분석은 여성이 만들어내려는 이상이 남성적 가부장제사회를 전복시켜 억압으로부터의 탈피가 아니라, 남성과 여성이라는 성(性) 차이를 극복해내는 인식의 초월이라는 의미에서 인간보편의 문제로 고민할 수 있는 현재적 시사성을 띠고 있다고 본다.

# 1. 결혼관과 이혼관의 분열과 자유

「십삼야」를 보면 당시 남녀의 생활공간도 확연히 구분되고 남녀가 유별하던 시절이었음에도 여주인공 오세키お関와 로쿠노스케録之助는 서로 사랑하는 연인 사이로 그려진다. 말하자면 자유연애이다. 그러나 오세키의 부모는 사랑하지도 않는 하라다原田의 적극적인 구애에 못 이겨 결혼을 허락한다.[5]

이후 오세키는 당시 여성의 결혼적령기인 17살 때 하라다와 결혼해서 아들도 낳았다. 좀 더 자세한 것은 후술하겠지만 오세키가 사랑하는 로쿠노스케가 아닌 하라다와 결혼한 것에서 어릴 때부터 받아온 여성에 대한 훈육으로 친족과 가족에게 경제적으로 기여할 뿐만 아니라, 가족의 이해와 일치하는 선에서 배우자를 선택하는 것이 여성의 의무라고 오세키 또한 내면화했던 것으로 추측된다.

그 후 로쿠노스케는 오세키가 시집갔다는 소문을 듣고 로쿠노스케의 방황은 멈출 줄 모르고 지속된다. 특히 이 작품은 로쿠노스케의 방황을 공고히 묘사하면서 그러한 행위자로서의 로쿠노스케를 장황하게 그려낸다.

고마치小町나 서시西施[6]에게 이끌려 소토오리히메衣通姫가 추는 춤을 보여

---

5 『메이지민법』에 혼인할 경우 "30세 미만의 남자 또는 25세 미만의 여자가 혼인할 때는 그 집에 있는 부모의 동의를 필요로 한다"라고 되어 있다(아오야마 미치오青山道夫, 「혼인동의婚姻同意」, 나카가와 젠노스케中川善之助 외, 『가족제도전집 법률편 I 혼인家族制度全集 法律編 I 婚姻』, 河出書房, 1937, 89면).

6 중국 춘추시대 월越나라의 미인. 춘추시대 말기에 오吳나라 왕 부차夫差에게 회계會稽에서 패한 월나라 왕 구천勾踐은 부차가 호색가인 것을 알고 미인계를 써서 복수하려고 계

준다고 해도 나의 방탕한 생활은 고쳐지지 않을 것을, 그렇게 놀고서는, 어찌 젖비린내 나는 아기얼굴을 보고 개과천선하겠어요? 진탕 놀고 동이 날 정도로 퍼마시고 집도 가업도 소홀히 하여 젓가락 하나 남지 않게 된 게 3년 전이랍니다.[7]

작가는 오세키와 헤어진 후 파멸한 로쿠노스케의 상황을 적나라하게 스케치한다. 예를 들어 로쿠노스케의 어머니는 시집간 누님 집으로 가고 부인은 아이를 데리고 친정으로 돌아가 연락도 끊고 지내게 되었는데, 하나밖에 없는 딸마저 장티푸스에 걸려 죽는 것으로 설정된다. 그런데 오세키가 알고 있는 로쿠노스케는 처음부터 무기력하고 무능력한 남성이 아니었다.

원래 로쿠노스케는 조그만 담배 가게의 외아들로 부친이 할 때보다도 가게가 더 잘된다는 평판을 들을 만큼 영리한 사람이었다. 그러나 지금의 로쿠노스케는 "남의 비위도 곧잘 맞추고 붙임성도 있는"[8] 옛날 모습은 전혀 찾아볼 수 없을 만큼 이미 많이 변해 있었다. 즉 로쿠노스케는 사랑하는 연인 오세키를 떠나보내고 시름에 잠겨 방황에서 헤어나지 못하고 방탕한 생활을 보내는 역할자로서 설명되어 있다.

그런데 이는 오세키가 남루해진 로쿠노스케를 보면서 오히려 자신의

략을 꾸몄다. 그래서 가신 범려를 시켜 저라산苧蘿山에서 나무를 팔고 있던 미녀 서시를 데려다가 여러 가지 기예를 가르쳐 오나라에 보냈다. 부차는 신하의 만류를 듣지 않고 서시를 사랑하여 오나라 멸망의 한 요인이 되었다고 한다. 서시에 관한 이야기와 전설은 많으며 서시의 이름은 미녀의 대명사처럼 되었고 후세 시인들의 시에 자주 등장한다.

7    히구치 이치요, 「십삼야」, 앞의 책, 234면.
8    위의 글, 235면.

결혼관을 자각하게 되는 반전을 위한 글쓰기로 보인다. 다시 말하면 오세키는 시집가기 전인 12살 때부터 17살 때까지 로쿠노스케를 만나면서 담배 가게에 앉아 신문을 보며 장사하게 될 것이라고 생각했다. 즉 오세키는 둘의 만남이 결혼으로 이어져 함께 행복하게 사는 모습을 상상하곤 했지만, 결혼은커녕 볼품없게 된 로쿠노스케를 보며 마음만 아파할 뿐이다.

이처럼 작가는 로쿠노스케를 오세키에 의해 파멸당한 남성으로 그려냈다. 바로 그러한 점에서 오세키는 여성작가에 의해 악녀로 형상화되었다. 그런데 오세키의 반응에는 두 가지의 줄다리기가 의식화된다. 하나는 오세키가 자신의 결혼관을 관철시키지 못한 것에 대한 자각과, 다른 하나는 기존 부모세대의 결혼 관념을 수용해야만 한다는 대립양상이었다. 오세키는 자신의 결혼에 대해 자유롭지 못하고 하나의 틀 안에 갇혀있음을 내비추고 있다.

> 뜻밖의 사람과 연분이 정해져 부모님 말씀이라 거역 못했던 거지요. 담배 가게 로쿠노스케에게 가고 싶어도 그건 그저 어린 마음, 상대방으로부터도 아무 말도 없는데 이쪽에서는 더군다나 말할 수 없었지요. 이것은 이룰 수 없는 꿈같은 사랑. 단념해 버리자 단념해 버리자고 마음먹고 지금의 하라다 집안으로 시집갔던 것이지만[9]

위의 문장을 통해 오세키에게서 결혼에 대한 자율적 판단과 선택에 있

---

9    위의 글, 235~236면.

어 주체적이지 못하고 수동적인 여성의 모습을 발견할 수가 있다. 예를 들어 오세키가 이성에 대한 사랑고백에 있어서 남성인 로쿠노스케가 먼저 청혼해주기를 바라는 대목에서 확연히 드러난다. 그런데 여기서 숙고해야만 하는 것은 오세키가 하라다의 구애에 못 이겨 어쩔 수 없이 결혼한 것만을 보면, 마치 애정과 결혼문제에 있어서 여성의 욕망만을 억압당하고 남성은 욕망의 표현으로부터 자유로운 듯한 인상을 자아낸다.

그러나 당시 현실에서는 남녀의 욕망 모두 억압당하고 있었음을 알 수 있다. 즉 남성인 로쿠노스케 역시 결혼에 대한 판단과 선택에 있어 주체적이지 못하고 자율적이지 못한 수동적인 자세를 취하고 있음을 포착할 수 있다. 그 한 예로써 사랑하는 연인 오세키를 떠나보내고 비탄에 빠진 로쿠노스케는 오세키가 하라다와 결혼해서 임신하고 있을 무렵, 자포자기하는 심정으로 어머니가 마음에 들어하는 스기타杉田 집안의 여성과 결혼한 것에서도 여실히 증명된다.

그럼에도 불구하고 로쿠노스케의 방황이 계속되자 로쿠노스케의 어머니가 이번에는 자식이 태어나면 마음을 고쳐먹을 거라고 기대했지만 자식이 태어나도 로쿠노스케의 방황은 여전히 지속되었다. 이처럼 오세키와 로쿠노스케는 서로 사랑하면서도 자신의 감정과 의사를 표현하지 못하고 억압당한 채 기존의 결혼 관념을 수용하여 자유결혼에 성공하지 못한다. 그뿐만 아니라 자신의 의지와는 무관하게 부모가 선택한 사랑하지도 않는 상대와 강제결혼한다.

그런데 여기서 주목할 것은 오세키가 그런 로쿠노스케를 보고 안타까워할 뿐 각자의 삶으로 돌아가는 부분이다. 이러한 유형은 단순하게 다시 각자의 삶으로 돌아갔다고 정리할 수도 있지만 여기서 중요한 시사점을 감지하지 않으면 안 된다. 즉 오세키는 자신이 로쿠노스케를 잊지 못하고 있는 것과 마찬가지로 로쿠노스케도 아직까지 자신을 못 잊어 괴로워하고 있음을 깨닫게 되는데 그것은 자신과 로쿠노스케가 같은 처지, 즉 동일시됨을 느끼면서도 각자의 길을 걷는 점이다. 이처럼 오세키와 로쿠노스케는 당시 시대와 연동되어 각자 자신의 자율적 판단과 선택에 의거하지 않는 결혼을 함으로써 불행한 결혼생활을 초래하고 말았다.

그렇다면 하라다는 오세키에게 과연 어떤 여성이 되기를 바랐던 것일까. 하라다는 오세키가 먼저 이혼하겠다고 말하기를 원했던 것일까. 이전 봉건제도하에서는 남편이 아내를 일방적으로 무조건 내쫓는 방식으로 이혼이 가능했으나, 1873년明治6에 처음으로 여성도 이혼을 청구할 수 있도록 제도화[10]되었기 때문에 함부로 내쫓는 방법은 불가능하게 되었다.

그러나 여전히 남편이 일방적으로 쫓아내면 이혼이 성립되는 것이 현실이었다. 예를 들면 당시 남편 쪽에서 이혼장을 주는 경우 여성이 시집올 때 가져온 지참금을 되돌려주어야만 한다. 그런데 만약 여성 쪽에서 이혼을 요구할 경우 지참금을 돌려주지 않아도 되었기 때문에 아내 쪽에서 먼저 이혼을 요구하도록 남편이 아내에게 폭력을 가한다거나, 도박 또는 주색에 빠져 아내와 친정집으로부터 이혼을 먼저 요구하도록 유도하는 남성들도 있었다.[11] 그렇다면 하라다도 그럴 속셈으로 오세키에게 멸시와 학대를 했으며 게다가 계획적으로 외박을 했던 것은 아닐까.

---

10 호즈미 시게토穗積重遠, 「민법시행 전의 이혼원인民法施行前の離婚原因」, 『이혼제도연구離婚制度の研究』, 改造社, 1924, 696면.
11 데루오카 야스타카暉峻康隆, 정형 역, 『일본인의 사랑과 성』, 소화, 2005, 187면.

124    제2부 여성의 제도적 지식장과 젠더 주체 투쟁

당시 오세키가 집안형편상 지참금을 가져왔을 리가 만무하기 때문에 지참금은 고사하고 무일푼으로 내쫓으려는 하라다의 의도가 엿보인다. 예컨대 "저에게 질렸기 때문에 어떻게 하면 저를 집에서 나가게 할까, 어떻게 하면 제가 이혼하자고 말할까"[12]라는 오세키의 발화 장면에서 하라다의 내면을 알아차릴 수 있게 해준다. 당시 이혼은 25세 미만인 여성의 경우 혼인과 마찬가지로 호주인 부모의 동의가 반드시 있어야만 가능했다.[13] 또한 이혼소송도 원칙적으로는 이혼 당사자가 직접 할 수 없고 부모·친척 등이 대신 소송하도록 규정되어 있었다.[14] 그러므로 오세키는 아버지를 통해서 이혼장을 제출할 수밖에 없었다.

당시 제한적이기는 하지만 여성 쪽에서 먼저 이혼을 청구할 수 있도록 제도가 명문화되었다는 점은 획기적일 만하다. 그러나 여성이 먼저 이혼을 청구할 수 있도록 명시되어 마치 여성을 위한 것처럼 보이지만 그것은 결코 여성을 위한 것이 아니었다. 왜냐하면 당시 여성이 먼저 이혼을 요구할 경우 여러 가지의 불이익이 뒤따랐기 때문에 현실적으로 이혼을 실행에 옮기는 일은 그리 쉽지만은 않았다.

---

12  히구치 이치요, 「십삼야」, 앞의 책, 224면.
13  이를 자세히 살펴보면 『메이지민법』에 이혼 당사자인 남녀가 모두 25세 이상인 경우는 부모의 동의 없이도 이혼이 가능하지만, 25세 미만인 경우는 "그 혼인에 대한 동의를 위해 권리를 가진 사람"의 동의를 필요로 한다고 규정되어 있다(호즈미 시게토, 「민법개정 요강해설民法改正要綱解説」, 나카가와 젠노스케 외, 『가족제도전집 법률편 II 이혼家族制度全集 法律編 II 離婚』, 河出書房, 1937, 350면).
14  호즈미 시게토에 의하면 "1891년 민사소송법시행 이후, 이론상 이혼소송은 부부 당사자가 해야 하지만 실제상은 여전히 아내의 부모·친척이 아내와 공동원고로 행해지고 있었다"고 한다(호즈미 시게토, 「민법시행 전의 이혼원인民法施行前の離婚原因」, 『이혼제도연구離婚制度の研究』, 改造社, 1924, 698면).

## 2. 양처현모의 사상화와 모정의 신화화

### 1) 양처현모의 주입과 여성의 역할 강요

「십삼야」의 여주인공 오세키는 순종적인 여성으로 형상화된다. 하라
다와 결혼한 오세키는 7년 동안 남편의 무시와 학대에도 참았으나 더 이
상 참을 수 없어 결국 이혼을 결심하게 된다. 그러나 이혼을 결심한 오세
키는 친정집으로 돌아오자마자 부모님의 대화를 듣고 괴로워한다. 다음
문장은 이혼함으로써 부모님의 자신에 대한 실망감이나 초래될 파장에
대해 갈등하는 오세키의 내면이 잘 드러나 있다.

> 돌아가기만 하면 다로太郎의 엄마이고 언제까지나 하라다 사모님이겠지.
> 부모님도 주임관奏任官 사위가 있다고 자랑일 테고. (…중략…) 나만 생각해
> 서 이혼하게 되면 다로는 계모 밑에서 불행하게 자랄 테고. 부모님에게는 여
> 태껏 자랑으로 여기던 딸에 대한 기대가 갑자기 무너지겠고 남의 눈, 남동생
> 의 앞길[15]

자신이 낳은 자식까지 두고 나올 정도로 오세키에게 있어 '이혼'은 절
실한 문제였다. 심사숙고 끝에 내린 결정이지만 이혼하겠다는 이야기를
듣고 놀랄 부모님을 생각하니 오세키는 어떻게 해야 할지 갈등에 휩싸

---

15 히구치 이치요, 「십삼야」, 앞의 책, 218면.

인다. 남편을 생각하면 이혼하는 편이 낫겠지만 부모님과 남동생, 그리고 자신의 아들을 생각하면 어떤 결정을 내려야 할지 막막하기만 하다. 그런데 아버지는 이혼을 선언한 오세키에게 여성의 역할 중 특히 아내의 역할을 강조한다.

> 친정에 있을 때에는 사이토齋藤의 딸. 결혼해서는 하라다의 부인이 아닌가?[16]
> 성가시기도 하겠지. 까다롭기도 하고. 남편을 기분 좋게 바꿔주는 것도 부인의 역할.[17]
> 불행해서 눈물을 흘린다면 하라다의 아내로 실컷 울어라.[18]

이처럼 아버지는 오세키에게 남편인 하라다를 섬기는 아내로서의 역할을 잘 수행해내기를 바라고 있다. 근대 이전에는 아내의 역할만을 요구한 반면, 근대 이후에는 '양처현모'라는 말에서도 쉽게 짐작할 수 있듯이 아내의 역할뿐만 아니라 어머니의 역할까지도 강요되었다.

따라서 오세키의 부모는 오세키에게 결혼 전에는 부모님의 명령에 거역하지 않고 순순히 따르는 순종적인 딸의 역할, 결혼 후에는 하라다에 대한 아내의 역할, 다로에 대한 어머니의 역할을 충실히 해내기를 강요했다. 오세키 역시 그것을 내면화한 나머지 부모의 강요에 순종해야만 했다.

---

16  위의 글, 221면.
17  위의 글, 228면.
18  위의 글, 229면.

## 2) 모정이라는 여성성의 레토릭

오세키의 아버지는 자식에 대한 '모정'을 여성이 원래 태어날 때부터 지닌 여성 특유의 여성성이라고 간주하며 '모정'[19]을 어머니의 역할로 직결시킨다. 즉 오세키의 아버지는 이혼을 선언한 오세키가 마음을 돌리지 않자 마침내 '모정'을 동원하며 다음과 같이 언급한다.

> 다로라는 자식도 있고 (…중략…) 남에게 웃음거리가 되어 사이토 집안의 딸로 되돌아간다면 울고불고해도 다시는 다로의 엄마로 불리지 못한다. 남편에게 미련은 없지만 자식을 향한 애정은 끊을 수가 없어 헤어져 살면 너무나 그리울 것이다.[20]

아버지는 오세키에게 다로의 어머니임을 다시 한 번 부각시키며 다로에 대한 어머니의 역할을 완수해내기를 설득시킨다. 즉 아버지는 부부 사이가 형식적이더라도 자식만 바라보며 살기를 바라는 의미에서 '모정'을 이용하여 오세키의 욕망을 억압하고 있다. 다시 말해서 아버지는 '모정'이라는 여성성을 부각시키며 오세키를 세뇌시키고자 한다.

이와 같은 점에서는 오세키의 어머니 역시 별반 다르지 않다. 오세키

---

19  오클리Ann Oakley에 의하면 모성에 대한 본능은 문화적으로 유발된 것이고 어머니로서의 능력은 학습된 것이라고 주장했다. 간단히 말해 어머니는 태어나는 것이 아니라 만들어진 것이다. 그리고 오클리는 생물학적 어머니역할이 문화적 구성물, 즉 억압적 목적을 가진 신화라고 결론지었다. 그리고 오클리는 여성들이 아이가 전혀 없어도 행복할 수 있지만 이기심 또는 비정상성의 비난을 받기 싫어서 어머니가 된다고 보았다(로즈마리 통, 이소영 역, 『페미니즘 사상—종합적 접근』, 한신문화사, 2000, 154~156면).

20  히구치 이치요, 「십삼야」, 앞의 책, 228면.

의 어머니에게서 이중성을 목격할 수 있다. 즉 동일한 여성인 어머니는 오세키에게 앞으로 하라다가 잔소리를 하면, 오세키에게도 친정집이 있다고 집을 나오라며 불구덩이 속에서 잠자코 참지 말라며 겉으로는 마치 오세키를 이해하고 있는 듯이 보인다. 그러나 어머니가 아버지에게 사위인 하라다를 만나 잘 알아듣도록 이야기하라는 발화 장면에서 어머니의 내면에는 오세키가 이혼하지 말고 다시 한 번 참고 인내하며 살아가기를 바라고 있음을 함축하고 있다고 풀이할 수 있다. 즉 어머니의 내면에는 같은 여성으로서 이해하는 공통분모가 존재하면서도, 그와 반대로 남편에게 받는 고통과 서러움은 여성의 숙명으로 받아들여 참고 살아갈 것을 강요하는 양가감정이 함의되어 있다고 하겠다.

이처럼 오세키의 부모는 오세키가 한 여성이기 이전에 한 인간으로서의 삶을 살기보다는 가정안의 여성으로서 살아가기를 바라고 있다. 다시 말해서 이는 어머니로서의 여성은 존재할 수 있어도 개인으로서의 여성은 존재할 수 없음을 시사한다. 오세키의 아버지는 계속해서 하라다와 이혼함으로써 자식과의 인연이 끊어지게 되면 영원히 만나지 못하고 헤어져서 각자의 삶을 살아야 함을 다시 한 번 부각시킨다.

다로는 하라다 집안의 종손으로 너는 사이토 집안의 딸, 한번 헤어지면 두 번 다시 얼굴을 볼 수가 없다.[21]

당시의 민법을 보면 부부가 이혼할 경우 자식의 감호監護에 관해 협의

---

21  위의 글, 229면.

할 것을 법으로 규정해 놓았다.[22] 그러나 협의하지 않을 경우 자식은 무조건 남편에게 귀속된다. 따라서 아버지는 오세키가 이혼하면 자식을 남편에게 줘야만 하는 것은 물론이고 두 번 다시 볼 수 없음을 계속해서 강조한다. 이처럼 당시 민법 자체가 이미 여성의 권리를 규정하고 억압하는 기제로 사용되었음을 알 수 있다.

뒤의 예를 보면 더욱 확실해지는데 당시 『메이지민법明治民法』이 여성들에게 얼마나 억압적이고 규제적이었는지를 실감할 수 있을 것이다. 예컨대 법률적인 제한만을 보더라도 남편이 오세키에게 자식을 줄 리 없기 때문에 이혼하면 자동적으로 자식과의 인연도 끊어질 수밖에 없다. 이처럼 이혼을 감행할 경우 자식과의 인연을 끊어야만 하는 것은 선택사항이 아닌 필연적인 귀결이었다.

이는 오세키가 이혼을 철회하도록 아버지가 활용하는 '모정'이었으며 그것을 통해 오세키를 설득시키는 장치이기도 하다. 이처럼 '모정'은 자식에 대한 헌신으로만 끝나는 것이 아니라 언제든지 왜곡될 수 있으며 왜곡된 모정은 가부장제에서 비롯되었다고 할 수 있다. 즉 다시 말해서 가부장제는 모정을 요구하고 여성을 아내의 위치에 고정시키는 가장 강력한 이데올로기이자 기존의 성 체제에서 가장 위력 있는 요소임을 알 수 있다.

당시는 여성이 자신의 목소리를 드러내지 못하는 것이 당연한 것으로 인식되는 시절이었다. 이러한 인식이 오세키의 결혼생활의 기저에 흐르고 있었고 오세키 또한 부모님의 명령에 거역하지 못하고 순종적인 여성으로서의 길을 실천하고 있었다.

---

22  아오야마 미치오, 「이혼과 자식의 감호離婚と子の監護」, 나카가와 젠노스케 외, 『가족제도 전집 법률편 II 이혼』, 河出書房, 1937, 245~272면.

## 3. 젠더의 불균형과 소통의 부재


### 1) 여성의 희생 논리와 남성의 입신출세

「십삼야」를 보면 일방적으로 여성의 희생을 강요하고 있음을 발견해
낼 수가 있다. 다음 문장을 통해 결혼생활에서 특히 중시되는 것은 남편
에 대한 아내의 양보와 희생 논리였음을 알 수 있다.

> 네가 빈틈없이 잘하고 있겠지만 앞으로도 하라다의 기분이 좋도록[23]

위의 문장을 통해 오세키의 부모는 여성의 역할 중 아내의 역할이라
는 여성성을 강조하며 오세키에게 주입시키고 있음을 알 수 있다. 딸의
자유는 말살한 채 행복을 얻기 위해서는 그 대가로 자유를 반납해야만
하는 것이 여성의 현실이었다.

> 이사무[9]의 마음에 들도록 집안을 꾸려나가면 아무런 지장이 없지 않겠니.
> (…중략…) (네가) 견뎌낼 수 없는 일이란 없을 뿐[24]

어머니는 아내가 남편의 마음에 들도록 비위를 맞춰주어야 하고 집안
도 잘 꾸려나가는 것이 아내의 역할이라며 오세키를 설득한다. 그런데

---

23  히구치 이치요, 「십삼야」, 앞의 책, 219면.
24  위의 글, 221면.

오세키는 자신도 모르는 사이에 이러한 여성논리를 수용하고 있었다. 그 한 예로써 만일 남편이 "기생을 집에 불러다 놀아도 첩을 두어도 그런 일에 질투할"[25] 오세키가 아닐 뿐만 아니라, "남성이라면 그 정도의 일은 있다"[26]며 남편의 불합리한 행동에도 오세키는 함묵하고 있다. 오세키는 여성으로서 부인으로서 주장할 수 있는 권리를 '억압'당한 채 당연한 것으로 받아들여야만 했던 것이다.

예컨대 오세키는 남편에게 일방적으로 먼저 사과해야만 하고 남편의 기분을 맞춰주고 인내하며 살아가는 것이 미덕이라고 여기는 희생적인 여성의 모습을 수용하고 있었다. 그 이유는 당시 오세키와 비슷한 상황에 처한 여성들이 많았기 때문인데 다음 대목은 오세키를 설득하는 아버지의 발화 장면으로 확인가능하다.

겉으로는 아무런 문제가 없어 보여도 신분 높은 사모님들이 모두 부부 사이가 다 좋은 건 아니란다. 혼자라고 생각하면 원망도 생기기도 하고 사는 게 다 그런 거다.[27]

오세키의 아버지는 신분 높은 사람들의 부부관계가 남편 쪽에서 일방적이고 무조건적이며 일방통행적인 이해를 강요하는 형식적인 부부관계는 오세키의 부부뿐만이 아니라, 다른 부부들도 그런 정도의 마음고생은 누구든지 다 하는 것이라는 보편성을 예로 들고 있다. 따라서 오세

---

25 위의 글, 224면.
26 위의 글, 224면.
27 위의 글, 228면.

키는 부모로부터 여성으로서 부인으로서 주장할 수 있는 권리를 억압당한 채 당연한 것으로 받아들여야만 함을 강요당했다.

게다가 오세키의 부모는 오세키가 다시 친정으로 돌아오면 현실적으로 경제적 부담이 되기 때문에 경제적인 고통에 비하면 그것은 아무것도 아니라고 결론지으며 오세키에게 희생을 강요했던 것이다. 그뿐만 아니라 오세키의 부모는 그것도 부족해서 오세키의 가족에 대한 헌신까지도 강요하며 그것이야말로 여성의 미덕으로 강하게 자리하고 있음을 다음 문장에서 읽어낼 수 있다.

> 네가 중간에서 우리들의 마음이 잘 통하도록 해다오. 이노스케의 앞길도 잘 부탁한다고 말해줘.[28]

오세키의 부모는 오세키의 감정이나 의견을 묵살한 채 오로지 오세키의 남동생 이노스케가 잘 되어야만 한다는 생각에 집중되어 있다.

> 이노는 (…중략…) 네 덕택에 지난번에 승진을 했고 (…중략…) 이런 게 다 역시 하라다 집안과 인연이 있어서라고 우리집에선 매일 말해.[29]

위의 문장에서 이노스케의 근무지가 정확히 언급되어 있지는 않지만 하라다의 도움으로 일자리를 얻었고 이노스케가 승진할 수 있도록 하라다가 뒤를 봐주고 있음을 미루어 짐작할 수 있다. 다시 말해서 오세키에

---

28 위의 글, 219면.
29 위의 글, 219면.

게는 권력 있는 남편의 힘을 통해 남동생의 입신출세를 지탱해주는 역할이 요구되었다. 또한 오세키의 부모는 부부 사이에서의 애정은 무시한 채, 사이토 집안보다 경제적으로 부유하고 권력 있는 집으로 시집가서 얻어지는 이익에 비중을 두고 있었다. 즉 오세키가 가난한 집에서 하라다 집안 같은 대갓집에 시집간 것은 "운이 좋은"[30] 것이라고 비유할 만큼 결혼함으로써 생기는 이익에 대한 희생, 즉 얻은 대가에 대한 마음고생은 오세키가 감내해야 할 몫이었다. 게다가 오세키의 부모는 아들의 앞날에 도움이 된다면 오세키의 희생은 불가피하다고 여겼던 것 같다.

만약 남편과 이혼하게 되면 남동생의 출세에도 지장을 주기 때문에 오세키를 포함하여 오세키의 부모는 그것을 두려워하고 있는 것이다. 오세키가 남동생의 출세에 도움을 주기 위해서는 형식적이더라도 부부 관계를 지속해야만 가능하기 때문이다. 오세키 역시 남동생의 "출세 길도 막을 수는 없다"[31]며 자신의 희생을 감수해서라도 '이에' 제도하에서 집안의 대를 이을 남성후계자가 잘 되어야만 한다는 의식이 밑바탕에 농후하게 깔려 있음을 알 수 있다. 오세키는 이처럼 가족의 관계성에 집착하고 있다. 따라서 오세키는 부모님이 우려하는 남동생의 장래를 감안하여 자신이 어떤 결론을 내려야 할지 번민에 휩싸인다. 이처럼 공통분모로 공유된 가족에 대한 희생관이 오세키의 내면에 강하게 자리 잡고 있었다. 더 나아가 남녀에게 각기 다른 젠더 역할을 심어주고 있음을 알 수 있다.

---

30  위의 글, 221면.
31  위의 글, 218면.

## 2) 소통의 부재와 타자성의 배제

오세키와 남편 사이에는 대화가 거의 없을 정도로 소통이 단절되어 있다.[32] 남편과 "대화를 나눌 때는 용무가 있을 때뿐이고 그것도 퉁명스럽게 명령할 뿐"[33]이라는 대목에서 이들 부부 사이에는 더 이상의 소통을 기대할 수가 없다. 왜냐하면 오세키에 대한 남편의 무시는 소통의 기본자세가 아니기 때문이다.

다음 문장은 오세키가 이혼 결심을 하게 된 원인으로써 부부간 소통의 단절도 간과할 수 없음을 환기시키고 있다.

> 배우지 못한 것, 못 배운 것이라며 저를 멸시합니다. 원래 화족여학교華族女學校 의자에도 앉아보지 못했고 남편 동료의 부인들처럼 꽃꽂이라든지 다도茶道라든지 와카和歌와 그림 등을 배운 적이 없어 그런 말씀의 상대도 할 수 없습니다만, (…중략…) 친정이 비천하다고 퍼뜨려 하녀인 아랫것들한테까지 얼굴을 들 수가 없게 만들지 않으면 좋을 텐데,[34]

이처럼 부부 사이의 소통의 단절은 부부 사이에서만 끝나지 않고 타자와의 소통의 부재로 이어진다. 즉 부부 사이에 소통의 단절로 인해 결국 타자와의 소통 또한 단절되어 불협화음이 생긴다. 이는 자신이 관리

---

32  다음 장에서 살펴볼 「깨진 반지」에서도 '내'가 "속내를 알 수 없는 남편과 살면서 또한 남의 말 잘하는 하녀들의 눈치까지 살피고 긴장하면서 사는 처지"라고 말한 것에서 「십삼야」와 마찬가지로 남편과의 소통이 단절되어 있음을 발견할 수 있다.

33  히구치 이치요, 「십삼야」, 앞의 책, 223면.

34  위의 글, 223면.

하고 부려야 할 하녀와 하인들한테마저 소통이 원활하지 않을 뿐만 아니라 인정받지 못하는 것에서 확인가능하다.

그런데 결혼 전 오세키의 학력은 문제되지 않는다고 말했던 하라다가 오세키와의 소통이 원활하지 않은 이유 중의 하나로 오세키의 교육문제를 든다.[35] 학교교육에 있어서 1872년明治5 「학제學制」의 발포로 인해 남녀 모두에게 의무교육[36]이 실시되어 여성에게도 의무교육을 받을 수 있는 길이 열린 것은 획기적인 일이지만, 교육비의 부담은 학부모의 몫[37]이었다. 따라서 모든 여성이 교육의 혜택을 받을 수 있는 여건에 놓여 있었던 것은 아니다. 특히 소학교조차도 교복을 비롯하여 신발, 학용품에 이르기까지 모두 개인이 조달해서 사용해야만 했다.

1900년明治33 '소학교령'이 개정되어서야 소학교의 수업료가 무상으로 되었다. 그러나 이 소설은 그 이전을 시대적 배경으로 삼았기 때문에 상류계급의 영양令孃들만이 다니는 화족여학교[38]는 고사하고 오세키의

---

35 반면 「깨진 반지」와는 대조를 이룬다. 오히려 '나'의 남편은 "여성인 주제에 배웠다고 아는 척하는 거야"라고 비아냥거리며 말한 것에서 오히려 학력이 소통에 장애가 되고 있음을 엿볼 수 있다. '내'가 남편의 말대로 배운 여성이었다면 남편과 소통의 능력을 겸비했을 테지만, 남편으로부터 '야유'를 받은 것은 소통이 이루어지지 않고 있음을 알 수 있다.

36 여아소학을 포함하여 근대 일본의 조직적, 체계적, 계획적인 교육제도와 학교제도를 최초로 구축한 것은 「학제」(1872년 8월 2일 태정관포고 214호)인데, 이는 근세260년에 걸친 에도시대의 교육을 계승하면서 어떤 의미에서는 위로부터의 정책으로 강행적으로 파괴하면서 만들어진 근대 일본의 교육제도, 학교제도의 원형이었다(다카노 도시高野俊, 『메이지 초기 여아소학연구―근대 일본에서 여성교육의 원류明治初期女兒小學の硏究―近代日本における女子敎育の源流』, 大月書店, 2002, 17면).

37 메이지정부는 극심한 재정위기에 놓여 있었기 때문에 학문을 보급시키는 학교를 만드는 데에도 인민부담, 즉 수익자부담이었다(다카노 도시高野俊, 『메이지 초기 여아소학연구―근대 일본에서 여성교육의 원류明治初期女兒小學の硏究―近代日本における女子敎育の源流』, 大月書店, 2002, 18면). 1900년 소학교령이 개정되어서야 의무교육의 수업료가 무상을 원칙으로 되어 국민의 교육비부담이 완화되었다(시바타 요시마쓰柴田義松・사이토 도시히코齋藤利彦, 『근현대교육사近現代敎育史』, 學文社, 2000, 138면).

집안형편을 고려해본다면, 오세키가 교육의 수혜에서 배제될 수밖에 없었음은 어렵지 않게 유추해낼 수 있다. 그뿐만 아니라 당시 여성의 경우 학문을 하면 제멋대로인 여성이 되어 곤란하다는 생각이 뿌리 깊은 시대였기 때문에 남성에 비해 여성의 취학률이 지극히 낮았다.

오세키의 부모 역시 그런 사고방식으로부터 자유롭지 못했을 것으로 추정된다. 특히 이 소설이 쓰인 1895년明治28 남녀별 소학교 취학률을 살펴보면 여성이 43%를 점하고 남성은 76%를 차지하여 남녀평균 61.2%에 달한다.[39] 그러나 오세키가 소학교를 다녔을 것으로 추정되는 메이지 초기에는 여성 15.14%이고 남성이 39.90%로 소학교 남녀 취학률이 상당히 저조했음을 가늠할 수 있다.

그런데 소통에는 여성의 학력이 문제가 아니라 여성에 대한 남성의 '인식'적 차이에서 도래함을 뒷받침해준다. 오세키는 결혼생활을 통해 인간관계의 기본이라 할 수 있는 소통이 부부 사이에 단절되어 있음을 자각하게 된다. 즉 오세키는 남편과의 소통의 단절로 인해 비로소 나와 다른 타자를 발견하고 자아를 찾는 계기가 되었다고 말할 수 있다. 그런데 이와 같은 '불협화음'의 문제를 해결하는 방식에는 역시 경제적인 문제를 간과할 수가 없다.

---

38 화족의 자제를 위해 1885년에 창설된 화족여학교는 1906년에 학습원學習院 여학부로 변경되었다(구로이와 히사코黑岩比佐子, 『메이지의 아가씨明治のお嬢さま』, 角川選書, 2008, 19~30면).

39 권말의 〈부록 3〉을 참조할 것. 1890년에는 48.9%이고 1905년에는 95.6%에 달한다. 이러한 배경에는 근대산업의 발달과 자본주의경제가 발전함에 따라 국민생활도 변화하고 청일전쟁 후 학령아동의 취학률이 급속히 증가했다. 또 다른 이유로 이전 교육비일체를 학부모가 부담했던 것과는 달리 1900년明治33 '소학교령'이 개정되어 심상소학교의 수업료를 무상으로 했기 때문에 취학률이 증가했다(시바타 요시마쓰・사이토 도시히코, 『근현대교육사』, 學文社, 2000, 137~138면).

## 4. 젠더의 과실 탈피와 회귀의 딜레마


### 1) 정신적 독립·경제적 자립과 자아모순


당시 여성들은 결혼함으로써 남편이 경제적으로 아내의 부양을 떠맡는 대신 아내는 그 대가로 어떠한 굴욕도 인내해야만 했다. 오세키 또한 경제적 부양의 대가로써 남편으로부터 굴욕적인 말을 듣고도 일방적으로 참아야만 하는 등 경제적으로 남편에게 예속되어 있음을 알 수 있다.

『메이지민법』에 이혼이란 "혼인 효과의 소멸을 목적으로 하는 행위"[40]라고 명시되어 있어 오세키가 하라다와 이혼하게 되면 혼인과 동시에 누렸던 경제적 이익, 특히 남동생에게 제공되었던 혜택이 소멸된다. 즉 오세키가 하라다와 결혼함으로써 남동생이 누렸던 권력과 신분 또한 박탈당하게 된다. 따라서 이혼을 결심한 오세키는 부모님에게 남편의 그늘에서 벗어남과 동시에 봉착하게 되는 경제적인 문제를 해결하기 위한 방법으로써 '가내부업'을 해서라도 남동생에게 힘이 되어주겠다고 설득한다.


> 제발 부탁입니다. 이혼장을 받아주세요. 저는 지금부터 가내부업이든 뭐든 해서 이노스케의 힘이 되도록 노력할게요. 평생 혼자서 살아갈 수 있도록 해주세요.[41]

---

40  나카가와 젠노스케, 「이혼법개설離婚法概説」, 나카가와 젠노스케 외, 『가족제도전집 법률편 II 이혼』, 河出書房, 1937, 8면.

당시 『메이지민법』 속에서 여성은 무능력한 존재로서 가장인 남편의 지배하에 관리·통제되었기 때문에 재산 또한 남편이 관리하는 시스템이었다. 오세키에게 경제적 자립이 담보되지 않는 한, 남편에게 경제적으로 기댈 수밖에 없는 것은 기정사실이다. 즉 오세키가 경제적으로 남편에게 종속된 존재로 남아있는 한, 남편으로부터 영원히 벗어날 수가 없다. 그러므로 이혼하기 위해서는 현실적인 문제, 즉 경제적 독립을 하기 위해서는 우선 일자리부터 찾아야만 했다.

히로세 레이코広瀬玲子에 의하면 가내부업[42]은 "메이지시대에 가장 일반적인 여성의 노동형태였다"[43]는 말에서도 알 수 있듯이 가내부업은 당시 오세키가 여성으로서 가장 쉽게 구할 수 있는 직업으로 상정하고 있었음을 알 수 있다. 즉 당시 아무런 지식과 기술이 없어도 쉽게 할 수 있는 가장 일반적이었던 가내부업은 오세키가 남편으로부터 경제적 자립을 하기 위한 유일한 수단이었다.

그런데 여기서 말하는 당시의 가내부업이란 기껏해야 재봉일이나 삯바느질 정도의 일을 의미한다. 가내부업은 본업만으로는 생활에 필요한 수입이 충족되지 않을 경우 본업이외의 수입을 꾀하기 위한 수단에 불과했기 때문에 오세키가 남편으로부터 경제적 자립을 하기 위한 수단으로는 턱없이 부족하다. 따라서 당시 오세키는 남편으로부터 경제적 자립을 할 수 있는 여건을 겸비하지 않았다고 말할 수 있다. 예를 들어 당

---

41  히구치 이치요, 「십삼야」, 앞의 책, 223면.
42  가내부업이란 본업의 사이사이에 하는 돈벌이로, 주부가 가계에 보탬이 되기 위해 하는 일을 말하며 당시 농가의 양잠, 직물 짜기, 멍석 짜기 등이 이에 속한다.
43  히로세 레이코, 「청일·러일 전간기의 여성론日淸·日露戰間期における女性論」, 하야카와 노리요 외, 『동아시아의 국민국가 형성과 젠더―여성상을 중심으로』, 靑木書店, 2007, 51면.

시 고등여학교에서 배운 교과내용을 살펴보기로 하자.

<표 3> 고등여학교의 커리큘럼(4년제, 매주시간)

| 학과목 | 제1학년 | 제2학년 | 제3학년 | 제4학년 |
|---|---|---|---|---|
| 수신 | 2 | 2 | 2 | 2 |
| 국어 | 6 | 6 | 5 | 5 |
| 외국어 | 3 | 3 | 3 | 3 |
| 역사 · 지리 | 3 | 3 | 2 | 3 |
| 수학 | 2 | 2 | 2 | 2 |
| 이과 | 2 | 2 | 2 | 1 |
| 도화(圖畵) | 1 | 1 | 1 | 1 |
| 가사 | - | - | 2 | 2 |
| 재봉 | 4 | 4 | 4 | 4 |
| 음악 | 2 | 2 | 2 | 2 |
| 체조 | 3 | 3 | 3 | 3 |
| 교육 | - | - | - | - |
| 수예 | - | - | - | - |
| 합계 | 28 | 28 | 28 | 28 |

출처 : 문부성령文部省令, 「고등여학교시행규칙高等女學校施行規則」(『관보官報』, 1901.3.22)
작성, 아베 쓰네히사阿部恒久 · 사토 요시마루佐藤能丸, 『통사와 사료 일본근현대여성
사通史と史料 日本近現代女性史』, 芙蓉書房出版, 2000, 35면 참조.

앞의 표를 보면 다른 과목에 비해 재봉에 많은 시간을 할애하고 있음
을 알 수 있다.[44] "메이지30년 (…중략…) 이 시기에 여성이 독립하는
것은 대단히 어려운 시대였다"[45]는 지적을 감안해볼 때, 오세키가 고작

---

44  여성교육의 지도이념은 양처현모주의에 바탕을 둔 가정, 재봉, 수신 등이 중요시되는 교
육이었다(시바타 요시마쓰 · 사이토 도시히코, 『근현대교육사』, 學文社, 2000, 138면).
45  마에다 아이前田愛, 『근대문학의 여성들―『흐린 강』에서 『무사시노부인』까지近代文學の
女たち―『にごりえ』から『武藏野夫人』まで』, 岩波書店, 1995, 140면. 소위 직업부인이라는 말이
출현한 것은 다이쇼 중기였다. 메이지30년경 여성의 직업으로 가장 일반적인 것은 유녀
遊女 또는 기생芸者 또는 하녀, 아기돌보기, 유모 등이었다(마에다 아이, 『근대문학의 여
성들―『흐린 강』에서 『무사시노부인』까지』, 岩波書店, 1995, 141면).

가내부업을 해서 친정집에 경제적으로 도움을 주고 남동생의 입신출세에 도움을 주기란 역부족임을 읽어낼 수 있다.

그럼에도 불구하고 오세키가 한때 가내부업을 해서라도 남편으로부터 정신적 독립·경제적 자립을 결심한 것은 자신의 삶을 개척하려는 적극적 의지의 판단임을 의미한다고 할 수 있다. 따라서 남편으로부터 무시당하고 억압받고 있음을 깨달은 오세키가 당시 가내부업을 해서라도 자신의 경제적 부양인인 남편으로부터 정신적 독립·경제적 자립을 하려고 결심한 것은 새로운 자아개척의 시도였다.

그러나 결국 오세키가 아들과 남편이 있는 공동체 속으로 되돌아간 것은 가난한 현실로부터의 회피 또는 불확실한 미래에 대한 인내심에 한계가 있었던 것으로 보인다. 다시 말해서 가난하여 경제적으로 어렵고 고통 받으며 살아가느니 남편에게 기대어 여생을 편안히 살아가고 싶은 마음, 즉 오세키의 자기모순이 존재하고 있었던 것은 아닐까. 즉 이는 오세키가 또다시 젠더에 갇힌 삶을 살아가리라는 것을 의미한다.

오세키는 한때 이혼을 결심함으로써 남편으로부터 정신적 독립과 경제적 자립을 하려는 등 자각적인 여성의 면모를 보였으나, 결국 모든 것을 체념하고 남편이 있는 공동체 속으로 돌아간 것은 가정에 매몰되어 살아간다는 것을 암묵적으로 암시하고 있다. 이처럼 남성의 권위가 가정 내에서 여성을 예속시키기 때문에 남성은 지배, 여성은 피지배라는 관계가 성립되는데 남편인 하라다는 아내인 오세키를 동등한 인격체가 아니라 한 단계 아래로 취급하여 희생을 강요하는 종속체임을 예증한다고 하겠다.

## 2) 가족이라는 상상의 공동체

「십삼야」를 보면 오세키가 부모님께 남편의 무시와 학대[46]로 인해 애정도 없는 형식적인 결혼생활을 유지하느니 이혼하겠다는 확고한 신념을 토로하는 장면이 있다. 특히 다음은 오세키에 대한 남편의 학대와 모욕의 정도를 알 수 있는 단초를 제공해주는 대목이라서 인용해보기로 한다.

> 제가 하는 일은 하나에서 열까지 마음에 들어 하지 않고 일거수일투족 집에 와도 재미가 없는 건 아내노릇을 제대로 못하기 때문이라고 탓하기만 해요. 그것도 무엇을 못하는지, 이런 것은 좋지 않다고 말이라도 해주면 좋으련만 한마디로 한심하다, 재미없다, 이해할 수 없는 것, 도대체 이야기 상대가 되지 않는다는 둥, 단지 다로의 유모로 봐두는 거라며 조롱하실 뿐[47]

예컨대 오세키에 대한 남편의 이러한 학대와 모욕은 당시 이혼사유[48] 중의 하나로 배우자나 배우자의 부모로부터 "참을 수 없는 학대 또는 중대한 모욕을 받은"[49] 경우 이혼사유에 해당된다. 호즈미 시게토穂積重遠에 의하면 재판이혼의 원인에는 10가지가 있는데 그중 6가지는 확정적

---

46 재판상 이혼의 원인으로는 중혼・아내의 간통・남편의 간음죄・범죄・배우자로부터의 학대와 모욕 등이 이에 해당된다(나카가와 젠노스케, 「이혼법개설」, 나카가와 젠노스케 외, 『가족제도전집 법률편 II 이혼』, 河出書房, 1937, 29면).

47 히구치 이치요, 「십삼야」, 앞의 책, 224면.

48 민법813조 5호에 따르면 이혼사유에 속하는 배우자로부터의 학대와 모욕은 "'동거에 참지 못할 학대' 또는 '중대한 모욕'을 필요로 한다"라고 되어 있다(나카가와 젠노스케, 「이혼법개설」, 나카가와 젠노스케 외, 『가족제도전집 법률편 II 이혼』, 河出書房, 1937, 30면).

49 다마키 하지메玉城肇, 「혼인・이혼통계론婚姻・離婚統計論」, 나카가와 젠노스케 외, 『가족제도전집 사론편 II 이혼家族制度全集史論編 II 離婚』, 河出書房, 1937, 322면.

이혼사유이고 그 나머지는 확정적이지 않은 이혼사유라고 논한다.

그 한 예로써 원래 학대 및 모욕은 개념 자체가 매우 상대적이고, 게다가 동거에 참을 수 없는 학대 또는 중대한 모욕이라는 것 또한 대단히 애매모호하여 내용이 부정확하다.[50]

메이지기부터 다이쇼기에 걸쳐 결혼율과 이혼율을 살펴보면 다음과 같다.

〈표 4〉 메이지기에서 다이쇼기까지의 결혼율과 이혼율

| 연도 | 혼인율(%) | 이혼율(%) |
|---|---|---|
| 1880년明治13 | 5.73 | 2.36 |
| 1881년明治14 | 6.3 | 2.72 |
| 1882년明治15 | 8.42 | 2.62 |
| 1883년明治16 | 9.01 | 3.39 |
| 1884년明治17 | 7.60 | 2.90 |
| 1885년明治18 | 6.80 | 2.97 |
| 1886년明治19 | 8.18 | 3.06 |
| 1887년明治20 | 8.55 | 2.93 |
| 1888년明治21 | 8.33 | 2.75 |
| 1889년明治22 | 8.49 | 2.68 |
| 1890년明治23 | 8.03 | 2.69 |
| 1891년明治24 | 7.99 | 2.76 |
| 1892년明治25 | 8.50 | 2.76 |
| 1893년明治26 | 8.65 | 2.82 |
| 1894년明治27 | 8.64 | 2.73 |
| 1895년明治28 | 8.65 | 2.62 |
| 1896년明治29 | 11.74 | 2.70 |
| 1897년明治30 | 8.45 | 2.87 |
| 1898년明治31 | 10.76 | 2.27 |
| 1899년明治32 | 6.72 | 1.50 |
| 1900년明治33 | 7.73 | 1.42 |

50   호즈미 시게토, 「민법시행 전의 이혼원인」, 『이혼제도연구』, 改造社, 1924, 733~735면.

| 연도 | 혼인율(%) | 이혼율(%) |
|---|---|---|
| 1901년明治34 | 8.34 | 1.40 |
| 1902년明治35 | 8.57 | 1.39 |
| 1903년明治36 | 7.96 | 1.40 |
| 1904년明治37 | 8.47 | 1.36 |
| 1905년明治38 | 7.37 | 1.26 |
| 1906년明治39 | 7.32 | 1.36 |
| 1907년明治40 | 8.88 | 1.25 |
| 1908년明治41 | 9.35 | 1.22 |
| 1909년明治42 | 8.77 | 1.18 |
| 1910년明治43 | 8.74 | 1.18 |
| 1911년明治44 | 8.42 | 1.13 |
| 1912년大正元 | 8.25 | 1.13 |
| 1913년大正2 | 8.15 | 1.13 |
| 1914년大正3 | 8.44 | 1.12 |
| 1915년大正4 | 8.18 | 1.10 |
| 1916년大正5 | 7.85 | 1.09 |
| 1917년大正6 | 7.99 | 1.00 |
| 1918년大正7 | 8.99 | 1.01 |
| 1919년大正8 | 8.54 | 1.01 |
| 1920년大正9 | 9.72 | 0.99 |
| 1921년大正10 | 9.14 | 0.94 |
| 1922년大正11 | 8.95 | 0.92 |
| 1923년大正12 | 8.77 | 0.88 |
| 1924년大正13 | 8.98 | 0.88 |
| 1925년大正14 | 8.73 | 0.87 |
| 1926년昭和元 | 8.31 | 0.83 |

출처 : 1935년도 내각통계국昭和十年度內閣統計局 『인구동태통계기술편人口動態統計記述編』.
참조 : 인구 천 명당[51]

위의 표를 보면 『메이지민법』이 시행된 1898년明治31을 기점으로 이혼율은 현저하게 감소한다. 특히 1880년明治13부터 1911년明治44까지

---

51  다마키 하지메, 「혼인·이혼통계론」, 앞의 책, 325~328면. 다마키 하지메에 의하면 일본에서 혼인통계와 이혼통계는 1880년부터 시작되었다고 한다.

의 결혼율과 이혼율을 보면 결혼율은 8% 전후인 데 비해, 이혼율은 1898년 민법시행 전에는 2.6% 이상의 추이를 보이지만 시행 후에는 1%대로 감소하다가 매년 계속해서 감소한다.

이는 『메이지민법』 시행 후 오히려 여성이 이혼하기가 더욱 어려워졌음을 의미한다. 그 원인을 살펴보면 메이지국가정책의 일환으로써 여성이 자식과 가족을 위해 이혼해서는 안 되며 여성에게 인내와 순종을 강요하는 관념이 더욱 강해졌기 때문인 것으로 짐작된다. 즉 신민법으로 인해 여성이 이혼하기가 더욱 자유로워진 것이 아니라 오히려 여성을 억압하고 규제하는 기제로 작동되었음을 알 수 있다. 따라서 다이쇼기에는 1.1%로 감소하고 쇼와昭和시기에는 0.8%로 줄어든다. 이 작품의 시대적 배경인 1890년대는 이혼율이 가장 정점에 달한 시대였음에도 오세키는 이혼을 포기하고 만다.

결국 오세키는 부모님의 설득으로 친정집과 남동생, 그리고 자신이 낳은 아들을 생각해서 이혼을 포기하고 오늘밤부터 "저의 몸은 이사무의 것이라 생각하고 그가 원하는 대로 살아가겠습니다"[52]라며 남편이 있는 공동체 속으로 되돌아가고 만다. 이처럼 오세키가 이혼을 실천하지 못하고 남편과 아들이 있는 가족공동체로 돌아간 것은 가정에 매몰되어 살아갈 것임을 암묵적으로 암시한다고 할 수 있다.

---

52  히구치 이치요樋口 一葉, 「십삼야十三夜」, 앞의 책, 230면.

# 파르헤지아의 주체 투쟁

본 장에서는 앞 장에 이어 여성저자가 쓴 소설 시미즈 시킨淸水紫琴의 데뷔작이자 자전적 소설인 「깨진 반지こわれ指環」(『여학잡지女學雜誌』 246호, 1891)[1]를 중심으로 여성의 주체형성 과정을 검토한다.

「깨진 반지」[2]는 신교육을 받은 여성이 남편과의 대립·갈등구도를 그린 작품이다. 「깨진 반지」의 여주인공은 남편과의 대립·갈등구도를 타파해가는 논리를 제시하는데, 그것은 남편이라는 타자를 통해 자아를 재발견하여 이혼을 결심하고 실천에 옮기는 것이다. 그렇다면 앞 장에서 살펴본 「십삼야」의 오세키와는 달리 이 작품의 여주인공은 어떻게

---

1    텍스트는 시미즈 시킨淸水紫琴, 「깨진 반지こわれ指環」, 나카야마 가즈코中山和子 외, 『젠더의 일본근대문학ジェンダーの日本近代文學』, 翰林書房, 1998을 사용했다.

2    히라타 유미平田由美, 「여성 운명의 응시─「깨진 반지」女運命の凝視─「こわれ指輪」」, 『여성 표현의 메이지사女性表現の明治史』, 岩波書店, 1999; 신선향, 『「깨진 반지」』, 『일본문학과 여성』, UUP, 2005, 135~137면.

이혼을 실천할 수 있었던 것일까.

다시 말해서 앞 장의 「십삼야」에서 이혼을 결심하지만 이혼을 실천하지 못하는 여주인공 오세키와는 달리 「깨진 반지」의 여주인공 '내'가 실천한 이혼이 여성의 주체형성과 어떠한 상관관계가 있는지를 살펴본다. 여성'들' 간의 차이, 즉 같음과 다름이 어떻게 나타나는지를 고찰한다. 이 두 작품은 거의 같은 시기에 쓰인 것으로, 동시대를 살아가는 여주인공이지만 서로 다른 결론을 도출해내는 차이를 살펴보는 데에 긴요한 텍스트라 할 수 있다.

본 장에서는 「깨진 반지」의 여주인공이 이혼을 실현하는 과정을 살펴봄으로써 여성의 '주체'형성과 어떠한 관계가 있는지를 규명해낼 수 있을 것이다. 즉 다시 말해서 앞 장에 이어 본 장에서는 동시대적 상황 속에서 여성이라는 개념이 어떠한 차이를 두고 표현되었는지를 살펴보고자 한다. 왜냐하면 여성이라는 개념은 고정되거나 불변하는 것이 아니라 유동적이기 때문이다.

## 1. 젠더 규율의 '탈'과도기와 혼효의 가능성

### 1) 교육에 내장된 젠더 종자들

「십삼야」에서 여학교교육을 받지 못한 오세키와는 다르게 「깨진 반지」의 1인칭화자인 '나'는 여학교교육을 받았지만 지방에서 살았기 때문에 신교육의 내용과는 전혀 다른, 기존의 교과내용을 답습한 것에 불과할 뿐 특별한 수업을 받은 것은 아니었다.

「깨진 반지」의 '나'는 여학교교육을 받았지만 특별히 신시대 여성이 아니었다. 그 이유는 '내'가 여학교에서 받은 교육이 전통적 관례에 입각한 교육의 틀에서 벗어난 것이 아니었기 때문이다. 주인공인 '나'는 시대에 걸맞지 않게 실제 학교에서는 시대에 뒤떨어지는 전제적이고 봉건적인 교육을 받았던 것이다.[3]

---

3　당시의 학교교육의 상황을 좀 더 상세하게 살펴보면 남녀에 관해 구별을 엄격하게 실시했는데, 그것은 덕육교육을 중시한 「교학대지教學大旨」와 「소학교조목2조小學校條二條」의 공포가 자리하고 있었다. 지방의 재량의 자유를 인정한 교육령은 즉시 개정되어 다음해 1880년에 개정교육령을 내놓았다. 1881년의 「소학교수신서편찬방대의小學校修身書編纂方大意」에 따르면 남녀는 체질과 품성이 다른 탓에 수신교과서는 남녀별로 해야만 하는데, 교장을 모두 다르게 할 수 없기 때문에 초등과만은 남녀 똑같이 한다고 적혀 있다. 초등과작법서의 「권삼결언勸三結言」(1883)에 남성은 가능한 한 용감하고, 여성은 가능한 한 차분하고 점잖아야만 한다고 되어 있다. 1882년 모토다 나가자네元田永孚의 「유학강요幼學綱要」에서 '화순'은 남편은 밖을 다스리고 아내는 안을 다스리며 부부가 화순하면 일가가 평안해진다고 말하며 '정순', 즉 정조를 부덕의 가장 중요한 덕으로 삼고 있다. 이처럼 남녀유별의 생활과 도덕은 소학교수신교육의 토대가 되었다. 니시무라 시게키西村茂樹는 이미 1886년에 유교를 도덕의 기초로 할 것을 주장하며 오륜五倫의 덕을 설파함과 동시에 남존여비관념에 결함이 있다며 부정하고 있다(「일본도덕론日本道德論」). 또한 황후의 명령에 따라 같은 해 편찬한 『부녀감婦女鑑』에 등장하는 사례는 일본이 5분의 2, 서양이 5분의 3의 비중을 차지하고 있다. 성별분업에 바탕을 둔 남녀의 생활상에 대응하는 규범은 특히 여성에 관해 화순과 정순을 요구한다. 그러나 이 규범에 따라 남존여비를 초래하지 않으면 안 된다고 보았다. 이처럼 서로 상반된 이중적인 측면을 내포하고 있음을 간취할 수 있다. 한편 남녀공학의 전문학교(의학, 수학 등)는 교육령시행전인 1877년까지 존재했고, 남녀공학의 중학교는 남녀별학別學을 결정한 교육령 이후인 1883년까지 존재했다. 한편 이노우에 데쓰지로井上哲次郎의 「교육칙어연의教育勅語衍義」는 사범학교에서 사용되었지만, 훗날 문부대신 이노우에 고와시에 의해 금지되었다. 그렇지만 1898년 다카야마 조규高山樗牛와의 공저 『신편윤리교과서新編倫理敎科書』와 1902년에 이노우에의 『중학교수신교과서中學校修身敎科書』 권1~5를, 1911년(14년까지 매년 간)에 『신편중학교수신교과서新編中學校修身敎科書』를 남성취향의 수신서로 간행했다. 1903년에는 『여자수신교과서女子修身敎科書』를, 1912년에는 『신편여자수신교과서新編女子修身敎科書』를 저술했다(하야카와 노리요 외, 『동아시아의 국민국가 형성과 젠더—여

당시 일본에 신여성교육이 들어왔음을 추론하더라도 현실에서 이루어지는 실제 교육은 현실과 달랐음을 짐작케 한다. 즉 여학교에서 실제 가르친 교과내용은 중국식 수신학이었고 여성을 규제하고 억압하는 유교적 덕목의 하나인 『열녀전』을 읽게 했던 것이다.

이를 통해 지식을 주입하는 학교교육은 여성을 더욱 여성답게 남성을 더욱 남성답게 남녀에게 각기 다른 젠더관을 강하게 심어주는 권력 장치임을 알 수 있다. 다시 말해서 모든 지식은 권력의 전략에서 예외적으로 벗어나 생성되고 발전할 수 없는 것[4]으로 지식과 권력은 뗄 수 없는 하나의 복합체인데 학교 권력[5]도 마찬가지이다. 그 이유는 권력이 인간 속에 침투해 들어가고 인간관계 속에서 행사되는 것이라면 인간을 대상으로 하는 지식은 그러한 권력관계 속에서 생성되기 때문이다.[6]

게다가 학교라는 제도적 장치는 기존질서를 가르치며 그것을 제대로 수행하는지를 끊임없이 감시한다. 즉 학교에서는 개인들, 특히 여성들을 훈육하고 통제했던 것이다. 이처럼 타인을 지배하고 통제하는 권력은 욕망이 작동되는 모든 곳, 즉 우리 삶의 모든 곳에서 발견된다. 예를 들어 학교, 공장, 가족, 예술 등 권력은 우리의 일상적 삶 자체에서 작동

---

성상을 중심으로』, 靑木書店, 2007, 26~29면).
4  미셸 푸코, 오생근 역, 『감시와 처벌』, 나남, 2005, 13면.
5  권력은 가시적인 폭력을 사용하지 않고 자기의 횡포와 전제성을 은폐하면서 그 기능을 효과적으로 가동시킬 수 있는 것이다. 다시 말해서 권력은 자기 모습을 내보이지 않으면서 모든 것을 보게 되는 일망 감시 장치의 구조를 통해 개인을 감시하고 통제하는 방법을 완벽하게 실현할 수 있었다(위의 책, 13면). 또한 권력은 이데올로기적 대상이며 우리가 단번에 알아채지 못하는 곳, 즉 제도나 교육 속으로 슬며시 스며든다. 다시 말해서 국가나 계급・단체뿐만 아니라 유행・여론・구경거리・놀이・스포츠・정보・가족이나 사적인 관계, 그리고 권력에 대항하는 모든 해방적 움직임에 이르기까지 권력은 현존한다(롤랑 바르트, 김희영 역, 『텍스트의 즐거움』, 동문선, 1997, 118~119면).
6  미셸 푸코, 오생근 역, 『감시와 처벌』, 나남, 2005, 13면.

된다.[7] 즉 감시 역시 일종의 규율이라 할 수 있다.[8] 이처럼 학교는 이데 올로기적 국가장치[9]로써 지식에 권력을 제공하고 권력을 통해 지식이 작동되고 있음을 알 수 있다.

'나' 또한 어느 새 그 영향을 받았다고 밝히고 있듯이 교화의 시작은 학교에서부터 비롯되기 때문에 '나' 역시 그러한 교육내용으로부터 자 유로울 수 없었다. 다시 말해서 당시 여학교를 나온 여성임에도 학교교 육을 통해 여성의 사고와 행위를 규정하고 억압하는 교육을 받음으로써 '나' 자신도 모르는 사이에 내면화되었음을 알게 해준다. 다음 문장은 여성들 사이에서 공유된 인식을 알 수 있는 구절로 인용해보기로 한다.

> 그 당시의 사고방식은 남편이라는 사람이 사실 어떤 사람이 될지도 모른 채, 자신의 운명을 길하든 흉하든 받아들이고 하늘의 뜻에 맡긴 채, 자신의 순결을 지키며 평생을 깨끗이 살아야 한다.[10]

당시 여성들은 결혼해서 남편과 시부모를 잘 섬겨야 하는 것은 물론 이고 심지어 남편이 죽었다 하더라도 그 집에서 죽을 때까지 수절하는

---

7   이진경, 『철학과 굴뚝청소부』, 그린비, 2006, 422~423면.

8   질리언 로즈, 정현주 역, 『페미니즘과 지리학―지리학적 지식의 한계』, 한길사, 2011, 107면.

9   '이데올로기적 국가장치'란 알튀세르Louis Althusser에 의한 개념으로 개인의 주체를 구 성하기 위해 이데올로기가 기능하는 구체적인 사회적 기능을 말한다. 알튀세르는 정부 와 군대 등의 억압적 국가장치와 가족・학교・교회 등의 이데올로기적 국가장치로 구 분했는데, 전자는 구체적인 권력을 행사하여 정치적인 현상을 유지하는 것에 반해 후자 는 계급사회를 유지하는 것 같은 합의를 형성하기 위해 이데올로기를 통해 개인을 주체 로 호명한다(가와구치 교이치川口喬一・오카모토 야스마사岡本靖正 편, 『최신문학비평용 어사전最新文學批評用語辭典』, 研究社, 2003, 22~23면).

10  시미즈 시킨, 「깨진 반지」, 나카야마 가즈코 외, 『젠더의 일본근대문학』, 翰林書房, 1998, 7면.

것을 여성의 미덕으로 여기는 것은 두말할 것도 없었다.

　그렇다면 학교교육의 연장선상으로 가정에서는 어떠한 교육을 실천하고 있었는지를 살펴보자. '나의' 어머니 또한 『여대학女大學』에서 배운 것을 그대로 실천한 사람이었다. 즉 "아버지에 대해서도 거리를 두고 두 손을 모아 무릎 위에 얹지 않고는 거의 이야기하지 않았고, 아버지에 대한 모든 취급방식이 손님을 대하는 것 같았습니다"[11]라는 구절에서도 알 수 있듯이 어머니는 '여성의 미덕'을 실천한 여성이었다. 그 어머니 밑에서 자란 '나'도 어머니의 영향을 받아서 여성의 운명이란 그런 것이라고 믿었다. 그 이유는 교화는 윗사람이 모범을 보임으로써 아랫사람의 자발적인 동조를 이끌기 때문에 위에서 아래로 영향을 받을 수밖에 없다. 이처럼 이 작품의 시대적 특성은 여성의 희생과 미덕이 여성에게 강요되었던 시절로 주인공의 내면을 지배하는 정신으로 작동하고 있음을 알 수 있다.

## 2. 자립과 주체라는 사고 장치의 극복

　위에서도 언급했듯이 「깨진 반지」에서 '나'는 아버지에 대한 어머니의 태도, 즉 거리를 두고 어렵게 대하는 것을 보고 자라서 나도 모르게 여

---

11　시미즈 시킨, 「깨진 반지」, 앞의 책, 7면.

성의 운명은 그런 거라고 생각했다. 그러나 '나'는 "그 당시에도 어딘가 이해할 수 없는 부분이 있었"[12]고, "부인의 운명은 참으로 보잘 것 없지만 제발 나는 평생 시집가지 않고 마음 편히 살 수는 없을까 하고 생각한 적도 있었다"[13]는 서술에서 결혼으로 인해 초래되는 남녀의 불평등에 대한 불합리함을 자각하고 있었음을 알 수 있다. 그럼에도 불구하고 '나'는 결혼 적령기[14]가 되자 부모님의 권유에 못 이겨 부모가 정해준 남성과 결혼했는데, 결혼하기 전부터 남편에게 이미 부인이 있었음을 알게 된다.

호즈미 시게토에 의하면 중혼重婚은 확정적 이혼사유에 해당된다고 한다.[15] 중혼은 재판상의 이혼에 속하는 것으로 아내가 먼저 이혼을 청구할 수 있다.[16] 그럼에도 불구하고 '나'는 남편이 전 부인과의 관계를 깨끗이 청산하면 그냥 이해하고 넘어갈 테지만 남편은 자신을 속이고 전처와의 관계를 여전히 유지하고 있었다.

당시의 시대상황을 살펴보면 "때마침 여권론이 주장되기 시작하던 때여서 여성의 운명이 결코 불행하고 비참한 것은 아니라는 이야기가 일본사회에 거론되기 시작했기"[17] 때문에 '나' 또한 "일본의 부인도 이

---

12  위의 글, 8면.

13  위의 글, 8면.

14  『메이지민법』에 남녀의 혼인적령기로 남성인 경우는 만 18세 이상이고 여성은 만 16세 이상으로 규정되어 있다(호즈미 시게토, 『이혼제도연구』, 改造社, 1924, 587면).

15  호즈미 시게토, 「민법시행 전의 이혼원인」, 『이혼제도연구』, 改造社, 1924, 733~735면.

16  민법에 따르면 "남편이 중혼인 경우 아내가 이혼을 청구할 수 있다(민법813조1호). (…중략…) 아내가 남편이 중혼한 것을 사전에 동의하거나 사후에 이를 용서着恕한 경우에는 이혼을 청구할 수 없게 된다(민법814조). 중혼을 안 날로부터 1년, 중혼성립 때부터 10년이 경과한 경우에도 이혼청구는 허용되지 않는다(민법816조)"고 되어 있다(나카가와 젠노스케, 「이혼법개설」, 나카가와 젠노스케 외, 『가족제도전집 법률편 II 이혼』, 河出書房, 1937, 28~29면).

17  시미즈 시킨, 「깨진 반지」, 앞의 책, 12면.

제는 점차 자신의 행복을 성취해야 한다"[18]는 인식을 갖게 된다.

> 이전까지는 중국식 예의범절에 그저 뭐든지 참으면 된다, 자신의 행복만 희생하면 된다는 소극적인 생각을 갖고 있었지만, 이때부터는 그것에 만족하지 않고 부디 내 불행은 어찌되었든 남편의 행실을 바로잡아 남편을 부끄럽지 않은 장부로 만들어야겠다는 한걸음 나아간 진보된 생각을 갖게 되었습니다.[19]

'나' 역시 처음에는 희생을 해서라도 가정을 지키겠다고 생각했지만, 신간서적과 여성잡지 등을 통해 서양의 여권론을 접할 수 있는 환경에 노출되어 있었기 때문에 여성인 자신이 남편을 개조시키겠다는 인식을 갖게 되었다. 시대상황을 감안해보면 당시 아내가 남편을 개조시킨다는 것은 상상조차 할 수 없었던 시대에 여성이 남성의 인식을 바꾸겠다는 것은 대단히 획기적이고 혁신적인 일이라 할 수 있다.

그러나 '나'의 노력에도 불구하고 남편의 행동이 점점 더 심해질 뿐, 남편이 변하지 않고 외박이 더욱 잦아지게 되자 남편과 협의이혼[20]하게 된다. 그 후 '나'는 결혼기념으로 남편으로부터 받은 반지의 알을 빼버린다. 그렇다면 여기서 반지의 알을 왜 뺐는지를 따지지 않을 수 없을 것이다.

> 불쌍한 많은 소녀들의 장래를 지켜주고 구슬과 같은 소녀들에게 나와 같은 전철을 밟지 않도록 해주고 싶다는 바람을 불러일으켰던 것입니다.[21]

---

18　위의 글, 12면.
19　위의 글, 12면.
20　협의이혼인 경우는 "이혼의사의 합치가 당사자 간에 있어야만 한다"라고 되어 있다(나카가와 젠노스케, 「이혼법개설」, 앞의 책, 18면).

반지가 상징하는 바는 대단한 의미가 함축되어 있다고 생각된다. 일반적으로 이혼하게 되면 반지를 남편에게 되돌려주거나 착용하지 않는 것이 보통이다. 반지의 알을 뺀다는 행위는 지극히 드문 일인데 여기서 '깨진 반지'는 레토릭으로 사용되었다고 할 수 있다. '나'는 '깨진 반지'를 통해 현실에 안주하지 않고 나태하지 않게 살아갈 것을 결심한다는 의미에서 '깨진 반지'가 메타파로 작동되고 있는 것이다.

"실로 반항이란 무서운 힘을 가진 것이어서 나는 결혼 후 2, 3년 동안 어느새 여성을 위해 일하게 되었다"[22]고 기술한 부분에서 어떤 종류의 직업인지는 확실히 언급되어 있지 않지만, 이미 직업이 확보되어 있음을 가늠케 한다. 즉 '나'는 남편으로부터 경제적 자립이 담보되어 있음을 의미한다고 하겠다. 따라서 '나'는 경제적으로 자립할 수 있는 직업을 가진 것에서 남성 = 사회일, 여성 = 집안일(가사일)이라는 기존의 남녀성별역할을 해체하려고 한 여성이라고 할 수 있다.

더 나아가 '내'가 남은 생을 "오로지 세상을 위해서 일하자"[23]라는 포부를 드러낸 것은 남편으로부터 정신적·경제적 자립을 의미할 뿐만 아니라, 사회적으로도 자아를 찾겠다는 의지가 표명되어 있음을 알 수 있다. '나'는 결혼이라는 제도에 도전하여 이혼을 실행함으로써 자신의 주체를 체현했을 뿐만 아니라 가족이라는 공동체로부터 벗어난 거듭난 여성, 주체적인 여성, 자각적인 여성이라 할 수 있다.[24] 「깨진 반지」의 '나'

---

21  시미즈 시킨, 「깨진 반지」, 앞의 책, 13면.
22  위의 글, 12면.
23  위의 글, 13면.
24  그런데 작가는 「깨진 반지」의 마지막 부분에서 '말줄임표'로 결미를 장식한다. 여기서 말줄임표는 단순히 문장 내의 공백을 의미하지 않는다. 즉 텍스트의 여백이지만 많은 다

는 정신적 자립, 경제적 자립, 더 나아가 사회적 자립을 겸비하고 있었기 때문에 이혼을 실천할 수 있었다고 말할 수 있다.

---

양한 의미를 함축하고 있다. 이는 공백으로 하여금 독자에게 상상력을 자극하여 발휘하게 한다. 즉 독자들 각자 풍부하고 다채로운 해석을 도출해낼 수 있다. 특히 「깨진 반지」는 다양한 해석의 가능성을 시사한다는 점에서 대단히 흥미롭다고 하겠다.

## 소결론

　제2부에서는 메이지기 여성작가 히구치 이치요의 「십삼야」와 여성 저자 시미즈 시킨의 「깨진 반지」를 통해 여성의 정체성 찾기가 어떠한 방식으로 나타나는지를 살펴보았다. 특히 제1장에서는 당시 사람들의 인식 속에 연애 관념과 결혼관념, 그리고 이혼관념이 어떻게 작동되고 있었는지를 밝혔다. 즉 연애와 결혼, 그리고 이혼은 여성의 삶과 정체성에 어떠한 상관관계가 있으며 어떠한 영향을 주었는지 「십삼야」의 서술을 통해 고찰해보았다.

　「십삼야」에서 여주인공 오세키와 로쿠노스케는 서로 사랑하면서도 결혼으로 이어지지 못하고 사랑하지도 않는 상대와 결혼하여 결국 파경을 맞이했다. 다시 말해서 남녀의 자유연애가 자유롭지 못한 시절임에도 오세키와 로쿠노스케는 연애에 있어 자기결정권을 갖고 사랑하는 사이였지만 결국 결혼으로까지 이어지지 못했다. 그 이유는 두 사람이 당시의 담론으로부터 자유롭지 못했기 때문인데, 각자 자신의 자율적 판단과 선택에 의거하지 않는, 즉 결혼에 있어서 각자 부모님이 정해준 상대와 강제결혼한 것만을 보더라도 자기결정권을 갖지 못한 여성임이 여실히 증명된다. 그리고 이혼에 있어서도 자신의 의지보다는 오세키 부모의 자식에 대한 '모정'과 아들의 입신출세 논리에 회수되어 이혼 결심을 철회한다.

그 내용을 다시 정리해보면 「십삼야」의 오세키는 남편의 모진 학대와 멸시 속에서 자신의 존재감에 의문을 제기하면서 자아에 눈뜨게 된다. 즉 오세키는 자식에 대한 '모정'이라는 관념세계를 깨고 자신의 존재를 찾기 위해 이혼을 결심한 것이다. 그러나 오세키의 부모는 오세키의 감정과 의견보다는 자식에 대한 '모정'과 남동생의 입신출세를 위해 희생을 감수해서라도 이혼을 포기할 것을 설득한다. 결국 오세키는 자아에 눈뜨지만 부모가 강요하는 희생 감수논리에 회수되어 가정이라는 제도 속에서 자유롭지 못하다.

반면 1인칭 화자의 시점에서 그려진 「깨진 반지」에서 가정에서 훈육을 담당하는 어머니는 여성의 미덕을 실천하는 분이었는데, '나'도 그 어머니로부터 영향받아서 여성의 운명이란 그런 것이라고 여기게 되었다. 가정교육뿐만 아니라 학교교육 역시 신시대가 도래했음에도 시대에 뒤떨어진 봉건적인 교육을 받은 '나' 또한 그 영향을 받아서 내면화하게 된다.

여기서 학교라는 권력은 지식뿐만 아니라 신체에까지도 직접적으로 작동하여 신체에 각인되었음을 알 수 있다. 그러나 '나'는 어머니가 아버지와의 사이에 거리를 두고 생활하는 가정상을 보며 형식적인 부부관계에 의문을 품으면서 자아에 눈뜨게 된다. 특히 '나'는 부부 사이에 나타나는 여성의 운명에 대해 '모순'을 느낀다. 이를 의식하면서도 '나'는 결혼적령기가 되자 부모님이 정해준 남성과 결혼한다. 그런데 '나'와 결혼하기 이전부터 남편에게는 이미 부인이 있었다. 그러나 '나'는 전 부인과의 관계를 청산하지 않는 남편에게 '내'가 희생하면서까지 가정을 지키겠다고 결심했으나, 남편개조에 실패하면서 결국 협의이혼을 결심하고 실천에 옮긴다.

결론적으로 「십삼야」의 오세키는 결혼이라는 제도를 해체시키지 못한 여성인 반면, 「깨진 반지」의 '나'는 결혼이라는 제도에 도전장을 내밀어 이혼을 감행함으로써 탈제도화를 실천한 여성이라 할 수 있다. 「십삼야」에서 오세키가 이혼을 하지 못하고 결국 가족공동체로 되돌아가게 된 원인을 짚어보면 첫째, 오세키에게는 남편으로부터 벗어나기 위한 선결조건이라고 할 수 있는 경제적인 능력이 없었다. 즉 무학이어서 고작 할 수 있는 일이라고는 재봉일과 삯바느질 정도의 가내부업이었다. 둘째, 부모님의 명령을 거역할 수 없기 때문에 부모님의 만류에 못 이겨 자식에 대한 '모정'과 남동생의 입신출세를 위해 오세키는 희생을 감수하는 것으로 회수되었다. 셋째, 남편의 무시와 학대는 이혼사유에 해당된다고 『메이지민법』에 명시되어 있지만 판단기준이 애매모호하기 짝이 없는 부정확한 이혼사유인 점을 들 수 있다. 이처럼 『메이지민법』은 당시 여성들에게 규범에 따라 자신의 신체를 규율하는 권력으로 작용되고 있었음을 알 수 있다. 그와 동시에 신체적 위해를 가하는 것뿐만 아니라, 오세키에 대한 하라다의 무시와 학대라는 언어폭력 역시 눈에 보이지 않는 비가시적인 폭력으로 신체적 폭력과 조금도 다르지 않음을 유념해야만 할 것이다.

그런데 여기서 특히 주목해야만 하는 것은 「십삼야」에서 오세키가 남편이라는 타자를 통해 자아를 찾아 여성이기 이전에 한 개인으로서 주체적 자아를 찾고자 이혼을 결심하게 된 점으로 이는 높이 평가할 만하다. 그러나 오세키는 자의든 타의든 주체를 체현하지 못한 채 결국 현실이라는 틀 속에서 타협한다는 한계성을 드러내고 말았다. 즉 오세키에게서 사회·문화적으로 만들어진 기존의 젠더규범과 경합 또는 충돌양상이 보이는 동시에 주변 인물들, 특히 순여성성을 내면화하고 있는 오세키의 부모가 '승인'하지 않음으로써 이혼을 철회하고 마는 한계성이 발견되었다. 다시 말해서 히구치 이치요의 「십삼야」는 남성지식인이 규정해 놓은 여성성으로부터 저항하고 '탈'하려고 했으나 남성지식인의 논리에 수렴되는 사회적 환경의 한계를 가진 것이다.

「십삼야」의 오세키와는 달리 「깨진 반지」의 '내'가 이혼을 할 수 있었던 것은 첫째, 남편의 행동에 대한 반작용으로 자신만의 일을 이미 확보하고 있었기 때문에 남편으로부터 언제든지 경제적으로 자립할 수 있는 여건이 갖추어져 있었다. 둘째, 남편이 결혼한 후에도 전처와의 관계를 계속해서 유지하고 있었으므로 확실한 이혼사유에 해당되는 명백한 '중혼'임을 들 수 있다. 셋째, 젠더에 갇혀 가정에 매몰된 삶을 살지 않고 신간서적이나 여성에 관한 잡지도 구독하며 사회와의 관계도 유지하고 있었다. 특히 '나'는 서적물을 통해 서양의 여권론의 영향을 받게 되는 시대적 상황과 연동되고 있었던 점을 들 수 있다. 넷째, 「십삼야」의 오세키와는 달리 「깨진 반지」의 '나'는 기존의 젠더규범으로부터 '탈'하려고 고군분투했다. 그뿐만 아니라 주변 인물인 어머니도 '내'가 결혼 후 돌아가셨고, 아버지 역시 딸의 일에 간섭하지 않고 멀리서 편지로 격려해주실 뿐 주변 인물들의 승인이 '나'에게는 없었기 때문에 가능했다고 볼 수 있다.

이렇듯 「깨진 반지」의 '내'가 이혼을 선택한 것은 제도라는 굴레로부터 벗어났음을 의미함과 동시에 남편으로부터 정신적인 독립·경제적 자립을 하게 되었음을 뜻한다. 더 나아가 '남은 인생은 세상을 위해 일하고 싶다'는 포부를 드러내는 것에서 기존 사회의 공동체적 논리의 내파內波를 통해 사회적으로 주체성을 찾겠다는 의지가 내포되어 있음은 알 수 있다.

「깨진 반지」의 '내'가 기존 사회의 공동체적 논리의 내부에 머물지 않고 외부로 나아가려고 시도한 것은 주목할 만한 가치가 있다. 따라서 여기서의 주안점은 이혼을 통해 결혼이라는 제도로부터 탈피했다는 점에서 여성이 자아를 찾아가는 방법과 주체를 실현하는 논리가 어떻게 표상되는지에 있다.

이처럼 동시대 여성작가에 의해 그려진 여성표상을 작가는 천편일률적으로 자각적인 여성, 주체적인 여성, 자립한 여성을 그린 것이 아니라 여성들 사이에서도 편차가 나는 중층적이고 차이가 있음이 드러났다. 동시에 여성이라는 주체는 더 이상 고정되거나 변하지 않는 것이 아니라 가변적이고 유동적인 것임을 알 수 있다.

# 제3부
# 성 담론의 지식장과 신체적 젠더투쟁

제1장

# 여성의 성과 젠더 재편의 자생력

본 장에서는 실존적 물음인 여성의 주체성을 주조鑄造하는 데 있어서 가장 긴밀한 관련이 있는 '성性'[1]을 키워드로 하여 다무라 도시코田村俊子의 작품군 중, 여성이 주인공으로서 여성의 시각에서 여성의 성에 대한 인식이 어떻게 표상되고 있었는지를 검토한다. 이를 구체적으로 여성서사 중, 여성의 성에 대한 인식을 그리고 있는 「생혈生血」[2]을 중심으로 일

---

[1]  섹슈얼리티Sexuality는 흔히 성 또는 성 관념, 성 경향으로 번역되는데 본서에서는 문자 그대로 섹슈얼리티라고 쓰지 않고 '성' 또는 '성 관념'이라는 용어를 혼용해서 사용하고 있음을 밝힌다. 섹슈얼리티라는 용어 역시 학자마다 조금씩 다르다. 섹슈얼리티는 19세기에 만들어진 용어로서 성교, 성기, 남녀의 성행위뿐만 아니라 성에 대한 태도나 규범, 이해, 가치관, 행동 그리고 이와 관련된 모든 사회·문화적 제도를 포함한다. 즉 인간의 구체적 성행위뿐만 아니라 그 사람이 지니고 있는 성적 관념이나 이미지, 매력, 기호, 선호 등을 지칭한다(남인숙, 『여성과 교육』, 신정, 2009, 134면).

[2]  하세가와 게이長谷川啓, 「해제解題」, 『다무라 도시코작품집田村俊子作品集』 제1권, オリジン出版センター, 1987; 하세가와 게이長谷川啓, 「해설解説」, 『다무라 도시코田村俊子』, 日本圖書センター, 1999; 이지숙, 『일본 근대 여성문학 연구』 어문학사, 2009; 이지숙, 「다무라 도시코田村俊子의 「생혈生血」론」―여성적 언어의 특징을 중심으로」, 『일본문화학보日本

본의 근대 초기 여성의 성에 대한 인식이 어떠한 맥락으로 담론적 효력을 생산해냈는지에 주목한다.

「생혈」[3]은 1911년 『청탑靑鞜』[4]의 창간호에 수록된 작품으로 미혼남녀가 혼전 성관계를 가진 후 숙소에서 나와 하루 동안 거리를 거니는 것으로 내용이 전개되는데, 육체적 관계로 인한 여성의 복잡한 내면을 그린 단편소설로 1장과 2장으로 구성되어 있다. 우선 1장에는 주인공 여성이 육체적 관계를 맺은 후 아침을 맞이하면서 내면에서 생성되는 갈등이 중점적으로 그려져 있다. 이는 당시의 시대적 성 문화에 대한 성찰을 의미할 뿐만 아니라 인간 내면의 자유라는 문제를 묻고 있다. 그리고 2장에는 두 남녀가 아사쿠사浅草 일대를 돌아다니며 겪는 일들을 여주인공의 시각을 따라 동선을 그리면서 스토리라인을 중심으로 묘사되어 있다.

여기서 주목해야만 하는 것은 남성의 강요에 이끌려 육체적 관계를 맺은 것이 아니라 여성의 자유의지, 즉 자발적으로 남성과 여관에서 하룻밤을 보내게 되었다는 점이다. 본서에서는 남성과 여성의 일탈이라는 흑백론적 물음이 아니라, 기존의 고정관념으로 자리하고 있던 여주인공의 성도덕 관념과 근대의 자유연애관이 충돌하는 의미에서 갈등하는 여

---

文化學報』 제33집, 2007, 185~202면; 안노 마사히데, 「일본 여성소설에 나타난 타자성 극복양상」, 김은희, 『신여성을 만나다』, 새미, 2004, 289~304면.

3   텍스트는 다무라 도시코田村俊子, 「생혈生血」, 『다무라 도시코작품집田村俊子作品集』 제1권, オリジン出版センター, 1987을 사용했다.

4   『청탑』은 처음에 여성문학가 육성을 목표로 했던 여성문예지의 성격을 지녔으나 점차 『청탑』의 독자들을 각성시켜 '신여성'을 배출하면서 여성해방사상지의 성격으로 변모해갔다. 그런데 다무라 도시코의 「생혈」이 여성해방사상지로서의 성격을 띤 최초의 작품이라는 데에 의의가 있다.

성의 내면심리에 착목하여 고찰한다. 물론 당시 현실에서는 남녀의 자유연애가 자유롭지 못한 시절로, 남녀 간의 혼전 육체관계는 생각조차 하기 어려운 시대였음을 감안해본다면 이러한 경향의 작품을 집필한 것만으로도 획기적인 발상의 작품이라 할 수 있다.

특히 이 작품은 '성'경험을 둘러싸고 갈등하는 여성의 모습을 그리고 있어 당시 여성의 '성'과 욕망에 대한 관념을 파악할 수 있는 적절한 자료라고 여겨진다. 남녀를 막론하고 '성'은 욕망의 문제와 직결되기 때문이다. 더 나아가 이러한 일련의 작업은 당시 여성과 남성의 '성'에 대한 인식의 차이를 살펴볼 수 있다는 점에서도 의의가 있다고 본다.

또한 이 작품은 여주인공의 시점에서 작품이 전개되고 있을 뿐만 아니라 여성이 쓴 문학 텍스트 속에서 여성을 포함한 일반인들이 '성'에 대해 어떻게 사유하며 행동했는지를 알 수 있는 텍스트이다. 이는 곧 여성이 자신을, 즉 여성이 여성을 서술한다는 의미에서 여성에 의한 여성의 훈육적 특징과 그러한 시대적 인식을 '탈'하려는 몸부림이 상충되어 있다.

물론 본 장의 목적은 여성의 자유의지가 기존의 사회적 인식의 틀과 어떠한 양상으로 충돌하고, 또한 시대적 담론으로 길들여진 자아를 어떻게 극복해내는지를 밝혀내려는 데에 초점을 맞추고 있다.

# 1. 여성의 순결과 자아 담론

## 1) 자각의 육체와 억압의 육체

먼저 이 작품이 쓰인 1910년대는 가부장제하에서 봉쇄된 여성의 자아, 사랑과 성의 자유해방을 부르짖은 『청탑』의 발간과 때를 같이 한다. 즉 여성의 억압당한 성의 해방을 위해 투쟁하려는 모습을 상징적으로 보여준 것이 『청탑』이었는데, 진정한 남녀관계는 단순한 성적 결합이 아닌 영혼靈과 관능이 일치된 연애라는 사상이 당시 인텔리 여성들의 마음을 사로잡았다. 금욕과 성에 대한 무지함이 양가집 자녀의 필수조건이었던 시대에 『청탑』의 여성들은 소설의 형식으로 성을 이야기하기 시작했다.[5]

"1910년대부터 1920년대에 걸쳐 자유연애가 시대의 언어"[6]였던 것처럼 「생혈」에서 여주인공 유코ゆう子가 자유연애를 실천했다는 점에서 시대의 흐름에 영합한 여성이었음을 쉽게 짐작할 수 있을 것이다. 즉 유코는 남성인 아키지安芸治의 폭력과 강제에 의한 것이 아니라 자신의 의지에 의한 자발, 즉 성적 자기결정권을 가지고 육체적 관계를 맺는다. 그러나 두 사람이 합의하에 맺은 육체적 관계였지만 성관계를 가진 후 심리적 양상은 각기 달라진다. 즉 유코는 자신의 육체가 더렵혀졌다는 것에 괴로워하는 반면 아키지는 담담하게 여긴다.

---

5   이지숙, 「1910년대 일본여성문학에 나타난 섹슈얼리티와 주체의식 고찰」, 『일본 근대 여성문학 연구』, 어문학사, 2004, 216~217면.
6   아베 쓰네히사阿部恒久・사토 요시마루佐藤能丸, 『통사와 사료 일본근현대여성사通史と史料 日本近現代女性史』, 芙蓉書房出版, 2000, 68면.

여성은 울고 있다. 남성은 (…중략…) 창문에서 시가지의 등불을 바라보고 있다. 남성은 문득 웃었다. 그런 다음 "어쩔 수 없잖아?"라고 말했다.[7]

　위의 글을 통해 여성을 억압하고 지배하고 영유하는 가부장제의 남성 중심적인 성규범으로 인해 여성인 유코는 폐쇄적이어야 하는 육체가 한 남성으로 인해 순결을 잃어 더럽혀졌다는 죄의식으로 괴로워하고 있다. 반면 남성인 아키지는 법적으로 공인된 성적 방종을 인정하는 사회 관념으로 인해 아무런 자책감에도 사로잡혀 있지 않음을 알 수 있다.

　이와 같이 남성과 여성에게 요구되는 성윤리가 각기 다르게 적용되었음을 혼전 성관계를 가진 유코와 아키지의 반응을 통해 증명된다. 즉 유코는 자발적인 성관계를 가졌음에도 순결을 잃음으로써 자신의 자유의지와는 상관없이 한 남성으로부터 유린당했다는 느낌을 갖는다. 이는 죄책감이나 자책감 등 죄의식에 사로잡힌 여성 ＝ 유코는 울고 있고, 남성 ＝ 아키지는 웃으면서 '어쩔 수 없잖아'라고 태연하게 말하는 장면에서 그것을 증명해준다.

　여기서 순결 또는 정조관념은 근대 서양에서 들여온 말로, 일본은 메이지기明治期에 근대국민국가를 형성하면서 학교교육을 통해 결혼 전 여성의 순결을 반드시 지켜야만 하는 것으로 여성들에게 주입시켰다. 따라서 유코가 아무리 시대에 앞서가는 인식을 가진 자각한 여성이라 하더라도, 여성의 순결과 정조는 반드시 지켜야만 한다는 고착화된 사고방식이 내면화되어 정신적인 고통이 수반되고 있는 점에서 기존의 성규

---

7　다무라 도시코, 「생혈」, 『다무라 도시코작품집』 제1권, オリジン出版センター, 1987, 188면.

범으로부터 자유롭시 못하고 억압당하고 있음을 읽어낼 수가 있다.

게다가 아키지는 여관에서 하녀와 아무렇지도 않은 듯 태연하게 대화까지 나누는 등 여유로움을 보이는 반면 유코는 하녀를 외면한다. 그 이유는 유코가 지난밤의 일을 죄악시하고 있기 때문인데, 이는 유코가 비록 하녀라 하더라도 혼전 성관계를 가진 여성에 대한 사회적 시선[8] 또는 편견을 의식한 무의식적인 행동으로 엿보인다. 게다가 유코는 이 여관이 주택가에 접했다는 사실을 알고는 정문으로 당당하게 나가려고 하지 않고, 하녀에게 부탁해서 뒷문으로 나가려고 궁리하는 것에서 남성인 아키지와는 달리 사회적 시선을 의식하고 있음을 발견할 수가 있다.

---

8    피에르 부르디외Pierre Bourdieu에 의하면 신체는 타인의 시선과 말에 의해 이루어지는 객관화에 끊임없이 노출되는데 시선은 객관화라는 보편적이고 추상적인 단순한 권력이 아니다. 즉 시선은 상징적 권력이며 그 효율성은 지각하는 사람과 지각되는 사람의 상대적 위치에 따라 좌우되며 활동하는 지각과 평가 표상들이 적용되는 사람들에게 알려지고 파악되는 정도에 의해 좌우된다. 특히 여성들은 타인의 시선을 위해 상냥하며 매력적이고 항상 대기하고 있는 대상으로 존재한다. 반면 타인의 시선 아래에서 끊임없이 여성들은 속박된 실제의 신체와 긴장을 풀지 않고 다가가려고 노력하는 이상적인 신체 사이의 괴리를 지속적으로 느낄 수밖에 없다(피에르 부르디외, 김용숙 역, 『남성지배』, 동문선, 2003, 91~95면).

## 2. 헤도니즘과 성의 내부

### 1) 가학하는 여성과 자학하는 여성

유코는 자신의 의지로 남성과 성관계를 맺었지만 그 후 자신의 육체가 더럽혀졌다는 것에 혐오감을 느낀다. 성에 있어서 대칭적이고 대등해야 할 남녀관계가 성경험을 한 후 현실에서는 비대칭적 종속관계에 놓여 있음을 감지한 유코는 아키지에게 유린당했다는 느낌을 받는다. 위치는 다른 사람과의 관계성 속에서 규정되는데, 한쪽은 지배하는 위치에 있고 다른 한쪽은 지배당하는 비대칭적 종속관계에서 완전한 상호신뢰는 불가능하다.

유코가 성에 있어서 아키지에게 영유되고 지배당했다는 느낌을 받는 것은 성관계를 가진 후 유코와 아키지와의 관계가 '주종관계'를 이루게 되었음을 감지했기 때문인 것으로 추정된다. 예컨대 자신의 주체성이 무시되었을 때 부당함을 느끼는 것으로 부당함은 내면의 숨은 욕망이 겉으로 분출된다. 이는 곧 유코가 아키지의 아무렇지도 않은 태도로 인해 반감이 생겨 "무언가에 대항하고 싶은 심정",[9] 즉 가학하고 싶은 기분에 사로잡히는 것과 일맥상통한다고 할 수 있다. 그래서 유코는 여관에 있는 금붕어를 그 대상으로 삼는데 그 이유는 금붕어에서 나는 비릿한 냄새가 "남자냄새"[10]라고 생각했기 때문이다.

---

9   다무라 도시코, 「생혈」, 앞의 책, 189면.
10  위의 글, 189면. 여기서 금붕어에서 나는 비릿한 냄새가 "남자냄새", 즉 남성의 정액을

자신이 아키지에게 당한 것처럼 자신보다 약한 금붕어에게 가학을 가함으로써 영유·지배당했다는 느낌을 떨쳐버리기 위해 유쿄가 이와 같은 행위를 하게 되었다고 할 수 있다. 왜냐하면 금붕어는 자신을 침범한 강자에 대해 약자로서 대항할 수 있는 유일한 방편이었기 때문이다. 즉 유코는 금붕어의 비릿한 냄새와 남성의 정액에서 나는 냄새를 동일시하고 있다. 바로 금붕어의 냄새와 남성의 정액냄새가 오버랩되는 순간이다. 금붕어에서 풍겨 나오는 비릿한 냄새를 맡는 순간, 유코의 머릿속에 각인되어 있던 남성의 정액냄새에 대한 기억이 되살아난 것이다. 처음으로 '성'을 경험한 유코에게 있어 지난밤의 일은 분명히 잊을 수 없는 사건임에 틀림없다. 따라서 그 충격으로 인해 기억의 편린들이 조각조각 되살아나 현실에서 재현되었다고 할 수 있다.

마침내 유코는 핀으로 금붕어의 눈을 찔러 금붕어를 죽이고 만다. 하지만 유코는 금붕어를 죽이는 것만으로는 만족할 수가 없다. 유코는 자학하고 싶은 충동에 사로잡힌다. 아키지와의 성관계에서 피해의식을 느낀 유코는 자신의 분노를 억누르기 위해 가학적인 행동을 했지만 그것만으로는 치유되지 않자 자학적인 행동으로 전환한다.

모공 하나하나를 바늘로 찔러 미세한 피부를 한 겹씩 도려내어도 자신의 한번 더럽혀진 것은 도려낼 수가 없다.[11]

---

의미한다(하세가와 게이, 「작품감상作品鑑賞」, 이마이 야스코今井泰子 외, 『단편 여성문학 근대短篇 女性文学 近代』, 桜楓社, 1987, 53면).

11 다무라 도시코, 「생혈」, 앞의 책, 191면.

유코가 핀으로 금붕어를 찌른 것처럼 자신을 바늘로 찌르고 자신의 몸을 도려내서라도 더럽혀진 몸을 원래의 상태로 돌리고 싶을 만큼 지난밤의 일을 후회하고 있음을 간파할 수 있다. 이는 유코가 혼전 성관계로 인해 불안과 분노를 느껴 그것을 해소시키기 위한 하나의 방법으로써 자학행위를 하게 된 것으로 엿보인다. 또한 유코의 자학행위는 자신에게 고통을 줌으로써 순결을 잃은 것에 대한 양심의 가책을 조금이라도 덜기 위함인 것으로 짐작된다. 이는 자신의 죄의식을 속죄하기 위한 하나의 수단이었다. 주위사람들이 냉담하고 차가운 시선으로 순결을 잃은 여성을 향해 비난할 것을 이미 알고 있는 유코는 자책감에 사로잡혀 있다. 남녀의 성관계에 있어 모든 책임은 전적으로 자신에게 있으며 모두 자신의 잘못이라고 생각하며 자신의 탓으로 돌리고 있는 것이다.

또한 유코의 자학행위는 혼전 성관계에서 오는 마음의 상처와 정신적인 고통을 조금이나마 치유하고 보상받기 위함이기도 하다. 즉 유코는 가부장제적 사회구조를 그대로 받아들이고 싶은 욕망과 그것으로부터 탈피하고자 하는 욕망이 동시에 공존하는 자기분열 상태에 놓여 있다. 그런데 여기서 간과해서는 안 되는 것으로 유코의 자학은 더 나아가 기존의 사회 관념을 타파하기 위한, 즉 내부에서 외부로 나아가기 위한 일종의 자아형성 과정이었음을 결코 잊어서는 안 될 것이다. 다음은 당시 유코의 '성'에 대한 인식을 파악할 수 있는 단서를 제공해준다.

울 만큼 실컷 울고 눈물이 나올 만큼 나와 연꽃에 싸여 잠자듯이 꽃잎에 맺힌 이슬에 숨이 막혀 죽을 수 있다면 기쁠 것이다. 뜨거운 눈물! 설령 살갗이 다 탈 정도의 뜨거운 눈물로 몸을 씻어도 나의 몸은 원래의 상태로 되돌

아갈 수 없다. 이제 원래의 모습으로 되돌아갈 수 없다.[12]

유코가 아무리 울고 또 울어도 한번 잃은 순결을 회복할 수는 없는 것이다. 유코가 할 수 있는 일이라고는 고작 눈물로써 호소할 뿐 차라리 죽는 것이 기쁠 것이라는 역설적인 표현에서 죽음을 생각할 만큼 고통이 뒤따르고 있음을 포착할 수 있다. 이처럼 유코는 순결을 잃기 전인 원래의 모습으로 되돌아갈 수 없음을 알고는 슬픔에 잠겨 비탄에 빠진다.

게다가 자신이 선택한 일이었기에 애써 떨쳐버리려 해도 두 손과 두 발에 "꽉 끼는 쇠고리가 채워진 것처럼"[13] 옴짝달싹할 수 없음을 느낀다. 이는 레토릭으로써 유코가 기존의 성도덕 관념으로부터 벗어나려고 해도 내면화된 성 관념으로 인해 그것으로부터 결코 자유롭지 못함을 의미한다. 이는 다시 말해서 유코가 기존의 사회 관념과 맞서 대항하려고 했지만 결국 주체를 체현하지 못하고 좌절하고 마는 한계성을 노정한 것이다.


## 2) 영육일치라는 성의 합법성

「생혈」에서 유코는 여관에서 나와 거리를 돌아다니다가 우연히 두 부류의 여성들과 만난다. 즉 유코는 "얇고 긴 소맷자락이 질질 끌리듯 아름답고 앳된 모습"[14]을 한 아가씨를 보고 혼전 성관계가 있기 전 순결했

---

12  위의 글, 190~191면.
13  위의 글, 193면.

던 자신의 모습을 발견한다. 그와 동시에 "유카타浴衣를 입고 빨간 오비
帯를 동여맨 새하얗게 화장한 여성들"[15]을 보면서 그런 부류의 여성들과
자신의 처지가 별반 다를 게 없음을 느낀다.

유코가 순결을 잃기 전의 처녀를 동경하고 있는 반면 기생 또는 창기
와 동일시됨을 느낀 까닭은 자신이 보통 일반사람들에게서 "흔히 볼 수
있는 부패된 육체에 싸인 인간"[16]이라고 여겼기 때문이리라. 이를 통해
유코가 순결을 잃지 않은 처녀성을 중시하는 반면 순결을 잃은 육체를
비하하고 있음을 알 수 있다. 이는 유코가 기생이나 창기와 같이 정신적
인 사랑을 우위에 두지 않고 육체관계를 맺는 여성들과 다를 바 없다고
생각했기 때문이다. 이처럼 유코는 정신적인 사랑을 상위에 두고 육체
적인 사랑을 하위에 두는 성 관념으로 인해 내부 안에서 일어나는 모순
으로 갈등이 더욱 절정에 달한다. 반면 아키지는 유코와는 달리 혐오스
러운 시선으로 그녀들을 바라볼 뿐 아무런 갈등도 동요도 일으키지 않
는다. 유코는 정신과 육체가 동등한 '영육일치'의 사랑(연애)을 갈구했
지만 현실에서는 자신의 내부 안의 모순으로 인해 갈등과 분열을 일으
키고 있었다.

그러나 안타깝게도 유코가 성관계를 가진 후 하루 종일 자신의 의지
와는 상관없이 아키지에게 이끌려 거리를 거닐고 있는 것에서 유코가
주체적이지 않은 여성임을 단적으로 말해준다. 즉 아키지는 앞에서 리
드하고 유코는 뒤에서 따라가는 소극적인 자세를 취한 모습에서 유코에

---

14  위의 글, 194면.
15  위의 글, 194면.
16  위의 글, 195면.

게서 봉건적이고 전형적인 여성의 모습을 발견할 수 있다. 특히 여관에서 나와 아무런 계획도 없이 아키지의 의지에 따라 정처 없이 돌아다니는 도중 유코가 "이제 헤어져야만 해. 이제 헤어져야만 해"[17]라고 마음먹지만, 결국 실행에 옮기지 못한다.

> 어젯밤에 있었던 일을 혼자서 곰곰이 생각해야 한다는 조바심이 들었다. 하지만 유코는 먼저 남성에게 말을 꺼낼 수가 없었다.[18]

유코는 아키지와 헤어져 어젯밤의 일에 대해 거리를 두고 객관화하려는 의지를 보였으나 자신이 먼저 아키지에게 말을 꺼낼 수가 없었다. 사실 유코는 아키지와 떨어져 있으면서 지난밤의 일을 혼자서 곰곰이 고민한 후에 앞으로 자신의 행로를 결정해야만 된다. 그러나 유코는 헤어져 있는 동안 아키지의 마음이 달라지지는 않을까 하는 불안함 때문에 먼저 헤어지자는 말을 꺼낼 용기가 없었다. 즉 유코는 앞으로 혼자서 당당히 자립할 수 있는 자신감이 없기 때문에 망설이고 있는 것이다.

이처럼 유코의 조바심과 자신감의 상실은 혼전 성관계에서 오는 충격인 트라우마[19]로 인한 일종의 후유증으로 보인다. 특히 여주인공에게서 트라우마로 인한 징후들이 곳곳에서 발견된다. 트라우마의 원인으로는

---

17 위의 글, 193면.
18 위의 글, 193면.
19 트라우마로 인한 징후로서 불안, 우울, 자신감 상실이 나타나기도 하고 분노·피해의식·수치심을 느끼기도 한다. 그리고 과거에 경험한 기억·꿈·환각이 머릿속에서 되풀이되어 재현되기도 하고 심지어는 환상(환시) 또는 환각 증세나 대인기피증까지도 유발한다.

여러 가지가 있는데 특히 이 작품에서 유코의 성경험은 강간이나 마찬가지라고 할 수 있다. 즉 유코가 강간을 당한 것은 아니었지만 자신이 유린당했다는 느낌을 받았기 때문에 강간에 의한 트라우마라고 볼 수 있다. 그 이유는 '성'을 처음 경험한 유코에게 있어 지난밤의 일은 충격적인 사건으로 기억될 수밖에 없기 때문이다.

성행위를 죄악시하고 있는 유코는 자신에게서 "햇볕에 썩어가는 물고기가 풍기는 고약한 냄새"[20]가 난다고 생각하기도 하고, 잠깐 잠든 사이에 "박쥐가 연노랑색 남성의 하카마袴를 입은 여자아이의 피를 빨고 있"[21]는 환상을 보기도 한다. 트라우마로 인한 기억은 파편화되어 되살아나는 반면 한편으로는 망각되기도 한다. 즉 유코는 잠시 동안 지난밤의 일을 잊고 있는 자신을 발견하고는 애써 "무언가 슬퍼해야 할 일이 있다"[22]고 생각한다.

그런데 여기서 특히 눈여겨봐야 하는 것은 유코에게 나타난 마음의 변화이다. 즉 유코는 "어떻게든 되겠지. 어떻게든 되겠지"[23]라며 체념하고 만다. 이 소설의 결구에 가면 더욱 확실해지는데, 앞에서 유코가 아키지에게 '유린당했다'고 느꼈던 것과는 달리 "자신의 몸을 남성이 끌어안고 어디라도 좋으니까 데려다주면 좋겠다"[24]며 이율배반적인 감정에 사로잡힌다. 이는 어쩌면 유코가 아키지와 성관계를 가진 후 아키지의 여성이 된 이상, 아키지와의 결혼으로 이어지기를 바라고 있는 것이 아

---

20 다무라 도시코, 「생혈」, 앞의 책, 194면.
21 위의 글, 199면.
22 위의 글, 197면.
23 위의 글, 193면.
24 위의 글, 199면.

닐까 생각된다.

특히 순결을 잃은 유코는 아키지로부터 버림받을까 봐 앞으로의 장래를 걱정하며 자유연애(혼전 성관계) = 결혼으로 직결시키고 있는 것이다. 이처럼 자아에 눈떠 성적 자기결정권을 가지고 혼전 성관계를 가진 유코는 그 후 아키지와 다름을 느끼면서도 아키지의 굴레에서 벗어나지 못하고 오히려 아키지에게 의존하는 여성의 모습을 띠고 있다. 즉 다시 말해서 유코는 여성의 육체적 순결만을 강조하는 구습적 사고방식에 사로잡혀 기존의 성 관념, 즉 결혼 전 처녀성을 지켜야만 하는 혼전 순결관념과 정조관념으로부터 자유롭지 못한 여성이라는 한계성을 드러내고 말았다.

다시 말해서 여성의 삶에 억압적인 기제로 작용하는 가부장제 이데올로기인 순결 또는 정조관념으로 인해 유코는 '성'에 있어서 주체인 남성의 처분만을 기다리는, 즉 예속적인 여성의 삶을 살아가는 주체적이지 못하고 타자화된 존재였던 것이다. 유코의 이러한 성 관념은 근대적 개념으로, 그것이 지극히 개인적인 것이라 하더라도 결국은 사회·문화적으로 형성되어 그 사회를 지배하는 이데올로기, 즉 여성의 순결 또는 정조관념으로 작동되고 있었음을 알 수 있다.

제2장

# 여성주체와 신체 결정권의 젠더 재생산

본 장에서는 다무라 도시코田村俊f의 「구기자열매의 유혹枸杞の実の誘惑」[1]을 중심으로 여성의 고유성이라는 이름으로 침묵과 희생을 강요하는 담론 양상에 주목한다. 즉 여성의 감정세계를 침묵과 인내라는 여성성을 신체와 관련시켜 사회적 주변 인물들이 어떻게 승인하는지를 살펴본다.

「구기자열매의 유혹」[2]은 1914년 『문장세계文章世界』에 발표된 작품으로 앞 장의 「생혈」에서 여주인공이 자유의지에 따라 자발적으로 남성과 성관계를 가진 것과는 달리, 이 작품에서는 여주인공이 정체모를 남성으로부터 자신의 의지와는 상관없이 강제적으로 성폭력[3]을 당하는

---

1    하세가와 게이長谷川啓, 「해제解題」, 『다무라 도시코작품집田村俊子作品集』 제2권, オリジン出版センター, 1988; 이지숙, 「1910년대 일본여성소설의 여성적 글쓰기」, 김은희공저, 『신여성을 만나다』, 새미, 2004.
2    텍스트는 다무라 도시코田村俊子, 「구기자열매의 유혹枸杞の実の誘惑」, 『다무라 도시코작품집田村俊子作品集』 제2권, オリジン出版センター, 1988을 사용했다.
3    성폭력에 관한 개념을 한마디로 정의내리기는 쉽지 않다. 개인이나 단체가 어떻게 인식

히느나에 따라 성폭력에 대한 정의는 매우 나양해지기 때문이다. 그런데 『성폭력 특별법』 제2조조차도 포괄적 개념정의보다는 성폭력 범죄에 해당하는 죄목을 열거해놓았을 뿐이다. 그러나 성폭력은 개인의 자유로운 성적 자기 결정권을 침해하고 위협하는 일종의 범죄로서 강간뿐만 아니라 성추행·성적 희롱 등 모든 신체적·언어적·정신적 폭력을 포괄하는 개념이다. 따라서 상대방의 의사에 반하여 이루어지는 성적 접촉은 모두 넓은 의미의 성폭력이라 할 수 있다. 특히 여성학적 관점에서 성폭력의 개념을 보면 성폭력은 다른 사람에게 의사에 반해, 즉 동의를 얻지 않고 강제로 성적 행위를 하거나 성적 행위를 하도록 강요 또는 위압하는 행위를 말한다. 이때 성폭력은 성관계가 아니라 폭력이며 자신의 몸과 성에 관해 자기가 스스로 결정할 수 있는 인간의 권리, 즉 성적 자기결정권에 대한 침해가 된다. 따라서 성폭력의 판단기준은 피해자가 폭행이나 협박이 아닌 성적 자기결정권이 침해된 남녀 모두를 기준으로 하여 상대방의 의사에 반해 성적 자기결정권을 침해하는 모든 행위를 성폭력이라 할 수 있다. 그리고 성폭력의 유형은 피해유형, 피해대상, 피해 장소에 따라 다양하다. 흔히 피해 유형별로는 강간, 근친강간, 강제추행, 성희롱, 사이버 성폭력 등으로 나눌 수 있고 피해대상별로는 아동 성학대, 청소년 성폭력, 장애인 성폭력, 데이트 성폭력 등으로 구별된다. 성폭력의 피해원인으로 성차별적인 사회구조와 왜곡된 성문화를 들 수 있다. 첫째 성차별적인 사회구조를 보면 성폭력은 힘의 논리에 작용하는 것으로 사회는 여성이나 아동은 남성이나 성인보다 약하고 힘이 없는 존재로 규정하고 있다. 가부장적인 사회구조 속에서 남성과 여성은 지배와 복종의 관계를 갖게 되고 이러한 의식이 성폭력에도 그대로 적용되어 여성을 성적 대상물로 취급하는 경향이 나타난다. 이러한 성차별적인 사회구조는 남성의 성폭력을 방조하거나 묵인하는 분위기를 조성하게 되고 오히려 성폭력을 피해자인 여성의 개인 문제로 취급하며 심지어 남성에게는 면죄부를 주기까지 한다. 둘째 왜곡된 성문화로 가부장제하에서 남성은 여성의 성을 소유하고 지배하는 반면 여성은 남성의 성적 대상이 되는 이중적인 성규범을 정상적이고 자연스러운 것으로 수용해왔다. 특히 성행위에 대해 여성은 사랑에 더 관심을 갖는 반면 남성은 쾌락에 더 관심을 갖는 경향이 있다. 즉 남성이 추구하는 쾌락은 사랑이라는 감정을 전제로 하지 않고도 이루어질 수 있으며 관계를 벗어나서 홀가분하게 충족될 수 있는 것으로 여긴다(남인숙, 『여성과 교육』, 신정, 2009, 101~109면). 또 다른 논자에 의하면 성폭력이란 상대방의 동의 없이 강제적으로 성적인 행위를 하거나 성적인 행위를 하도록 강요하는 폭력행위이다. 강간·성추행·성희롱·성기노출·음란통신·윤간·아내구타·인신매매·강제매춘·포르노 제작 및 판매·어린이강간·부부강간 등 성을 매개로 인간에게 가해지는 모든 신체적·언어적·정신적인 폭력들이 이에 포함된다고 강조한다(김원홍 외, 『오늘의 여성학』, 건국대 출판부, 2005, 308면). 그리고 줄리아 우드Julia Wood에 따르면 성폭행은 최소 관련된 한 사람의 사전 동의 없이 발생하는 성적 행동이다. 성폭행에는 낯선 사람에 의한 강간과 여타의 강제된 성행위, 친구들이나 데이트 상대에 의한 강제된 성관계, 결혼생활에서 강제된 성관계, 근친상간의 강제된 성관계, 어린이와의 성행위 등을 포함한다. 즉 한 사람이 성적 행위에 동의하지 않을 때나 사전 동의를 할 수 없을 때 모두 성폭행이라고 논한다(줄리아 우드, 한희정 역, 『젠더에 갇힌 삶』, 커뮤니케이션북스, 2007, 382~383면).

것에 초점이 맞추어져 있다. 다시 말해서 원하지 않는 성관계에 의해 순결을 잃은 소녀가 그 사건으로 인해 고통당하는 모습을 그린 작품이라 할 수 있다.

그리고 또한 당사자인 여성과 그 가족 간의 갈등구도가 중층적으로 전개되기도 한다. 이러한 작품의 전개분석을 통해 본 장에서는 자유연애나 성해방을 부르짖는 것이 근대적이고 강제적 성경험에 대해 고민하고 가족들의 원망을 사는 논리가 반근대적이라는 이분법적 해석이 아니라, 여주인공이 사회·문화적으로 만들어진 성규범과 어떠한 양상으로 충돌하고 어떻게 극복해나가는지를 살펴보고자 한다.

특히 이 작품은 '성'경험을 둘러싸고 갈등하는 여성의 모습을 그리고 있는 한편 '성'에 눈뜨게 되는 여성의 심리를 묘사하고 있어 당시 여성의 '성'과 욕망에 대한 관념을 파악할 수 있는 텍스트라 여겨진다. 강간을 성경험으로 규정할 수 있을지의 여부에 관해서는 논란의 여지가 있을 수 있지만 본 장에서는 '성'이라는 본능에 대한 여성의 자각에 초점을 맞춰 다루고자 한다.

# 1. 성의 양면적 정치성—정조와 처녀성

## 1) 침묵하는 여성

「구기자열매의 유혹」에서 여주인공 치사코智佐子는 자신의 무고함을 주변사람들에게 적극적으로 항변하지 못하는 여성으로 조형된다. 즉 치사코는 구기자열매를 따기 위해 산에 올라갔다가 얼굴도 모르는 남성에게 자발적인 성관계가 아닌 폭력과 강제에 의해 성폭행을 당하는 것으로 설정되어 있다. 한마디로 말해서 성적 자기결정권을 가지고 한 성경험이 아니라 강제적으로 당한 성경험, 소위 강간을 당한다.

사건의 경위를 살펴보면 치사코는 친구 노부코延子와 함께 구기자열매를 따러 다녔는데 그날 마침 공교롭게도 노부코가 머리가 아픈 바람에 혼자서 언덕으로 가게 된다. 그런데 갑자기 정체모를 한 남성이 치사코의 곁으로 다가와서 더 좋은 구기자열매가 있을지도 모르니까 자신의 뒤를 따라오라며 어느 인가의 헛간으로 유인한다. 폭력과 강제가 수반된 성관계에서 힘이 약한 치사코는 '싫다'고 적극적으로 자기표현을 하기는커녕 저항하지도 못한 채, 치사코가 할 수 있는 일이라고는 앞 장에서 다룬 「생혈」의 유코와 마찬가지로 소리내어 울 수밖에 없었다.

게다가 치사코가 '누구에게도 말을 건네지 않았다'는 구절에서도 알 수 있듯이 치사코는 자신의 무고함을 주변사람들에게 적극적으로 항변하지도 해명하지도 못하고, "굳은 돌"[4]처럼 침묵한 채 자신의 운명으로 받아들이고 있었다. 이처럼 여성에게만 순결을 지키기 위해서는 항상 몸

조심을 해야 한다는 규범을 부과하고, 남성에게는 성적 자유를 허용하는 이중적인 성규범에 의해 남성은 성폭력을 행사하고도 아무런 죄의식을 느끼지 않고 피해여성만이 그러한 사실을 숨기는 것이 현실이었다.

치사코가 침묵할 수밖에 없는 이유에는 주변사람들에 의해 강요된 침묵과 자신의 주체적 침묵이 동시에 공존한다. 먼저 강요된 침묵은 여성들이 가부장제 전통사회에서 목소리를 드러내지 않는, 즉 침묵을 지키는 것을 미덕으로 여겨왔다.[5] 즉 여성의 감정표출은 억제된 채 침묵하고 인내하는 것이야말로 여성의 몫이었다. 게다가 당시 남성에게 성폭행당한 것은 집안의 수치이자 불명예스러운 일로 남들이 알까봐 비밀로 해야만 하는 일이기 때문에 진실을 이야기하는 것은 고사하고, 사건의 진위를 묻고 따지는 것은 생각조차 할 수 없는 일이었다.

따라서 치사코는 자신의 성폭행사건으로 인해 동네 사람들의 이야기 거리가 되어 부모형제들의 수치가 되는 것은 불 보듯 뻔한 일이었기 때문에 더욱 침묵할 수밖에 없었다. 예를 들어 억압을 당하면 침묵할 수밖에 없는데 그 이유는 자신의 의사표현이 불가능하기 때문이다. 이는 바꾸어 말하면 치사코가 언사의 자유를 억압당했음을 의미한다. 대체로 공포를 느끼거나 분노를 느낄 때 또는 억울함을 느끼거나 화가 날 때 침묵하게 된다. 치사코의 침묵은 억압당했기 때문인데 욕망을 억압당하는

---

4  다무라 도시코, 「구기자열매의 유혹」, 『다무라 도시코작품집』 제2권, オリジン出版センター, 1988, 126면.

5  예를 들어 앞의 제1부 제3장에서 살펴보았듯이 가이바라 에키켄의 『화속동자훈』 안에 들어 있는 「여자를 가르치는 법」을 보면 여성이 출가할 때 부모가 가르쳐 두어야 할 일로서 13가지 항목이 제시되어 있다. 그중 여섯 번째 항목을 보면 "말을 삼가고 수다를 떨어서는 안 된다"고 명기되어 있다(가이바라 에키켄貝原益軒, 「여자를 가르치는 법教女子法」, 『가이바라 에키켄집貝原益軒集』, 国民文庫, 1913, 71면).

것 역시 일종의 폭력이라 하겠다.

특히 여기서 주목해야만 하는 것은 치사코의 주체적 침묵인데, 치사코가 당시의 상황이나 자신의 입장을 제대로 설명하지 못한 것은 결국 변명이나 해명밖에 안 된다는 것을 잘 알기 때문이다. 따라서 그것은 단순히 상대방을 무시해서도 할 말이 없어서도 아닌 기존 사회와의 충돌을 타파하지 못함을 알기 때문에 침묵할 수밖에 없었던 것이다.


## 2) 몸의 가시성과 정신의 비가시성

그런데 가족들마저 그런 치사코를 위로하기보다는 수치스럽고 부끄럽게 여긴다. 특히 현장으로 달려간 치사코의 이모가 그때의 일을 가장 잘 알고 있기 때문에 주위사람들은 화제 거리라도 되듯 이모에게 그때의 일을 자주 묻곤 했다. 그럴 때마다 이모는 얼굴까지 새파래지면서 "전 그때의 이야기를 꺼내기 싫어요. 나도 정신이 없었어요"[6]라며 미혼인 이모는 자신이 직접 겪은 일이 아니었음에도 과거의 일을 회상하는 것조차 꺼린다. 그 이유는 기억의 소환으로 인해 성폭행의 기억이 되살아나 트라우마가 재현되기 때문이다. 이처럼 당사자를 비롯하여 가족들에게도 치명적인 트라우마가 되었음을 발견할 수가 있다.

마침내 "학교에 갈 정도로 건강은 회복되었지만 치사코는 꺼려하며 집에서 나가지 않았다"[7]는 구절에서도 알 수 있듯이 치사코에게 대인기

---

6    다무라 도시코 「구기자열매의 유혹」, 앞의 책, 124면.
7    위의 글, 125면.

피증세가 나타났음을 유추해낼 수 있다. 그것도 모자라서 다음은 치사코가 환각 증세를 일으키는 대목이다.

> 붉은 구기자열매의 유혹이 치사코에게 찾아왔다. 붉은 구기자열매의 그림자에서 점점 치사코의 환각으로 남성의 손이 나타나게 되었다. 남성의 손이 치사코의 촉각에 분명히 되살아났다. 그리운 붉은 열매 위에 압박하는 듯한 남성의 손이 점점 크게 퍼져갔다.[8]

그런데 여기서 눈여겨볼 만한 것으로 '남성의 손이 치사코의 촉각에 분명히 되살아났다'는 문맥을 통해 여성에게 성욕이 결여되어 있는 것이 아니라 오히려 존재함을 드러낸 점이다. 한편 트라우마로 인한 기억은 파편화되어 되살아나는 반면 망각되기도 하는데 치사코가 "그 일을 잊고 있었다"[9]고 말한 부분에서 그것을 입증해준다. 가족 중 치사코의 아버지만은 치사코를 불쌍하게 여겼는데 아버지는 그때의 상처가 치사코의 마음에 영원히 남지 않을까 두려워했던 것이다.

> 1, 2년 후 치사코의 심적 경과에 따라 치사코가 걸어야 할 인생의 길을 정해주지 않으면 안 된다고 생각했다. ─ 종교의 길로 들어서게 하려는 생각이 갑자기 아버지의 머리에 번뜩였다. "저 아이는 불구자와 마찬가지야."[10]

---

8 위의 글, 129면.
9 위의 글, 127면.
10 위의 글, 124면.

특히 여기서 간과해서는 안 되는 것은 당시 이처럼 타의에 의해 성폭행당한 여성이 정신적인 불구자처럼 치부되고 있는 점이다 즉 아버지는 성폭행당한 치사코를 정상적으로 취급하는 것이 아니라 종교자로서의 길을 걸을 수밖에 없다고 단정 짓는다.

이는 성폭행을 당한 여성, 즉 순결을 잃은 여성은 정상적인 여성의 삶을 살아갈 수 없음을 암시하고 있고 그만큼 사회적으로도 파장이 컸음을 의미한다. 특히 구기자를 보면 열매가 따닥따닥 붙어서 열려 있는데 이는 복잡한 여성 내면의 심리상태를 표상하고 있다고 할 수 있다. 즉 이는 「구기자열매의 유혹」이라는 제목에서도 파악할 수 있듯이 성적 유혹을 느끼는 여성 내면의 심리를 의미한다고 하겠다.


## 2. 신체적 자유의 희구와 젠더의 길항


### 1) 은폐된 '성'의 권력

한편 「구기자열매의 유혹」에서는 성폭행을 당한 딸에게 같은 여성으로서 이해해줘야 할 어머니마저 치사코에게 히스테리를 부린다. 왜냐하면 어머니는 그런 일을 당한 여성이 앞으로 사회적으로 어떠한 비난과 처우를 받으며 살아가야 하는지를 누구보다도 잘 알기 때문이다. 그 사건이 있은 후 친족들이 모여 회의를 열었는데, "그러니까 여자아이는 정말로 걱정이네요"[11]라고 말하는 장면에서 당시 여성이 사회적으로 어느 정도로 약자의 위치에 놓여 있는지를 가늠할 수 있을 것이다.

당시는 성에 있어서 여성 = 피해자 = 약자, 남성 = 가해자 = 강자라는 인식이 일반적이었던 시절로 여성은 언제나 남성의 성적 대상이 될 수 있는 위험에 노출되어 있기 때문에 늘 걱정스러운 존재였다. 이는 사건이 일어나던 날 그 현장을 지나가던 치사코의 집근처에 사는 여성이 치사코의 울음소리를 들었음에도 불구하고, 사건장소로 가지 않고 곧장 치사코의 집으로 간 것에서 증명된다. 게다가 우편배달부마저도 그냥 지나쳐버렸을 뿐만 아니라 현장에 온 경찰관마저도 묵인하고 방관한 점에서도 여실히 입증된다.

더욱이 "비밀은 언제까지나 구기자열매의 붉은 빛 속으로 감춰졌다"[12]는 구절에서도 파악할 수 있듯이 그날의 사건은 은폐된 채 흔적도 없이 사라지게 되었음이 추측가능하다. 이처럼 성폭력에는 사회적 강자의 도덕이라는 권력이 작용하여 실상을 은폐시키기도 하는데, 성폭력이 드러나지 못하고 은폐된 채로 진행되거나 유야무야로 끝나는 것은 사회의 권력관계가 위계질서적임을 보여주는 일례이다. 이는 성에 있어서 여성 = 약자, 남성 = 강자라는 논리가 작동되었기 때문이라고 하겠다.

특히 범인에 대해서는 스무 살 오빠와 같은 나이라고만 설명되어 있을 뿐 이름도 익명인 채 '남성'이라고만 표현되어 있는데, 이는 정체를 드러내지 않는 것으로 가해자를 은폐시키려는 의도가 숨겨져 있다는 결론을 도출해낼 수 있다. 이처럼 당시 여성들에게 있어 순결 혹은 정조는

---

11  위의 글, 125면.
12  위의 글, 123면.

선택사항이 아닌 의무사항으로 여성의 삶과 정체성을 억압하고 규정하고 있었음을 단적으로 확인할 수 있다. 게다가 여성에게만 순결을 지키기 위해서는 항상 몸조심해야 한다는 규범을 강하게 부과하고, 남성에게는 성적 자유를 허용하는 이중적인 성규범은 강간 가해자가 아닌 피해자에게 책임을 묻는다.

여성은 가정에만 머물러야 하는 존재로서 집안에만 머물러 있었더라면 성폭행을 당할 리 없었겠지만 집 밖이라면 여성은 성폭력을 당해도 저항할 수 없다는 사회적 인식이 암묵적으로 자리하고 있었다. 따라서 치사코는 기존의 여성의 영역을 이탈했기 때문에 강간을 당했다고 여기는 친척들과 주변사람들의 "웃음거리"[13]가 되어 가족들은 성폭력의 원인을 남성에게 돌리는 것이 아니라 여성에게 책임을 전가시킨다.

> 그런 자에게 대낮에 속다니. 5, 6살 먹은 어린아이도 아니고 13살이나 되어서 어쩜 저렇게 음란하니. 저 아이가 멍청하기 때문이야.[14]

가족들을 포함한 주변사람들의 성차별적 시선은 여성을 더욱 궁지로 몰아넣어 가해자인 남성보다 피해자인 여성을 문책하기에 이른다. 당시 자의든 타의든 순결 혹은 정조를 잃은 여성은 죄인처럼 취급되었기 때문에 여성들이 이런 일을 당하지 않으려면 몸가짐이나 행동을 조심해야 하기 때문에 늘 집 안에 있어야만 하는 존재였다. 그 이유는 오히려 성폭력을 사회적 범죄로 인식하지 않고 문제있는 남성과 부주의한 여성 혹

---

13  위의 글, 126면.
14  위의 글, 125면.

은 품행이 방정하지 못한 여성이 당하는 것이라는 인식이 저변에 깔려 있기 때문이다. 따라서 사람들은 사적 영역인 가정 안에만 머물러 있지 않고 여성의 영역 밖으로 나간 치사코가 강간을 당하게 된 것을 어쩌면 당연한 결과라고 여겼을 것이다.

치사코는 그 일이 있고나서 학교는 고사하고 집 밖을 한발자국도 나가지 못했다. 그 이유는 치사코 자신의 의지에 의해 나가지 않으려고 한 것이라기보다는 나가지 말라는 식구들의 목소리가 강했기 때문이다. 이는 가족들의 성차별적인 시선으로 인해 치사코의 육체가 감금되어 있음을 의미한다고 하겠다. 이는 가족들로 인해 치사코의 신체성과 정신성이 억압되었음을 알 수 있다.

## 2) 자생하는 신체로서 '성'의 실천

치사코는 오히려 구기자열매를 원망하기보다는 구기자열매에 친근감을 느낀다. 그 사건이 일어나게 된 원인이 구기자열매에 있는데도 불구하고 치사코는 언덕구석에 아직 붉은 구기자열매가 있을 것이라며 가족들이 없는 틈을 타서 언덕으로 올라간다. 그런데 여기서 치사코가 불미스러운 사건이 발생했던 장소인 언덕에 왜 갔을까 하는 의문이 든다. 「구기자열매의 유혹」이라는 제목에서도 유추해낼 수 있듯이 당시 13세 소녀였던 치사코는 성에 호기심을 가질 나이였기 때문에 성에 눈뜨기 시작하여 구기자열매에 유혹을 느꼈을 것으로 추정된다.

당시 여성의 성은 "무성욕asexuality과 열정 없음passionlessness으로 정의되어 왔는데, 여성의 성적 욕망은 특히 결혼과 가족에 제한되었으며 성적 쾌락에 대해 말하는 것은 더욱 금기시되어 왔다"[15]는 것에서도 알 수 있듯이 남성은 본래 성적 본능이 강한 것을 인정하는 반면, 여성은 성에 눈떠서는 절대로 안 되며 다만 생식을 위해 존재해야만 한다는 신화를 낳았다.

이러한 신화화는 여성으로 하여금 정절의 의무가 남성의 성적 통제권 밑에 예속된 채 성의 억압을 감수하게 했고 생식기능 이외의 성생활을 터부시하여 불감증을 여성의 미덕으로 여기게 만들었던 것이다. 따라서 여성의 욕망을 배제시키려는 것 역시 일종의 폭력이라 할 수 있다.

그러나 다음 예에서 또 다른 가능성을 엿볼 수 있다. 예컨대 치사코가 언덕에 간 것을 안 어머니와 이모는 혹시 "남성이 치사코를 불러내러 온 것은 아닐까"[16] 하고 수군거리는 부분과, 심지어 주위사람들마저도 "이 아이는 마귀에 홀린 거 같아. 마치 멍하니 있잖아"[17]라며 치사코가 그 남성을 그리워해서 밖을 쳐다보고 있다고 여기는 대목에서 여성의 성에 대한 관념이 탈신화화되었다고 할 수 있다. 이처럼 기존의 여성의 육욕은 배제되어 금기시되고 터부시되어 남성들만의 전유물로 여기던 사고에서 다이쇼기로 접어들면서 감추어져 왔던 여성의 성적 욕망을 밖으로 드러내기 시작했음을 단적으로 시사하고 있다.

---

15 주유신, 「처녀들의 식사」, 『여 / 성이론』, 여성문화연구소, 1999, 214면.
16 다무라 도시코, 「구기자열매의 유혹」, 앞의 책, 123면.
17 위의 글, 123면.

## 소결론

　이상으로 제3부에서는 다무라 도시코의 「생혈」과 「구기자열매의 유혹」에 나타난 여성의 근대적 주체의 문제 = 정신과, 성 = 육체의 문제에 주목하여 당시 여성들의 '성'에 대한 인식을 살펴보았다. 이를 구체적으로 말하면 「생혈」에서 여주인공 유코는 근대적 성의 실천 방식이라 할 수 있는 자유연애를 체현한 여성으로, 자유의지에 의해 사랑하는 남성과 육체적 관계를 맺는다. 그러나 여성인 유코는 자신이 내면화한 기존의 성 관념의 자장으로부터 자유롭지 못해 내면의 갈등을 겪는 등 불편한 하루를 지내는 반면 남성인 아키지는 태평한 하루를 보낸다. 이처럼 아키지는 지난밤의 일은 아랑곳하지 않고 아무 일도 없었다는 듯이 현실에 충실한 반면, 유코는 지난밤의 일로 복잡한 심정으로 하루에도 몇 번씩 만감이 교차한다. 즉 유코는 육체적 관계로 인해 자신의 내부 안에서 일어나는 모순으로 갈등과 자기분열을 일으킨다.

　반면 「구기자열매의 유혹」에서 「생혈」의 유코와는 다르게 자신의 의지와는 상관없이 순결을 잃은 치사코는 집안의 체면과 명분에 손상을 입힌 죄인으로 취급되어 가족들로부터 집안의 수치와 불명예스러운 골칫거리로 여겨진다. 즉 가족들은 성폭행의 원인을 가해자인 남성에게 찾는 것이 아니라 피해자인 여성 치사코에게 성적 책임을 전가시킨다. 다시 말해서 당시 사회적으로 성폭행의 원인이 모두 여성에게 있는 것으로 간주되었기 때문에 가족들 역시 치사코를 죄인 취급하며 원망하고 비난한다. 특히 가족 중 치사코를 이해해주는 아버지마저 순결을 잃은 여성 = 불구자로 취급하는 것에서 그것을 여실히 입증해준다.

「생혈」의 유코는 자아에 눈떠 성적 자기결정권을 실천하여 자의에 의해 혼전 성관계를 맺었지만 아키지에게 예속되는 모습에서 혼전 순결관념과 정조관념, 즉 체면과 형식을 중시하는 봉건적인 가치관으로부터 탈거하지 못하고 심리적으로도 자유롭지 못한 여성이라는 한계성을 드러내고 말았다. 특히 유코는 아키지와 다름을 느끼면서도 아키지의 굴레에서 벗어나지 못하고 아키지에게 종속되고 예속된 면모를 보였다.

그리고 「구기자열매의 유혹」의 치사코 역시 가해자의 처벌을 주장하기는커녕 자신이 피해자이면서도 남성 중심적 가부장제에 순응하는 모습에서 한계성을 발견할 수가 있었다. 또한 가부장적 논리인 순결 또는 정조관념은 남성 중심적 사회에서 선택사항이 아닌 의무사항으로, 여성의 삶과 정체성을 억압하고 규정하는 기제로 작동하고 있음을 확인할 수가 있었다. 즉 여성의 정절을 생명처럼 여기는 순결이라는 여성성을 창출했던 것이다. 이처럼 여성의 몸은 여성을 억압하는 기제로 작동하고 있음을 알 수 있다. 따라서 남성의 '성'은 본능이며 충동적이어서 억제하기 힘들다는 믿음을 낳게 되었고, 여성은 '성'에 대해 모르면 모를수록 순결하고 남성의 주도대로 따라가는 것이 바람직한 성 관념이라는 신화를 창출하게 되었다.

따라서 「생혈」의 유코는 처음에 여성도 성적 주체로서 남성과 동등하다고 생각하여 주체적 성관계를 맺었지만 성관계를 가진 후 유코에게 내면의 변화가 일어난다. 즉 아키지에 대한 반감으로 자신보다 약한 대상이자 남성의 정액과 비슷한 비린 냄새가 나는 금붕어에게 가학하고 싶은 심정과, 지난밤의 일로 인해 자신을 책망하고 후회하여 자학하고 싶은 양가감정이 함께 수반되었다. 이는 유코가 사회 · 문화적으로 만들어진 기존의 성 관념으로부터 벗어나기 위해 기존의 성규범과 경합 또는 충돌했음을 의미한다. 한마디로 말해서 유코의 가학과 자학은 기존의 성규범을 극복하기 위한 과정이라 하겠다.

특히 여기서 주목해야만 하는 것은 유코의 자학으로 유코는 자학을 통해 자아를 형성하여 새로 거듭나려고 했으나 결국 주체를 체현하지 못하고 실패하여 좌절하고 만다. 여기서 유코의 자학은 기존의 사회 관념을 타파하기 위한, 즉 내부에서 외부로 나아가기 위한 일종의 자아형성 과정이라 할 수 있다. 반면 유코 스스로 당대의 성 담론을 내면화하여 성에 있어서 타자화되는 한계성이 동시에 발견되었다. 즉 유코는 기존의 고정관념인 성에 있어서 여성은 수동적인 타자이고, 남성은 능동적인 주체라는 지배적 가치체계가 설정한 범주를 타파하고자 했으나 기존의 성규범을 스스로 내면화하여 실패하고 말았다. 이는 유코가 성관계를 가진 여성에 대한 주변사람들의 차갑고 냉담한 시선을 의식하고 있는 점에서 찾을 수 있다. 예를 들어 유코가 여관의 하녀에게 무사히 여관을 빠져나갈 궁리를 하는 것에서 자신을 억압하는 기존의 성에 관한 사회 관념으로부터 결코 자유로울 수가 없음을 읽어낼 수 있다.

또한 「생혈」의 유코는 자신의 의지(자발)로 성관계를 갖지만 그 후 자신의 의지가 아닌(강제) 아키지의 의지에 따라 하루 종일 따라다니는 것과, 기존의 이분법적 관념인 몸을 정신보다 하위에 두는 사고를 해체하는 것을 거부하지 않았던 유코가 처녀성을 잃은 후 아키지와의 결혼으로 직결시키고 있는 것에서 당시 자유연애로 인한 혼전 성관계 = 결혼이라는 두 식이 성립되고 있음을 긴파힐 수 있나. 즉 아무리 수체적이고 성적 자기결정권을 가진 여성이라 하더라도 영육일치의 성 관념에서 자유롭지 못함을 「생혈」의 유코를 통해 알 수 있었다. 그 이유는 남성이 여성과 성관계를 가지면서도 자신과 결혼할 여성만큼은 처녀이기를 바라는 성에 있어서 이중적인 태도를 지니고 있기 때문이다.

아무리 새로운 시대가 도래했다 하더라도 성에 있어서 남녀에게 각기 다른 이중적인 잣대가 적용되었다. 따라서 당시 사람들의 인식 속에는 남성과 육체적 성관계를 맺은 여성은 다른 남성과 결혼할 수 없다는 인식이 지배적이었기 때문에 유코 역시 아키지와의 결혼으로 이어지기를 바랐던 것이다. 즉 유코의 인식 속에 내재하고 있는 사랑-결혼-임신-가족-행복이라는 순환이데올로기가 작동하고 있음을 추론할 수가 있다.

그리고 「구기자열매의 유혹」에서 치사코의 침묵은 주체적 침묵으로 기존의 사회·문화적으로 만들어진 성규범을 타파하지 못함을 알기 때문에 침묵할 수밖에 없었다. 또한 치사코가 학교는 물론이고 집 밖을 자유롭게 나가지 못한 이유는 치사코 자신의 의지에 따라 나가지 않으려고 한 것이라기보다는 나가지 말라는 식구들의 목소리가 강했기 때문이다. 즉 이 말은 치사코의 의지가 아닌 주변사람들의 강요로 인해 치사코의 내면이 좌절당한 것임을 의미한다. 이처럼 치사코의 침묵과 집 밖에 나가지 못하도록 감금당한 것은 욕망을 억압당한 것으로 일종의 사회구조적 폭력이 작동한 것이라고 말할 수 있다.

이처럼 당시의 성규범은 남성과 여성이 각기 비대칭되는 성관계를 유도했고 여성을 흔히 남성의 성적 대상으로 삼았음을 알 수 있다. 그렇게 된 원인으로 신시대였음에도 불구하고 사람들은 오히려 성폭력을 사회적 범죄로 인식하지 않고, 문제있는 남성과 부주의한 여성 혹은 품행이 방정하지 못한 여성이 당하는 것이라는 인식이 저변에 깔려 있었기 때문이다. 또한 여성의 신체는 성적 주체를 가진 존재가 아니라 성적 차별의 대상이기도 했다.

그와 동시에 「생혈」의 유코처럼 자유의지에 의한 성경험이든 「구기자열매의 유혹」의 치사코와 같이 폭력과 강제가 수반된 권력불평등적 성경험은 당사자는 물론 그 가족들도 고통받고 있음을 알 수 있었다. 결과적으로는 「생혈」에서 자유의지에 의한 혼전 성관계를 가진 유코와, 「구기자열매의 유혹」에서 타의에 의한 성경험을 한 치사코 모두 결국 봉건적이고 가부장제하에서 결혼하기 전까지 정조와 순결을 지켜야만 하는 것을 부덕婦德으로 여기는 기존의 사고방식으로부터 결코 자유롭지 못한 여성들임이 밝혀졌다. 이 또한 당대의 담론으로부터 영향받았음은 자명할 뿐만 아니라 가부장제사회는 남성의 성적 우월성과 남성본위의 성관계에 근거하는 성관습을 정착시켰음이 여실히 드러났다.

그런 의미에서 이 두 작품은 여성의 주체성의 발견이라는 숙제를 던지고 있는 텍스트라는 점에서 주목할 만하다. 특히 당시는 여성이 결혼 전에 순결을 지키는 것을 지상과제로 인식되던 시절로 「생혈」의 유코가 성적 자기결정권을 가지고 혼전 성관계를 가졌다는 것과, 「구기자열매의 유혹」을 통해 성에 대한 일반인들의 인식 속에 여성도 성욕을 가질 수 있음을 단적으로 드러냄으로써 다이쇼기로 들어서면서 여성의 '성'에 대한 인식이 차츰 바뀌어가고 있음을 추출해낼 수 있었다. 특히 1910년대 현실에서는 여성의 성에 대한 인식이 단선적이지 않고 중층적이고 다층적임이 드러났다.

그런데 여기서 특기할 만한 것은 「국기기연메이 Ⅱ흑」에서 지사고를 통해 성에 눈떠가는 여성 내면의 심리묘사를 그린 것에서 당시 여성이 성을 의식하거나 성에 관심을 갖는 것조차 터부시되던 메이지기에서 다이쇼기로 접어들면서 다무라 도시코라는 신여성이 시대의 조류에 영합하여 성을 이야기했다는 점은 높이 평가할 만하다. 그러나 여성에 의한 여성의 성에 대한 표상, 즉 여성저자에 의해 여성의 정조와 처녀성이 강조되고 있음은 아이러니하지 않을 수 없다.

그렇지만 정체성은 고정된 것이 아니라 끊임없이 변화하는 것이며 늘 형성되는 과정 중에 있는 것이고 결코 완결된 형태로 존재하지 않는 것임을 이 두 작품의 여주인공들을 통해 알 수 있었다. 또한 이 두 작품은 주체성의 자각과 몰주체성의 상관관계가 동시에 공존하는 모순의 문제로 귀결된다고 하겠다.

# 제4부
# 여성 일상의 지식장

제1장

# 젠더화된 일상의 지식장

　본 장에서는 다이쇼기大正期로 한정하여 여성으로서 자립한 직업작가 제1호라 할 수 있는 다무라 도시코田村俊子의 작품 「그녀의 생활彼女の生活」[1]을 통해 젠더관념과 자식에 대한 '모정'이 여성의 자아정체성과 어떠한 상관관계가 있으며, 또한 어떠한 양상으로 나타는지 고찰하는 것을 목적으로 한다. 특히 여기서 주목하고자 하는 것은 '모정'이 이데올로기로 작용하여 여성을 어떻게 억압하는지 살펴보는 것에 있다.

　1915년 7월 『중앙공론中央公論』에 발표된 「그녀의 생활」[2]은 여주인공

---

1　나카무라 미하루中村三春, 「다무라 도시코―애욕의 자아田村俊子―愛慾の自我」, 『국문학國文學』 제37권 13호, 學燈社, 1992; 이지형, 「다무라 도시코田村俊子의 문학과 여성정신질환―히스테리를 중심으로」, 『일본문화학보日本文化學報』 제34집, 2007, 505~520면; 이지숙, 「『그녀의 생활彼女の生活』에 나타난 신여성의 정체성에 관한 연구」, 『일본문화학보』 제31집, 2006, 363~382면.

2　텍스트는 다무라 도시코田村俊子, 「그녀의 생활彼女の生活」, 『다무라 도시코작품집田村俊子作品集』 제2권, オリジン出版センター, 1988을 사용했다.

마사코優子의 시점에서 묘사되어 있고 총 6장으로 구성되어 있다. 특히 「그녀의 생활」은 가사노동에 대한 가치를 다룬 것이 아니라 연인 닛타新田와의 결혼문제를 시발점으로 하여 결혼생활 중에 경험하게 되는 직업과 가사의 양립, 임신, 출산, 육아문제를 둘러싸고 마사코의 내면 안에서 일어나는 모순으로 인한 남편과의 갈등을 중심으로 내용이 전개된다.

마사코는 이해심 많은 것 같은 닛타의 구애에 감화 받아서 결혼하게 되는데 결혼생활을 영위하자마자 가사문제에 봉착하는 것을 시작으로 끊임없이 난관에 부딪힌다. 다시 말해서 마사코는 연애와 결혼문제에서 출발하여 직업과 가사의 양립, 임신, 출산, 육아문제를 둘러싸고 내적 갈등을 일으킨다. 특히 마사코는 가사문제보다도 예기치 않은 임신으로 인해 남편 닛타와의 갈등이 최고조에 이른다. 그뿐만 아니라 마사코는 출산 후 육아문제로 자기모순을 겪게 된다.

따라서 본 장에서는 「그녀의 생활」에 나타난 남녀의 젠더관념과 '모정'에 초점을 맞춰 마사코의 자아정체성의 연속과 비연속의 상관관계를 살펴본다. 그 이유는 오늘날에도 여전히 여성 = 집안일(가사) = 육아 = 안, 남성 = 사회일 = 밖이라는 성별역할분담을 허물지 못했기 때문이다. 따라서 본 장에서는 문학작품, 특히 여성문학을 통해 당시 사람들의 젠더관념이 어떠했는지를 고찰한다.

특히 「그녀의 생활」은 여성의 삶과 정체성을 살펴보는 데 있어 키워드라 할 수 있는 연애, 결혼, 직업과 가사의 양립, 임신, 출산, 육아 등 실존적 문제를 다루고 있어 적절한 텍스트라 여겨진다.[3] 이는 곧 젠더관념

---

3　질리언 로즈Gillian Rose에 의하면 여성들은 권력과 특권의 영역에서 배제되기 때문에 여성의 삶을 고찰하는 작업은 평범하고 특별하지 않은 것들에 주의를 기울일 것을 요구했다(질

과 '모정'을 살펴봄으로써 여성의 정체성 찾기의 한 단면을 발견할 수 있는 의미있는 작업이라 사료된다.


## 1. 탈여성성의 양면성과 젠더의 분절


### 1) 여성성의 굴레와 탈여성성의 불안

결혼을 둘러싸고 갈등하는 것으로 시작되는 「그녀의 생활」은 결혼 전 보다 결혼 후의 마사코의 생활에 집중하여 다루어진다. 즉 결혼 전 여성의 삶은 생략된 채 결혼 후 여성의 삶을 중심으로 내용이 전개되어 있다. 이 작품에서 마사코는 당시 일반적인 결혼형태인 부모가 정해준 남성과 결혼하는 강제결혼은 물론이고, 자유연애 = 결혼으로 직결시키는 기존의 봉건적인 결혼관을 타파할 만한 사고방식을 지닌 신여성으로 조형된다. 다음 문장에서 마사코가 경험하지는 않았지만 당시 여성이 결혼함으로써 획득되는 여성의 지위와 위치에 대해 이미 감지하고 있었음을 확인할 수가 있다.

모든 여성의 허리춤에는 두터운 사슬이 채워져 있었다. 그녀들은 마치 자

---

리언 로즈, 정현주 역, 『페미니즘과 지리학─지리학적 지식의 한계』, 한길사, 2011, 73면).

신이라는 존재를 모두 상실한 망령과 같은 창백한 표정만을 짓고 있었다. 어떤 여성은 남성에 대한 사랑의 질투와 자신의 생활의 권태로 인해 히스테리를 일으키거나, 어떤 여성은 아침부터 하루 종일 아기 기저귀를 빨아야 했기 때문에 물 한잔 마시는데도 힘든 호흡을 내쉬었다. 또 어떤 여성은 철저히 남성에게 순종하는 삶을 살기도 했다.[4]

당시의 결혼은 선택사항이 아닌 의무사항이었는데 마사코는 결혼에 대해 부정적인 시선을 지니고 있었다. 즉 여성이 결혼함으로써 생기는 부부불평등에 대해 잘 알고 있는 마사코는 연애는 인정해도 결혼만은 단연코 거부한다. 왜냐하면 불평등한 관계라는 것은 특정한 차이가 전제되지 않으면 정당화될 수 없[5]기 때문에 마사코는 닛타와의 관계 역시 결국 여느 일반적인 남녀관계처럼 지배와 복종의 관계로 변하게 될 것을 이미 예측하고 있었던 것으로 보인다. 당시 여성들이 결혼함으로써 남편과 시댁식구들로부터 어떠한 처우와 대우를 받으며 살아가는지를 잘 알고 있는 마사코가 결혼에 대해 이처럼 부정적인 시선을 갖는 것은 어쩌면 당연한 귀결인지도 모른다.

따라서 마사코는 제3부에서 서술한 「생혈」의 유코와는 다르게 사랑하는 연인 닛타와의 육체관계는 허락해도 결혼에 대해서는 거부감을 느낀다. 마사코는 남성의 육욕에 대해서도 잘 알고 있기 때문에 육체적 관계는 인정하지만 사랑을 구실삼아 결혼하는 것은 비겁한 짓이라며 결혼

---

4   다무라 도시코, 「그녀의 생활」, 『다무라 도시코작품집』 제2권, オリジン出版センター, 1988, 237~238면.
5   존 스튜어트 밀, 서병훈 역, 『여성의 종속』, 책세상, 2006, 206면.

제도를 거부한다. 왜냐하면 마사코는 여성들이 결혼 후 경제적 부양을 대가로 남편에게 예속되고 종속된 삶, 즉 한평생 남편과 자식을 위해 봉사와 희생을 강요당하는 굴욕적인 생활을 하며 사는 여성의 삶을 잘 알고 있었기 때문에 의심스러운 결혼생활에 대해 불안감을 느낀다.

마사코는 남녀의 균형이 깨지는 결혼, 즉 남성의 이기심으로 자신의 존재를 상실한 것 같은 결혼생활에 대해 공포를 느꼈기 때문이라고 생각된다. 예컨대 "공포란 균형을 이루던 생물학적 충동의 단절"[6]이라고 주장하듯이 공포로 인해 일상생활의 균형이 깨지는 것을 의미한다. 그런데 이처럼 마사코가 공포를 느끼게 되는 것은 결혼이라는 제도의 불합리성을 인지하기 때문에 제도로의 편입에 구속적인 억압과 규제의 장치가 내장되어 있다는 것을 간파하고 있음을 의미한다.

마사코는 원래 사랑이라는 미명 아래 결혼이라는 덫에 걸려서는 안된다고 결심할 정도로 신념이 강한 여성이었다. 따라서 마사코는 닛타에게 가부장제에 의한 여성억압의 결혼제도라는 굴레의 속박에서 벗어나 연인관계로 지낼 것을 제안한다.

> 우리는 반드시 결혼을 전제로 해야 한다는 사랑의 의무감 같은 것을 갖지 않았으면 해요. 결혼 따위는 피하며 영원히 연애의 자유를 나누며 살아갈 수는 없는 건가요.[7]

그러나 닛타에게 결혼하지 않겠다며 자신의 의사를 당당히 밝히던 마

---

6 　줄리아 크리스테바, 서민원 역, 『공포의 권력』, 동문선, 2001, 67면.
7 　다무라 도시코, 「그녀의 생활」, 앞의 책, 239면.

사코가 이해심 많은 닛타의 구애로 인해 마음의 변화를 일으킨다.

나는 여성에 대해 세상 다른 남성들과는 달리 새로운 이해를 갖고 있는 사람이오. 나는 결코 당신이 나보다 열등한 존재라고 생각하지 않소. 나와 동등한 권리를 가진 지위에 있는 사람이라고 생각하고 있소. 나는 당신의 독립에 대한 의지를 존중하고 있단 말이오. 우리는 세상의 여느 부부들과 같은 관계를 만들어서는 안 되오. 당신은 나의 반려자이고 나는 당신의 친구요. 나는 지금보다도 더욱더 당신의 자유를 인정하고 당신이 원하는 길을 갈 수 있도록 배려해주겠소. 당신이 자유롭게 살아가는 것은 나 역시도 자유롭게 살아가는 길이니까. 나는 당신이 집안일에만 매달려 사는 여성이 되길 원하지 않소. 당신을 아내로 맞아들이는 동시에 영혼을 지닌 여성으로 존경하려는 점이 내가 바라는 이상적인 결혼이지요. 그것이 진짜 결혼이라고 생각하오. 그렇게 된다면 정신적인 결혼도 된다는 거요.[8]

마사코가 닛타와의 결혼을 결심하게 된 이유는 다른 부부와는 달리 비대칭적이거나 일방통행적이지 않고 동등한 부부관계로 살아갈 것이라고 믿었기 때문이다. 위의 글을 통해 닛타는 적어도 결혼하기 전까지 이상적인 결혼 = 진짜 결혼 = 정신적인 결혼이라는 사고방식을 가졌던 것으로 엿보인다. 따라서 마사코는 닛타가 단순히 자신을 이해해주는 것이 아니라 진정으로 여성의 존재에 대해 깊은 이해심으로 가득 찬 남성이라고 믿었기 때문에 결혼을 결심한다.

---

[8]  위의 글, 240면.

마사코는 닛타가 다른 일반남성들의 사고와는 다르다고 생각되어 결국 닛타와 결혼한다. 왜냐하면 세상 일반남성들이 여성을 개체로서 존경의 대상이 아니라 육체로서 바라보는 것과는 달리, 닛타는 마사코를 하나의 개체로 인정해주고 여성의 육체를 원해서가 아닌 영혼을 지닌 여성으로 존경하겠다는 닛타의 말에 감화를 받았기 때문이다.

특히 이런 부분을 암시해주듯이 일반적인 다른 부부와는 달리 두 사람이 각방을 쓴 점이다. 두 사람이 각 방을 쓴 점에서 마사코의 육체를 원해서 결혼한 것이 아님을 입증해준다. 또한 이는 닛타와 마사코가 서로 각자의 생활을 존중하는 의미에서이고, 특히 닛타가 결혼 초에 약속했던 마사코의 의견을 존중해주기 위함이었던 것으로 추측된다. 이를 통해 결혼 초에는 닛타가 마사코에게 한 약속이 잘 수행되었음을 알 수 있다.

그런데 닛타는 결혼 전 여성의 '자유'를 인정하고 여성이 살아가고자 하는 길을 '해방'시켜주겠다고 맹세했지만, 마사코는 점점 변해가는 닛타를 보며 '결혼 후' 자신의 생활이 남편에게 종속되어 있음을 자각하고는 번민에 휩싸인다. 이는 마사코가 남성 = 지배 = 위, 여성 = 피지배 = 종속(예속) = 아래라는 도식의 남녀관계임을 인식했기 때문이다.

그런데 닛타는 기개 넘치고 예민한 예술 감각으로 기세당당한 인생을 살아가던 마사코가 '결혼 후' 가사일로 자유가 상실되어 창백한 얼굴로 하루 종일 집안에만 갇혀 지내는 것을 보고 가련하게 여기는 방관자적 입장으로 전환된다. 닛타는 가사일로 동분서주하는 마사코를 애처롭게 여길 뿐 외면하며 자신을 위해 전력을 다하는 마사코를 발견하고는 오히려 행복감을 느낀다.

닛타는 서재에 틀어박혀 자신의 일에 몰두하고 있는 마사코를 보는 것보다 아내다운 감정으로 자신을 대해주는 마사코가 한층 더 사랑스러웠다. 이를 통해 닛타는 마사코가 여성성에 저항하고 벗어나려고 하기보다는 여성성을 최대한 발휘하기를 진정으로 원하고 있음을 엿볼 수 있다.

닛타는 아내다운 상냥함과 조바심과 섬세한 주의로 집안일에 매진할 때의 마사코가 몹시 아름답고 사랑스럽게 보인다는 사실을 부정할 수가 없었다.[9]

이처럼 닛타의 눈에는 아내의 역할인 집안 식구를 위해 안정적인 정서를 제공해주는 역할자로서 상냥하고 집안일을 열심히 하는 마사코가 아름답고 사랑스럽게 비쳐졌던 것이다. 이는 닛타가 결혼 전 마사코와 약속했던 것과는 달리 실제 현실에서는 갭이 있었음을 발견할 수가 있다. 한편 닛타 역시 내면 안에서 일어나는 모순으로 인해 갈등을 겪는다.

닛타를 위해 마사코가 가정 일에만 매달리는 여성이 되는 것에 슬퍼했지만 닛타는 자신의 머리가 피곤할 때와 같은 사색의 괴로움을 드러내는 마사코의 피곤한 표정을 바라보는 것도 괴로운 일이었다.[10]

마사코는 결혼 전에 생각했던 것과는 다른 자신의 현재 생활에 실망을 느끼면서도 선량한 아내를 필요로 하는 닛타의 요구를 외면할 수가 없었다. 특히 "그것은 마사코에게 있어 무서운 타협의 시초였다"[11]는 문

---

9    위의 글, 247면.
10   위의 글, 247면.

맥을 통해서도 파악할 수 있듯이 마사코가 점점 현실과 타협하여 현실에 매몰되어감을 의미한다.

한편 마사코는 가사로 인해 모순된 곤혹감에서 벗어나기 위해 독신생활로 돌아가고 싶어한다. 여기서 독신생활이란 이혼을 의미한다. 그 이유는 마사코가 독신생활로 돌아가 다양한 집안일에서 해방되면 자유롭게 공부도 하고 일을 할 수 있을 것이라 생각했기 때문이다. 이처럼 마사코는 결혼 전, 즉 주권자였던 자신의 생활을 그리워한다. 그러나 결혼 전의 처녀시절을 동경했을 뿐 주체를 체현하지 못하고 좌절하고 만다. 이는 마사코가 내면의 갈등을 겪음과 동시에 현실타협으로 인해 차츰 마음의 안정을 찾았기 때문이다.

> 남성을 위해 머리를 매만지고 화장을 하는 시간이 많이 걸렸던 것에 대해 그녀는 한번쯤 그때 자신의 감정이 비굴하다고 생각했다. 그러나 그것 역시 남성에 대한 사랑이 자신을 아름답게 가꾸게 한다고 생각했을 때 마음의 안정을 찾았다. 집안일에 대해서도 정성껏 남성을 대하는 표현의 하나라고 생각했을 때 마음이 안정되었다. 집안일을 괴롭게 생각하는 것이야말로 비겁했다.[12]

마사코는 당시 시대를 앞서가는 사고를 가진 신여성이었음에도 이혼을 단행하지 못한다. 그 이유는 마사코가 점점 현실과 타협함으로써 안정을 찾았기 때문이다. 마사코가 이혼을 감행하지 못한 것은 주체를 체

---

11  위의 글, 247면.
12  위의 글, 249면.

현하지 못했음을 의미할 뿐만 아니라 결혼이라는 제도와 가족이라는 공동체로부터 벗어나지 못했음을 뜻한다.


## 2. 공적 장소와 사적 장소의 젠더화


### 1) 직업과 가사노동이라는 공간의 분리


마사코는 남성 = 사회일, 여성 = 집안일(가사)이라는 기존의 남녀성별역할을 해체하려고 한 여성이었다. 특히 마사코가 경제적으로 남편에게 의지하지 않기 위해 결혼 전부터 가졌던 직업을 계속 유지한 것에서 이를 대변해준다. 마사코는 결혼 후에도 공부를 했는데 남편에게 종속된 삶을 살지 않기 위해서는 경제적으로 독립해야 한다는 것을 알고 있었기 때문이다.

그 이유는 마사코가 자신의 생계를 스스로 책임짐으로써 남편 닛타의 욕망의 그물에서 벗어날 수 있기 때문이다. 그러므로 마사코는 당시의 일반여성들처럼 경제적으로 남편에게 의존하여 평생을 남편에게 예속된 삶을 살아가는 것이 아니라, 경제적으로 독립하기 위해 작가라는 직업을 가지고 있었다.

결혼 후 닛타는 두 사람의 생활비를 벌기 위해 긴 외국소설을 번역하고 있었는데 마사코는 남편에게 경제적으로 의존하는 것은 "여성의 굴욕"[13]이라며 닛타의 번역 일을 돕는다. 두 사람은 번역의 의미를 논하기도 하고 가르쳐주기도 하는 등 서로 도와가며 사는 동안 행복해한다. 그 이유는 결혼 후 마사코에게서 남자친구들도 멀어지게 되었고 마사코의 어머니마저 멀어지게 되어 마사코 혼자가 되었기 때문이다. 그 후 마사코는 닛타의 곁에서 성실하고 부지런히 일을 도와주었다. 그런 마사코를 보며 행복함을 느낀 닛타는 "나는 결코 다른 여성 따위는 사랑하지 않을 거요"[14]라고 마사코에게 단언한다. 이처럼 닛타는 마사코가 아내 역할 중의 하나인 보조자로서의 역할을 충실히 해낼 때 행복감을 느끼게 됨을 알 수 있다.

한편 마사코는 집안청소와 빨래, 그리고 취사 등을 도맡아서 해줄 가정부를 고용한다. 제한된 시간과 공간 속에서 다양한 집안일에 몰두하다 보면 마사코의 사상이 쇠퇴되기 때문이다. 그런데 닛타의 집에서는 가정부가 자주 교체되었다. 왜냐하면 두 사람이 생각하는 이상적인 가정부가 없었기 때문이다. 그러나 마사코는 수동적인 가정부와 씨름하느니 차라리 혼자서 집안일을 하는 게 번잡하지도 않고 자신의 시간을 얻을 수 있다고 생각해서 마침내 가정부를 내보낸다.

그 후 마사코는 집안일을 하는 시간과 공부하는 시간을 구분해서 부엌에 있는 동안 자신의 관심을 부엌에 두는 습관이 생겼다. 당시 닛타도 집안일을 분담하게 되었는데 그것은 자신과 동등한 권리를 지닌 자에 대한 의무라고 여겼기 때문이다. 마사코는 육체노동으로 인해 사색으로 피곤해진 머리를 환기시켜주어 한결 기분이 상쾌함을 맛보기도 했지만

---

13  위의 글, 256면.
14  위의 글, 256면.

그것도 그리 오래가지는 않았다. 마사코는 부지런한 성격의 소유자였지만 집안일이 가중되었기 때문이다.

처음에 닛타는 집안일로 동분서주하는 마사코를 안쓰럽게 여겨 집안일을 도와주었지만 잡다한 용무로 시간을 무의미하게 허비하는 것이라고 생각하여 집안일을 점점 게을리 하게 된다. 이는 닛타가 가장으로서 가족의 경제적인 문제를 책임져야 한다는 의무감이 우선시되었기 때문이다. 닛타는 점점 자신의 일을 중요시하게 여기는 반면 집안일은 대수롭지 않게 생각한다. 닛타에게서 가사(집안일)와 같은 노동하는 신체를 하위에 두고 번역일과 같은 연구하는 신체를 우위에 두고 있음을 발견할 수 있다.

닛타가 집안일을 등한시한 결과 마사코가 해야 할 집안일은 상대적으로 늘어만 갔다. 그리하여 마사코는 괴로움을 느끼며 혼돈상태에 빠진다. 반면 마사코에게서 오히려 남편의 마음을 편안하게 해주어야 한다는 양가감정이 동반된다. 마침내 자신의 욕망을 억압하며 사는 마사코의 결혼생활에서 남성 = 밖, 여성 = 안이라는 성별역할분담이 명확해진다. 가정은 수많은 경험이 축적되고 의미있는 기억과 경험이 가득한 장소임에도 이처럼 가정은 밖에서 일한 남성이 되돌아갈 안식처로써 가정일은 여성인 마사코의 몫이 되었다.

남성은 외출이 잦았다. 밖에서 많은 협상에 참여하는 닛타는 매일같이 집을 나섰다. 마사코가 밖으로 외출하는 일은 현저하게 줄어들어 갔다.[15]

---

15 위의 글, 245면.

공간은 누구나 교차하며 살아가는 장소임에도 남성은 밖, 여성은 안이 각자 삶의 공간임을 점차 인정하게 된다. 즉 지배적인 성은 종속적인 성을 집안일과 가족 시중에만 한정시키는 경향이 있는데 마사코의 삶의 영역 역시 가정으로만 한정되었다. 따라서 집안일은 마사코의 몫이 되어 마사코 혼자서 도맡아하게 되었다.


## 2) 모성에 내재된 안티노미

마사코는 가사로 인한 고충보다도 더 큰 문제에 봉착하게 되는데 그 것은 다름 아닌 마사코의 임신이었다. 마사코의 임신에 대한 거부는 모성이라는 여성성의 부정 또는 저항으로도 연결될 수 있다고 본다. 즉 여성에게 있어 임신은 기존의 가부장제 질서에 대한 순응일 뿐만 아니라, 아이가 태어남으로써 현실적으로 자신의 삶은 더욱 없어지고 자식에게 얽매이게 됨을 의미한다. 따라서 그것을 알고 있는 마사코는 임신을 기쁘게 생각하는 것이 아니라 부담스럽게 여긴다.

따라서 예상치 못한 임신을 한 마사코는 닛타와 의견대립이 생긴다. 아이가 결코 생기지 않을 거라고 자부했던 마사코는 자신의 어리석음을 탓하기보다 앞으로 자신의 생활에 새로운 책임이 늘어나게 되는 것을 절망적으로 생각한다. 마침내 마사코는 "자신은 또한 선량한 어머니가 된다는 것을 생각해야만 한다. 어머니의 책임을 생각하지 않으면 안 된다"[16]고 절망하는 반면 닛타는 자식이 태어나는 것을 기쁘게 생각한다.

이처럼 지위가 불평등한 결혼을 통한 성적 결합은 지배와 복종의 관계를 바탕으로 성립된다. 남녀 간의 불평등을 기본으로 하는 가부장제는 남성에게 여성의 성에 대한 소유와 통제의 권한을 부여하기 때문에 마사코가 예상치 못한 임신을 한 것에서 성적 자율권과 결정권을 갖지 못한 것으로 해석할 수 있다. 왜냐하면 당시 아내의 남편에 대한 성적 복종은 결혼의 의무로 규정되었기 때문인 것으로 추정된다.

그럼에도 불구하고 불합리한 결혼제도에 저항이라도 하듯 마사코는 "여성은 왜 아이를 낳지 않으면 안 되는 것일까?"[17]라며 임신과 출산이라는 여성의 운명을 저주하기까지 한다. 이때 마사코의 내면에는 닛타에 대한 증오심과 자신의 신체를 파괴해버리고 싶은 초조감이 함께 기거하고 있었다. 그런데 이는 임신에 대한 순응이라기보다는 임신에 대한 부정과 반감에서 비롯된 것이라고 여겨진다. 마사코는 닛타에게 자식이 태어나면 양자로 보낼 것을 제안했는데 닛타도 마사코의 제안에 동의한다. 그 이유는 아직 태어나지 않은 자식보다 마사코를 더 사랑했기 때문이다.

그런데 임신이라는 여성성을 거부하고 부정했던 마사코가 출산 후 인식의 전환을 맞이한다. 귀여운 사내아이가 태어난 것은 두 사람이 결혼한 지 3년째 맞이하는 겨울이었다. '모정'이란 무서운 힘을 가지고 있는 탓일까. 자식이 태어나면 곧바로 다른 곳으로 보내자던 마사코는 자식이 태어나자 그 사실을 까맣게 잊는다. 그 이유는 마사코가 "엄마의 책임"[18]을 느꼈기 때문이다.

---

16  위의 글, 261면.
17  위의 글, 262면.
18  위의 글, 263면.

자각 ─ 결국 이것은 내 자신이 여성이라는 것을 자각하는 것이다.[19]

당시 자식에 대한 어머니의 모정은 여성의 고귀한 사명으로 찬미되었는데 자식이 태어나면 곧바로 다른 곳으로 보내자던 마사코는 모정을 내면화하여 마음의 변화를 일으킨다. 마사코는 엄마로서의 책임을 자각이라고 여긴 것이다. 이처럼 당시 낳은 자식을 어머니가 사랑하는 '모정'은 모든 여성들에게 반드시 존재하는 것이 아닌 있을 수도 있고 없을 수도 있고 선택할 수도 있는 것이다. 그 이유는 어머니가 아닌 아버지도 충분히 자식을 보살피고 돌볼 수 있기 때문이다.

따라서 자식에 대한 어머니의 사랑을 강조하고 아버지의 사랑을 은폐함으로써 모정이 마치 어머니의 역할로 정의되어 여성에게 희생을 강요하고 억압하고 있음을 추출해낼 수 있다.[20] 모성이 강조되는 반면 부성은 은폐되고 있음을 쉽게 예상할 수 있다. 이처럼 모성은 여성들에게 지적능력보다는 모성본능을, 자아실현보다는 이타심을, 자아창조보다는 타인과의 관계를 우선시함[21]을 마사코를 통해 적나라하게 드러냈다.

심지어 마사코는 아기를 다른 사람의 품에 안기는 것조차 허용하지 않는 여성으로 변모한다.

어떻게 아기를 다른 사람의 손에 넘겨줄 수 있어요. 내 아기는 내가 키우

---

19 위의 글, 263면.
20 예를 들어 '좋은 어머니'라는 정상상태에서 벗어나면 필연적으로 모두 병적인 예외라는 말로 규정되고 무관심한 어머니는 본성을 불신하는 것이며 심지어 정신이상자 취급을 받는다(엘리자베트 바댕테르, 심성은 역, 『만들어진 모성』, 동녘, 2009, 12면).
21 아드리엔 리치, 김인성 역, 『더 이상 어머니는 없다』, 평민사, 2002, 48면.

겠어요. 정말 사랑스러워요. 엄마로서의 책임이라든가 엄마로서의 희생 따위는 모두 초월해버려어요.[22]

게다가 마사코는 자신이 계획했던 것과는 달리 아기가 태어나자 모든 희생을 감수해서라도 자신이 키우겠다고 결심한다. 이처럼 임신은 어쩔 수 없는 생물학적 과정이라 하더라도 양육 또는 육아는 개별적인 여성의 개인적인 책임[23]인 것임에도, 어머니인 여성만이 전담하도록 맡겨지게 된 데에는 '모정'이 이데올로기로 작동하여 여성이 그것을 여성의 역할로 내면화하여 어머니의 양육에 정당성을 부여한 결과라고 할 수 있을 것이다.

한편 마사코는 영혼이 야심의 세계로 눈을 뜨기 시작한다. 즉 마사코는 또다시 사랑스러운 아기를 품에 안고 있는 것만으로는 자신의 생활에 욕망을 채울 수 없게 되었다. 그래서 마사코는 물질적 이유일지라도 닛타를 돕지 않으면 안 된다고 생각한다. 마사코는 아기를 데리고 서재에 들어가 일을 해보지만 역부족이다. 그것은 갓난아기가 일을 방해했기 때문인데 마사코가 창작욕에 들떠 있을 때 사랑스러운 방해물을 미워할 수도 저주할 수도 없었다. 이는 마사코의 '모정' 때문이었을 것으로 여겨진다.

마사코는 아기 보는 사람을 고용했지만 오히려 성가시기만 했다. 그러므로 닛타는 마사코의 어머니를 부르는 것이 어떻겠느냐고 제안한다. 그러나 친정어머니는 좋은 사람이었지만 두 사람의 생활을 진정으로 이

---

22  다무라 도시코, 「그녀의 생활」, 앞의 책, 264면.
23  아드리엔 리치, 김인성 역, 앞의 책, 36면.

해할 수 있는 분이 아니었다. 예상대로 구여성인 어머니와 신여성인 마사코 사이에도 불협화음이 생긴다. 그 이유는 갓난아기를 서투르게 기르는 딸에게 친정어머니는 묘하게 강요하는 듯한 권리를 주장했기 때문이다. 마사코가 생각하는 양육법과 어머니가 생각하는 양육법이 전혀 달랐기 때문에 마사코와 어머니 사이에 반목과 충돌이 일어난다. 마사코는 어머니의 양육법이 시대착오적인 것이라고 여기며 마음에 들어하지 않는다.

마사코와 어머니의 갈등은 단순히 세대차이로만 단정 지을 수는 없다. 이는 여성들 간의 차이, 즉 여성들 사이에서도 계층(히에라르키)이 있음을 유념해야 할 것이다. 그뿐만 아니라 이는 마사코의 모순으로 마사코 역시 어머니의 모정을 이용하여 그것에 의지하고 있는 것이다. 한마디로 말해서 모정의 역이용이라 할 수 있다. 또한 "저분이 닛타의 어머니였다면 자신은 더 참을 것임에 틀림없다"[24]고 마사코가 생각하는 것에서 어머니를 오히려 역차별하고 있는 것이다. 여기서 마사코의 이율배반적인 태도를 발견할 수가 있다.

---

24 다무라 도시코, 「그녀의 생활」, 앞의 책, 265면.

# 일상의 지식장 내부의 배제-소통-공존의 혼효

본 장에서는 앞 장에 이어 다무라 도시코田村俊子의 「그녀의 生活彼女の
生活」[1]을 통해 사회와 남편으로부터의 소외와 배제가 어떻게 이루어지
는지에 초점을 맞춘다. 한편으로는 여주인공 마사코가 그러한 주변화
과정을 겪으면서 새롭게 형성되는 타자 부정에서 타자인정으로의 전화
轉化과정을 고찰한다.

이와 같은 작업은 계급·차별·성차별·폭력과 권력이 타자에게 소
외와 배제를 강요하면서 승인한다는 이중 작업을 반복하는 과정에서 재
정치화되는 권력관계의 배치排置임을 검증하는 일이기도 하다. 다시 말
해서 소외와 배제를 당하는 마사코는 타자로서의 여성으로 주변화되지
만 오히려 비주체자의 입장에서 주체와 대비되는 타자성을 통해 역으로

---

1    텍스트는 다무라 도시코田村俊子, 「그녀의 生活彼女の生活」, 『다무라 도시코작품집田村俊子
作品集』 제2권, オリジン出版センター, 1988을 사용했다.

타자의 목소리, 차이의 목소리를 자각하게 된다.

이를 통해 여성문학 속에서 남성·여성, 남성성·여성성이라는 젠더 구분이 상대화되는 순간을 마사코의 인식 속에서 찾아낼 수 있으며 타자와의 대립에서 타자와의 융합을 시도하는 계기가 될 수 있을 것이다. 또한 이는 남성과 여성의 상극 또는 결별을 의미하는 것이 아니라 남녀가 상생하고 공생하는 사회를 만드는 계기를 모색할 수 있는 하나의 텍스트로 제시하려는 것이다.

## 1. 중심과 주변의 접속과 젠더 융합화

마사코는 친구와의 교제에 대해서도 닛타와 불협화음을 이루는데 이는 마사코가 이성인 남자친구와의 교제에 대해서도 남편과 동등함을 호소했기 때문이다.

나는 당신 친구들에 대해 그런 항의를 할 권리가 없다고 생각해요. 그건 당신도 역시 마찬가지예요. (…중략…) 당신은 정말로 꽉 막혔군요. 비굴해요. (…중략…) 내 자유를 인정하지 못하는 건가요? (…중략…) 나에게 고독하게 살라고 말씀하시는 거예요? 외톨이가 되라는 거냐고요? 친구를 가질 수 없다는 거예요?[2]

결혼 전 마사코의 자유를 인정한다고 말했던 것과는 달리 결혼 후 인간의 진정한 자유를 억압하는 남편 나타르 함께 미비꼬느 특소니를 상하게 드러내고 있다. 왜냐하면 마사코는 인간이 누릴 수 있는 자유라는 권리를 박탈당했기 때문인데 여기서 권리를 빼앗는 것 역시 일종의 폭력이라 할 수 있다. 이처럼 마사코는 남편으로 인해 사회로부터 격리되어 소외당하고 배제되었다. 또한 마사코는 사회뿐만 아니라 남편에게서도 소외감을 느낀다.

만약 마사코가 남편으로부터 자아존재감을 존중받았다면 공적 세계로까지 나가서 존재감을 찾으려고 하지 않았을지도 모른다. 그러나 이는 마사코가 남편으로부터 소외를 당해 고독감을 느끼게 되었고 자신을 인정해주는 사람을 찾고자 했던 것임에 틀림없다. 따라서 이러한 소외감은 어딘가에 귀속되지 못하고 배제당하고 고독할 때 느끼는 것이라 할 수 있다.

그런데 여기서 결혼 전과는 달리 결혼 후에 느끼는 사회와 남편으로부터 받는 소외감은 결혼이라는 문제를 간과할 수 없게 만든다. 이처럼 결혼은 자본주의적인 성별역할분담이라는 전제하에 여성의 경우 개인으로서 미혼시절에 경험하던 사회적 관계와의 단절을 요구당한다. 그와 동시에 결혼은 사회적 존재로서의 자격을 박탈당한 채 가족적 개인으로 전락시킨다. 즉 이는 여성이 공적 영역에서 드러나서는 안 되는 존재임을 함축하고 있다. 특히 여성에게 있어 결혼이란 공적 영역과의 단절을 의미한다. 즉 공적인 삶과 확고하게 구분되는 사적이고 가정적인 영역

---

2    위의 글, 252~253면.

의 존재로서 여성을 가정 안에 머물게 하여 여성적 기능을 수행하는 존재로 인식시킴으로써 바깥 세계와의 단절은 물론이고, 바깥 세계 전체를 남성들이 독점하는 것을 정당화했던 것이다.

그런데 여기서 기억해두어야 할 것은 여성이 사회로부터 소외당하고 배제되어 차별당하고 타자화되는 것도 일종의 폭력을 의미한다. 즉 타자를 억압하는 것 또한 비가시적인 폭력이라 할 수 있다. 계속해서 마사코는 결혼 후 남녀교제에서도 불평등한 것에 대해 저항하며 불만을 토로한다.

남성도 여성도 똑같지 않은가. 어째서 닛타 자신은 친구들과 사귈 수 있고 나는 친구들을 만나서는 안 된다는 것인가.[3]

마사코는 닛타에게 남성과 마찬가지로 여성에게도 친구가 있을 수 있지 않은가를 반문한다. 그러나 당시는 남녀가 유별하던 시절, 특히 결혼한 여성이 남편이 아닌 다른 남성들과 만나는 것을 흔쾌히 동의할 남성이 있을 리 만무하다. 예를 들어 닛타 역시 마사코가 젊은 남성들과 이야기하는 것에 불쾌감을 토로하는 것에서도 증명된다. 마사코는 그런 닛타를 동정심도 이해심도 없는 남성이라고 여긴다. 왜냐하면 마사코는 결혼 전 남녀동등권을 주장했던 닛타가 결혼 후 세상의 여느 일반남성과 다를 바 없다고 생각했기 때문이다.

그러므로 닛타에 대한 마사코의 마음은 증오심으로 변한다. 닛타 역시 자신의 모순을 알고 있지만 자신도 어쩔 수 없다며 자포자기하고 만

---

3　위의 글, 255면.

다. 그 이유는 마사코의 젊은 남성들에 대한 닛타의 질투 때문이었다. 그리하여 마사코는 지배적 가치체계가 규정한 기존의 이분법적 논리인 남성 = 공적 영역, 여성 = 사적 영역이라는 분리주의의 경계 짓기를 타파하고 공적 영역으로 나아가고자 했으나 결국 결혼이라는 제도와 남편의 저지로 실패하고 만다.

한편 마사코는 결혼 전과는 다르게 변한 닛타를 자각한다. 그런데 마사코는 "저 사람은 역시 보통 남성이구나. 여성을 새롭게 이해할 수 없는 남성이다"[4]라며 닛타를 책망하면서도 질투심을 억제할 수 없어 괴로워하는 닛타에게 동정심이 생겨 용서해주고 싶은 심정으로 전환된다. 그리하여 마사코는 바쁘다거나 손님이 계시다는 핑계를 대며 남자친구들을 외면하기 시작한다. 이로써 두 사람은 서로를 한층 더 깊이 사랑하게 되었지만 마사코는 외로움을 느낀다. 그런데 마사코는 자신의 욕망을 억압했을 뿐만 아니라 남편의 비위를 맞추기까지 한다. 결혼 전 우려했던 바가 현실 속에서 펼쳐지기 시작한다.

폭넓은 교제로 자신의 생활이 영위되길 바라던 마사코는 정반대로 점점 좁아져만 가는 삶의 영역을 너무나도 슬퍼했다. 단 한사람 닛타만을 바라보고 있어야 한다는 사실이 마사코에게는 너무나도 답답한 일이었다.[5]

폭넓은 삶, 즉 남편뿐만 아니라 사회와의 소통이 가능한 삶을 영위하고자 하는 마사코와는 달리 닛타는 마사코가 자신만을 바라보며 살기를

---

4    위의 글, 254면.
5    위의 글, 255면.

바라고 있다. 반면 마사코는 자신의 삶의 영역이 가정으로만 한정되어 가는 것을 슬퍼했으며 사회와의 소통이 단절된 채 닛타 한사람만을 바라보며 살아야만 하는 삶에 답답함을 느낀다. 마사코가 아무리 다른 남성들을 만난다 해도 닛타 이외의 남성과 사랑할 마음은 추호도 없는데도, 닛타의 질투심으로 인해 결국 자신을 알아주고 일종의 촉매제 역할을 해주는 소중한 친구들마저 잃게 되었다.

반면 마사코가 닛타에게 친구들과의 절교를 요구한다 해도 닛타는 절대로 절교하지 않을 것이라고 단언한다. 한편 마사코는 "자신의 친구도 동성이었다면 아무런 문제도 일어나지 않을 것임에 틀림없다"[6]며 오히려 자신의 탓으로 돌린다. 게다가 마사코는 자신에게 특별히 호감을 보이는 주위의 어떤 남성에게 유혹을 느꼈을 때조차도 그것을 극복, 즉 자신의 욕망을 억압하지 않으면 안 된다고 생각한다. 한편 그동안 마사코가 집필했던 평론 하나가 일부 청년들에게 좋은 평가를 받게 되면서 마사코는 생활에 활력을 되찾게 된다. 마사코가 청년들에게 좋은 평가를 받게 된 이유는 결혼을 주제로 하여 주부생활을 간절하게 피력했기 때문이다. 첨언하면 그 평론에 마사코의 철저한 사색과 솔직한 표현과 치열한 감정이 잘 드러났기 때문이다.

청년들은 다른 여성들과는 달리 강렬한 사상적 자각을 한 마사코를 인정하며 칭찬해주었다. 그런데 여기서 이상한 것은 마사코에게 특별히 친밀한 감정을 드러내는 남성들이 주위에 나타난 일인데 마사코는 그런 남성들에게서 모멸감을 전혀 느끼지 않는다. 마사코를 인정해주지 않는

---

6    위의 글, 255면.

남편과는 달리 그 남성들은 자신의 자아존재감을 인정해주었기 때문이다. 그 당시 닛타도 마사코가 결혼 후 처음으로 일을 해냈음을 기뻐해주었고 마사코도 행복감을 맛본다. 그리하여 마사코는 가정을 돌보는 일에도 '긍지'를 느끼게 된다.

> 여성이 한편으로 가정을 꾸리면서 또 한편으로는 남성과 같은 정도로 사회적 활동을 해나간다는 것은 분명히 남성보다 두 배의 일을 하는 것이다. 힘의 차이는 어찌되었든 양적인 면에서는 여성이 남성보다 우월하다.[7]

이처럼 마사코는 여성이 집안일을 하면서 남성만큼의 사회적 활동을 해내기 위해서는 집안일을 하지 않고 밖의 일만 하는 남성보다 두 배의 일을 해야 되기 때문에 양적인 면에서 여성의 융합성을 제시하고 이를 승화시킨다.


## 2. 행복의 안티노미와 타자성


여기서 여성의 행복과 관련된 아이덴티티의 문제가 발생한다. 결혼 후 2년 동안 두 사람은 행복해하며 지냈다. 반면 닛타와 마사코는 서로

---

7   위의 글, 260면.

사랑하면서도 충돌했다. 마사코는 생활이 너무나 안정되자 두려움마저 느낀다. 그것은 바로 고질병 같은 안정감이었다. 마사코는 결코 행복감을 느끼지 못했는데 두 사람의 사랑[8]이 일치했을 때에만 오로지 행복감을 느낀다.

그러나 그 행복감은 두렵고 불행한 느낌으로 바뀐다. 그 이유는 마사코에 대한 닛타의 이기적인 사랑을 발견했기 때문이다. 마사코는 결혼 전과는 달리 닛타가 자신을 억압하고 강요하고 있음을 알고는 불쾌감에 사로잡힌다. 따라서 마사코는 지난 생활의 의의를 사랑을 중심으로 노력하는 것은 너무나 어리석은 짓이라고 여기는 한편 사랑의 믿음이 자신을 추락시키는 것임을 자각한다.

그런데 마사코는 예술창작에 몰입하지만 집안일을 생각하지 않으면 안 되었기에 괴롭기만 하다. 게다가 닛타가 외출해 있는 동안 안정을 찾지만 닛타가 집에 있는 동안 마사코는 신경이 쓰여 창작에 집중할 수가 없기 때문에 창작은 더 이상 진전되지 못했다. 마사코는 "자신의 세계를 창조할 수 없는 인간이다"[9]라고 생각하며 슬퍼했다. 마침내 마사코는 히스테리를 일으킨다. 예를 들어 마사코는 가슴이 꽉 막히기도 하고 머리가 아프기도 하며 특히 뇌가 항상 병적으로 혼탁해지는 증세를 보인다.

이는 여성이 여성으로 길들여지는 과정에 대한 거부 또는 저항에서 비롯된 현상인 것으로 엿볼 수 있다. 마사코는 심하게 울기도 하고 화를 내기도 하며 닛타에게 대들거나 반항하는 일도 점점 잦아진다.

---

8 　사랑이라는 개념은 여성적인 조건을 결정짓는 수동성과 순종, 그리고 사회로부터 소외라는 관념을 자연스럽게 내포한다(엘리자베트 바댕테르, 심성은 역, 『만들어진 모성』, 동녘, 2009, 32면).
9 　다무라 도시코, 「그녀의 생활」, 앞의 책, 238면.

마사코는 남편에게 대들거나 반항하는 일이 점점 잦아지고 아무런 근거도 없는 일을 가지고 남편에게 다짜고짜 싸움을 걸며 쾌감을 느끼게 되었기 때문에 그 순간만큼은 남편을 굴복시킨 듯한 긍지를 느꼈다.[10]

이처럼 마사코는 닛타에게 대들거나 반항할 때만이 자신이 남편에게 종속되거나 예속되지 않고 굴복시켰다는 긍지를 맛본다. 남편에게 순응하거나 순종하지 않고 가학함으로써 쾌감을 느끼게 되는 것이다.

반면 닛타는 마사코가 본성을 드러낸 것으로 오해하고 마사코의 제멋대로인 행동을 비난한다. 마침내 두 사람의 결혼생활에는 처음에 생각했던 영적인 것이나 정신적인 것 어느 것 하나 남아있지 않았고 육체적 결합만이 있을 뿐이다. 다음은 결혼생활에서 오는 마사코의 회의가 극명하게 드러나는 부분이다.

완전한 아내의 복종, 아내의 충실, 아내의 정숙, 아내의 근신은 결혼생활을 미화시키는 커다란 수단으로써 특별히 선택된 생활예절 중의 하나이다. 여성의 도덕이라기보다도 결혼생활의 예절을 배워 그 예절에 따르지 않으면 도저히 결혼생활에서 드러나는 치욕을 견딜 수가 없을 것이다.[11]

그런데도 마사코는 오히려 자신의 생활을 고치려고 고군분투한다. 마사코는 지금의 생활을 저버릴 수 없다면 그 생활을 즐기며 자신이 적응해갈 수밖에 없다고 생각한다. 바꿔 말해서 마사코는 이혼할 수 없다면

---

10  위의 글, 258면.
11  위의 글, 259면.

자신이 굴복하는 쪽으로 마음을 바꾼다. 마사코에게 있어 그것은 "비참한 결심"[12]이었지만 자신의 정신적 방향을 결정할 수 있다고 생각했다. 이를 통해 마사코가 닛타와의 이혼을 염두에 두지 않았음을 포착할 수 있다.

특히 여기서 주목해야만 하는 것은 마사코가 자신의 능력에 자부심을 느낄 때 두 사람이 서로 사랑하며 지낸다는 점이다. 이는 마사코가 자신의 생활에 만족감을 느꼈기 때문에 행복하다고 생각한 것이다. 이는 시몬느 드 보부아르Simone de Beauvoir가 "여성들은 행복을 위해 자유라는 대가를 지불한다. 결혼이 여성에게 제공하는 만족감·평온함·안정감들은 여성들의 영혼에서 위대함에 대한 가능성을 고갈시키기 때문에 너무 비싼 대가"[13]라고 논한 것에서도 잘 드러난다.

마침내 마사코는 창작세계에도 주시할 수 있게 되었고 집안일도 적당히 내버려둘 수 있는 여유를 가지게 되었다. 마사코는 자신의 생활에 제2의 습관이 생겨났다. 예를 들어 마사코는 자신의 이중삼중의 생활을 등분하고 조화시키고 구분 짓고 조정할 수 있게 되어 많은 집안일을 감당해내면서 이전보다 더 많은 창작 작품을 발표하거나 평론을 쓰게 되었다. 이 말은 마사코가 성별역할분담을 체득하여 익숙하게 되었음을 의미한다.

그런데 여기서 간과해서는 안 되는 것은 마사코가 자신을 포함하여 남편과 자식, 그리고 결혼생활에서 겪는 모든 문제를 사랑으로 승화시키고 있는 점이다.

---

12  위의 글, 259면.
13  로즈마리 통, 이소영 역, 『페미니즘 사상—종합적 접근』, 한신문화사, 2000, 148면.

자식에 대한 사랑, 남편에 대한 사랑, 그리고 자신에 대한 사랑이었다. 모든 것이 사랑이었다. 자신이 생활이 사랑이었다. 자신의 생활의 힘은 사랑의 힘이라고 그녀는 생각했다. 그녀는 자신이 터득한 사랑이 얼마나 광대무변한 것인지를 생각하게 되었다.[14]

위의 글을 통해 결혼 전 "사랑이라는 비겁한 구실을 요구하는 결혼이라는 함정에 빠져서는 안 된다"[15]고 결심했던 마사코가 결혼 후, 픽션인 사랑이라는 것에 환상을 꿈꾸며 사랑의 굴레에서 벗어나지 못했음을 알 수 있다.

마사코에게서 현실과 타협하여 매몰되어 사는 삶, 즉 육아에서부터 가사일체를 모두 전담하는 여성으로서의 삶을 수용하려는 것임을 추출해낼 수 있다. 이를 달리 표현하면 마사코와 닛타는 결국 사랑과 관련된 표현들을 여성에게 속하는 것으로 고정화시키고, 남성은 상호의존적인 삶보다는 개인적 자아의 독립성을 선호하고 자율적인 삶을 요구하는 고정관념에서 자유로울 수 없었다고 해석할 수 있을 것이다.

신여성 마사코와 남성지식인 닛타는 처음에는 여성을 억압하고 종속시키려는 기존의 사고방식에서 벗어나려고 노력했다. 그러나 결혼 후 결국 닛타 역시 일반남성과 다르지 않음이 밝혀졌다. 그와 동시에 마사코도 역시 기존의 결혼제도[16]에서 오는 병폐를 인식하고는 그것으로부

---

14 다무라 도시코, 「그녀의 생활」, 앞의 책, 267면.
15 위의 글, 239면.
16 존 스튜어트 밀은 결혼제도야말로 모든 능력을 다 갖춘 한 인간이 다른 인간의 자비에 매달린 채 그 사람이 자신의 이익을 위해서 권력을 행사해주기만을 간절히 희망하며 살아야 하는 유일한 경우라고 논한다(존 스튜어트 밀, 서병훈 역, 『여성의 종속』, 책세상,

터 저항 또는 불응하려고 했으나, 결국 모정이데올로기의 자장 속에서 결코 자유롭지 못한 여성이라는 한계성을 드러내고 말았다.

마사코는 기존의 여성성에서 벗어나고자 악전고투했으나 자식에 대한 '모정'으로 인해 결국 사적인 가정 영역에 머물고 말았다. 환언하면 마사코는 여성성을 거부하고 끊임없이 남편의 지배와 권위에 대항하는 것으로써 주체성을 찾으려는 듯했지만, 결코 여성성을 완전히 포기할 수 없었던 것으로 보인다.

시몬느 드 보부아르에 의하면 여성이 결단을 지연시키는 이유는 '공포'에 있다는 것이다. 여성은 자유에 대한 공포가 있다. 그동안 누려보지 못한 것에 대한 공포가 너무 크기 때문에 여성성을 완전히 포기하지 못하는 것이다. 이러한 공포는 사회·경제적 수단의 부재와 연관되어 있다. 특히 보부아르에 의하면 여성은 재정적으로 취약하고 교육수준이 낮기 때문에 남성과의 관계에 집착하게 된다는 것이다. 만약 사회·경제적 처지를 개선함으로써 자유에 대한 공포를 극복할 수 있다면, 여성은 단호히 여성성을 버리고 자유와 주체성을 선택할 것이라고 역설했다.[17]

이처럼 결혼제도는 여성이 자신의 정체성을 결혼에 고정시키고 그것에 의존하게 만든다. 마사코 역시 그것으로부터 자유로울 수가 없었다고 말할 수 있을 것이다. 따라서 마사코가 여성의 필연적인 운명으로부터 벗어나지 못함을 알게 될 때 또다시 "사랑의 생활"[18]을 외칠 것임에 틀림없다. 마사코가 앞으로 또 다른 난제에 부딪히게 될 경우 인내와 극

---

2006, 156면).

17  이현재, 『여성의 정체성, 어떤 여성이 될 것인가』, 책세상, 2007, 74면.
18  다무라 도시코, 「그녀의 생활」, 앞의 책, 268면.

복을 사랑이라고 여기며 현실에 안착하며 살아가는 신여성의 한계성이 드러났다.

　마사코는 처음에 생활의 의의를 사랑을 중심으로 노력하는 것은 너무나 어리석은 짓이라고 여기며 사랑의 믿음이 자신을 추락시키는 것임을 자각했다. 그러나 마사코가 사랑이라는 이데올로기에 얽매여 사랑을 일방적인 자기희생과 동일시하여 모든 문제를 사랑으로써 극복하고 인내하겠다고 결심한 것은 희생을 감수하며 살아가는 여성이라는 것을 의미한다. 이처럼 남녀성별역할은 여성을 수동적이고 순종적인 존재로 만들었으며 여성은 남성에 의해 사랑받고 선택되는 타자로 만들었던 것이다. 그러나 여기서의 주안점은 사랑이 근대에 만들어진 픽션인지 아닌지는 차치해두더라도 마사코가 사랑을 매개로 타자인 닛타를 부정하는 것이 아니라, 이해하려는 의미에서 모든 것을 사랑으로 승화시키고 있음을 잊지 말아야 할 것이다.

## 소결론

    제4부 제1장에서는 다이쇼기로 한정하여 다무라 도시코의 「그녀의 생활」에 나타난 젠더관념이 여성의 정체성과 어떠한 상관관계가 있는지를 살펴보았다. 당시 작가인 마사코와, 철학자이자 현대평론가인 닛타는 신여성과 남성지식인으로 대변할 만한 존재라 할 수 있다. 이 작품에서 닛타는 일반남성과는 다른 내면세계를 지닌 존재임을 자처하는 남성으로 그려지는 반면, 마사코는 여성이 결혼함으로써 여성의 역할을 충실히 해내길 강요받는 삶을 살아갈 수밖에 없는 여성의 운명에 대해잘 알고 있는 여성으로 설정되었다. 마사코는 당시 부부관계에서도 대칭적인 것이 아니라 남편에게 순종해야만 하는 예속적이고 종속적인 비대칭 관계임을 이미 깨닫고 있었다. 그러므로 마사코는 연인 닛타에게 결혼이라는 제도의 굴레에서 벗어나 연인 사이로 지낼 것을 제안했지만 닛타의 감언이설적인 구애로 인해 결국 결혼한다.

    그런데 마사코는 결혼생활을 영위하는 가운데 일과 가사의 양립, 임신과 출산을 경험하면서 내면에서 일어나는 모순으로 인해 닛타와의 갈등을 겪는다. 마사코는 연애와 결혼문제에서 출발하여 직업과 가사의 양립, 임신, 출산, 육아문제를 둘러싸고 내적 갈등을 일으킨다. 결혼 초 닛타는 마사코의 의견을 존중하여 가사분담도 함께했지만, 시간이 지남에 따라 가족의 생계유지를 명목으로 바깥일을 중요시 여기며 여성 =

안 = 집안일 = 육아, 남성 = 밖 = 사회일이라는 성별역할분담을 명확히 구분짓는다.

이처럼 닛타는 마사코를 가정 안으로 몰아넣어 사회로부터 소외시켰다. 닛타로 인해 마사코는 세상으로의 확대가능성이 차단되었다. 그뿐만 아니라 닛타는 여성 = 안 = 집안일 = 육아라는 여성문화보다 남성 = 밖 = 사회일이라는 남성문화를 우위에 두었다. 따라서 집안일과 사회일은 각각 분리되어 마사코는 가정에만 머무르게 되었고 닛타는 점점 외출하는 일이 잦아지게 되었다. 이와 같이 성역할분업논리는 여성의 억압만을 전제로 한다는 점에서 폭력적이라 할 수 있다. 따라서 당시 여성은 남편뿐만 아니라 사회로부터도 소외되는 내적 폭력을 경험하는 이중적인 폭력에 노출되었다.

그런데 아이러니하게도 남성 중심적인 사회구조에 모순을 느낀 마사코가 내면의 변화를 일으키는 계기가 된 것은 자식을 낳게 되면서부터였다. 자식을 낳기 전까지 자식을 부담스럽게 여기며 양자로 보내려고까지 생각했던 마사코는 막상 자식을 낳고 자식에 대한 '모정'으로 자신을 객관화하지 못하는 한계성을 드러내고 말았다.

마사코는 사회·문화적으로 만들어진 여성성이라는 젠더규범에 저항하여 자식을 낳으면 양자로 보내려고 생각하며 기존의 젠더규범과 경합 또는 충돌양상을 보인다. 특히 '모정'은 모든 여성들에게 반드시 존재하는 것이 아닌 선택할 수 있는 것임에도, 마사코는 '모정'이라는 여성성을 스스로 내면화하여 마음의 변화를 일으킨 것에서 한계성을 엿볼 수 있다. 이처럼 임신과 출산이 생물학적 과정이라고 해도 양육을 여성이 전담하도록 맡겨지는 데에는 모정이데올로기가 작동되어 여성이 양육하도록 정당성을 부여했던 것이다. 따라서 여성에게 요구되는 '모정'은 희생과 사랑이라는 이름하에 포장된 억압이었음이 밝혀졌다.

그와 동시에 아무리 시대를 앞서가는 신여성이라 하더라도 정체성은 고정되고 연속적인 것이 아니라 끊임없이 찾아야 하는 과정 중에 있는 것이며 불연속적인 것임을 마사코를 통해 알 수 있었다. 따라서 정체성은 더 이상 고정되어 있거나 불변하는 것이 아니라 유동적인 것이라 할 수 있다.

그런데 여기서 괄목할 만한 것으로 「그녀의 생활」을 보면 핵가족[19]의 유형을 띤 결혼한 지 얼마 안 되는 마사코가 결국 가사와 육아 일체를 모두 전담하는 신주부의 형태를 띠고 있음이 역력히 드러났다. 또한 남성은 일, 여성은 가정이라는 형태로 공적 영역과 사적 영역의 분리가 명확한 것에서 마사코와 닛타 부부는 근대에 걸맞은 근대가족의 형태를 띠고 있음을 발견할 수 있다.

그리고 이어서 제2장에서는 「그녀의 생활」 속에 나타난 마사코의 내면성을 분석하면서 마사코에게서 한계성과 가능성을 동시에 찾아보았다. 마사코는 자신을 포함하여 남편과 자식, 모든 것을 사랑으로 승화시켰다. 그런데 여기서 간과해서는 안 되는 것은 마사코가 앞으로 또 다른 시련과 고난이 닥쳐온다 하더라도, 사랑이라는 환상을 가지고 모든 문제를 희생으로 극복하고 인내하겠다고 결심한 점이다.

마사코는 결혼 후 아내의 역할이라는 억압과 횡포로부터 벗어나고자

---

19  이 작품이 쓰인 1915년大正4 고등여학교학생의 가족 실태를 살펴보면 핵가족이 58%를 차지하고 대가족은 41%를 점하고 있는 것에서 핵가족을 기본단위로 하는 '신주부'의 탄생을 알리는 징조임을 알 수 있다(고야마 시즈코小山靜子, 『양처현모라는 규범良妻賢母という規範』, 勁草書房, 2004, 230면).

고군분투했지만, 결국 그것을 극복하지 못하고 자유를 상실한 채 사랑이라는 미명하에 남편에 대한 사랑이라고 여기며 남편에게 예속되고 종속적이게 되었다. 특히 출산 후 '모징'으로 지식을 위해 희생하는 삶을 행복이라고 여기며 살아가는 한계성을 지닌 여성임이 밝혀졌다. 즉 마사코는 처음에 여성들이 경제적으로 남성에게 의존하는 것에 대해 비판적이었고, 남성이 여성에게 가사와 자녀양육에 책임을 부여하는 성별역할분업에도 저항적이었지만 결국 젠더관념을 '탈'하지 못하고 말았다.

이처럼 마사코가 신여성이었음에도 현실을 타파하기 위한 하나의 방법으로 이혼을 단행하지 못한 것은 현실과 타협함으로써 마음의 안정을 찾아 현실에 안주했기 때문이다. 다시 말해서 마사코는 여성성을 거부하고 끊임없이 남편의 지배와 권위에 대항하는 것으로써 주체성을 찾으려는 듯했지만, 결국 여성성을 완전히 포기할 수 없었던 것으로 보인다. 여주인공 마사코는 사회·문화적으로 만들어진 젠더규범과 '경합' 또는 '충돌' 양상을 보이며 기존의 젠더관념으로부터 탈피하기 위해 고군분투했지만, 주변 인물인 남편 닛타로 인해 결국 좌절하고 마는 한계성이 동시에 발견되었다.

그런데 여기서 괄목할 만한 것은 마사코에게서 현실로부터 탈주하려는 욕망과 안주하려는 욕망이 오버랩되면서 이중심리가 잘 드러난 점이다. 여성이 전통적이고 봉건적인 결혼관에서 탈주하여 근대적 결혼관이라 할 수 있는 서로의 내면을 이해하는 남편을 기대하며 결혼했다 하더라도 그것은 결혼에 대한 환상일 뿐, 실제 현실에서는 가사일과 육아문제 전반을 감내하고 극복해야만 하는 것은 여성의 몫이었다. 사랑을 구실삼아 결혼하려는 것을 강력히 거부했던 마사코가 결혼 후, 현실에서는 여성의 역할에 충실하지 않으면 안 되는 상황에 봉착하게 되면서 사랑이라는 이름하에 모든 것을 극복하고 감수하는 희생적인 여성으로 전락하고 말았다. 그런데 여기서 중요한 것은 마사코가 타자인 닛타를 부정하는 것이 아니라 이해하려는 의미에서 모든 것을 사랑으로 승화시킨 점이다.

그리고 당시 지식인이었던 닛타도 남성 중심적 사고방식으로부터 자유롭지 못한 것에서 일반남성과 별반 다르지 않음을 알 수 있었다. 닛타역시 처음에는 일반남성들과는 다른 사고방식을 지니며 마사코를 물심양면으로 도와주려고 했으나, 점점 무조건적이고 헌신적인 사랑을 여성성의 기본이라고 여겼다. 이는 닛타가 기존의 젠더규범을 내면화하여 남성인 자신은 사회일에 전념하고 가사일과 육아문제를 여성인 마사코에게 떠넘긴 것에서도 증명된다. 임신과 출산을 제외하고는 가사일과 육아문제는 남녀 모두 가능한 일임에도 닛타는 마치 여성인 마사코의 일로 고착화시켰다.

그뿐만 아니라 닛타는 마사코와 사회와의 소통을 단절시킨 장본인이기도 하다. 이는 당시 지식인이었던 닛타 역시 기존의 젠더관념을 타파하지 못했음을 의미한다. 마사코는 남편으로 인해 사회로부터 격리되고타자화되는 과정에서 소외를 경험하게 된다. 마사코는 특히 사적인 영역에서 영위되는 삶에 내재한 소외와 고독감을 느낀다. 이는 남성의 이익이 판단기준이었기 때문에 남성의 이익을 위해 여성을 타자화하는 것역시 눈에 보이지 않는 비가시적인 폭력이라 할 수 있다. 그렇지만 「그녀의 생활」에서 마사코는 모정이데올로기의 자장 속에서 벗어나지 못한 피구속성의 여성성을 가지면서도 타인의 눈에 비친 자신의 모습을 상대화하는 과정임을 알 수 있었고, 자신의 내면을 반추하면서 성찰한 결과였음이 드러났다. 마사코는 피해자이거나 억압당한 자라는 상대적 입장에서 억압자나 가해자를 인지하면서 중심과 주변의 경계를 재설정하고 타자부정이 아니라 타자인정으로의 전환을 꿈꾸었던 것이다.

# 제5부
# 전쟁의 지식장과 젠더의 힘

제1장

# 전시 지식장과 『주부의 벗』의 젠더정치학

## 1. 『주부의 벗』과 표현의 장

『주부의 벗』은 주부의 벗사主婦之友社의 창업자인 이시카와 다케미石川武美에 의해 가사와 육아에 고민하는 교양이 낮은 가정주부를 대상으로 발간되었다. 이시카와 다케미는 잡지의 제목을 『주부의 벗』이라고 정한 것에 대한 발상을 다음과 같이 소개한다.

『주부의 벗』이라는 잡지명에 대해서는 센다이仙台에서 발행하고 있는 신문 『하북신보河北新報』의 가정란에 가사, 육아, 요리 등의 칼럼이 있는데 그 제목이 '주부의 벗主婦の友'이었다. (…중략…) 또한 '주부의 벗'이라는 단행본도 나왔다. 이시카와는 그것을 힌트로 '주부의 벗'이라는 잡지명을 생각했다.

(…중략…) 여기서 '주부'라는 말은 아주머니의 동의어로 교양이 낮고 속되어 보이는 느낌을 들게 하는 의미도 담겨 있었다. (…중략…) 이시카와는 가정생활을 영위하고 있는 부인, 가사와 육아에 고민하고 있는 주부가 읽는 잡지라고 생각해서 『주부의 벗主婦之友』으로 최종적으로 결정했다.[1]

그 당시 부인잡지의 잡지명은 『부인세계婦人世界』, 『부녀계婦女界』, 『부인의 벗婦人之友』 등 여성을 대상으로 주로 '부인'이라는 말을 사용했다. 그러나 이시카와는 가정생활을 담당하는 부인, 즉 가사와 육아에 고민하는 주부가 읽는 잡지라는 점에서 잡지명을 『주부의 벗』으로 결정했다. 물론 『주부의 벗』이라는 이름의 단행본이 그 시기에 이미 발간되어 있었기 때문에 독창적으로 착안해낸 것은 아니지만, 『주부의 벗』이라는 잡지명이 아주머니라든가 교양이 그리 높지 않으면서 살림때가 묻은 이미지를 담고 있음을 알려준다. 이시카와는 그러한 의도에서 출발의 첫걸음을 내딛었던 것이다.

1916년大正5 1월 중앙공론사中央公論社에서 『부인공론婦人公論』[2]이 창간되

---

1   요시다 고이치吉田好一, 『외길―주부의 벗사 창업자·이시카와 다케미의 생애ひとすじの道―主婦の友社創業者·石川武美の生涯』, 主婦の友社, 2001, 50~51면.

2   1943년에 출간된 『부인공론』은 전쟁에 소극적인 태도를 취함으로써 결국 1944년 3월에 폐간된다(와타나베 스미코渡辺澄子, 「일본의 근대전쟁과 작가들日本の近代戦争と作家たち」, 오카노 유키에岡野幸江 외, 『여성들의 전쟁책임女たちの戦争責任』, 東京堂出版, 2004, 128면 참조).『부인공론』이 모던걸을 그린 것에 비해 『주부의 벗』은 가정의 태양으로서의 건강과 건전함을 갖춘 여성의 모습을 전하는 '기모노 차림의 가정적인 젊은 부인상'을 만들었다고 한다. 이 두 잡지에는 세련된 도시의 모던 이미지와 가정의 행복에 안주하는 전통적·보수적인 여성이미지가 대조를 이루는 것이다(가와무라 구니미쓰川村邦光, 『섹슈얼리티의 근대セクシュアリティの近代』, 講談社選書メチエ, 1996, 203면 참조).

었다. 이 잡지는 대개 미혼의 인텔리 여성을 대상으로 삼아 후에 나온『주부의 벗』 혹은『부인클럽婦人倶楽部』만큼의 보급력은 없었지만 지적 수준에서는 단연코 다른 부인잡지를 앞지르고 있었다. 그 이듬해(1917-인용자) 이시카와 다케미에 의해『주부의 벗』이 창간되었다. 그는 편집장이면서 사장으로서 독자의 잡지정책, 경영방침에 의해 이 잡지를 부인잡지계의 왕좌에 군림시키는 대성공을 거두었던 것이다.『주부의 벗』은 어디까지나 현재의 가정생활을 기초로 하여 가정부인에게 필요한 일상의 집안일, 육아, 위생, 수예 등 결국 가정 본위를 주안으로 한 기사와 소설, 중간挿畵기사의 선택은 모든 소학교 졸업 정도의 여성을 표준으로 한 것이어서 바꿔 말하면 최저 수준의 독자층을 겨냥했던 것이다.[3]

『주부의 벗』은 대중적인 잡지를 목표로 1917년大正6 2월 14일 3월호를 시작으로 발매하게 된다. 그리고『주부의 벗』은 처음에 발행처를 도쿄가정연구회東京家政研究会로 하고 가격은 15전銭, 그리고 발행부수는 1만부였다. 당시 15전이라는 가격은 다른 잡지에 비해서 월등히 싼 가격이었다. 그 당시(1917년 4월호 기준) 다른 부인잡지의 가격을 알아보면 다음과 같다.

〈표 5〉 잡지명과 가격

| 잡지명(출판사) | 가격 |
|---|---|
| 부인화보婦人画報 (동경사東京社) | 30전 |
| 숙녀화보淑女画報 (박문관博文館) | 30전 |

---

3  오카노 다케오岡野他家夫,『일본출판문화사日本出版文化史』, 原書房, 1981, 252면.

| 잡지명(출판사) | 가격 |
|---|---|
| 신가정新家庭(현문사玄文社) | 30전 |
| 부인세계婦人世界(실업일본사實業之日本社) | 17전 |
| 부녀계婦女界(부녀계사婦女界社) | 17전 |
| 부인의 벗婦人之友(부인의 벗사婦人之友社) | 20전 |

출처 : 요시다 고이치, 『외길-주부의 벗사 창업자·이시카와 다케미의 생애』, 主婦の友社, 2001, 51~52면 참조.

『주부의 벗』은 ① 다른 잡지에 비해 가격이 염가였고, ② '상류사회'의 여성을 대상으로 삼기보다는 오카노 다케오岡野他家夫[4]의 지적처럼 저학력 여성 독자층을 대상으로 삼고 있었다. 따라서 본서에서는『주부의 벗』이 대중적인 잡지라는 점에 착목하여 전시기 일본의 보편적 가정의 여성들에게 침투한 담론 연구의 재료로 삼기로 한다.

기쿠치 간菊池寬이『주부의 벗』은 전성기 때 전전戰前보다 많은 180만 부나 팔렸고 정가는 50전으로 "천하에 이만큼 싼 것은 없다"[5]고 회고한 것처럼『주부의 벗』은 순조롭게 발전했다.『주부의 벗』은 발전을 거듭하여 1918년 12월에는 2만 8천 부를, 1919년 12월에는 7만 8천 부를, 1920년 12월에는 15만 7천 부를, 1921년 12월에는 25만 5천8백 부를 발매하기에 이르러 잡지계에서 제1위의 부수를 기록하게 되었다.[6]

이는 단순히 판매부수가 많았다는 것만을 의미하는 것이 아니라 권력과의 유착관계를 시사한다. 즉 국가권력이 선호했던 표현의 장場으로써 여성 대중 대상지誌가『주부의 벗』이었고 패전까지 유일하게 한 차례의 결호缺

---

4    위의 책, 252면.
5    요시다 고이치, 『외길-주부의 벗사 창업자·이시카와 다케미의 생애』, 主婦の友社, 2001, 293면.
6    위의 책, 63면.

號도, 합병호合併号도 없었다는 사실이 이 추측을 뒷받침한다. 이것은 바로 전쟁수행의 협력 정도를 군이 평가했다는 것을 의미하기 때문이다.[7]

전체적인『주부의 벗』의 목차를 임의대로 나누어보면 대체로 ① 일반 기사 및 소설류, ② 황군 혹은 전쟁에 관한 기사, ③-a : 여성의 역할에 관한 기사(가정에서의 여성역할), ③-b : 전쟁을 위한 여성의 역할로 나누어 볼 수가 있다. (〈자료 1〉 참조)

## 2. 전시체제와 젠더의 국가화

『주부의 벗』은 여성을 대상으로 했기 때문에 여성의 역할에 대한 기사와 일반적인 여성과 관련된 맥락의 글들이 주류를 이룬다. 1917년 창간 당시에는 여성잡지의 특성이라고 할 수 있는 미용에 관한 글이나 화장법 내지는 임신과 출산, 자녀 육아법, 부부간의 결혼생활 등을 다루었다.

그러나 중일전쟁이 시작되자 '여성의 미덕'은 '조국을 위해' 헌신한다는 항목이 추가되어 '총후銃後의 임무'와 '총후의 수호'가 여성들에게 요구된다. 그 전형적인 예로『주부의 벗』에서는「출정出征」이라는 항목으로 그림과 시에 의한『총후의 여성군시화행진銃後の女性軍詩謌行進』을 게재하고 있다.

---

7    와타나베 스미코,「일본의 근대전쟁과 작가들」, 앞의 책, 128면.

조국을 위해 몸을 바쳐 포화 속으로 용감하게 나아가는 야마토 시마네大和島根 대장부의 눈동자가 빛나고 칼날이 선다. 역에 배웅 나온 사람들이 꽂은 일장기, 만세 뒤에 상냥한 홍일점, 눈물 어린 소녀가 있나. 의좋은 형을 보내는지 혹은 결혼한 젊은이에게 이별을 아쉬워하는지 묵묵히 비련에 젖은 부동의 검은 눈동자. 생사는 순간, 영광은 영원한 관冠이다. 용기가 샘솟는 대장부의 뺨, 발차의 벨소리는 울려 퍼진다.[8]

남성은 국외의 전선에서 여성은 국내의 '총후'라는 말에서도 알 수 있는 것처럼 총동원체제 속으로 여성도 휘말린 것이다. 이 총후라는 말을 가노 미키요加納実紀代는 다음과 같이 말한다.

'총후'라는 말은 러일전쟁 이후 사쿠라이 다다아쓰桜井忠温가 쓴 전쟁문학 『총후銃後』에서 비롯된 것 같다. 그러나 여기서 그려지고 있는 것은 주로 직접 전쟁행위가 행해지는 전선의 바로 배후에서 병사들에게 무기, 탄약을 보급한다거나 구호의 임무를 맡는다거나 하는 사람들의 활약하는 모습이다. 그러므로 여성의 모습은 극히 적다. 그러나 중일전쟁개시 이후 등장한 '총후'는 러일전쟁과는 매우 다르다. 먼저 전선과 본토 사이의 거리가 현격히 멀어지고 그 범위도 확대되었다. 결국 중국대륙의 전선에 대해서 일본국내의 전역(당초 일본이 영유하고 있던 조선, 대만, 사할린 등을 포함)이 총후가 되었던 것이다.[9]

---

8    「출정」, 『주부의 벗』, 1937.9, 49면.
9    가노 미키요, 『여성들의 '총후'女たちの'銃後'』, 筑摩書房, 1987, 52면.

당시 '일본여성의 미덕'은 여성이 일단 결혼하면 남편의 말을 따르고 가정을 지키는 것을 전제로 삼고 있었다. 그전까지만 해도 국가는 여성들이 남편의 보조자로서 양처현모의 길을 가도록 강요했다고 말할 수 있다. 그러나 전쟁과 더불어 여성들은 기존에 인식하고 있었던 가정을 잘 지키는 '양처현모상⁜'만으로는 시국에 적응할 수 없었다. 왜냐하면 '총후'라는 말이 러일전쟁 때 등장한 이래 중일전쟁 이후부터는 '총후의 임무'와 '총후의 수호'가 여성의 몫으로 부과되었기 때문이다.

여기에는 중일전쟁부터 남성의 징병으로 인한 노동력 부족현상이라는 현실적인 문제가 있었다. 국가의 입장에서는 이제까지 가정의 틀 속에 있었던 여성의 노동력이 절실히 필요했던 것이다. 다시 말하면 전장에서 남성을 빼앗긴 후 일을 보충하는 것은 여성의 몫이 되어 여성을 훈련 또는 재교육시킬 필요가 있었다. 그리하여 국가는 여성들을 국가체제에 선동하기 위해 매체 중의 하나인 여성잡지『주부의 벗』등을 이용했다고 말할 수 있을 것이다.

만주사변 이후 1934년 10월 1일 육군성에서는 '국방의 본의와 그 강화의 제창'이라는 책자를 발간했다. 육군성에서 국방의 이름 아래 새로운 전쟁관을 심어주기 위해 총력전 구상을 내놓은 것이다. 즉 전쟁은 단순한 무력전이 아니고 외교전, 경제전, 사상전을 통합한 총력전이어야만 한다는 논리였다. 이러한 총력전 구상이 구체화되는 것이 중일전쟁 개전 2개월 후에 발족한 '국민정신총동원운동'이었고 마침내 1938년 4월에 '국가총동원법'이 공포되었다.

육체적·정신적 문제를 포함하여 민중의 총동원을 필요로 하는 총력전에 일본은 여성들을 가정 안에만 둘 수 없는 상황이 되었다. 따라서 중일전쟁 개시 후 '여성의 미덕'은 '양처현모'론 위에 한사람의 국민으로서 '조국을 위해' 헌신할 수 있는 항목이 추가된다. 그것은 바로 '총후의 임무'와 '총후의 수호'를 가리키고 있음은 두말할 필요도 없을 것이다.

여성 앞에서 전장으로 떠나는 남성은 어디까지나 씩씩하고 늠름한 모습으로 그려지고 있었다. 그리고 만약 남편이 전사하면 아내는 슬픈 모습을 보이지 말고 자식을 지키면서 나라가 요구하는 기술자로서 일해야만 했던 것이다. 천황 아래 황민이라는 규정 속에 여성도 국가의 일사불란한 도구에 편입되어 가정에만 한정되었던 여성의 성역할을 국가적 차원에서 관리하게 된다.

야마시타 아키코山下明子에 의하면 "'남성은 용감하게 여성은 가정적으로'라는 것처럼 젠더의 성차별이 만들어진 것도 남성들에 의한 전쟁의 역사와 떼어낼 수 없다. 가부장제에 있어서 남성의 재산인 여성은 영토와 같이 늘 전쟁의 수호물로 취급되어 왔다. 전쟁에서 지면 살해되거나 강간당하거나 아니면 노예로 되는 것이 여성의 운명이었다. 그렇기 때문에 여성은 자신들의 남성이 이기기를 열심히 기도하고 혹은 이기기 위해 지혜를 짜내 지원할 수밖에 없었던 것이다"[10]라고 지적한다. 즉 여성 스스로가 여성 자신의 입장을 고려하여 전쟁에서 패전하는 나라가 되어서는 안 된다는 것을 내면화하고 있었다고 할 수 있다.

1937년 10월호 『주부의 벗』에서 도쿠토미 소호德富蘇峰는 이시카와와 「비상시국과 신일본정신非常時局と新日本精神」이라는 주제로 대담을 했는데, 「지금 가장 필요한 것은 국민의 정신적 준비이다今一番必要なのは國

---

10  야마시타 아키코, 『전쟁과 여자의 인권戦爭とおんなの人權』, 明石書店, 1997, 112면.

民の精神的準備だ」라는 제목으로 다음과 같이 피력했다.

이시카와 : 가정부인은 이때 어떤 각오를 하지 않으면 안 된다. 또는 가정
부인으로서 확고한 결심으로 임하지 않으면 안 된다.

도쿠토미 : 무슨 일이 있어도 반드시 부인의 힘을 다하지 않으면 안 된다.
부인이 가정에서의 위치를 자각해서 한 가정의 전책임을 지고
설 결심을 하지 않으면 안 된다. 주부가 책임을 자각하는 것이
중요하다.

이시카와 : 가정이 좋다는 것은 나라가 강하다는 것이다.

도쿠토미 : 그 가정의 중심은 주부, 그 주부가 정신 차리고 있으면 나라는
괜찮다.[11]

이 대화문의 내용에서도 알 수 있는 것처럼 가정부인의 각오와 아내
의 역할을 부추기고 있다. 여성, 특히 부인의 역할을 강조하고 있는데
이런 상황에서 가정부인은 나태하지 말고 긴장할 것을 권장하고 있는
것이다. 시국과 관련하여 가정의 여성에게 강인한 국민정신을 주입시키
는 이와 같은 담론이 국가의 전략적 측면과 부합됨은 말할 필요도 없다.

---

11 요시다 고이치, 앞의 책, 116~120면. 이에 해당하는 『주부의 벗』을 입수하지 못하여 편
의상 요시다의 글에 의한다. 이시카와와 도쿠토미와의 관계는 다음과 같은 기사에서 알
수 있다. 1923년 9월 1일 관동지방에 일어난 관동대지진은 언론계에도 큰 타격을 가져
왔는데, 그것은 신문계에서도 마찬가지였다. 그중에서도 도쿠토미 소호가 경영하던
『국민신문(国民新聞)』은 다른 신문에 비해서 회복이 늦어졌다. 이시카와는 도쿠토미와 한
번밖에 만난 적은 없었지만, 당대의 언론계의 대선배였던 도쿠토미를 이시카와는 존경
하고 있었다고 한다. 이시카와는 도쿠토미에게 원조금을 기부했다. 이것이 계기가 되어
도쿠토미에게서 『국민신문』의 부사장취임의 의뢰를 받게 된다. 이후 『국민신문』에 근
무하게 되면서 도쿠토미와 친분을 가지게 된다(같은 책, 71~72면 참조).

이 국민정신에 대해 야마나카 히사시山中恒는 다음과 같이 표현한다.

국민정신이라는 것은 단순히 국민정신이 아니라 '천황폐하를 위해 목숨을 바치는 건국정신인 팔굉일우(세계제패)를 성취하려는' 정신입니다. 결국 대일본제국이 시작한 전쟁을 완수한다는 정신입니다.[12]

국민정신이 천황을 위해 목숨을 바친다는 것으로 선전된 것인데 그럼 『주부의 벗』의 구체적인 역할 등에 대해 살펴보기로 한다. 특히 '총후의 여성' 중 대표적인 것으로써 사선으로 향하는 남성들을 위한 1937년 9월호 『주부의 벗』에 나오는 「천인침千人針」[13]을 들 수 있다.

땡볕이 내리쬐는 한낮, 사람 발길이 빈번한 여기저기에 땀을 흘리는 소녀가 있다. 장부의 몸을 지키기 위한 천인침의 한 땀 한 땀을 위해 낯선 사람에게 일일이 머리를 숙이는 애처로움. 바느질을 부탁받아서 하는 사람들은 백인 백가지. 보고 있으면 행동하는 군국풍경의 엄숙함을 느낀다. (…중략…) 총후를 수호하는 사람들의 진심이 여기 있기에 우리 황군이 가는 곳에 항상 승리의 노래가 울려퍼질 것이다.[14]

---

12 야마나카 히사시, 『시원하게 알 수 있는 '야스쿠니신사' 문제すっきりわかる'靖国神社'問題』, 小学館, 2003, 76면.
13 천인침은 출정병사의 무운장구, 안태와 무사귀환을 기원해서 천명의 여성의 손에 의해 한 장의 무명천에 빨간 실로 천 번을 꿰매어 작성된 그 천을 말한다. 중일전쟁개시와 함께 '거국일치'의 긴장감이 넘치는 전시하에 총후를 지키는 여성들의 '기도'가 국가적 사상에 응용되어 전국적으로 퍼졌다. 그러나 제2차 세계대전에 들어와서 물자부족으로 쇠퇴하게 되었다(이하라 미요시伊原美好, 「천인침千人針」, 오카노 유키에岡野幸江 외, 『여성들의 전쟁책임』, 東京堂出版, 2004, 263면).
14 「천인침」, 『주부의 벗』, 1937.9, 50~51면.

전장의 후방에서 응원하는 여성의 마음을 미화하는 이와 같은 담론이 일상을 휘덮고 있었다. 그러나 이는 서곡에 불과하다. 1937년昭和12 9월호『주부의 벗』에 나오는 「나라를 생각하는 우리들의 열정國を思ふわれらの熱情」[15]이라는 부분을 보면 더욱 그러한 미화 담론의 내용을 알 수 있다.

예를 들면 마미야 에이지間宮英宗는 "러일전쟁 때 내지内地의 부인들이 맨발로 뛰어나온다든지裸足詣り, 일참日参, 천인침千人針 등에서 여성들의 열렬한 총후의 활약을 충분히 찾아볼 수 있다"[16]고 쓰고 있다. 총후 여성의 열렬한 활약을 집요하게 선동하는 데에『주부의 벗』이 얼마나 협력했는지를 쉽게 알 수 있는 대목이다.

같은 1937년 9월호에도 역시 모자 셋이서 출정한 아버지 사진과 가게젠陰膳[17]을 앞에 둔 그림이 그려진 곳에 「가정지키기留守宅」라는 제목의 시로, 총후의 여성을 두드러지게 강조하는 부분이 있다.

매미우는 소리가 멀어지고 저녁 햇볕이 오동나무 잎에 흔들리며 무더운 하루가 저물었습니다. 모자가 모여 남편을 생각하는 저녁, 아마 전쟁터는 무덥겠지요. 언제나 짧은 편지였기 때문에 상세한 사정은 모르겠지만 지기 싫어하는 정신, 그 타고난 기질. 황군 제일선에서 활약하시는 그 모습이 눈에 선합니다. 활짝 핀 야마토大和의 오미에나시女郎花(마타리과의 다년초—인용자), 여성이지만 가정지키기를 훌륭히 해내겠습니다. 모자 셋이서 차분히

---

15  마미야 에이지, 「명예의 전사자 어머니와 아내에게 자비의 법화名誉の戦死者の母や妻に慈悲の御法話」,『주부의 벗』, 1937.9, 182~188면.
16  위의 글, 186면.
17  가게젠은 객지에 나간 사람의 무사함을 빌기 위해 집에 있는 사람이 아침저녁으로 차려 놓는 밥상을 말한다.

마루의 사진에 경의를 표할 때 밖에는 방울소리.[18]

　부친의 부재중에도 모자가 서로 마음을 모으고 있다는 것과, 특히 어머니의 힘이 강조되고 있다. 총후의 가정을 자식과 함께 지킨다는 등 군인의 아내로서 현명한 부인의 모습을 드러내고 있는 것이다. 아버지의 부재는 가정에서 보면 당연히 결핍이다. 그럼에도 불구하고 그 빈자리에 구애받지 않는다는 결의는 논리적으로 모순된 '의지'에 불과하다. 남편을 전선으로 보내고 집에 남아있는 부인은 집을 지키면서 자식을 훌륭하게 키울 테니 안심하고 다녀오라는 것을 나타내고 있다.

　『주부의 벗』에서 특징적인 것은 1937년 7월 중일전쟁이 개시되고 9월부터 급속하게 전시색이 짙은 기사가 늘어나는 점이다. 그럼에도 불구하고 용감한 전투장면의 그림이나 이야기가 중심이 되지는 않는다. 그 대신에 총후의 여성을 강조하는 기사가 더욱 두드러지기 시작했다는 점도 일반신문과는 다른 여성잡지의 성격을 잘 보여준다. 전투장면 대신 남편과 아들이 출정한 뒤에 남겨진 아내, 자식과 어머니, 남편과 아들이 전사한 어머니와 아내, 총후의 여성 그림, 사진이랑 이야기를 전면에 내놓고 있음을 알 수 있다. 대부분이 어머니와 아들, 아내와 자식이라는 모자관계가 테마로 되어 있는 글들이 주류를 이룬다. 출정한 남성과의 관계성을 통한 여성, 즉 부인, 어머니, 자식 등의 모습을 의도적으로 강조한다.

　한편으로는 국민을 전쟁에 동원시키기 위해 표어 '멸사봉공'이라든가 '저축보국'이라는 슬로건을 내걸고 있는 점이 눈에 띈다. 국가는 전

---

18 「가정지키기」, 『주부의 벗』, 1937.9, 57면.

시기라는 극한 상황 속에서 여성에게 국가와 국민이 혼연일체가 되어 똘똘 뭉치지 않으면 안 된다는 것을 강조하고 있다.

그리고 1937년 12월에는 대량학살을 동반한 난징南京점령이 행해졌다. 이 전쟁에 대해 주부의 벗사가 취한 자세는 "전쟁은 원하지 않는다. 어디까지나 평화를 원한다. 국가의 최고방침이 결정된 이상은 어디까지나 그 선에 협력하지 않으면 안 된다"[19]는 것이었다.

주부의 벗사가 국가의 방침에 얼마나 충실한지 추측할 수 있는 대목이다. 물론 전쟁이라는 소용돌이 속에서 애국심 고취의 필요성이 제기되는 것은 당연한 일이다. 그런데 여기서 주목하고 싶은 것은 '황국'과 여성의 무조건적인 연결 관계이다. '황국'여성으로서 마땅히 해야 할 미덕으로 실천적인 역할을 의무지우고 있기 때문이다. 여성에게 '전쟁과 애국'이라는 주제는 전쟁 말기에 가까울수록 그 강도를 더해간다.

『주부의 벗』 1942년 7월호 「도쿠토미 선생님에게 묻는다德富先生に聞く」라는 칼럼에는 「일본의 어머니는 어디가 훌륭한가日本の母はどこか偉いか」[20]라는 주제로 도쿠토미 소호와 이후쿠베 도시코伊福部敬子 부인과의 대담이 게재되어 있다. 먼저 도쿠토미는 일본여성에 대해 다음과 같은 말을 한다.

어머니를 말하기 전에 일본여성에 대해 관찰해볼 필요가 있다고 생각합니다. 역사를 조사해보면 일본여성에게는 독특한 또는 타국의 여성들보다도 훨씬 훌륭한 성질이 있음을 발견할 수 있습니다. 시대에 따라 나타나는 방법

---

19 요시다 고이치, 앞의 책, 124면.
20 「도쿠토미 선생님에게 묻는다」, 『주부의 벗』, 1942.7, 32~37면.

의 차이는 있지만 상하 3천 년 일관하고 있는 특질이 있습니다. 그것은 바로 대단히 '강한' 성질을 갖고 있는 것과 동시에 '인종忍從'이지요. 어떤 괴로움도 참고 게다가 아무렇지도 않다는 듯이 행동한다는 것이지요. 따라서 소위 헌신적 정신이 넘쳐흐르는 것. 이것만큼은 일관되어 있다고 생각합니다.[21]

여기서 당시 최대의 문필가(언론가)였던 도쿠토미 소호가 『주부의 벗』을 통해 국민들에게 무엇을 호소하고 있는가를 추론할 수가 있을 것이다. 도쿠토미 소호는 타국과 비교하여 일본여성이 뛰어나다는 점을 강조하며 특수화를 꾀한다. 그런데 이 차별화 담론은 희생의 감내를 요구하는 정형화된 젠더인식의 선전이기도 했다.

결혼해서는 남편을 돕는 아내역할로 나타나고 자식을 훌륭하게 키워내는 어머니역할로 나타난다. 특히 어머니라는 입장에 섰을 때에는 오로지 자식을 위해서는 몸도 영혼도 전력을 다해 받들어 되돌아보는 일이 없다. 실로 이것은 여성역할의 극치이고 오늘날 일본이 강하다는 것은 필경 일본여성이 강하기 때문이라고 생각한다.[22]

일본여성의 강함을 요구하고 선동하는 내용에 도시코 부인도 다음과 같은 말로 잇는다.

일본어머니가 훌륭한 것은 자식을 개인적인 것으로 생각하지 않았습니다.

---

21  위의 글, 32면.
22  위의 글, 32면.

자식을 자신만의 자식이라는 생각을 결코 가지지 않았다는 것에 있는 것이 아닐까 생각하고 있습니다. '개인의 어머니'가 아니라 '가정의 어머니'라는 각오를 충분히 가지고 있어서 자식은 아버지와 할아버지 때부터 전해 내려오는 지업志業을 승계해서 주군을 섬기고 임금님에게 도움이 되게 해야만 하는 것이라는 생각에서 제멋대로 교육을 한다든지, 어머니 한 몸의 행복이라든가 이익을 위해 이랬다저랬다 하는 일은 없었습니다.[23]

위의 문장을 통해 알 수 있는 것처럼 국가가 모성이라는 것을 개인 내지는 가정 레벨이 아니라 국가적 레벨까지 끌어올렸던 것이다. 게다가 도쿠토미는 요시다 쇼인吉田松陰의 어머니[24]를 예로 들면서 위와 같은 어머니들의 '강함'과 '인종'도 '헌신적 정신'도 구비한 전형적인 일본의 어머니라는 것이다. '일본의 어머니日本の母'라는 개념이 유행했던 것도 마찬가지의 맥락에서 생각할 수 있다.

'일본의 어머니'는 남편과 사별(전사 또는 병사)한 후 여성 혼자의 힘으로 가난한 가정을 지키고 자식을 훌륭하게 양육한 모친들을 말한다. '일본어머니의 길'이 일본 특유의 미덕임을 일본인의 심성으로 파고들도록 찬양했던 것이다. 일본 특유의 미덕으로써 찬양된 모성 · 모성애라는 것, 자식과 남편에 대한 헌신, 자기희생에 머무르지 않고 개인을 초월하여 국가를 위해 목숨을 바쳐야 하는 것을 남성인 남편과 아들에게 가르치고 있었던 것이다.

한편 1941년 12월 8일 일본군은 하와이 진주만을 기습 공격했고 대본

---

23  위의 글, 32~33면.
24  위의 글, 34~35면.

영은 이를 선전해서 특별공격대원 9명을 '군신 9용사'로서 영웅으로 떠받들었다. 이들을 '구군신'이라 했다. 도쿠토미는 「구군신을 길러낸 어머니九軍神を育てた母」라는 제목으로 구군신의 어머니에 대해 이렇게 말한다.

> 이번 진주만에서 전사하신 9명의 군신의 어머니도 정말로 일본의 어머니와 같은 사람들이라고 생각합니다. 남편을 섬기고 묵묵히 일하고 자신의 모든 것을 희생해서 자식의 뜻을 이루게 하고 국가에 봉사하도록 하고 싶다는 기질 — 아카기산赤城山의 산기슭에서 오신 어머니도 마찬가지이고, 또 가고시마鹿児島에서 오신 어머니도, 그 이외의 분들도 아마 모두 그럴 것이라고 생각합니다.[25]

또한 도쿠토미는 여기에 못 온 사람들의 사진을 보면서 이런 분들이 있으니까 그런 자식이 태어나는구나하며 감탄했다고 한다. 이 말은 군신의 어머니와 같은 심성을 가진 분이야말로 구군신과 같은 훌륭한 자식을 만들 수 있다는 의미이다. 일본의 어머니와 같이 쓰이던 '군신의 어머니'는 새롭게 생겨난 말로 '군신'이라는 것은 무훈武勳을 세워서 전사한 군인 중에서 특히 군인의 거울로서 신격화된 존재를 말한다. 이와 같이 군신이 늘어나면 늘어날수록 전쟁수행이 용이하다는 전략적 차원에서 군신의 어머니 담론이 유포되었던 것이다.

결국 '군신의 어머니'라는 것은 한마디로 말해서 '군신'을 낳아 '나라를 위해 훌륭하게 죽는다'는 각오를 갖도록 키우는 것이 '총후를 지킨

---

25  위의 글, 36면.

다'는 어머니를 가리키는 말이었다. 그리고 여성들은 한때 붐이었던 '군신의 어머니'의 길을 스스로 선택했던 것이다. 전쟁수행에 병사가 불가결한 존재라는 것은 당연한 이치이다. 따라서 병사를 낳는 어머니, 키우는 어머니, 총후의 자랑으로써 어머니는 총력전체제에 중요한 존재일 수밖에 없었다. 따라서 국가가 모성을 관리할 필요도 명백하다. 전쟁수행의 한 축을 모성이 담당하게 된 경위는 이렇게 만들어졌던 것이다.

황국사상과 여성의 결합, 국가적 입장에서의 모성, 여성과 애국심에 대한 담론은 그 목표가 전쟁수행에 있었다는 것은 새삼 말할 필요도 없다. 이제 남은 것은 여성들에게 전쟁의 합법적인 목적과 그 정당성을 선전하고 일본을 중심으로 한 세계관을 고취시키는 일이다. 이와 같은 역할을 『주부의 벗』은 충실히 담당한다. 1942년昭和17 1월호『주부의 벗』에 나타난 「승리의 생활건설─일본부인의 혼에게 호소한다勝ち抜く生活の建設─日本婦人の魂に訴ふ」라는 제목의 글에는 다음과 같은 내용이 들어 있다.

원래 미국·영국은 일본의 강함이 일본여성에게 있다고 생각하고 있었습니다. 그래서 일본여성의 사상을 약화시키면 된다고 생각했습니다. 그것만 할 수 있다면 일본 국력은 약화될 것이라고 판단하고 전에도 말한 것처럼 일본국내에 만연된 자유주의사상을 일본여성의 마음에 물들이려고 노력해왔던 것입니다. 수단을 바꾸고 포장을 바꾼 사상모략을 걸어온 것입니다.[26]

미국·영국이 들여온 자유주의사상에 물드는 일본여성들에게 경각

26 「승리의 생활건설─일본부인의 혼에게 호소한다」, 『주부의 벗』, 1942.1, 21면.

심을 일깨우는 내용이 게재된 것이다. 결코 눈에는 보이지 않는 것이지만 바로 미·영국적 사고라는 부분이 큰 적이라고 말하고 있다. 이것이야말로 무엇보다도 무서워해야 할 직이고 미국과 영국은 일본여성의 사상을 약화시키고 있다는 것이다. 자유주의사관을 악사상<sup>惡思想</sup>이라고 간주하고 신문, 잡지, 영화와 모든 무기를 이용해서 일본부인에게 파고들게 했다고 비판한다. 미국의 외교 비밀문서에는 다음과 같은 내용의 글이 있다고 소개한다.

> 일본여성의 마음이 완전히 미·영국화되어 버렸다. 따라서 일본의 국력은 대단히 약한 편이다. 대전<sup>大戰</sup>으로 돈은 생겼지만 그들의 마음은 대단히 약해졌다. 그러므로 여기서 우리들은 어떠한 강경한 태도로 나가도 좋다. 일본은 반격해올 만한 기력이 없다.<sup>27</sup>

그리고 대개 전시동원체제기의 논리를 보면 '전시동원'이라는 협소한 내셔널리즘이 발동한 시대라고 논하는 것이 일반적인데, 그런 좁은 내셔널리즘론이 아니라 세계사라는 현실 속에서 살고 있는 한 그것을 위해 죽지 않으면 안 된다는 것이 강하게 인식되어 있었던 것으로 생각된다.

따라서 이 전쟁은 영국이나 미국에 대한 서양, 즉 백인과의 전쟁이라는 논리를 필요로 했다. 이것은 바로 단순히 국가적 목적의 주장뿐만이 아니라 어떤 보편주의적 계기를 끌어넣지 않으면 안 되었기 때문이다. 즉 정당성의 확대론이 필요했던 것이다.

---

27 위의 글, 21~22면.

이 시기의 보편주의는 내셔널리즘을 보완시키고 혹은 내셔널리즘이 계기가 되어 작동한 가치였다. 일본이 아시아의 중심이 되어 이상세계의 실현, 즉 문명화·아시아해방이라는 슬로건을 내걸고 그것을 위한 동원을 강조함으로써 더욱 강한 제국주의국가의 구축을 상상하고 선택했던 것이다.

이와 같은 방식의 선전은 일본이 패전하기 몇 달 전까지도 끊임없이 총후의 여성을 강조하는 것으로 나타난다. 1945년昭和20 4월호『주부의 벗』을 보면 대본영 육군보도부장이면서 육군대령이었던 야하기 나카오谷萩那華雄가 쓴 「일본주부의 승리, 가정에서 나약한 소리를 내지 않을 것日本の主婦の勝利、家庭から弱音を吐かぬこと」이라는 제목의 글이 그 한 예이다.

① 전쟁은 용사가 싸우지만 그 배후, 용전勇戰하는 것은 가정이다. 가정주부이다. 전선의 용사와 함께 가정주부는 전쟁의 국면을 좌우하는 힘을 가진다. 주부의 전의戰意가 없어지면 진다.

② 승리는 끝까지 견디는 자에게 돌아간다. 일각이라도 나약한 소리를 먼저 낸 사람이 진다. 참지 못하고 승리보다도 평화를 먼저 요구한 사람이 슬픈 패배를 맛본다.

③ 국민의 나약한 소리는 어디에서부터 일까. 가정에서부터이다. 가정주부가 참지 못하면 큰일 난다. 일본주부의 고통도 쉽지는 않지만 적도 마찬가지이다. 지금이 참고 견딜 때이다.

④ 일본이 고전苦戰하면서도 장기간 싸울 수 있었던 것은 전선의 장사에게 뒤떨어지지 않는 용전분투를 가정이 지속하기 때문이다. 이 만큼 인내력이 가정에 있는 것은 일본의 장점이다.

⑤ 일본주부의 인내력을 이토록 발휘해서 얻은 오늘날, 마지막까지 좌절해서는 안 되다. 더한 괴로운 날이 와도 어기서 나약한 소리를 내지 않을 것. 어떤 역경에도 끈질기게 분발해야 한다.

⑥ 적의 물량을 제압하는 것은 우리 편의 분발이다. 강한 인내심에 있어서 세계 1위인 일본주부의 명예를 위해 견딥시다. 이제 한 걸음이다. 승리의 그날을 위해 열심히 해냅시다.[28]

당대 유명한 시인이었던 다카무라 고타로高村光太郎의 전혀 문학적이지 않은 이 글은 전쟁의 당위성을 전제로 인내와 노력을 강요하고 있는 것에 불과하다. 그런데 실제로 이와 같은 광기어린 전쟁 담론이 여성의 신체를 규율했던 것이다.

태평양전쟁이 위기적인 상황에 빠져 있던 1943년경부터 근로동원으로 어머니와 여성이 씩씩하게 일하는 모습 또는 고난에 견디는 모습은 전쟁을 지탱하는 여성의 강인함을 메시지로 하고 있다. 1943년 이전에는 가혹한 전쟁하고는 무관하게 내지內地의 기모노를 입은 온순하고 미소 짓는 여성상이나 모자상이 『주부의 벗』의 표지를 장식하고 있었다.

1944년이 되자 『주부의 벗』의 두께도 현격히 얇아진다. 한가롭거나 여유로운 분위기는 어디에도 찾아볼 수 없고 궁핍한 국내외 상황을 나타내는 공장이나 농어촌의 근로풍경, 또는 공습을 알린다거나 공습에 의한 화재를 끄는 방법을 다룬 소재의 글들이 실리기 시작했다. 특히 표지에 나오는 여성의 얼굴을 보면 웃음 띤 얼굴은 전혀 없고 진지한 얼굴

---

28 다카무라 고타로, 「황국 일본의 어머니皇国日本の母」, 『주부의 벗』, 1945.4, 3면.

로 결사의 각오를 다짐하고 있는 표정들이다. 이전까지는 웃는 얼굴의 그림이 지극히 많았지만 1943년 4월호부터 8월호까지 여성의 얼굴에 웃는 모습이 사라지기 시작한다.

그리고 1945년 1월부터 8월호까지의 표지는 노동에 동원된 젊은 여성만이 그려지고 있다. 또한『주부의 벗』의 뒷표지를 보면 대개 상품의 광고가 나오는 것이 일반적인데, 전쟁이 본토에까지 확대됨에 따라 광고나 선전이 아닌 전쟁과 관련하여 현실적으로 국민들이 알아두어야 할 사항을 게재하기 시작한다. 예를 들어 1944년昭和19 3월호의 표지에는 총을 든 여성의 그림이 그려져 있다. '필승의 방공생활호必勝の防空生活號'라고 쓰여 있을 정도로 시대 상황을 엿볼 수 있다. 더욱이 방공필승의 지식防空必勝の知識「적의 공습판단과 대피敵の空襲判斷と待避」라는 제목으로 적의 공습에 대피하는 요령을 적고 있다.

1945년 4월호 앞의 그림에는 '일억 특공의 생활一億特功の生活'이라고 쓰여 있고 결사의 각오를 다짐하며 마치 군수품을 다루고 있는 모습을 하고 있다. 「적기 침입에 만전의 준비(태세)! 군 정보를 충분히 살려서敵機侵入に萬全の構へ!軍情報を充分に生かせ」라는 제목으로 글을 싣고 있다. 이 또한 적의 침입에 대응하기 위한 준비를 알리는 내용임을 알 수 있다. 특히 이 시기는 태평양전쟁시기로 당시의 상황을 알려주는 현실적인 내용을 싣고 있음을 읽어낼 수 있다. 그 내용을 자세히 살펴보기로 한다.

경계경보발령! 계속해서 적기 내습! 자, 전투개시다. 라디오에서 시시때때로 보도되는 군 정보는 우리들의 방공활동의 지침이고 전투명령이다. 금후 점점 격렬하게 된 공습에 준비해서 우리들은 군 정보에 나오는 방향이나

지역 이름을 지도 위에서 확실히 알아서 그것을 머릿속에 그려 넣지 않으면 안 된다. 그것에 따라 대피나 소화活動에 군 정보를 충분히 살린 적절한 처치를 강구하고 재해를 최소한도로 막지 않으면 안 될 것이다.[29]

이 4월호에서는 그밖에도 적의 침입에 대한 대비책으로 '생활필수품의 방호生活必需品の防護'를 싣고 있다. 다음호인 1945년昭和20 5월호의 표지에는 '필승의 전장생활必勝の戦場生活'이라는 문구가 돋보인다. 「방공긴급회람판防空緊急回覧板」을 표지에 내놓을 정도로 절박한 상황임을 암시해주고 있는 듯하다.

이상으로 살펴본 것처럼『주부의 벗』은 여성들이 국가동원체제를 독려하기 위한 이데올로기를 만들고 전황에 따라 필요한 정보를 제공하는 역할을 충실히 담당했다. 최대의 판매부수를 자랑하는 여성잡지를 통해 각 가정의 안방에 효율적인 정보 배분이 이루어진 셈이다.『주부의 벗』은 패전 전까지만 해도 합병호가 전혀 없었는데 패전 직후 9·10월호를 합병호로 낸다. 이것은 패전 후 전쟁으로 인한 물자공급이 원활히 이루어지지 않고 있다는 의미를 내포하는데 그럼에도 불구하고 표지에 '전후생활의 재건戦後生活の再建'이라는 구호가 걸려 있다. 즉 전쟁 시 전쟁에 필요한 정보에서 전후 폐허복구를 위한 정보로 대체되는 것이다.

그렇다면 이러한 전쟁동원 담론이 어떻게 모성 담론과 접속하면서 야스쿠니신사靖国神社와 연결되는지 또한 모성이 어떻게 그려지고 있는지를 알아보기로 한다.

---

29 「적기 침입에 만전의 준비(태세)! 군 정보를 충분히 살려서」,『주부의 벗』, 1945.4, 2면.

제2장

# 모성 담론과 생명 젠더의 실증화

## 1. 야스쿠니신사와 모성의 결탁

1939년昭和14 6월호(『주부의 벗』)에는 「홀어머니 외아들 가정의 사랑하는 아들을 고국에 바친 자랑스러운 어머니의 감격의 눈물좌담회母一人子一人の愛児を御国に捧げた一誉'ホマ'れの母の感涙座談会」,[1] 라는 제목의 글이 있다. 그 내용은 평화로운 시기에는 도무지 믿어지지 않을 만큼 황당무계하다. 여기서는 자식이 전사한 후 외롭게 지내고 있는 어머니들이 한자리에 모여 대화를 나누는 좌담회로, 사랑하는 아들을 전쟁터로 보내 전사하는 것만이 마치 훌륭한 어머니로 칭송되는 것 같은 분위기를 자아

---

1 「홀어머니 외아들 가정의 사랑하는 아들을 고국에 바친 자랑스러운 어머니의 감격의 눈물좌담회」, 『주부의 벗』, 1939.6, 98~105면 참조.

내고 있다.

그리고 기자는 이국의 긴장에서 죽은 병사를 위한 表忠塔 건립에 대해 다음과 같이 말한다.

그 근처 전쟁터의 흔적을 보면 정말로 아드님들이 얼마나 훌륭한 격전을 했는지 잘 알 수 있습니다. 대장진大場鎭에서는 아드님들의 충의를 언제까지라도 잊지 않기 위해 훌륭한 표충탑을 세웠습니다.[2]

위의 기자의 말을 통해 전시 중 외국에 가서 싸우다가 전사하면 죽은 사람을 위해 표충탑을 세워준다는 것을 암묵적으로 알 수 있다. 계속해서 모리카와森川라는 어머니는 이렇게 말한다.

전사한 아들이 2월에 태어나고 나서 7월에 남편이 죽었어요. 그래서 그 뒤 줄곧 혼자서 농사를 지으며 고생하면서도 네 명의 자식을 키웠고 모두 학교에 가게 한 후에 죽었어요.[3]

이 문장에서도 알 수 있듯이 총후의 여성역할 중의 하나였던 '어머니의 역할'을 두드러지게 소개하고 있다. 게다가 출정하기 전날 밤 어머니는 자고 있는 아들의 손을 잡고 "저는 각오는 하고 있었습니다"[4]라고 말한다. 보통 사람 같으면 전시 중 좋든 싫든 국가의 부름을 받고 자식이

---

2    위의 글, 101면.
3    위의 글, 102면.
4    위의 글, 102면.

일단 전쟁터로 나갔다 하더라도 무사히 돌아오기를 바라는 것이 인지상정일 것이다. 그럼에도 불구하고 살아서 돌아오기보다는 전사함을 의식하고 있는 것이다. 즉 아들이 전사하면 야스쿠니신사에 묻힐 수 있다는 의식이 강하게 각인되어 있는데 이것이야말로 야스쿠니신사靖国神社 사상의 핵심이라 할 수 있을 것이다. 좌담회라는 공식적인 석상에서의 담론이라는 것을 인정하더라도 야스쿠니의 신이 되기를 스스로 원하는 듯한 의식의 내면화야말로 천황제국가 일본이 원하던 바였다.

무라이村井 씨의 아들은 네 번째 동원되었는데 아들은 이번에 동원되었다는 소식을 듣고 뛸 듯이 기뻤다는 것이다. 그리고 아들은 전날 밤 어머니에게 "어머니, 저의 일은 아무 걱정 마세요. 이번에는 살아서 돌아오지 못할지도 모르지만, (…중략…) 천황을 위함입니다. 기뻐해주세요."[5]라고 말했다는 것이다. 그래서 어머니는 아들에게 동원되는 것이 바로 효행이라고 힘주어 말하면서 「승리하라 용감하게」라는 노래를 불렀다고 한다. 그리고 "동양평화를 위한다면 어찌 목숨이 아까울 소냐"[6]라고 말하며 열심히 나가서 싸우라고 자식을 격려했다는 것이다.

게다가 소집된 남성들도 가족에게 "전사하면 야스쿠니신사에 묻히고 유족은 국가가 돌봐주니까"[7]라는 말을 남기고 출정할 정도로 이와 같은 인식이 국민들의 마음속에 뿌리박혀 있었다는 것이 추측 가능하다.

나카무라中村라는 사람의 아들은 커서 검사가 되었는데 어머니는 아들에게 늘 남을 위해 일해야 된다며 죽은 아버지를 대신해서 말했다고

---

5   위의 글, 102면.
6   위의 글, 102면.
7   야마시타 아키코, 『전쟁과 여자의 인권』, 明石書店, 1997, 22면.

한다. 그 아들은 무라이 씨의 아들과 마찬가지로 출정하게 되자 기뻐하며 "천황폐하에게 보답할 수 있어요"[8]라고 말했다는 것이나. 그리고 사이토齋藤가 "저희 오빠는 동원가면 천황에게 생명을 드릴 거라고 말했어요. 빨리 빨리라고 생각했어요. 이번에는 소원을 이뤄 명예의 전사를 했어요"[9]라고 말한다.

이들의 이야기를 액면 그대로 받아들여야 할지라는 문제는 남지만 일반적으로 유포된 담론 차원에서는 출정한 아들의 죽음이 천황폐하의 보은에 해당한다는 인식을 나타내고 있다. 즉 당시 국민들은 전시체제하에서 출정하는 것만이 천황에게 보답하는 길이라고 믿고 있었음을 알수 있다. 그 믿음이 출정하는 병사뿐만이 아니라 출정가족 아니 온 국민의 마음속에 자리 잡고 있었다고 보아도 좋지 않을까 생각한다.

그런데 역시 전장에 나가서 싸우다가 전사하면 야스쿠니신사에 묻히게 된다는 것이 여성들의 인식 속에 내면화되어 있음을 알 수 있고, 또한 영광스러운 일이며 그런 국가와 천황이 원망스러운 것이 아니라 오히려 고마워하고 있다는 사실을 모리카와의 다음과 같은 말을 통해 단적으로 알 수 있다.

저 하얀 미코시御輿(제례 때 신체神體나 신위神位를 실은 가마—인용자)가 야스쿠니신사에 들어간 밤에는 고마운 마음에 견딜 수 없었습니다.[10]

---

8 「홀어머니 외아들 가정의 사랑하는 아들을 고국에 바친 자랑스러운 어머니의 감격의 눈물좌담회」, 앞의 책, 103면.
9 위의 글, 103면.
10 위의 글, 103면.

그리고 사이토가 말한 부분인 "천황까지 와주셨어요. 참배해주셨습니다"[11]라는 말에서 국민들의 감정에 결정적인 영향을 미친 것은 야스쿠니신사에 천황이 친배한다는 사실이었는데, 우리는 그것을 아래의 글을 통해서 단적으로 알 수 있다. 게다가 사이토는 자신의 오빠가 죽었을 때 받은 하사금 1,825엔을 한 푼도 남기지 않고 모두 천황에게 바쳤다는 것이다. 또한 사이토는 이렇게 말한다.

죽은 오빠에게도 가장 효행이 될 것입니다. (…중략…) 야스쿠니신사에 참배할 수 있고 천황이 오셔서 참배를 해주셔서 자신은 이제 아무것도 더 이상 바랄게 없고 오늘 죽어도 여한이 없습니다. 웃으면서 죽을 수 있습니다.[12]

또한 나카무라는 오늘 신숙어원新宿御苑[13]을 보게 해줘 뭐라고 말할 수 없이 고맙다고 한다. 아들을 기꺼이 모셔준 훌륭한 곳을 보여주셔서라고 말을 잇는다. 마지막으로 나카무라는 "정말로 이제 자식이 돌아올 수 없다고 생각하면 외로워서 참을 수 없지만, 나라를 위해 죽어서 천황에게 칭찬받았다고 생각하면 뭐든 잊을 수 있을 정도로 기쁘고 기운이 납니다"[14]라는 것이다.

이런 유의 담론은 천황이나 국가를 위해 전사하는 행위를 야스쿠니신사와 천황과의 연결성에 의해 미화하는 전형이다. 물론 이와 같은 것이

---

11  위의 글, 104면.
12  위의 글, 104면.
13  신숙어원이란 천황소유의 정원을 말한다.
14  「홀어머니 외아들 가정의 사랑하는 아들을 고국에 바친 자랑스러운 어머니의 감격의 눈물좌담회」, 앞의 책, 105면.

반드시 정신성에 의한 것만은 아니다. 상징성이 강한 야스쿠니신사에 합사된다는 것과, 정부조직의 최고 권위자인 천황의 관심은 유가족에게 명예와 정부의 보상을 전제로 하는 현실적인 측면을 담보로 하고 있기 때문이다.

그리고 중일전쟁에 아들을 참전시킨 연로한 어머니들의 대화문에서도 잘 나타나 있듯이 야스쿠니신사에 아들이 합사되는 것이 하나의 명예로운 일로 설명되고 있다. 전쟁에 소집되는 것이 곧 천자天子의 부름이라는 의식, 물론 공식적인 좌담회라는 딱딱한 자리에서 국가를 비난하는 발언을 할 수 없는 조건에 있었다는 것을 감안하더라도 여성들의 내면에 각인된 제국주의적 발상을 읽을 수 있다.

국가는 막대한 국비를 사용하면서까지 전사한 유가족을 도쿄로 상경하게 한 후 좌담회를 통해 국민들로 하여금 유가족들을 찬양하고 우러러보게 하기 위한 장場을 마련했던 것이다. 결국 국가는 이런 좌담회의 소개를 통해 일반 국민들의 심성을 국가체제로 끌어들이고, 야스쿠니신사에 합사되는 것이 영광스러운 일로 자연스럽게 침투할 수 있게 만들었던 것은 아닐까. 아래 1937년昭和12 9월호 『주부의 벗』에 나오는 「전사야말로 명예戰死なればこその名譽」라는 소제목의 글에서도 전사하는 것이 곧 명예로운 일로 규정되고 있다.

인간은 언젠가는 죽습니다. 인간의 생명만큼 허무한 것은 없습니다. 오늘 밤 지진이 나서 찌그러져 죽을지, 내일 아침 전차가 충돌해서 죽을지, 감나무에서 굴러 떨어질지 그것은 알 수 없습니다. 또한 분별력을 잃고 동반자살을 한다든지 투신자살 따위를 해서 아까운 목숨을 버리기도 합니다. 그렇다면 생각해보셔요. 황국을 위해 죽는 것도 감나무에서 떨어져 죽는 것도 똑같은 죽음. 어차피 똑같이 죽는다면 군인으로서 전사했다는 것은 어머니에게, 아내에게, 가족에게, 대단히 명예로운 일이 아닐까요.[15]

죽음의 종류를 비교하면서 전사를 권장하는 이러한 비논리적인 글이 『주부의 벗』에 일관되게 등장하여 일반적인 가정의 상식적인 담론을 형성한다. 불시의 사고로 인한 죽음이나 고난에 의한 자살 등은 지극히 개인적인 불행이고 이는 인권의 측면에서 다루어져야 하는 사항이다. 국가적 범죄로 구성되는 전쟁에서의 죽음과는 그 차원을 달리하는 것이다. 그럼에도 불구하고 개인적인 죽음은 무의미한 것으로 말살된다. 전쟁이 깊어지면 깊어질수록 생명경시는 그 도를 넘는다.

다음 1944년昭和19 11월호 『주부의 벗』에 나오는 「출진의 서약出陣の誓」이라는 글에서도 확인할 수 있다.

'아버지가 사랑하는 군도입니다.' 어머니는 엄숙하게 건네주었다. 받드는 자색 빛 감도는 군도의 장엄함이여. 칼에 깃든 선조의 무훈, 전사하신 아버지 가문의 명예. 아버님 반드시 이루겠습니다. ─임관출진 날도 가깝고 젊은 눈썹에 투철한 결의를 어머니는 군세게 가슴에 담았다. 이 아들이라면 훌륭히 해낼 거라는 부모의 은근한 자랑. 아아, 이제야말로 사랑하는 자식을 방패로 바친다.[16]

---

15  마미야 에이지, 「명예의 전사자 어머니와 아내에게 자비의 법화名誉の戦死者の母や妻に慈悲の御法話」, 『주부의 벗』, 1937.9, 186면.
16  「출진의 서약」, 『주부의 벗』, 1944.11, 1면.

전사한 아버지의 유영遺影을 배경으로 아버지가 물려준 군도를 아들이 양손에 쥔 장면이 그려져 있다. 전사한 아버지의 뒤를 이어 아들두 전선으로 떠나가는 것이다. 전사의 의미가 가정에 침투하여 사상성을 부여함으로써 자명한 것처럼 포장된다. 1937년昭和12 9월호「전사야말로 명예戰死なればこその名譽」라는 글에서도 야스쿠니신사를 매개로 '천황'과 '일본국민'과 '죽음'이 통합되는 것을 엿볼 수 있다.

> 죽음의 직전까지 '천황폐하만세!!'라고 외치며 당신의 남편과 귀여운 자식은 군국을 위해 죽은 것입니다. 어느 나라에서 폐하만세를 외치며 기뻐하며 죽어가는 자가 있습니까? 일본국민이기에 가능한 것이지요. 세계에 유례없는 충량한 국민이 있기에 가능한 것이지요. 당신은 그의 아내이자 어머니인 것입니다. 군인으로서 그 죽음을 택하는 것이 실로 숭고한 죽음인 것입니다. 게다가 천황폐하께서 그 죽음을 위로해주셨고 몸소 야스쿠니신사에 모시게 해주셨던 것입니다.[17]

야스쿠니신사라는 상징적인 장소를 매개로 한 죽음의 미화는 '천황'과 '일본국'과 국민을 통합하는 유효한 수단이었다. 이것들은 죽음을 기뻐한다는 논리가 성립되게 하는 기반이기도 했는데, 이러한 유치한 논리가 통용될 수 있었던 데에는 앞에서 지적한 바와 같이『주부의 벗』의 독자가 저학력 여성들이었다는 점을 무시할 수 없다.『주부의 벗』이 추구하는 저학력 여성을 대상으로 일본의 서민가정에 파고든 담론은 사랑

---

17  마미야 에이지, 앞의 글, 186면.

하는 아들은 군국을 위해 숭고한 죽음을 해야만 칭송되고 그런 아들을 가진 것이 일본의 아내이자 어머니라는 것이다.

이와 같은 궤변이 국가와 천황을 위한 죽음만이 야스쿠니신사에 합사된다는 논리 속에 내포되어 있는 것이다. 야스쿠니신사의 죽음이라는 대명제는 아버지의 칼을 자식에게 전하는 '모성'이나 자식의 훌륭한 죽음에 자랑스러움을 부여하는 선동전략의 핵심이었다. 그리고 자식의 죽음을 인정하고 찬양하는 '모성'의 부각은 그 생명을 잉태한 자의 권리포기를 의미하기도 한다. '천황'이 인정하는 죽음이라는 슬로건 앞에서 모성애는 전쟁의 도구로 전락되는 것이다.

이와 같이 모성을 이용한 전쟁의 비윤리성은 천황과 야스쿠니신사의 강한 연계성에 의해 확보되었다. 천황과 야스쿠니신사의 신성시 전략의 예를 살펴보기로 하자.

다음 1938년昭和13 2월호『주부의 벗』에 나오는「전승의 뒤편 용사에게 합장戰勝の蔭の勇士に合掌」이라는 기사는 그 전형적인 예가 될 것이다.

> 야스쿠니신사의 대제에 황송스럽게도 성상聖上폐하께서 전사자의 영령에게 친배拜祭하셨습니다. 나는 이렇게 생각합니다. 폐하가 본전本殿의 거울 앞을 지나가셔서 다마구시玉串(비쭈기나무 가지에 닥나무 섬유로 만든 베오리나 종이오리를 단 것—인용자)를 바치고 절을 하실 때 그 시각에 일본국민 모두가 기차도 전차도 자동차도 정확히 서서 1분간 묵념을 드리는 영령들에게 진심에서 우러나는 감사의 합장을 드리고 싶다—고 생각하는 것입니다.[18]

---

18 「군국 어머니의 힘軍国の母の力」,『주부의 벗』, 1938.2, 128면.

현재적 의미에서 거의 천황의 신격화와도 같은 이런 식의 이야기를 접할 때 느끼는 혐오감이 군국주의의 전시체제 속의 일본에서 통용되었다는 것 자체만으로도 당시가 얼마나 광기의 시대였는지를 알 수 있다. 결국 야스쿠니신사라는 장소는 일본 제국주의의 근간인 천황제의 물적 토대였다고 해도 과언은 아니다.

그렇기 때문에 현재적 의미에서 야스쿠니신사 참배를 찬성하는 입장의 왜곡된 심리를 규탄하는 담론이 생겨난 것이다. 일본인의 죽음을 강요하는 물적 토대에 경의를 표하는 행정부 수반의 포즈는 과거 천황이 야스쿠니신사로 향하던 몸짓과 닮은꼴이라는 것을 일본국민이 모르는 것은 내면화의 극치였다.

1939년昭和14 5월호에서도 야스쿠니신사의 궁사였던 스즈키 다카오 鈴木孝雄의 근화謹話가 쓰여 있는 「초혼의 의식招魂の儀」이라는 제목의 글에서도 확인할 수 있다.

초혼의 의식은 야스쿠니신사 대제大祭 초하룻날 밤에 이루어지는 최대의 장엄한 의식입니다. 정결해진 정원에는 새로운 하구루마羽車(신체神體를 옮길 때 쓰는 가마-인용자)를 한단 높게 봉재해 대제위원장을 비롯하여 문무관대표의 위엄한 의식을 바르게 참렬시키고, 정원은 조용해져 기침소리 하나 들리지 않게 조용하고 조용한 어둠이 흐릅니다. '나라를 지키는 야스쿠니의 대신大神으로서 하늘과 땅을 진정시키십니다'라고 궁사가 축사를 읊으면 참렬자들은 열을 맞추고 군악 연주에 맞춰 전국에서 모인 수만 명의 유족이 무릎을 꿇고 영혼 앞의 신전으로 향합니다. (…중략…) '아버님은 저곳에 계시는가'라고 내뱉는 아들, 목소리를 죽이고 우는 아내……, 사람으로 태어나서 천황을 위해 죽은 내 아들, 우리 남편이 지금 호국신으로 돌아오시고 신사 안 깊은 곳에 진좌해 계시다고 생각하면 황은皇恩의 감사함에 눈물이 납니다.[19]

천황을 위해 죽은 죽음이기에 도리어 황은에 감사한다는 식의 도착적인 야스쿠니신사 담론은 천황제의 신성함으로 포장되어 강력한 세뇌효과를 얻을 수 있었다.

야마나카 히사시山中恒에 의하면 1931년昭和6 만주사변이 시작되자 국민 대부분이 천황에 연결되어 있는 것은 모두 '아깝고 눈물이 날 만큼 감사한 적이 없다'라는 마음을 갖고 있었다고 한다. 그러한 심경은 만주사변, 중일전쟁, 태평양전쟁이 진행됨에 따라 국민들은 '일본인으로 태어났기 때문에 천황폐하를 위해 죽을 수 있는 것이다. 이 만큼 감사한 적은 없다'며 점점 상승되고, 결국에는 "천황폐하만세라고 외치며 명예의 전사를 해서 야스쿠니의 신이 되겠습니다"[20]라고 스스로 말하기까지 했다. 이것이야말로 국민의 심성을 사로잡고 있는 천황의 위상이 어떠한지를 잘 드러내고 있다.

이런 식의 천황과 야스쿠니신사 담론의 극단적인 형태로써 영혼과의 대화까지 보여주는 『주부의 벗』은 그 저널리즘의 의미상실 정도를 넘어 파렴치하기조차 하다. 그 당시 『주부의 벗』에서는 전사하면 야스쿠니신사의 신으로 모셔지는 것으로 끝나지 않고, 신이 되어 현실세계의 아내랑 어머니와 대화하는 글을 1938년昭和13 3월호에 나오는 「저세상의 남

---

19 「초혼의 의식」, 『주부의 벗』, 1939.5, 1면.
20 야마나카 히사시, 『깔끔하게 알 수 있는 '야스쿠니신사'문제』, 小学館, 2003, 223면.

편과 내 아들과 이야기를 나누는 현실세계의 아내와 어머니의 심령좌담회霊界の良人や我が子と語る現界の妻と母の心霊座談會」라는 대화문은 『주부의 벗』이라는 잡지의 수준을 여실히 드러낸다.

> 이번 전쟁(중일전쟁―인용자)에서는 명예의 전사를 하신 호국의 혼이 되신 용사분들도 결코 적지 않습니다. 용사의 영령은 살아 있습니다. 살아서 일본을 지켜주시는 것입니다. 당신들의 자식도 남편도 전사하셨지만 틀림없이 그 영혼은 살아서 이 세상에 있을 것입니다. (…중략…) 우리들의 육체는 사라져도 영혼은 사라지지 않습니다. 영혼은 살아 있습니다. 저세상霊界에서 누구나 다 상봉할 수 있는 것은 아닙니다. 뒤에 남겨진 여러분은 영혼의 일에 보조를 맞춰 현실세계에서 수양을 쌓지 않으면 안 됩니다. 그렇게 하지 않으면 남편과 자식을 만날 수 없는 것입니다. 남편이랑 자식은 눈에 보이지 않지만 자신의 옆에 있다고 믿고 여기저기 방황하지 말고 훌륭하게 자식을 키워 자신의 임무를 완수하는 것입니다. 그리고 그 다음에는 당신들이 매일 공양하는 차와 밥이라도 차려드리는 그 정성은 반드시 저세상과 통하게 되는 것입니다.[21]

특히 이 대화문에서 노자와野澤 씨의 영혼은 끝까지 싸우지도 못하고 죽은 것에 대해 이렇게 말한다.

> 내가 병으로 죽었다고 생각해보게. 전사한 것이 얼마나 고마운지 알 수 있

---

21 「저세상의 남편과 내 아들과 얘기를 나누는 현실세계의 아내와 어머니의 심령좌담회霊界の良人や我が子と語る現界の妻と母の心霊座談會」, 『주부의 벗』, 1938.3, 465면.

지. 나는 일본인의 의무를 완수하고 죽은 것이다. 죽는다는 것은 처음부터 각오하고 있었다. 그렇지만 안타까운 것은 좀 더 싸운 후에 죽고 싶었다.[22]

이는 전쟁터에 나가 죽는 것도 모자라서 끝까지 싸운 뒤에 죽었으면 더 만족스러웠을 것이라는 말이다. 마치 전쟁터에 나가 끝까지 싸우지 못하고 중간에 죽은 것을 아쉬워하는 것 같은 인상을 자아내고 있다. 위의 글을 통해 알 수 있는 것은 야스쿠니의 신이 되어 현실세계에 남아 있는 가족들을 지켜주고 있는 것 같은 뉘앙스를 풍기며 남아 있는 가족들은 자신이 죽어 현실세계에 없다고 슬퍼하거나 좌절하지 말고 꿋꿋하게 각자 자신이 처한 입장에서 자식을 잘 키워내야지 나중에 죽은 남편과 아들을 만날 수 있다며 여성의 역할을 더욱 부추기고 있다는 생각이 든다.

그 한 예로 1939년昭和14 3월호『주부의 벗』에서는 총후의 여성을 강조하며 여성들의 마음을 조장시키는 것뿐만 아니라, 「남편과 사랑하는 자식을 잃은 아내가 의학박사가 되어 결핵의 새로운 치료법 발견으로 박사가 되었다良人と愛兒を亡った若き妻が醫學博士となるまでの十七年の苦鬪結核の新療法發見で博士になった」[23]라는 제목으로 류치 에코龍智惠子 여사의 신화적인 내용을 다루고 있다. 이와 같은 글을 실음으로써 총후의 여성을 더욱 강조하고 있다고 할 수 있다.

대강의 줄거리로 내용을 요약하면 류치 에코 여사는 임신 8개월 때 조산해서 생후 3일째 되던 날, 사랑하는 자식을 잃게 되었고 게다가 설

---

22  위의 글, 468면.
23  「남편과 사랑하는 자식을 잃은 아내가 의학박사가 되어 결핵의 새로운 치료법 발견으로 박사가 되었다」, 『주부의 벗』, 1939.3, 98~101면.

상가상으로 관동대지진 때 남편이 행방불명된다. 그 후 남편이 죽었다는 소식을 듣고 자살하려고 약까지 먹었으나 자살할 수는 없었다. 그래서 그녀는 앞으로 어려움을 참고 견디며 살아가리라 마음먹는다. 간다神田의 어느 어학연구소에 다니게 되어 매일 밤 센차煎茶를 진하게 타서 먹으면서 열심히 공부해서 제국여자의전帝國女子醫専에 들어가게 되었다.

어느 날 시험 도중에 눈을 감고 남편과 자식의 이름을 마음속으로 생각하자 난해한 문제도 어느새 푸는 기적과도 같은 일이 생겼다. 마침내 그녀는 수석으로 졸업하게 되었고 교장의 추천으로 간다의 누카다額田 내과 병원에서 일하게 된다. 그러나 그녀는 거기서 멈추지 않고 인간의 적이라고 말하는 결핵에 대해 열심히 연구한 결과, '결핵은 초기에 완전히 낫는다'라는 놀라울 만한 연구가 완성되어 일본에서 33번째 여성박사를 낳는 것과 함께 그 논문은 세계 의학계를 놀라게 했다는 내용이다. 슬픔을 이겨내고 살다보면 나중에는 좋을 일이 생긴다는 신화적인 내용을 구사함으로써 일반 국민들에게 귀감이 되게 하며 전사자의 유가족에게 용기를 북돋아 주기 위한 의도임을 읽어낼 수가 있다. 즉 전사자 아내의 성공이야기를 들려줌으로써 기적과도 같은 신화적인 일은 소수에게만 해당하는 것이 아니라, 전시라는 극한 상황 속에서 누구든지 해낼 수 있다는 신념을 갖게 함으로써 국가는 국민들의 인식 속으로 자연스럽게 파고들게 했던 것이다.

## 2. 전쟁 지식장과 모성애의 자연화

1941년 신년호에 「모성애 감격소설」의 당선작이 발표되었다. 일본 적십자사 구호반 종군간호사였던 이시바시 미쓰코石橋みつこ가 쓴 「어머니의 등母の灯」이 바로 그것이다. 7월호까지 연재되었다. 그 줄거리를 간단히 알아보면, 가난한 중에 어머니는 고생을 하고 주인공인 딸은 고학을 해서 간호사가 되어 병원선을 타고 부상병의 간호에 헌신한다는 '백의의 천사' 이야기이다.

여기서 아버지는 무능력하고 무위도식하는 사람으로 그려지고 있다. 어머니는 무능한 남편 때문에 고생을 한다. 무지했기에 가난했다. 어머니에게 있어서 풍부한 것이라고는 오로지 자식에 대한 대가 없는 사랑뿐이었다. 아니 어쩌면 어머니는 사랑이라는 것을 모를지도 모른다. 어머니는 그저 자식을 사랑해주는 것만을 알고 있을 뿐이다. 그것이 어머니의 일생이었다고 쓰고 있다. 그리고 『주부의 벗』에서는 또다시 「모성애 감격소설 현상모집」을 했고 모성애 캠페인을 계속해서 펼치고 있었다.

이어서 전쟁에 아들을 보내는 것, 남편이 출정하는 것, 사위가 전쟁에 나가는 것을 장한 어머니의 상징으로 나타나는 예를 살펴보기로 하자. 1938년昭和13 2월호 『주부의 벗』에 나와 있는 「군국 어머니의 힘-일본 군인이 강한 것은 어머니가 강하기 때문이다軍国の母の力ー日本兵の強いのは母親が強いからだ」·「어머니의 힘이야말로 나라를 일으키는 힘이다母の力こそ国を興す力だ」[24]라는 제목으로, 마미야 에이지間宮英宗[25]라는 임제종 승려의 현장르포와 같은 형식인 이 글은 현장취재를 그대로 실음으로써 리얼리티를 강조하고 있다.

1938년 2원호에서 「아들과 사위 네 명 출정息子とむこの四人出征」이라는 글에서는 아들 세 명도 모자라서 사위 한 명까지 집안에 있는 남성은 모두 전장에 보낸 할머니의 이야기가 나와 있다. 할머니는 출정하는 세 아들과 사위를 불러놓고는 이렇게 말한다.

> 얘들아, 고마지로駒次郎, 도쿠지로德次郎, 기쿠지로菊次郎야, 살아서 돌아올 거라고 생각하지 말거라. 만일 비겁한 짓을 하고 살아서 돌아온다면 이 어미가 집 문턱을 넘지 못하게 할 것이다. 너희들 세 사람 모두 죽으면 이 어미가 손자를 훌륭하게 키우고 집안을 일으킬 테니 안심하고 떠나거라.[26]

전쟁 담론이란 수단과 방법을 무시한 위에 성립되는 것이지만 그럼에도 불구하고 일정한 논리가 필요하다. 앞에서 본 것처럼 천황제국가를 수호하고 그 대가로 야스쿠니신사에 묻히고 유족이 명예를 보장받는다는 식의 담론이 그것이다. 야스쿠니신사가 천황과 직결된 이미지로 신화화되어 그 기반을 이루는 것은 물론이다. 문제는 그와 같은 국가이데올로기를 얼마나 효율적으로 가정에 침투시킬 수 있는가하는 점이다. 이때 이용되는 전략이 바로 모성의 강인함이다. 전시에 나가는 자식들에게 국가를 최우선으로 하는 어머니상을 제시함으로써 국가에 대한 충성을 자명한 것으로 가장하는 것이다.

---

24 「군국 어머니의 힘」, 『주부의 벗』, 1938.2, 124~129면.
25 마미야 에이지는 임제종 방광사方廣寺의 승려이며 러일전쟁 때는 종군승從軍僧이었다.
26 「군국 어머니의 힘」, 앞의 책, 125면.

같은 호에 이어지는 「일본의 어머니 여기에 있다日本の母ここにあり」라는 에피소드도 성질은 크게 다르지 않다.

> 아들은 황국을 위해 얼어붙을 것 같은 추운 북지北支에서 목숨을 걸고 싸우고 있습니다. 아들의 고생에 비하면 나는 아무것도 아닌데 상부에서 주신 돈으로 어찌 뻔뻔하게 살겠습니까? 내 한 몸 입에 풀칠하는 것은 어떻게든 됩니다. 이렇게 풀칠하려고 움직이면 귀여운 자식과 함께 고생하는 것 같아서 즐겁습니다. 병이라도 나서 신세를 질지도 모르지만 움직일 수 있는 동안은 괜찮습니다.[27]

이 이야기의 배경은 한집안의 기둥인 아들이 출정했기 때문에 할머니 혼자 간신히 살아가고 있는데 너무나 가엾게 살아가기에 근처에 사는 사람들의 도움으로 정부에서 하사금(연금)을 받게 되었다. 그런데 그것마저도 거절했다는 할머니에 관한 이야기이다. 전쟁터에 있는 자식의 고생과 공유하겠다는 모성애를 그리고 있는 것 같지만 그 이면에는 전쟁 그 자체를 용인하고 지지하는 심정을 그대로 드러내고 있다. 이처럼 가혹한 조건에서도 나라를 위해 싸우는 전쟁을 지지하는 것이다.

1938년 2월호에서 모성애를 전쟁에 이용하는 것과 같은 여성에 대한 관리는 전력상승을 위한 것이었다. 다음 글은 왜 국가가 여성에게 주목하는지를 알 수 있게 해준다. 「지금이야말로 어머니가 일어설 때今こそ母の起つとき」라는 글이 그것이다.

---

27  위의 글, 126면.

일본군대는 강하고 육탄돌격을 감행한다고 해서 세계의 경이와 찬탄의 대
상이 되고 있습니다. 그 군이이 강한 것은 일본부인이 강하기 때문입니다. 아
니, 어머니가 강하기 때문입니다. 지금 여성들은 비틀거리며 약한 모습을 보
여서는 안 됩니다. 남성이 약해지고 군대의 전투력이 둔해지기 때문입니다.[28]

급기야 여성, 특히 모성은 전투력을 유지하는 힘으로까지 승화된다.
전쟁에 대한 여성의 강한 지지가 전력의 충실화를 이룬다는 것은 말할
필요도 없지만 이런 발상에 전쟁의 시비를 가릴 틈새는 전혀 보이지 않
는다. 다만 맹목적으로 전쟁을 추종하는 것만이 제시될 뿐이다.

그리고 또 나고야名古屋에서 있었던 이야기로, 자식이 전쟁에 나갔다
가 한 줌의 재로 돌아온 것을 보고 졸도한 어느 어머니에 대해 마미야
에이지는 다음과 같이 지적한다.

무리가 아닙니다. 동정합니다. 사랑스러운 자식이 몇 개월 전에는 터질 것
같은 건강한 모습으로 전쟁터에 나갔는데, 지금은 말없는 백골이 되어 유골상
자 속에 들어가 있는 것을 보고 슬픈 나머지 졸도하는 어머니의 기분을 압니
다. 이해합니다. 그러나 문제는 이제부터라는 겁니다. 어머니가 약하면 일본
은 어떻게 됩니까. 지금이야말로 일본의 어머니는 강하지 않으면 안 됩니다.[29]

사랑하는 자식이 전사하면 슬퍼하는 것은 당연한 일이지만 지금은 전
쟁이라는 현실이 있는 한, 개인의 감정보다는 국가가 우선이라는 식의

---

28 위의 글, 127면.
29 「지금이야말로 어머니가 일어설 때」·「군국 어머니의 힘」, 『주부의 벗』, 1938.2, 127면.

담론이 펼쳐진다. 어머니는 자식이 죽었다고 해서 슬픔에 잠길 때가 아니라는 것이다. 이런 때일수록 약해지면 안 되고 강해져야만 한다는 것이다.

마미야가 어머니의 역할을 강조하고 있는 대목으로 다음과 같이 말한다.

천황의 돈으로 사탕하나 사먹어도 안 된다고 꾸중하셨던 노모, 세 명의 아들과 한 명의 사위까지 출정하여 열심히 싸우라고 출정하는 자식을 격려했던 67세의 어머니, 밑바닥생활을 하면서도 정부의 지원조차 거부한 70세의 노파, 이런 강한 어머니의 마음이 모든 일본부인들의 마음속에 있으면 일본은 장기적인 전쟁에서도 경제적 곤궁에서도 견딜 수 있습니다. 아니, 점점 더 그 빛을 발휘할 수 있을 것입니다.[30]

마미야는 강한 어머니의 마음이 일본어머니의 마음속에 있어야지 전쟁이라는 현실 상황을 극복할 수 있음을 강조하고 있다. 그런데 이런 식의 전쟁이데올로기 주입의 이면에는 그 필요성이 있었다는 점을 잊어서는 안 된다. 왜냐하면 일본의 모든 어머니들이 전쟁을 최우선으로 삼는 모성애를 평소에 지니고 있었다면 굳이 이와 같은 정신교육을 할 필요가 없었을 터이기 때문이다. 이와 같은 사정은 전쟁과 관련된 불협화음에 대해 마미야가 지적하는 데에서도 잘 드러난다.

마미야는 우선 전사자의 유족들에게 주는 하사금에 얽힌 이야기로, 하사금을 받아서 그 분배문제로 추악한 싸움을 했다는 것, 명예의 유족

---

30 「군국 어머니의 힘」, 위의 책, 127면.

아니면 출정가족이라고 추앙받아서 이제까지는 손에 넣어본 적이 없는 큰돈을 만지게 되어 이제는 일도 안하고 게으름피우고 살아가고 있다는 소문을 들었을 때, 그 소문을 믿고 싶지 않았다고 말한다. 이에 대해 강한 어머니의 마음이 일본어머니의 마음속에 있어야지 전쟁이라는 현실 상황을 극복할 수 있음을 거듭 강조하고 있다.[31]

따라서 여성은 불협화음 없이 전쟁을 수행하는 국가의 토대로써 전쟁의 중요한 축이라는 이미지가 부여된다. 여기에는 여성의 역할을 강조함으로써 남성의 역할은 당연시될 뿐만 아니라 새롭게 전쟁을 수행할 수 있는 아이의 정신무장까지 도모할 수 있다는 발상이 내포되어 있다. 국가의 전쟁자원 관리 면에서도 여성의 역할이 중요시되었던 것이다. 1937년 9월호에 나와 있는 「그냥 모든 정을 쏟아라 たゞに凡情を盡せ」라는 글을 보면 '총후의 여성' 중 아내의 역할에 대해 쓰고 있다.

> 부인은 남은 자식을 훌륭하게 키워 제2의 국민으로서 남편의 뜻을 계속해서 잇지 않으면 안 된다. 부인은 자식을 대신해서 자신이 할 수 있는 일을 하고 세상에 도움이 되어야 한다는 것을 잊지 맙시다.[32]

이는 단순히 전쟁에 협력적이고 정신적인 지탱을 넘어 필수불가결한 모성의 역할이기도 했다. 따라서 『주부의 벗』에서는 전쟁에 출정한다는 것과 '황국'과 연결되어 한 가족의 자식들이 황국에 도움을 준다는 것은

---

31 「지금이야말로 어머니가 일어설 때」·「군국 어머니의 힘」, 위의 책, 127~128면.
32 「명예의 전사자 어머니와 아내에게 자비의 법화名誉の戦死者の母や妻に慈悲の御法話」, 앞의 책, 187면.

진심으로 축하할 일이며 그런 자식을 가진 어머니는 훌륭한 어머니상으로 승화시키고 있다.

남편과 자식이 전사하도록 전장으로 보낸 훌륭한 어머니에 대한 시상이 1941년昭和16 11월 17일, 재단법인 문화사업보국회 및 주부의 벗사 주최 '군국의 어머니' 표창식이 본사 대강당에서 성대하게 치러졌다는 사실은 매우 상징적이다. 이날 행사가 있었던 것을 1942년昭和17 1월호 『주부의 벗』에 「'군국의 어머니' 표창식 거행-나라奈良 대장, 도조東条 수상부인도 임석하셔서 빛나는 '군국의 어머니' 17명에게 문화사업보국회상을 증정「軍国の母」表彰式挙行ー奈良大将、東条首相夫人も臨席され、輝く「軍国の母」17名に文化事業報国会賞を贈呈」,[33] 이라는 제목으로 게재되었다.

이날 행사에는 "나라를 위해, 가정을 위해, 자식을 위해, 남편을 위해, 그저 한줄기 인고헌신의 생애를 살아오신 군국의 자랑거리인 어머니들은 오늘 영광의 표창을 받게 되었고 내빈석에는 은사 재단군인 원호회장인 나라 다케지奈良武次 대장을 비롯하여 정보국, 육군성, 해군성, 문부성, 군사보호원, 은사재단군인 원호회, 대일본부인회, 도조 부인 등 그 이외의 관계 각 방면에서 내빈"이 다수 참석했다고 전한다.

그리고 이 행사의 진행과정은 먼저 주최자를 대표해서 이시카와 사장·문화사업보국회 이사장으로부터 이번 어머니의 표창은 표창이라기보다는 오히려 감사를 드리고 싶다는 취지를 강조하며 백세까지 장수하기를 바라는 인사가 있었고, 그 다음으로 표창 '군국의 어머니' 17명을 소개했다.

---

33 「'군국의 어머니' 표창식 거행-나라 대장, 도조 수상부인도 임석하셔서 빛나는 '군국의 어머니' 17명에게 문화사업보국회상을 증정」, 『주부의 벗』, 1942.1, 174~175면.

젊어서 남편을 잃고 필사적으로 일해 자식을 훌륭한 군인으로 키우신 어머니, 다섯 명의 아들을 무두 비행병으로 키워 네 명이나 전사 혹은 순직시킨 항공일본의 어머니, 남겨진 단 한 명의 아들을 해군장교로 키워 잠수함승조원으로서 대동아의 바다에 바친 충성스러운 어머니…… 등등, 이분들이야말로 일본어머니의 진정한 모습이다.[34]

젊어서 아들을 잃고 모성애로 키운 자식을 국가에 바치는 것이 표창 대상이라면 일본어머니의 모성애에 최종 목적지는 국가인 것이다. 따라서 국가는 국가전력의 유능한 생산기지로써 모성을 양성해야만 했던 것이다. 나라 대장의 다음 말도 역시 마찬가지이다.

황군이 빛나는 대전과人戰果는 그대로 어머니의 전과戰果입니다. 그중에서도 오늘 표창을 받으신 17명 여러분은 일본 부도婦道(부녀자가 지켜야 할 도리─인용자)의 전통을 우리들에게 보여주셨던 훌륭한 군국의 어머니로 우리들은 그저 '감사합니다'라고 말씀드릴 뿐입니다.[35]

마침내 어머니의 모성은 국가와 일체화되어 개인적인 모성애를 은폐시키기에 이른다. 군국의 어머니만이 모성다운 모성으로 대접받을 수 있기 때문이다. 이런 국가 전략적 담론에 대해 각본에 짜여진 것처럼 '군국의 어머니'의 대표인 미야자키현宮崎県의 히다카 야스日高ヤス 씨는 "우리들은 단지 자식을 나라의 자식으로 키워온 것에 불과합니다. 그 자

---

34 위의 글, 174면.
35 위의 글, 175면.

식들이 대동아 육지로, 바다로, 하늘로 씩씩하게 육탄이 되어주었습니다"라고 화답하는 것이다. 식순은 계속 이어진다. '군국의 어머니'를 찬양하는 진심이 깃든 주부의 벗사 선정 '일본어머니의 노래'를 제창하고 이어서 '야스쿠니신사의 노래'를 제창한다. 도조 부인은 다음과 같은 말로 어머니들에게 격려의 말을 건넨다.

오랫동안 고생한 결정結晶으로 오늘 축하드립니다. 전선에서 귀환하신 어느 부대장님이 내지로 돌아와서 유족여러분들을 만나보니 슬픔을 이기고 강하게 살고 계신 모습을 보고 여기에 전선戰線으로 변하지 않는 전장이 있다! 라고 느꼈다고 합니다만, 오늘 표창의 영광을 받으신 여러분은 그 비통한 싸움에서 이기고 오신 분들로 정말 감사하게 생각합니다. 영령이 가장 바라시는 것은 여러분들의 장수입니다. 부디 오래오래 건강하세요.[36]

주최자, 군 지휘관, 수상자, 어머니와 야스쿠니신사의 결합을 위한 노래, 여성대표로서 수상부인의 순서로 이어지는 이 수상식이 얼마나 가식적이고 각본에 충실한 것이었는가는 한 눈에 알 수 있을 것이다. 전쟁의 잔혹함은 살상과 파괴만으로 그치지 않고 인간의 내면을 관리하려드는 뻔뻔스러움으로 이어지는 것이다. 모성을 국가 전략적으로 이용하는 파렴치함에 주부의 벗사가 적극적으로 개입하여 시류에 영합했다는 것은 두말할 필요가 없다. 지금부터 보는 전쟁 말기 이 잡지에 게재된 두 글은 광기어린 모성의 착취라고 할 만하다.

---

36 위의 글, 175면.

다음은 1945년昭和20 4월호에 나오는 다카무라 고타로의 단문 「황국 일본의 어머니皇国日本の母」에 관한 글인데 인용해보기로 한다

내 자식을 위해 몸을 바치며 자신을 돌보지 않는 어머니 사랑의 깊이에는 세계 인류가 있는 곳에 대체로 차별은 없다. 이것은 거의 생물의 본능이라고도 말할 수 있는 깊은 곳에서 발동하는 언어도단인 어머니의 자육애慈育愛가 그것이다. 여기까지는 예를 들면 미·영국의 어머니도 같은 것이다. 황국 일본어머니의 사랑의 아름다움은 이 본능애를 안에서 뜨겁게 품으면서 또는 안에서 뜨겁게 품기 때문에 인류지고의 절대애에 녹아들어간다. 무사·무욕·무념·무상의 황홀함에 있다. 의義는 임금과 신하의 관계이며 정情은 부모와 자식의 관계가 된다. 천황에게 전부를 바치는 정성은 자연스럽게 받아들여주신다고 생각된다. 죽을 수 있도록 가르치는 것은 일본어머니의 사랑의 심연은 세계에 비할 데 없는 아름다움의 극치이다.[37]

다카무라 고타로는 우선 여성에게 모성애라는 보편적 성질을 부여한다. 모성애에 대한 맹목적인 짐 지우기에 대한 비판은 차치하고, 그 보편성 위에 일본의 모성애는 한 차원을 넘어 천황과의 관계에서 규정된다. 천황과의 관계성 속에서 파악된 모성의 아름다움을 기리는 다카무라 고타로의 인식처럼 이들의 맹목적인 신앙과도 같은 천황제가 모성애라는 개인적 차원의 감정조차 통치대상으로 삼고 있었다는 것은 쉽게 알 수 있다.

---

37 다카무라 고타로, 「황국 일본의 어머니」, 『주부의 벗』, 1945.4, 3면.

다음은 1945년 5월 사이토 류齋藤瀏가 쓴「황국호지皇国護持─여성 구국의 기백女性救国の気魄」에 나와 있는 글을 인용해보기로 하겠다.

　　황국여성이여, 자신을 알라, 이 영혼, 이 혈조血潮는 현대의 여성에게도 있는 것이다. 현하의 황국흥망을 알았을 때 5천만 여성은 공손히 미야기宮城를 우러러보고 진심으로 노래할 것이다. 현명함의 극치이지만 이 황국여성의 국가애보다 용솟음치는 대기백이야말로 황국상하에 적 격멸의 기백을 분등奔騰시켜 적 격멸의 행동을 전개시켜 우리 황토에 상륙하려는 양놈醜夷 같은 이는 이에 반발하며 항복하고 떠날 것이다. 우리 여성의 혼이여, 혈조여, 대기백이여, 그리고 여성구국의 긍지여.[38]

　전쟁 말기의 여성은 '황국여성'이라는 이름하에 구국의 보루로써 황민으로 통합되었다. 여성에게 구국을 강요하는 이런 글이 분명한 목적성을 상실한 채『주부의 벗』에 실린다는 것은 전쟁의 패색이 얼마나 깊어졌는지를 짐작하게 해준다. 결국 태평양전쟁에 천황제국가의 명운을 걸고 싸운 일본은 여성을 국가의 도구로써 철저하게 이용했다. 그리고 그 수단이 모성에 대한 간섭 내지는 국가관에 입각한 모성의 창출이었다고 볼 수 있다.

---

38　사이토 류,「황국호지─여성구국의 기백」,『주부의 벗』, 1945.5, 3면.

# 3. 모뉴먼트의 젠더화

## 1) 야스쿠니신사와 초혼사

그렇다면 일본인들에게 야스쿠니신사는 어떠한 의미를 지니고 있으며 어떻게 해서 국민들 그중에서도 특히 여성들에게 내면화시킬 수 있었던 것일까.

원래 민간신앙에서 초혼은 원한을 가진 원령怨靈을 불러내려 진혼시키고 위령하는 것인데 여기서 말하는 초혼사는 그 의미가 약간 다르다. 초혼사는 천황을 위해 죽은 영혼을 합사하고 그 적군으로 간주된 자들의 죽음은 방치하고 있다는 점에서 알 수 있듯이 그 원혼위로의 의미가 변질되었다는 것과, 초혼제가 원혼을 위로하고 있다기보다는 공명을 찬양하는 의미가 짙어지고 있다는 것을 알 수 있다. 다시 말해서 야스쿠니신사는 전사자를 진혼시키기 위한 시설이라는 의미를 넘어 살아있는 사람들의 공명심을 일깨워 전쟁을 지향하게 하는 도구인 것이다.

메이지기 이후 천황과 황족을 제외한 일반국민이 직접 국가에 의해 신으로 봉재된 유일한 신사가 야스쿠니신사였다. 메이지유신 이전에 활약했던 역사상의 인물이 직접 국가에 의해 신으로 봉재된 예는(물론 그 인물이 봉재되는 신사의 창건은 대개 메이지기 이후에 일어났지만) 많이 있다. 그런데 인간을 봉재하는 논리는 같지만 이 야스쿠니신사의 특이성은 일반국민이 국가에 의해 제신이 된다는 것이다. 이에 대해 오에 시노부大江志乃夫는 다음과 같이 논한다.

오래된 것은 후지와라노 가마타리藤原鎌足에서 새롭게는 막부 말기幕末에 활약했던 웅번雄藩의 번주藩主와 구게公卿(3품 이상의 고관—인용자)에 이르기까지이다. 그러나 그 대부분은 생존 중에 지위도 높고 역사적으로도 유명한 인물이다. 이에 반해 야스쿠니신사의 제신은 대부분이 메이지기 이후의 시대에 활동한 사회적으로도 이름이 알려진 적이 없었던 인물을 신으로 모셔 제사지내고 있다.[39]

이를 달리 표현하면 야스쿠니사상이라는 것은 막부 말기를 거치는 과정에서 생겨난 새로운 종교 관념인데 메이지유신을 계기로 전환이 일어나고 있음을 읽어낼 수 있을 것이다. 천황이나 황실이 신사를 중요하게 여기게 된 것은 메이지유신부터이며 이것만 보아도 야스쿠니신사의 위상을 실감할 수 있을 것이다. 이에 대해 무라카미 시게요시村上重良는 다음과 같이 지적한다.

> 야스쿠니사상은 막부 말기의 유신기에 격렬한 정치항쟁의 과정에서 생겨난 새로운 종교 관념이고 겨우 1세기 남짓한 역사를 가졌다. 야스쿠니신사 제사의 원류는 이 시기에 성행하게 된 '국사순난자国事殉難者'의 초혼사에서 출발하고 있다.[40]

무라카미 시게요시의 지적에 따르면 이 야스쿠니사상이 메이지정부를 지탱하는 하나의 정신적 지주로 탄생했다고 볼 수 있을 것이다. 여기

---

39  오에 시노부, 『야스쿠니신사靖国神社』, 岩波新書, 2002, 15면.
40  무라카미 시게요시, 『영령과 초혼—야스쿠니 사상慰霊と招魂—靖国の思想』, 岩波新書, 2001, 1면.

서는 구체적으로 야스쿠니신사가 다른 일본 내의 신사와 그 성격이 어떻게 다르게 변용되었고, 어떻게 규정되어 왔는지를 우선 '국사순난기'의 초혼제招魂祭에서부터 살펴보기로 하자.

'국사순난자'는 야스쿠니신사에 봉재할 수 있는 신이 된다는 조건을 가리키고 있다. 즉 야스쿠니신사의 신이 되기 위해서는 천황을 위해 전사해야만 한다는 조건이 뒤따르게 된다. 다시 말하면 야스쿠니신사의 신이 되기 위한 단 하나의 조건은 천황폐하를 위해 전사하는 길이었다. 그 인물이 살아있을 때 어떤 사람이었는가 하는 것은 일체 문제가 되지 않고 명예로운 전사, 오로지 그것만이 국가의 신이 되는 조건인 것이다.

도쿄초혼사의 창건에 의해 막부 말기의 유신이라는 정쟁을 거치면서 생겨난 초혼사상은 신도국교화의 정책 아래 탄탄한 위치를 확보할 수가 있었다. 여기서 말하는 초혼이라는 것은 죽은 자의 영혼을 불러내려 진혼시킨다는 종교 관념에서 나온 것이며 원시신도 이래 본래 신도의 신 관념에서는 인간을 신으로 봉재한 일은 없었다.[41]

영혼을 진혼시키는 신앙이 민간에 널리 퍼짐으로써 특히 재해나 재난 등의 사고로 변사한 자는 장례를 더욱 잘 치러야만 하고, 그 죽은 영혼을 불러내려 위로하고 그 원한을 풀어주어야만 재앙이 오지 않는다는 종교적 색채를 띤 관습이 정착하게 된 것이다. 이것이 막부 말기에 유신의 성립을 위해 희생된 전사자들을 위한 초혼제는 민중적 기반 위에 영혼을 위로한다는 신앙의 확대를 배경으로 한다. 그러나 이것은 일본인의 종교적 전통에서 벗어나 메이지유신 이후 진행된 신도국교화의 움직임 속

---

41 위의 책, 51~52면.

에서 가시화되었다.

이는 죽음의 차별화라고도 볼 수 있을 것이다. 예를 들어 군복을 입고 죽은 자는 명예로운 전사자로서 야스쿠니신사에 합사되고 그 유족은 정부로부터 연금을 지급받는데, 국가를 위해 매일 괭이를 들고 일하던 농민은 죽어서도 아무런 혜택도 받을 수 없다. 전쟁은 전쟁에 의한 희생자조차도 차별을 만들어내고 있다. 즉 죽음의 서열화를 만들어낸 것이다.

또 하나의 야스쿠니신사의 특수성으로 보통 신사는 내무성관할이지만 야스쿠니신사만은 예외로써, 내무성·육군성·해군성의 삼성三省이 관할하게 되었다. 그중 야스쿠니신사를 실질적으로 관할한 것은 육군성과 해군성이었다. 이 말은 즉 야스쿠니신사는 단순한 신사가 아니라 야스쿠니의 신을 통해 육·해군과 국민을 연결하는 역할을 한다는 의미이다. 이런 과정이 재편되면서 야스쿠니신사가 일본국민의 정신적 중핵으로써 커다란 역할을 하기 시작한 것은 러일전쟁 이후였다.

그리고 특히 천황의 참배는 초혼사 시대에 3번, 청일전쟁 후 임시대제에 2번, 러일전쟁 후의 임시대제에 2번, 전부 7번 이루어졌다. 그 한 예로써 당시 천황참배의 모습을 『주부의 벗』에 게재하기도 했다. 『주부의 벗』에서 천황의 참배모습을 본 여성들은 야스쿠니신사에서 보이는 죽음의 상징성이라는 야스쿠니신사의 특수성을 학습하게 된다.

청일전쟁과 러일전쟁 후 '친배親拜' 때의 복장은 모두 육군식 예복이었다. 그 당시 천황의 참배는 대원수자격으로서의 친배였다. 다이쇼大正천황은 2번의 친배를 거행했다. 이후 천황의 참배를 살펴보면 다음과 같다.

<표 6> 다이쇼천황의 야스쿠니신사 참배현황

| 연도 | 월일 | 월일 |
|------|------|------|
| 1938년 | 4월 26일 | 10월 19일 |
| 1939년 | 4월 25일 | 10월 20일 |
| 1940년 | 4월 25일 | 10월 18일 |
| 1941년 | 4월 25일 | 10월 18일 |
| 1942년 | 4월 25일 | 10월 16일 |
| 1943년 | 4월 24일 | 10월 16일 |
| 1944년 | 4월 25일 | 10월 26일 |
| 1945년 | × | 11월 20일 |

출처 : 오에 시노부, 『야스쿠니신사』, 岩波新書, 2002, 133~134면 참조.

천황이 야스쿠니신사를 공식 참배할 때에는 대원수의 군복착용으로 전쟁과 천황제를 하나로 통합하려는 의도가 엿보인다. 특히 여기서 천황의 친배가 쇼와昭和시대에 들어와 급속히 늘어가는 것에 주목하지 않으면 안 된다. 메이지기에는 약 45년간 7회, 다이쇼기에는 약 15년간 섭정으로서의 참배를 포함하여 3회였던 것에 비해, 쇼와시대는 패전까지 약 20년이 채 못 되는 시기임에도 20회라는 참으로 많은 횟수의 친배가 이루어지고 있었다.

예컨대 쇼와천황은 메이지천황과 다이쇼천황에 비해 참배 수가 눈에 띄게 많아진다. 이 말은 쇼와시대에 들어와서 전쟁이 많아졌음을 의미함과 동시에 야스쿠니신사의 합사자 수가 늘었다는 것을 뜻한다. 만약 전쟁이 일어나지 않았다면 일반국민이 전쟁에 나가서 싸우다가 죽지도 않았을 뿐만 아니라 야스쿠니신사에 합사될 이유도 없었다. 합사자 수의 증가만 보더라도 쇼와시대에는 다이쇼기까지 123,359명보다 약 2배인 223,789명이나 늘었다. 쇼와시대가 얼마나 많은 전몰자를 만들어낸 시대였는지를 이 숫자만 보더라도 쉽게 짐작할 수 있으리라고 생각된다.

야스쿠니신사는 패전까지 일본국민을 천황의 군대에 밀접하게 결부시키는 연결고리 역할을 했다. 또한 야스쿠니신사는 국가의 종교시설이며 국가의 군사시설로서 국민통합을 위한 정치적 이데올로기 수단이었다. 전쟁에 의한 희생자의 죽음을 무참하고 비인간적인 형태로 생각하기보다 오히려 영광이고 명예라고 생각하도록 꾸며진 존재가 바로 야스쿠니신사였다. 이상으로 본 장에서는 야스쿠니신사가 가진 문제점을 살펴보았다. 즉 야스쿠니신사가 원래 민간신앙으로써 원혼위령신사에서 원혼을 위로하는 것이 아니라 공로를 훈장하는 역할로 바뀌어가는 과정, 그리고 국가신도의 확립 이후 사람을 봉재하는 것이 아니라 충혼의 영령으로 합사되는 과정, 가족국가론과 전사자의 구별이 천황에 의해 이루어지고 주축이 된 영광의 궁으로 창출되는 과정 등을 살펴보았다.

## 2) 운율과 젠더정치학

### (1) 창가와 무용의 보급

아래는 학교 창가唱歌로써 〈초혼제招魂祭〉, 〈야스쿠니신사靖国神社〉[42]가 있고 1940년昭和15 11월호에 나오는 『주부의 벗』에서 총리대신의 상에 빛나는 〈야스쿠니신사〉[43]의 노래를 싣고 있다.

---

42  오에 시노부, 앞의 책, 147~148면.
    봉공가奉頌歌, 〈야스쿠니신사의 노래靖国神社の歌〉, 『주부의 벗』, 1940.12, 107면. 그 이외에 「〈야스쿠니신사〉의 가무 방법 설명〈靖国神社〉の歌の舞い方の説明」, 『주부의 벗』, 1940.12, 106면 참조.

봉공가 : 〈야스쿠니신사의 노래〉는 영령을 찬양하는 일억의 심정을 찌른 국민절 계획으로써 부지(주부의 벗시 인8기)ⓒ일크 빛크 이제 공민의 내 반향을 불러일으켜 죽은 전우를 기리는 전선의 장병이랑 백의의 용사를 비롯해서 멀리는 남미, 북미, 몽고로부터도 감격의 편지가 와서 지난 8월 5일 마감까지 총수 2만 통을 넘는 성황을 이루었다.[44]

다음은 1940년昭和15 11월호『주부의 벗』에서 공모한 〈야스쿠니신사의 노래〉를 임시대제에서 봉납 연주된 노래의 가사이다.

사람을 행복하게 하는 영혼. 다행스럽다. 수많은 나무가 높이 빛나는 곳. 황국은 영원히 계속 되리라. 아아, 일억 국민이 경건하게 기도하네. 나라를 수호하는 신궁 야스쿠니신사(육군성·해군성선정 야스쿠니신사의 노래)[45]

그리고 1939년昭和14 4월 이시마쓰 아키지石松秋二 작사, 노시로 하치로 能代八郎 작곡의 〈구단九段의 어머니〉라는 노래를 소개하면 다음과 같다.

우에노上野역에서 구단까지 안타까움을 애써 감추며 지팡이에 의지하며 하루 걸려 아들아, 에미가 왔다. 널 보러왔다.[46]

여기에도 알 수 있듯이 호국의 영령인 자, 호국의 신으로서 임무를 다

---

43 봉공가, 〈야스쿠니신사의 노래〉, 위의 책, 107면.
44 〈야스쿠니신사의 노래〉,『주부의 벗』, 1940.10, 252면.
45 오에 시노부, 양현혜·이규태 역,『야스쿠니신사』, 小花, 2002, 208~209면.
46 위의 책, 208면.

하기 위해서는 잠시도 야스쿠니를 떠나서는 안 되고 영령이 된 자식을 만나고 싶으면 어머니가 구단자카九段坂까지 직접 만나러 오라는 이야기이다.

태평양전쟁 중에 죽은 많은 영령은 "자, 죽은 후에 야스쿠니에서 만나자"라고 전우끼리 서로 맹세하고, 또한 사랑하는 가족들에게는 "자신을 만나고 싶으면 야스쿠니로 와주세요"[47]라며 유서에 글을 남겼다. 출정 군인 스스로가 야스쿠니에 묻히는 것에 대한 영광스러움을 갖고 있었던 것으로 보인다.

1943년昭和18 12월호 『주부의 벗』에 「일본정신 강좌─어머니·아내·딸의 길(6)日本精神講座─母·妻·娘の道(6)」이라는 제목으로 사이토 류斉藤瀏는 다음과 같이 쓰고 있다. 즉 사이토 류는 어머니·아내·딸의 길을 알려면 먼저 일본과 일본인을 진실하게 이해하는 것이 필요하다고 논한다. 따라서 이 근본에 대한 기술은 여전히 계속된다. 「하늘 속, 즉 우주를 통치하시는 주신의 위치의 일본추이 및 천손강림의 의의天之御中、即ち宇宙を統治遊ばす主神の位置の日本推移並びに天孫降臨の意義」라고 쓰고 있다.

아마테라스 오미카미天照大御神는 다카마가하라高天原, 하늘 안에서 우주를 통치하시게 되었지만 그 우주 속 지구상 여러 나라에 하늘 속 주신의 영혼, 즉 천조대신의 영혼을 낳아서 통치를 철저히 하는 것에는 원거리 높은 곳에서 추상적인 정치를 실시해도 제각기 나라의 정태(내면과 외면의 상태)에

---

47  구도 유키에工藤雪枝, 「야스쿠니에 뼈와 위패가 있는 것입니까靖国に'骨'や'位牌'があるものですか」, PHP연구소 편, 『검증─야스쿠니문제란 무엇인가檢証─靖国問題とは何か』, PHP研究所, 2002, 104면.

적용하기 어렵다. 지구의 여러 나라는 기후도 풍습도 습속도 전통도 모두 다르고 사람들의 생각도 또한 다르다. 이들 나라에 각각 적응할 방법을 알려주는 것은 다카마가하라의 하늘 속으로부터는 곤란하다. 지구의 여러 나라의 일은 지구상의 나라가 제일 잘 알고 있는 것이다. 결국은 천조대신의 영혼을 낳아서 가지면 좋을 것이다. 그것에는 하나의 적절한 방법이 있다. 그것은 먼저 지구상에서 제일 신뢰할 수 있고 기대할 수 있는 나라에 천조대신의 영혼을 주셔서 이 나라를 위해 다른 나라의 사정에 가장 적응하는 방식으로 각각 천조대신의 영혼을 낳게 한다. (…중략…) 황손의 강림에 의해 실질적으로 일본에 추이하게 된 것이고 세계 일체 연결의 일원이 천조대신과 일체의 황손이 되고 마침내 천황이 된 것이다. (…중략…) 천황이 세계통치의 유일 최고의 대군이신 것이다. 그리고 우리 국민들은 이 유일최고의 대군천황이 천업성취를 익찬해드리는 존재여서 태어난 것도, 살아가는 것도, 죽는 것도 이 대군천황의 천업을 익찬해드리기 위함이다.[48]

일본은 세계통치의 중심 일원의 위치이며 천황은 세계통치의 일원이라는 것을 철저하게 선전하고 있었다.

쇼와시대에 들어와서 전쟁도 급증함에 따라 황국사관의 제창을 요구하는 내용을 잡지에 실음으로써 전국적으로 국민의 인식 속으로 자연스럽게 확산되었을 것으로 추측된다. 그렇다면 실제로 그 당시 『주부의 벗』에서는 국민동원, 특히 여성을 전쟁에 동원시키기 위해 어떻게 선전하고 어떻게 그려내고 있는지를 살펴보아야 할 것이다.

---

48  사이토 류, 「일본정신 강좌—어머니・아내・딸의 길(6)」, 『주부의 벗』, 1943.12, 31~33면.

제3장

# 젠더와 국가, 그리고 젠더의 보편화

## 1. 동원이데올로기와 젠더로서의 여성

그러면 이제부터『주부의 벗』에서는 여성의 전쟁동원을 위해 어떻게 선전하고 있으며 어떻게 동원되어가는지를 살펴보기로 한다. 예컨대 전쟁 말기인 1945년의 경우 광적으로 여성의 전쟁동원을 획책했고『주부의 벗』은 그 선전지의 역할을 담당했다.

1945년昭和20 4월호「소녀출진의 서약乙女出陣の誓ひ」이라는 제목의 글에서 소녀들의 비장한 각오를 통해 국가체제 속으로 휘말려가고 있음을 알 수 있다.

'축하한다. 부디 잘 부탁한다.' 어머니는 바친 신주神酒에 딸의 운명을 마음속 깊이 빌었다. 아무 말도 하지 않은 채 딸은 고개를 끄덕였다. 정성을 들여 비행기를 만들 것이다. 힘이 닿는 한 직장을 지킬 것이다. 아아, 젊은 생명, 젊은 적심(참되고 정성스러운 마음—인용자)은 한결 같이 피어올라 적격렬에 소녀의 눈썹이 늠름하다. 신사나무眞神도 깨끗한 아침. 일본의 어머니와 딸은 황조 앞에서 지금 황송하게 생산필승을 맹세한다.[1]

머리띠를 늠름하게 묶고 전투기를 만들러 가는 딸에게 어머니가 술을 따르고 있는 장면이 그림으로 제시되어 있는 이 글은 한마디로 말해서 어머니와 딸의 이별장면을 그린 것이다. 모녀는 웃음을 잃은 채 비장한 각오를 결심한 듯한 뉘앙스를 풍기고 있다. 그리고 특이한 점으로 『주부의 벗』을 살펴보면, 어머니와 자식과의 이별장면과 비교해서 남편과 아내의 이별장면을 그린 것은 압도적으로 적고 아버지와 아들의 이별장면도 전혀 나오지 않는 것을 들 수 있다. 위의 내용을 보면 어머니는 국가를 위해 눈물을 보이지 말고 딸을 국가에 바친다는 내용의 글이다.

간호사는 그 당시 여성 직업으로서 사회적으로 추앙받는 것 중의 하나였지만 그 때문만은 아니었다. 국가는 전쟁에서 필수불가결한 죽음과 부상당한 군인을 도와줄 수 있는 간호사가 필요했던 것이다. 전지로 동원된 여성은 대체로 간호사가 많았는데 간호사는 보통 적십자에 편입해서 동원되었다.

간호사의 소집에서 가장 눈에 띄는 것 중의 하나가 1939년昭和14 12월호 『주부의 벗』에 실린 「백의의 천사 응소白衣の天使応召」라는 제목의

---

1    「소녀출진의 서약」, 『주부의 벗』, 1945.4, 1면.

글이다. 나와 있는 사진을 자세히 살펴보면 어린 아기를 업은 젊은 어머니가 무표정한 채 종군간호사로서 전쟁터로 나가려는 광경이고, 어린 딸은 일장기를 손에 쥐고 어머니에게 매달려 있고 어머니의 등 뒤에는 나이든 시아버지와 시어머니 두 사람이 서 있다. 게다가 벽에는 출정한 남편의 사진이 걸려 있는 것을 엿볼 수 있다. 어머니인 종군간호사 여성은 아들과 병사들에게 무사無私의 사랑을 주는 존재인 것이다.

내용을 보면 다음과 같다. 즉 "나라를 위해 어머니는 용감하게 나아갔습니다. 눈물을 감추며 떠나는 아침, (…중략…) 그 어머니의 마음을 누가 알랴. 가슴에 빛나리 적십자!"[2]라며 어린 자식을 두고 전쟁에 참여하는 '강한 여성'을 소개한다. 그리고 그 비장함이 적십자와 연결되고 다시 백의의 천사이미지를 덧씌운다.

다음 1940년昭和15 9월호 「야전병원野戰病院」에서도 종군간호사에 대한 이미지 만들기의 한 예를 볼 수 있다. 전쟁터에서의 간호사는 백의의 천사라는 이미지로 제국주의 침략전쟁 수행의 도구로써 이용되고 있다. 그 내용은 다음과 같다.

푸른 하늘의 남쪽 지나支那 아침의 미풍과 작은 새의 노래와 함께 어머니 소식은 찾아온다. 다가와서 나를 위해 넘기는 두루마리 편지, 백의의 천사의 상냥함이여. 흐린 먹에 풍기는 고향의 풀 향기와 '위로받고 다시 봉공'에 박차를 가하는 붓 끝. 이런 어머니가 있어서 아들이 있고 용사의 눈동자 늠름하게, 신생의 피로 볼은 타오른다.[3]

---

2 「백의의 천사응소」, 『주부의 벗』, 1939.12, 1면.
3 「야전병원」, 『주부의 벗』, 1940.9, 1면.

여기서 주목하고 싶은 곳은 '백의의 천사'와 '어머니'의 이미지 합성
이다. 종군간호사가 어머니로부터 온 편지를 읽고 있는 팔을 다친 상이
군인에게 보여주고 있는 그림이 상징하는 것은 종군간호사의 모성적 보
살핌과 그것이 총체적으로 국가를 위한다는 일념의 통합인 것이다. 뒤
의 배경으로는 야자수 나무가 그려져 있는 것으로 보아 야전병원임을
짐작할 수 있다. 즉 전지에서 종군간호사는 모친의 대리역할을 하는 것
과 동시에 어머니의 모습을 담은 심볼로써 만들어졌다고 할 수 있다.

1944년昭和19 3월호 「천사가 간다天使征く」를 보면 종군간호사들이
전지로 떠나는 장면을 그리고 있다. 이 글을 통해 여성들이 종군간호사
가 되어 전쟁에 참여하는 모습을 좀 더 자세히 엿볼 수 있다.

> 수송선은 암벽을 떠났다. 아득히 싸움의 바다를 건너 종군간호사들은 간
> 다. 유례없이 간호의 기술과 어머니의 사랑과 병사 같은 용감함을 가지고 공
> 폭空爆 아래 현지병원으로.[4]

종군간호사가 수송선을 타고 전지로 떠나기 전에 손을 흔들고 있는
장면이다. 그렇지만 거기에는 유례없는 간호사의 기술과 어머니의 사
랑, 단련된 병사와 같은 용감함을 가진 존재로서 그려지고 있다. 종군간
호사는 차별 없는 간호를 하는 헌신적인 행위자로 그려져 마치 어머니
와도 같은 대리역할의 이미지를 자아내고 있다. 마침내 국가는 여성들
에게 병사들을 보살피는 모성애의 발현자, 전쟁수행에 도움이 되는 기

---

4  「천사가 간다」, 『주부의 벗』, 1944.3, 1면.

술자, 병사처럼 적과 맞서는 정신무장을 갖춘 전투병의 복합된 이미지를 부여하기까지 한다.

그러나 그녀들은 자신들이 가는 곳이 과연 어떤 곳인지를 아는지 모르는지 어떤 생각을 가지고 국가의 부름을 받고 전쟁 속으로 떠나는 것일까? 그렇다면 보통사람들이 생각하는 종군간호사의 이미지를 『주부의 벗』에서는 어떻게 그려내고 있는지를 좀 더 구체적으로 살펴보기로 한다.

## 2. 천사이데올로기와 젠더관의 확대

보통사람들이 생각하는 백의의 천사라고 일컬어지는 간호사의 이미지가 『주부의 벗』에서는 어떤 모습으로 그려지고 있는지를 살펴보자.

1939년昭和14 3월호를 보면 『주부의 벗』에 소개된 종군간호사에게 있어서 죽음의 의미를 다음과 같이 소개한 「관음의 화신으로 칭송받은 백의의 천사 종군이별이야기 – 군국여성의 거울, 다케우치 기요코 씨의 순국미담이야기觀音の化身と仰かれる白衣の天使の従軍散華物語 – 軍国日本女性の鑑み、竹内喜代子さんの殉国美談」에는 전쟁터에서 열심히 간호하다가 숨진 간호사를 훌륭한 순직의 미담으로 선전하고 있다.

그 내용을 보면 자비 두터운 관음보살의 화신이라고 추앙받으면서 포탄이 작렬하는 상하이上海, 난징南京 야전병원에서 자신의 몸을 돌보지 않고 전쟁부상병의 간호에 진력한 결과, 스스로 무서운 콜레라에 감염

되어 겨우 26살 처녀의 몸으로 군국의 귀중한 희생이 된 백의의 천사 이야기이다. 바로 일본적십자사 시마네島根 구호반 다케우치 기요코竹內喜代子 간호사가 그 당사자인데 좀 더 자세히 보기로 한다.

　　백의를 피와 진흙으로 물들이고 전화戰禍 속 상하이야전병원 — 1937년昭和12 9월 24일, 다케우치 간호사는 영광스러운 소집영장을 받았다. 그때까지 고향 근처의 요시다초吉田町 소학교에서 학교간호사로 근무한지 1년 반, 자애스러운 어머니로 누나로 따르던 아동들이 목소리를 높여 만세를 부르며 흔드는 일장기를 눈에 각인시키고 10월 4일 상하이에 상륙. 곧바로 야전병원 근무에 들어갔다. 바로 옆에서 폭탄이 작렬하고 공습이다, 목숨을 건 등화관제, 겨우 빛을 발하는 회중전등에 의지, 진흙과 피로 범벅이 되어 살이 찢어진 변사가 잇달아 운반되었다. 사람이 부족하다. 간호사들은 한숨도 못자고 간호했다. '돌격이다', '어머니'를 부르짖는 병사가 몇 명이나 있다. '천황폐하만세'라고 겨우 목소리를 내며 숨을 거둔다. (…중략…) 순직한 백의의 천사가 떠난 지 3개월, 웃음 짓던 얼굴도 목소리도 없고 유골은 고국에 개선했다. 11월 4일, 꿈에도 잊을 수 없었던 요시다초 소학교 아동이 '선생님의 유골을 보았을 때 나는 슬퍼졌습니다'라며 아동심이 넘치는 조문에는 대답도 못하고 하마다 정장町長, 마쓰에 시장市長을 비롯하여 고향은 온통 장례식으로 슬퍼하고 그리운 고향에 영원히 잠들었습니다. (…중략…) 일본여성의 혼을 잊지 말자고 다짐하는 여학생, 소학교 여자아동들이 많다는 것을.[5]

---

5　「관음의 화신으로 칭송받은 백의 천사 종군이별이야기 — 군국여성의 거울, 다케우치 기요코 씨의 순국미담이야기」, 『주부의 벗』, 1939.3, 93~97면.

전에 다케우치 간호사의 극진한 간호로 되살아난 한 노병사는 '다케우치 기요코 씨야말로 관음상의 화신이다'라고 찬양한다. 다케우치 간호사는 자애로운 모성애, 부상병 구호에 헌신을 다하는 책임감, 일장기와 천황으로 포장된 애국심을 대가로 유골로 개선했다. 엄밀하게 말하면 개죽음이건만 '일본여성의 혼을 잊지 말자고 다짐하는 여학생들, 소학교 여자아동'들에게 귀감으로 선전되는 것이다. 다시 말하면 국가는 소학교 여자아동들에게 이와 같은 죽음을 요구하고 나선 것이다. 이는 눈에 보이지는 않지만 어린 여학생의 동심에 파고드는 파렴치한 전쟁범죄로 규정되어야 할 것이다.

다음은 다케우치 기요코가 한 군인과 대화하는 내용이 1939년 3월호 『주부의 벗』에 「난징야전병원에서 후비後備(적의 추격에 대비하는 부대 - 인용자)병사의 슬픈 이야기南京野戰病院に後備の兵のかなしき話」라는 제목으로 게재되어 있다.

다케우치 간호사의 일대 一隊는 추억의 상하이를 뒤로 하고, 1월말에는 차가운 진눈개비가 내리는 사이를 트럭이 흔들거리며 난징으로 전진했다. 여군이 제일 먼저 타고 여기서는 시마네 구호반 전부가 전염병동의 근무를 명령받아서 계속 열심히 간호했다. 4개월이 눈 깜짝할 사이에 지나가서 6월 어느 날의 일, 전염병동의 구석에서 자꾸만 신음하는 환자의 머리맡으로 다케우치는 조용히 다가갔다. 다니우치谷內 상등병은 힘없이 눈을 뜨며 '물 주세요, 다케우치 씨, 미안하지만, 차가운 물을……' 물! 고열이었던 것, 어쨌든 필요했을 것이다. 목이 저릴 것 같은 차가운 물을 한 모금이라도 좋으니까 마셔요. 그렇지만 없어요. 없지만 — 갑자기 마음을 정한 다케우치 간호사는 서둘러서 되돌아갔다. 그리고 소독한 물을 데워서 1분이라도 빨리 초조해하면서 그것을 얼음으로 차갑게 해서 종종 걸음으로 돌아오는 병사의 머리맡에 어르면서 '내지內地의 물입니다'라며 마시게 했다. '맛있어요'라며 안도하고 마시는 용사의 시선을 뭔가 괴로운 듯이 피하면서 마음으로 사죄하는 다케우치 간호사를 천천히 응시하며 '다케우치 씨, 신세 많이 졌습니다'라며 병든 병사는 눈물을 흘렸다. '다니우치 씨, 당신은 천황폐하의 군인이에요. 나는 천황폐하의 군인에게 하루라도 빨리 나을 수 있도록 일할 뿐이에요. 폐하께 고맙다는 말을 하세요.'[6]

'임무 중에 쓰러져서 죄송합니다'라고 말할 정도로 임종 때 조차도 오히려 부상병을 걱정하는 살신성인의 다케우치 기요코의 모습은 국가가 개인에게 살신성인을 요구하는 것과 진배없다. 앞에서 살펴본 바와 같이 『주부의 벗』에서는 한 간호사를 마치 살신성인과도 같은 이미지로 만들어내고 있었다.

종군간호사들은 환자를 돌보는 것 이외에 환자에게 책이나 고향에 계신 부모·형제로부터 온 편지를 읽어주기도 하고 같이 체스를 두기도 했지만, 자신의 몸을 돌보지 않으면서까지 간호하다가 과로로 죽거나 전염병에 걸려 죽기도 했다.

또한 아래의 글을 통해 여성이 결혼해서 자식이 있어도 종군간호사로 소집되어갔음을 확인할 수 있다.

---

6    위의 글, 94~95면.

일본적십자 간호사양성소를 졸업하고 일본적십자병원에서 몇 년인가 근무하고 퇴직한 후 결혼해서 자식을 가진 입장이 된 그녀들 중에서 양성소입소 당시와는 의식이 바뀌어 '가정의 평화에 살고 싶다'고 생각해도 이상한 것은 아니다. 나는 그와 같은 사람이 있다고 생각했다. 그렇지만 당시의 기록을 보면 소집령을 반환했던 간호사는 없었다. 오히려 파견종군간호사는 베테랑 또는 일본적십자 간호사양성소를 졸업하고 의무인 일본적십자 병원 근무를 끝낸 연배의 사람들을 선발했기 때문에 결혼해서 젖먹이를 안고 있는 몸으로 소집에 응한 사례 쪽이 눈에 띄었다. (…중략…) 이것을 받고 전지의 육군병원에서 부풀어 오르는 유방통증을 이겨내며 근무하고 틈을 내어 젖을 짜내고 터질 것 같은 가슴을 얼음으로 차갑게 하면서 전상병의 간호를 계속했던 그녀들의 이야기는 군국의 미담으로써 당시의 신문이나 부인잡지를 떠들썩하게 했던 것이다.[7]

기혼여성을 전쟁터에 내보낼 정도였다면 일본이 얼마나 무리한 전쟁을 시도했는지 알 수 있지만 국가의 소집에 거부하기 힘든 사회분위기였음을 쉽게 짐작할 수 있다. 특히 젖먹이를 둔 여성간호사라면 모성애와 전투병 구호를 맞교환한 것과 마찬가지로 앞에서 본 종군간호사의 모성애 강조와도 일맥상통한다. 문제는 이것을 군국의 미담으로써 당시의 신문이나 부인잡지에 유포되었다는 사실이다. 이미 『주부의 벗』의 선전 담론을 살펴본 것처럼 국가는 단순히 여성들에게 전투병을 가정에서 양성하는 역할만이 아니라, 실지로 전지에서 헌신하기를 강요했던

7   센다 나쓰미쓰千田夏光, 『종군간호사―통곡의 기록 백의의 천사從軍看護婦―痛哭のドキュメント白衣の天使』, 双葉社, 1975, 71면.

것이다.

다음은 실제 어느 C간호사가 직접 경험한 것을 쓴 예이다. 내용은 다음과 같다.

C간호사도 나가노長野에 있다. 같은 버마Burma조이다. '저는 1년 8개월된 어린아이와 병상에 누워 있는 남편, 게다가 70살이 넘은 부모님을 남기고 소집에 응했습니다. 그것은 일본적십자 간호사를 지원했을 때부터 숙명이었습니다. 마음에 걸렸지만 자랑스럽게 집을 떠났습니다. 배속된 곳은 제 118 병참兵站병원 카로분원 전염병동이었지만 여기는 임펄Imphal[8] 작전의 후송환자로 꽉 차 있었습니다.' 그 대단함은 '환자의 대부분이 아메바 이질이었지만 설사에 이어 설사로 아무것도 나올 것이 없는데도 설사를 일으키는 사이에 장이 30센티나 내려간 환자, 어느 환자도 화장실까지 갈 체력이 사라져서 없어지고 체력이 있어도 되돌아오면 또 아무것도 안 나오는데도 대소변을 보고 싶은 마음을 일으키고 체내의 점액과 피가 찔끔찔끔 나오는 것이에요.' 게다가 병사들이 피와 진흙이 끈적끈적한 점액투성이로 기저귀를 차고 운반되어오는 것입니다. 병동에서 기저귀를 갈아드리는 일입니다. 그것밖에 방법이 없는 것입니다. 종일 그 기저귀를 갈아주고는 더러워진 기저귀를 삶아 소독하고 그 사이에 링거를 가지고 돌아다니죠. 비참한 것이죠. 그 임펄 작전은 (…중략…) 우리들은 아침 6시부터 밤12시까지 근무했습니다. 식사는 선채로 먹었습니다.[9]

---

8  임펄은 인도 북동부 미얀마 국경에 가까운 도시로 제2차 세계대전 중에 이 도시를 포위하려고 한 일본군이 영국·인도군에게 대패했다.
9  센다 나쓰미쓰, 앞의 책, 89~90면.

위의 인용문은 어린아이와 병상에 누워있는 남편을 집에 남겨두고 자랑스럽게 전장으로 떠나야만 했던 종군간호사의 내면세계를 엿볼 수 있는 대목이다. 게다가 하루에 18시간이나 근무하고 그것도 모자라서 식사도 선채로 먹어야 하며 환자의 기저귀까지 갈아줘야 하는 등 종군간호사의 일이 고되고 격심했음을 추측할 수 있다. 백의의 천사라는 이미지와는 다르게 현실은 전시 중에 동원되어 『주부의 벗』에서 그려지는 것과는 전혀 다른 괴리가 있었던 것이다. 그러한 괴리를 은폐했던 『주부의 벗』의 죄과를 일일이 열거할 필요도 없을 것이다.

종군간호사는 일본적십자사로부터 파견되는 것과 원래부터 육군에 소속되어 있지만 그 부족을 메우기 위해 일반으로부터 징발 모집하여 종군하는 경우도 적지 않았다. 본서의 뒷부분에 첨부해놓은 〈자료 3〉인 1937년昭和12 7월부터 1945년昭和20 8월까지 술신지별로 나누어놓은 일본적십자 종군간호사[10]의 수를 참고해보면, 그 당시 얼마나 많은 여성들이 종군간호사로 전쟁에 동원되었는지를 잘 알 수 있을 것이다.

종군간호사의 실상은 인권의 사각지대에서 국가에 봉사라는 미명 아래 희생을 감내하는 수준이었다. 아래의 글에서 보는 바와 같이 현지에서 간호사가 임신을 하는 사건이 발생하기도 한다. 이와 같이 일본 내부에서 발행되는 『주부의 벗』의 내용과 전쟁터에서의 현실은 크게 달랐다. 그것을 센다 나쓰미쓰千田夏光의 「건국 이래의 불상사建国以来の不祥事」

---

[10] 일본적십자 종군간호사는 전선에서 응급처치를 하는 야전병원에서, 최후방에서는 완전한 치료시설을 갖춘 육군병원에서 근무하게 되는 것이다. 종군간호사로는 육군, 해군간호사도 있지만, 군대에 준하는 전시교육을 받은 일본적십자간호사가 늘 제일선에 앞장섰다(누마자와 가즈코沼沢和子, 「종군간호사와 남방위문작가従軍看護婦と南方慰問作家」, 『여성들의 전쟁책임』, 東京堂出版, 2004, 266면).

라는 글을 통해 확인할 수 있다.

　　그 부대는 남방 세9육군병원이나. 같은 세9육군병원은 1942년昭和17 10
월 싱가폴공략평단 소속이었던 제68병참병원이 확충상반으로 나뉘었던 때
에 같은 제10육군병원과 함께 탄생한 신설병원부대였다. 주둔지는 현재 인
도네시아령 당시는 네덜란드령이었던 수마트라Sumatra섬 팔레반이었다. 그
리고 사건이라는 것은 부대장을 두려워해서 제지하는 장교가 한사람 밖에
없는 상황에서 일상등병一上等兵이 군형법서 주장하는 '항명죄상관협박죄抗
命罪上官脅迫罪'로 처벌받을 각오로 제지했다는 사건이다. 그리고 도저히 생각
할 수도 없는 일이지만 모 간호사가 임신해서 귀환명령이 나왔을 때 부장근
무자가 모여 '우리들도 돌려보내 달라'고 신청을 하자, '돌아가고 싶으면 임
신해라, 내가 해줄 테니까, 그것 이외에는 안 된다'고 말했다는 것이다.[11]

　　위의 글에서 알 수 있는 것처럼 종군간호사가 근무한 곳은 보통사람
들이 흔히 생각하고 있는 것처럼 전선에서 응급처치를 하는 야전병원과
최후방인 육군병원에서의 근무만은 아니었다. 그리고 전쟁이라는 실상
은 그녀들에 대한 인권적 보호 장치조차 기대할 수 없는 것이었다. 전지
에서 부상당한 병사들을 수송하기 위한 병원선에서도 간호사의 활약을
그리고 있다. 그러나 실제로 악조건이었다는 것을 설명하고 있다. 즉 신
변의 안전이 보장되어 있는 것도 아니었다.

---

11　센다 나쓰미쓰, 앞의 책, 113~114면.

## 3. 여신의 창출과 젠더 국가주의의 완성

야스쿠니신사는 'A급 전쟁범죄자'가 합사合祀되어 있다는 이미지가 강해서 일본군인의 신사라는 이미지가 일반적으로 정착되어 있다. 그까닭인지는 모르지만 야스쿠니신사에 5만 7천여 명의 여성이 제신祭神으로 봉재되어 있는 것은 의외로 잘 알려져 있지 않다. 야스쿠니신사에 합사되어 있는 제신의 총수가 246만 6천여 명이라고 하는데 그중에서 여성 제신이 차지하는 비율이 2.3%라는 그렇게 많은 비율은 아니다. 그런 이유에서인지는 모르지만 5만 7천여 명의 여성신女性神을 모신 곳은 일본 어떤 종교세계의 시설에서도 볼 수 없는 특별한 곳이라고 볼 수 있다. 그렇다면 야스쿠니신사에 합사되어 있는 여성들은 어떤 여성늘이며 어떻게 이 야스쿠니신사에 합사가 되었는지를 살펴보는 것도 의의가 있다고 본다.[12]

1938년昭和13 3월호 『주부의 벗』에 나오는 「충혼 야스쿠니의 여신찬가思魂靖国の女神賛歌」에는 여성의 순국과 야스쿠니신사를 결부짓는 다음과 같은 글이 있다.

길고 검은 머리를 가졌지만 황국을 생각하는 진심은 대장부에게 뒤지지 않는다. 흰 손결을 빨갛게 물들이고 고난을 짊어지고 당신이 걸어가는 가시밭길이여. 아, 순국의 여신들. 성스러운 일본의 해 그림자가 아시아의 하늘

---

12 오시마 신조大島信三, 「신이 된 소녀들神となった乙女たち」, 『정론正論』 8월, 産経新聞社, 2003, 328면.

을 뒤덮을 때 연모되는 그 모습, 마침내 조국을 비출 것이다. (…중략…) 구단 언덕에는 여신 49명, 지금은 조용히 웃음 짓는다.[13]

이와 같이 여성들도 조국을 위해 죽으면 여성신으로 구단의 언덕, 즉 야스쿠니신사에 모셔지고 있으며 남성 못지않은 활약을 하는 것으로 미화되었다. 그런데 이와 같은 논리는 결국 남성에 버금가는 희생을 강요하는 것에 지나지 않는다. 왜냐하면 길고 검은 머리라는 여성성과, 대장부에게 뒤지지 않는다는 동일성의 부여는 여성의 열성을 스스로 인정하는 것 이외에 그 어떤 결과도 지니지 못한다. 결국 여성들에게 열성인자를 부여하고 그럼에도 불구하고 우성인자와 같은 활약을 기대한다는 파렴치한 논리인 것이다.

신사신보사神社新報社에서 발행한 『아버님, 어머님父上さま母上さま』에는 야스쿠니신사에 있는 유서와 유고집이 실려 있다. 그중에서 종군간호사의 유서를 통해 야스쿠니신사의 신으로 모셔지고 있음을 다시 한 번 확인할 수 있다. 종군간호사 시라 비요코錦織美代子가 쓴 「가족에의 결별家族への訣別」을 보면 다음과 같은 유서가 게재되어 있다.

아버님, 어머님은 이제 남아 있는 인생이 짧기 때문에 너무 무리하지 말고 즐거운 여생을 보내세요. 하루코春子 씨에게는 대단히 걱정 끼쳐드렸습니다. 제 마음에 가장 남아 있는 것은 언니의 일입니다. 그렇지만 지금부터 반드시 좋은 일도 계속될 테니까 멋있게 기운내서 살아주세요. 고浩 짱도 부디 훌륭

---

13 「충혼야스쿠니의 여신찬가」, 『주부의 벗』, 1938.3, 53면.

한 사람이 되어 주세요. 열심히 공부해야 해요, 겐健 짱도. 구니오邦夫는 지금 쯤 어떻게 있는지, 살아서 돌아와도 만날 수 없을지도 몰라요. 언젠가는 틀림없이 야스쿠니신사에서 오빠와 함께 만날 수 있을지도 몰라요. 부디 씩씩하게 싸워 주세요. 아버지, 어머니, 언니, 구니오, 겐 짱, 고 짱 모두 안녕.[14]

전쟁터에서는 부상당한 장병을 간호하는 '백의의 천사'로서 그 역할을 했지만 간호사 자신이 병에 걸리게 되었고, 젊은 나이에 먼 이국땅에 가서 병에 걸려 죽음으로써 야스쿠니신사에 묻히게 된 종군간호사의 유언은 야스쿠니신사라는 장소로 환원되는 무가치한 죽음이었다. 결국 종군간호사 시라 비요코는 19살이라는 젊은 나이에 무창武昌 육군병원에서 전병사戰病死했다.

좀 더 덧붙이자면 제일선에서 싸우는 사단師團의 후방에 야전병원이 개설되어 부상병은 우선 여기에 수용된다. 종군간호사는 전쟁터에서 군대 부상자를 간호하는 임무를 띠었던 것이다. 종군간호사는 일본적십자사에서 파견되는 경우도 있었고 육군에 소속된 간호사도 있었는데 턱없이 부족하여 일반인을 모집하여 종군하는 경우도 적지 않았다. 다음도 역시 육군간호사였던 야마노 기요코山野淸子의 「평생 백의의 사람으로서一生白衣の人として」를 보면 자세히 나와 있다. 그 내용을 보기로 한다.

창에서 십자성을 보며 울었을 때 세계에서 이름 높은 마닐라의 저녁놀에 먼 조국(일본-인용자)을 그리며 돌아가고 싶어졌을 때였습니다. 어린아이

---

14  신사신보기획神社新報企画, 「가족에의 결별家族への訣別」, 『아버님, 어머님父上さま母上さま』, 神社新報社, 2001, 34~35면.

를 볼 때 양사洋司를 생각하고, 또 기요코喜代子, 에이코英子를 차차로 생각해 냈습니다. 어린 나이에 나라를 떠난다는 것은 앞으로 기요코의 긴 인생에 큰 역할을 해줄 것입니다. 기요코는 신체가 계속되는 한 백의의 사람(간호사를 지칭-인용자)으로서 살 작정입니다. 여기는 제일선(전장에서 직접 적과 싸우고 있는 최전선-인용자)입니다. 전장이라는 일하는 보람을 온 몸으로 느끼고 모든 것을 잊어버립니다. 기요코는 야마노山野 집안을 대표한 여성 용사입니다. 모든 사람에게 걱정 끼치는 일은 하지 않겠습니다. 몸이 성한 이상에는 계속 일하겠습니다. 야스쿠니의 궁에서…….[15]

기요코도 필리핀 루손Luzon 섬에서 19세라는 어린 나이에 전병사했다[16]고 한다. 그리고 마지막에 '야스쿠니의 궁에서'라는 말을 남기고 죽었다. 이 말은 결국 야스쿠니신사에 묻혀달라는 것을 함축하고 있는 것이다. 기요코는 종군간호사로서 임무를 다하면 야스쿠니신사에 묻힐 수 있다는 것을 마음속에서 내면화하고 있었던 것이다.

15  신사신보기획, 「일생 백의의 사람으로서一生白衣の人として」, 위의 책, 43면.
16  위의 글, 43면.

## 소결론

　이상으로 제5부에서는 여성잡지 『주부의 벗』을 통해 전시기 일본여성의 성역할 이데올로기를 살펴보았고 그 속에 담긴 죽음의 서열화 내지는 상징조작에 대해 고찰했다. 여기에 동원된 이미지가 모성의 국가주의화, 백의의 천사와 국가주의, 야스쿠니신사 등이었다. 야스쿠니신사가 초혼사라는 원령을 위로한다는 논리는 죽음의 서열화와 상징화를 만들어내었고, 그것에 여성의 역할이 강조되는 논리가 상호연관관계를 가진다는 것이다. 즉 국가가 전시라는 특별한 시기에 여성을 어떻게 전쟁에 동원하려고 애썼는지를 본 것이다.

　중일전쟁을 거치면서 태평양전쟁 기간을 통해 일본이 전쟁에 여성을 동원시키기 위해 고안해낸 여성의 이미지가 어떻게 미디어를 통해 일반여성들의 인식 속으로 보급되고 각인되었는지를 구체적으로 다음과 같이 두 가지로 나누어 살펴보았다.

　첫째는 '백의의 천사'라는 스테레오타입을 여성동원 이미지에 사용했다. 이는 전쟁터에서 병사를 간호하는 일이 여성이 가진 본능인 자애정신이라는 것을 적절히 기능시킨 것이라고 볼 수 있을 것이다. 『주부의 벗』은 이것을 일반인에게 보급하는 역할에 일익을 담당했으며 그 이미지 창출을 적극적으로 국가동원체제 안에서 행했음을 지적할 수 있다. 그 당시 종군간호사들은 전쟁터의 현지에서 백의의 천사로서 병사에게 편지를 읽어주기도 하고 병자를 간호하면서 자신의 몸을 돌보지 않는 희생정신을 발휘하는 여성의 이미지를 열심히 그려내고 있었다. 그렇지만 실제로 현지에서 병에 걸려 숙는가 하면 전쟁이 격렬해지는 곳에서는 간호사복장이 아닌 병사의 복장으로 총을 잡는 전투병으로 가담하게 되었고, 같은 일본인 상사에게 강간을 당하는 등 그 현실은 『주부의 벗』이 그려내고 있는 이상과는 전혀 동떨어진 것이었다.

둘째는 일본이 근대국가의 출발이라는 메이지유신에서 착안해낸 하나의 내셔널리즘이 천황제국가의 성립과 신도를 중심으로 한 국가신도를 창안하는 논리를 내걸었다. 그 안에서 야스쿠니신사가 일본적이라고도 볼 수 있는 죽은 자의 영혼을 위로하는 초혼사상이 국가를 위한 전사자를 동원하기 위해 전통과는 전혀 다른 기념관으로써 야스쿠니신사로 변형시켰다는 논리를 살펴보는 한편, 국가가 교육하는 논리에 여성들이 휘말려가는 과정을 고찰했다.

이를 구체적으로 살펴보면 당시 여성들은 야스쿠니신사에 합사되어 영령이 될 수 있다는 의식을 아무런 의심 없이 그대로 받아들이면서 자식과 남편을 국가와 천황을 위해 바치겠다는 의식을 내면화했다는 것을 지적할 수 있다. 국가는 여성을 열심히 동원시키기 위해 야스쿠니신사에 묻히면 천황이 참배하는 영광스러운 신으로 제사 지내질 수 있다는 논리를 선전하려 했고, 적어도 『주부의 벗』에서는 그 논리를 열심히 전파하고 있었다. 그런 와중에 여성이 가지고 있던 성별역할분담, 즉 남성은 전투지의 '밖'에서, 여성은 가정에서라는 '안'의 이원적 성별역할분리론에서 일시적으로는 그 통념을 깨고 '여성도 밖에서'라는 권리를 획득하려는 자각을 할 수 있는 기회를 가지기 위해 국가동원논리에 링크

되었다는 것이다.

일본정부는 전쟁 초기부터 총후의 여성 협력이 불가피하다는 것을 자각하고 여성의 조직화를 추진해왔지만, 태평양전쟁 돌입 후 전국이 긴박해짐에 따라 국민총동원체제를 만들어 여성을 점점 사회로 끌어내었다.

대부분의 사회가 성의 모럴(도덕)이나 가치규범에서 여성에게는 남성과 다른 기준을 적용시키고 있다. 남성과 여성의 성을 이중 잣대로 재는 이중기준인 것이다. 당시 여성은 그것을 지키며 사는 것이 마치 의무인 것처럼 여성 자신이 내면화하며 살아가고 있었다.

당시 여성들은 여성 자신의 권리를 획득하기 위해 남편과 자식을 국가의 희생양으로 보내면서 여성 스스로가 '야스쿠니의 어머니', '모성의 발휘', '국가의 어머니'라는 논리 속에 묻혀버리는 한계를 갖게 되었다. 또한 여성들 자신은 여성권리의 획득이라는 논리 앞에서 이 민족침략이라는 논리를 용인하는 공동체 안에서 눈앞의 이익에 매몰되어졌음을 지적할 수 있다.

그러나 본서에서는 『주부의 벗』의 전권을 사용하지 못했기 때문에 전체를 조망하지 못했다. 즉 잡지의 시기가 전시기라는 1937년부터 1945년 패전까지라는 편중된 시기로 제한해서 다루었기 때문에 가령 모성의 관점도 일본의 근대라는 맥락 속에서 자리매김하기 어려운 점에서 『주부의 벗』 전체가 여성을 전쟁에 동원시키기 위해 끌어들이는 논리로 일색되었다고 결론짓는 것에는 한계가 있다고 볼 수 있다. 또한 여성이 국가동원에 가담하는 데 있어서 『주부의 벗』이 실제로 얼마나 큰 영향력을 가졌는지는 실제로 정확한 데이터를 갖고 있지 않기 때문에 밝히기에는 어려움이 있다.

그리고 이러한 잡지가 만드는 이미지가 '전시체제'라는 특별한 상황이었다는 것을 감안해야만 한다는 점은 항상 잡지가 여성의 이미지화를 형성하는 데 특별히 기여한다는 논리의 보편성을 논하기에는 한계가 있을 수 있다. 그러나『주부의 벗』이 실제로 여성의 이미지화를 선전하는 데 역할을 하지 않았다고 부정할 수는 없다.

일본의 잡지계에서 아니 세계의 잡지 중에서『주부의 벗』만큼 많은 사람들에게 사랑받은 잡지는 아마 없을지도 모른다. 그 만큼 당시『주부의 벗』이 매스미디어로써 일반 민중에게 끼쳤을 파급효과는 엄청났을 것이라는 점은 짐작할 수 있으리라고 생각된다.

베네딕트 앤더슨Benedict Anderson이『상상의 공동체』에서 인쇄물 또는 출판물이라는 미디어가 사람들의 인식을 지배하고 있다[17]고 주장하듯이 당시『주부의 벗』도 가격이 저렴하고, 저학력여성을 대상으로 삼았다는 점에서 누구나 손쉽게 읽을 수 있는 잡지였기 때문에 가장 대중적인 잡지라고 할 수 있다. 그러므로 당시 국가는 그중에서도『주부의 벗』이라는 잡지를 통해 전시체제하 여성을 국가동원체제로 끌어들이기에 충분했다.

여성 또한 전쟁에 직접 나가서 가담을 한다든가 아니면 총후의 여성으로서 남성을 돕고 더 나아가서 전쟁에 가담하게 되는 피해자가 아닌 가해자의 행동을 내면화시킨 것이다. 여성들도 보조자로서가 아닌 주체자로서 전쟁에 가담한 것만이 아니라 여성들도 전쟁의 가해자로서 또 다른 폭력을 가하고 있는 것은 아닐까 하는 생각이 든다. 그리고 본서에

---

17　베네딕트 앤더슨, 윤형숙 역,『상상의 공동체』, 나남, 2002, 69면.

서는 남은 과제로서 이러한 한계점을 극복하기 위해 폭넓은 자료의 섭렵과 다른 잡지와의 비교검토도 필요하다고 본다.

　마지막으로 여성이 국가의 논리에 가담하면서 찾으려고 했던 여성의 근대화라는 틀이 어떤 것이었는지를 새롭게 재정립해야 한다는 것을 지적하고 싶다. 여성이 국가체제에 동조하는 논리, 즉 여성들 자신의 권리획득과 신장을 위해 어떤 체제의 논리를 수용하지만 그 자체가 다른 차별을 강화하는 논리에 동조한다는 모순을 어떻게 대처해야만 하는가이다. 다시 말하면 일본의 국내공동체 안에서 여성들 자신의 권리신장을 위해 국가체제에 가담함으로써 파생된 이민족차별에 가담한 것을 어떻게 설명할 수 있는가라는 모순을 안게 된 점이다. 이런 '동화와 차이'의 딜레마라는 논리를 좀 더 설명하는 것은 금후의 과제로 남긴다.

종장

이상으로 본서에서는 젠더개념의 이론적 재편과정을 고찰함으로써
여성상이 사회적·문화적 개념의 규범들이 어떻게 경합하면서 형상화
되는지를 살펴보았다. 이때 형성된 중심개념인 주체는 타자 배제의 원
리를 동반하고 있음을 제시했다.

다시 말해서 젠더라는 이론을 하나의 사회적·문화적 현상에 의해 시
대적 개념어로서 재편된 것으로 간주하고 그 이론을 활용하여 여성상의
재편과 여성의 정체성이 어떻게 정치화되었는지를 고찰해보았다. 특히
남녀상극을 부각시켜 단순히 남성으로부터 억압과 차별을 드러내어 여
성해방을 주장하는 헤게모니의 전복을 주장하는 것이 아니라, 여성의 주
체성을 남성작가의 선택적 시선이나 여성작가의 선택적 시선에 의한 부
분적 서술논리를 극복하고 남성·여성이라는 이분법의 극복과 융합의
논리를 주체형성의 상관관계의 논리로서 제시했다. 서론에서는 이러한

전체적인 글의 윤곽을 스케치하고 각각의 장에서 이를 구체화시켰다.

먼저 제1부에서는 일본의 메이지기 남성지식인의 여성상과, 남성지식인의 여성상에 대한 반응으로서 여성논자들의 주장에 주목했다. 또한 여성들이 일상적 삶 속에서 어떻게 훈육되었는지를 살펴보기 위해 여성이 객체로 타자화되고 부정되는 과정을 구체적으로 제시한 '훈육서'를 검토했다. 예를 들어 남성지식인이 쓴 여훈서, 특히 가이바라 에키켄이 여성에게 유교적 덕목을 구가한 「여자를 가르치는 법」을 통해 여성의 삶과 정체성을 어떻게 규정했는지를 살펴보고, 여성저자가 쓴 「십삼야」를 통해 여주인공이 유교적 덕목을 어떻게 인식하고 있었는지를 고찰했다.

그리고 제2부와 제3부, 제4부에서는 여성의 삶과 정체성을 살펴보는 데 있어 키워드라 할 수 있는 연애, 결혼, 직업과 가사의 양립, 임신, 출산, 육아문제 등 가성과 일상이라는 시공간 속에서 여성들의 성험을 다루고 있는 여성저자가 그린 소설을 중심으로 실존적 물음인 여성의 주체형성 과정을 살펴보았고, 여주인공들의 한계성과 가능성도 동시에 고찰했다.

이를 구체적으로 말하면 제1부 제1장에서는 일본의 메이지기 서구문화를 의식하면서 등장한 남성지식인들로 구성된 메이로쿠사에서 창간한 『메이로쿠잡지』에 나타난 여성상을 살펴보았다. 남성지식인들에 의한 여성이미지로서 여성교육의 필요성을 구가한 논자로는 미쓰쿠리 슈헤이, 나카무라 마사나오, 모리 아리노리가 이에 속한다. 미쓰쿠리는 여학교설립의 필요성과 여성의 역할 중, 특히 어머니의 역할을 강조했고 나카무라는 남녀의 교양을 중요시했으며 모리는 어머니의 역할 강조와 함께 어머니의 사회적 책임을 중요시 여겼다. 남녀동권론을 주장한 논자로는 후쿠자와 유키치와 가토 히로유키, 그리고 쓰다 마미치가 이에 포함된다. 후쿠자와는 일부일처제와 이성애를 강조함과 동시에 국가의 폐해를 걱정하는 의미에서 첩과 창기폐지를 논했다.

그리고 가토는 여성에 대한 남성의 멸시세태와 축첩풍습을 비판했고 쓰다는 남녀에게 각기 다르게 적용되는 성별역할에는 긍정적이었던 반면 여성의 참정권주장에는 부정적이었다. 쓰다는 특히 국가의 존폐위기를 우려하는 입장에서 남성들에게 첩과 창기에게 이성적이기를 기대했다. 일본에 만연된 축첩풍습세태를 비판한 모리는 남편이 가족을 부양하는 대신 아내는 남편을 뒤에서 지지하는 성별역할구분을 강력히 주장했다.

그와 동시에 모리는 축첩으로 인해 빚어지는 일본의 가족관계 문제를 지적했다. 그리고 창기문제에 대해 쓰다는 폐창설을 주창했다. 또한 후쿠자와도『메이로쿠잡지』에서 첩과 창기제도의 폐지를 주장한 점에서 공통적이었다. 그렇지만 후쿠자와는 10년 뒤에 쓴「품행론」에서는 첩 제도를 폐지하자고 주장한 반면 창기존재의 필요성을 역설했다. 그런데 여기서 숙지해야만 하는 것으로 후쿠자와의 창기존재의 필요성 주장논리는 진정한 의미에서 여성을 위한 것이 아니라 국가적 견지에서의 '여성표상'이었다는 점이다.

이는 남성지식인들이 근대국가를 만들어내는 과정 속에서 여성의 역할을 강조하기 위해 여성교육, 처첩론, 창기를 취사선택한 여성 만들기의 시도였음이 명백히 드러났다. 다시 말해서 남성지식인들은 다름을 지닌 여성을 타자로 설정했을 뿐만 아니라 여성들 사이에서의 차이를 여러 층위로 나누었다. 즉 남성지식인들은 여성을 여러 계층으로 분리하여 차별화했던 것이다.

제1부 제2장에서는 남성지식인들의 여성논리에 대한 대항논리로서 자유민권운동과 연동하여 출현한 남성지식인에 대한 여성들의 반응을 살펴보았다. 즉 기시다 도시코, 후쿠다 히데코, 시미즈 시킨, 히라쓰카 라이초 등 여성논자들이 어떻게 자신을 표현하고 여성에 의해 여성이 어떻게 표상되고 있었는지를 살펴보았다. 특히 여성교육논리, 남녀동권론, 남존여비세태풍자, '이에'제도비판, 여성자각이라는 측면에서 여성논자들의 주장을 고찰해보았다.

기시다 도시코는 남녀에게는 생물학적 차이가 아니라 배움의 유무에 차이가 있을 뿐 정신력에도 차이가 없음을 피력했고 시미즈 시킨은 학교교육의 실태를 비판함과 동시에 여성자각을 역설했다. 그리고 히라쓰카 라이초는 남녀를 불문하고 교육의 필요성을 절실하게 설파했다. 후쿠다 히데코는 여성교육의 불완전함을 주창했다. 위의 여성논자들이 글쓰기를 통해 여성자각을 주창한 것과는 달리, 구수노세 기타와 같은 여성은 정부를 상대로 참정권을 주장하는 등 자신의 생각을 실천으로 옮긴 여성이라 하겠다.

특히 기시다 도시코와 후쿠다 히데코는 자유민권운동에 직접 참여하는 실천적인 면모를 보여준 여성이었는데, 기시다는 남존여비사상을 비판했고 『메이지민법』의 폐해를 규탄한 반면 후쿠다는 남녀동권론을 주장했다. 그런데 그녀들 역시 여성 당사자들을 위한 자유민권 속의 여권신장이 아니라 결국 일본국민의 입장에서 국가를 위한 여권주장이었음이 명증되었다. 다시 말해서 『메이로쿠잡지』에서 제시된 남성지식인들의 이론과 마찬가지로 기시다와 후쿠다도 국가의 성장과 진보를 긍정한다는 의미에서 여권확장을 획득하려는 기획 담론이었다.

이는 여성논자들이 한편으로는 남성지식인들의 여성논리에 저항하면서도 다른 한편으로는 남성지식인들의 여성논리를 모방하려는 이중자세를 취했다는 점에서 근대화 속에 갇힌 여성상이었음이 드러났다. 그러나 이를 역으로 말하면 남성만이 국가의 장래를 걱정한 것이 아니라 당시 여성들도 국가를 상정하고 있었다고 해석할 수 있을 것이다. 다시 말해서 남성뿐만 아니라 여성들도 근대국민국가의 논리에 편입되어 국가관 또는 국가의식을 드러내고 있는 것에서 그 자장으로부터 자유로울 수 없었다고 파악할 수 있을 것이다.

제1부 제3장에서는 메이지기 여성들의 삶과 정체성을 파악하기 위해 여훈서의 일종으로 여성규정을 집대성한 「여자를 가르치는 법」을 통해 여성작가가 쓴 소설 「십삼야」 속에서 여주인공이 유교적 덕목을 어떻게 인식하고 수용·내면화했는지를 살펴보았다. 「여자를 가르치는 법」에서 가이바라는 여성이 결혼함으로써 생기는 인간관계, 즉 남편, 시부모, 자식, 그리고 하녀·하인 등 타인과의 관계성에 비중을 두고 제시한 여성규범을 지킬 것을 여성들에게 강력히 호소했다. 그리고 가이바라는 「여자를 가르치는 법」을 통해 여성들이 결혼함으로써 진정한 여성이 되는 것처럼 세뇌시켰다. 또한 가이바라는 남성과 여성의 다름을 차별로 연결시켰다. 즉 가이바라는 남녀의 차이를 여성에 대한 차별로 고착화시켰다.

그런데 문제는 다름과 차이를 차별로 고착화시키는 점에 있다. 예컨대 가이바라는 특히 13가지 항목을 여성이 출가하기 전에 잘 가르치지 않으면 안 된다고 강력히 주장했는데, 아내가 남편에게 이혼당하지 않으려면 유교 최고의 덕목인 순종을 강조하며 딸을 둔 부모와 당사자인 여성들에게 경각심을 심어주었다. 또한 가이바라는 당시 여성들의 삶이 혼인을 통해 결정되기 때문에 여성이 남편가족의 일원으로 편입됨으로써 남편을 따르는 것은 물론이고, 여성의 직분에 충실하기를 여성들에게만 일방적으로 당부했다. 즉 가이바라는 「여자를 가르치는 법」을 통해 여성의 다양한 차이를 포기하고 여성에게 동일한 기준을 적용시켜 획일적인 여성으로 동일화시켰다.

특히 가이바라는 「여자를 가르치는 법」을 통해 정신에서부터 신체에 이르기까지 일거수일투족을 구체적으로 열거하며 여성들에게 강요하고 세뇌시켰다. 즉 여성이 일상생활, 특히 결혼생활에서 힘써야 할 일과 경계해야 할 일을 함께 제시하여 아무리 지식과 지위가 낮은 여성일지라도 잘 이해할 수 있도록 만들었다. 이를 통해 가이바라가 힘써야 할 일과 경계해야 할 일을 단선적으로 구분해줌으로써 일반대중들도 쉽게 이해할 수 있도록 일부러 의식해서 논한 것임을 간파할 수 있다. 더 나아가 이는 가이바라가 여성을 동일화시키기 위한 전략이었음을 간과해서는 안 될 것이다.

이처럼 가이바라가 「여자를 가르치는 법」을 통해 여성의 인식을 지배하고 통제하는 것 역시 일종의 폭력임을 잊지 말아야 할 것이다. 그뿐만 아니라 「여자를 가르치는 법」에서도 강조되어 있듯이 당시 여성에게 요구되는 '삼종지도'와 '칠거지악'은 여성행동의 준거 틀로서 제시되어 여성의 권한을 가정 안으로 한정지었을 뿐만 아니라, 남성중심의 가부장제도를 더욱 공고하게 유지하기 위한 규범으로도 작동되었다. 여성저자가 쓴 소설 「십삼야」에서 여주인공 오세키가 부모의 설득으로 아들과 남편이 있는 공동체 속으로 되돌아간 것은 '삼종'이라는 자장에서 벗어나지 못해 '순'여성으로 회귀되었다고 볼 수 있다. 그와 더불어 오세키가 '칠거' 중 '불투기'의 덕목을 거역하지 않은 것에서 '산존칠거'를 내면화하여 순종석인 여성의 길을 실천하는 여성임이 드러났다. 「십삼야」를 더욱 심화시켜 분석한 것은 제2부 제1장이다.

제2부에서는 메이지기의 여성작가인 히구치 이치요의 「십삼야」와 동시기의 여성저자인 시미즈 시킨의 「깨진 반지」를 통해 여성의 정체성 찾기가 어떠한 방식으로 나타나는지를 살펴보았다. 「십삼야」의 오세키는 결혼이라는 제도를 해체시키지 못한 여성인 반면 「깨진 반지」의 '나'는 이혼을 감행하면서 '탈'제도화를 시도한 여성이었다. 즉 여주인공 '나'는 국가제도의 틀로서 제시된 결혼이라는 규범을 흔들면서 새로운 정체성을 위해 새로운 내면을 찾으려고 했다.

이를 좀 더 구체적으로 말하면 제2부 제1장 「십삼야」에서는 오세키가 여성성이라는 젠더규범으로부터 벗어나기 위해 기존의 여성규정으로부터 어떻게 저항하고 탈하려고 했는지 또는 정체성을 찾는 과정 속에서 어떠한 한계성이 보였는지를 밝혔다. 여기서 특히 주목해야만 하는 것은 오세키가 남편이라는 타자를 통해 자아를 찾아 여성이기 이전에 한 개인으로서 주체적 자아를 찾고자 이혼을 결심하는 것에서 타자와의 상대화작업을 시도했다는 점이다. 그러나 오세키는 내면 안에서 여성의 정체성을 자각하기는 했지만, 주변 인물들의 관계 속에서 새로운 주체를 체현하지 못한 채 결국 현실이라는 틀 속에 타협해버리고 말았다. 따라서 이혼을 결심하기 이전과 같은 여성의 주체성을 가진 오세키는 아니겠지만 사회·문화적 규범이 만든 젠더에 갇힌 삶을 살아갈 것이라는 점은 자명할 것이다.

제2부 제2장에서 「깨진 반지」의 '내'가 이혼을 선택한 것은 제도라는 굴레에서 벗어났음을 의미함과 동시에 남편으로부터 정신적인 독립·경제적 자립을 하게 되었음을 뜻한다. '남은 인생은 세상을 위해 일하고 싶다'는 포부를 드러낸 것에서 기존 사회의 공동체적 논리의 내파를 통해 사회적으로 주체성을 찾겠다는 의지가 내포되어 있다. 즉 「깨진 반지」의 '나'는 「십삼야」의 오세키와는 달리 정신적·경제적·사회적으로 자립한 여성이라 하겠다.

여기서의 주안점은 이혼을 통해 결혼이라는 제도로부터 탈피했다는 점에서 여성이 자아를 찾아가는 방법과 주체를 실현하는 논리가 어떻게 표상되는지에 있다. 「십삼야」의 오세키는 이혼을 포기한 반면 「깨진 반지」의 '나'는 이혼을 선택했다. 이처럼 같은 시대를 살아가는 여성이라 하더라도 다양한 여성성을 발견할 수가 있다. 더 나아가 동시대 여성작가에 의해 그려진 여성표상에는 자각적인 여성, 주체적인 여성, 자립한 여성으로 동일하게 그려진 것이 아니라 여성들 사이에서도 중층적이고 차이가 있음이 증명되었다.

제3부에서는 다무라 도시코의 「생혈」과 「구기자열매의 유혹」을 통해 자발과 강제의 성경험에 의한 당시 여성들의 성에 대한 인식을 살펴보았다. 즉 여성의 근대적 주체의 문제와 성의 문제에 주목했다. 이 두 작품은 당시 결혼 전 순결을 지키는 것을 지상과제로 여기던 시절을 배경으로 삼고 있다. 그런데 전자는 여성이 성적 '자기결정권'을 가지고 혼전 성관계를 갖는 것으로 설정된 반면 후자는 여성이 폭력과 강제가 수반된 성폭행을 당하는 것으로 설정되었다.

그러나 이 두 작품에서 눈여겨보아야 할 것은 성관계를 가진 후 여주인공의 심리(내적 양상)가 바뀐 점이다. 즉 전자는 아무리 주체적인 성적 자기결정권을 가진 여성이라 하더라도 남성과 성경험을 한 후, 세상 사람들의 이목을 걱정하며 영육일치의 성 관념에서 자유롭지 못해 결국 주체성을 상실하고 만다.

후자는 성폭행 당한 여주인공을 둘러싸고 성에 대한 일반인들의 인식 속에 여성도 성욕을 가질 수 있음을 단적으로 드러냈다. 이처럼 다이쇼기로 들어서면서 사람들이 여성의 '성'에 대한 인식이 차츰 바뀌어가고 있음을 추출해낼 수 있다. 특히 1910년대 현실에서는 여성의 성에 대한 인식이 단선적이지 않고 중층적이고 다층적임이 드러났다.

이를 구체적으로 말하면 제3부 제1장 「생혈」에서는 아무리 주체적인 성적 자기결정권을 가진 여성이라 하더라도 남성과 성경험을 한 후 영육일치의 성 관념에서 자유롭지 못함을 유코를 통해 입증되었다. 또한 유코가 혼전 성관계를 가진 후 아키지의 의지에 따라 하루 종일 따라다니는 것과, 처녀성을 잃은 유코가 아키지와의 결혼으로 직결시키고 있는 것에서 당시 자유연애로 인한 혼전관계 = 결혼이라는 도식이 성립되고 있음을 간파할 수 있었다.

제3부 제2장 「구기자열매의 유혹」에서 폭력과 강제가 수반된 성폭행을 당한 치사코는 자신의 무고함을 주변사람들에게 적극적으로 항변하지 못하고 자신의 의사를 억압당한 채 자신의 운명으로 받아들였다. 이를 통해 남녀에게 각기 다른 이중적인 성규범이 적용되었음을 간파할 수 있었다. 즉 여성은 순결을 지키기 위해 몸을 항상 조심해야만 하는데 여성의 영역으로 간주되는 가정 안에만 머물지 않고 영역을 이탈하여 밖으로 나간 치사코에게 성폭력의 원인으로 낙인찍으며 책임을 전가시

킨 점이다.

그리고 남성들에게 성적 자유가 허용됨을 가해자를 포함하여 우체부와 경찰관까지도 함묵하는 것에서 여실히 증명되었다. 그와 반대로 당시의 일반적인 성 관념으로 남성에게는 강한 성적 욕망을 용인한 반면 여성에게는 무성욕을 강요했는데, 여성은 어디까지나 남성의 성적 욕망의 대상이 아니라 욕망하는 육체를 표현함으로써 여성에게도 성적 욕망이 있음을 치사코를 통해 밝혀졌다. 특히 치사코가 자신의 성에 대한 욕망을 자각한다는 점에서 오히려 자신에게 충실한 것으로 해석하는 것이 타당할 것이다.

그러나 「구기자열매의 유혹」에서 치사코의 타의에 의한 성경험과, 「생혈」에서 유코의 자유의지에 의한 혼전 성관계를 가진 두 여성 모두 결국 봉선석이고 가부상제하 결혼하기 전까지 정조와 순결을 지키는 것을 부덕으로 여기는 기존의 사고방식으로부터 결코 자유롭지 못한 여성들임이 밝혀졌다. 그와 동시에 메이지기에서 다이쇼기로 접어들면서 다무라 도시코라는 신여성이 시대의 조류에 영합하여 성을 이야기했다는 점은 높이 평가할 만하다. 그러나 여성에 의한 여성의 성에 대한 표상, 즉 여성저자에 의해 여성의 정조와 처녀성이 강조되고 있음은 아이러니하지 않을 수 없다. 이는 다무라 도시코가 남성중심주의 가치관을 용인하고 있었다고 간주할 수 있다. 그리고 이 두 작품은 주체성의 자각과 몰주체성의 상관관계가 동시에 공존하는 모순의 문제로 귀결된다고 하겠다.

제4부에서는 젠더의 재편과정을 잘 드러낸 다무라 도시코의 「그녀의 생활」에 나타난 젠더관념이 여성의 정체성과 어떠한 상관관계가 있는지를 살펴보았다. 「그녀의 생활」을 통해 여성이 전통적이고 봉건적인

결혼관에서 벗어나 근대적 결혼관이라 할 수 있는 서로의 내면을 이해하는 남편을 기대하며 결혼했다 하더라도 그것은 결혼에 대한 환상일 뿐, 실제 현실에서는 가사일과 육아문세 전반을 감내하고 극복해야만 하는 것은 여성의 몫임을 알 수 있었다.

가족이라는 테두리 안에서 성별역할분업은 부부간에 권력의 불균형을 초래했다. 그러한 불균형은 내면에 일련의 공포를 유발시켰고 그 공포는 일상성에 균열을 느끼게 하는 비일상적인 것이었다. 이처럼 성별역할분업 논리는 그 자체만으로 여성의 억압을 전제로 하는 점에서 폭력적이다. 또한 여성은 남편뿐만 아니라 사회로부터도 소외되는 내적 폭력을 경험하는 이중적인 폭력에 노출되었다. 메이지30년대는 성별역할분업이 명확하던 시대로 특히 「그녀의 생활」은 성역할의 폭력성을 드러낸 가장 정점에 달한 작품이라 할 수 있다.

그러나 결국 마사코는 사랑이라는 규범을 재인식하면서도 사랑이라는 이름 아래 모든 것을 극복하고 감수하는 여성의 고유성이라고 간주되는 희생하는 여성으로 전락하고 말았다. 특히 여기서 중요한 것은 마사코가 타자인 닛타를 부정하는 것이 아니라 이해하려는 의미에서 모든 것을 사랑으로 승화시키려고 한 점이다. 닛타 역시 처음에는 다른 남성들과는 다른 사고방식을 지닌 것처럼 보였지만 결국 무조건적이고 헌신적인 사랑을 여성성의 기본이라고 여겼다. 따라서 남성지식인 닛타 역시 남성 중심적 사고방식으로부터 자유롭지 못한 것에서 일반남성과 별반 다르지 않음을 발견할 수 있었다.

본서에서 다룬 작품군 중 「그녀의 생활」에서는 지식인 남편을 두었고 경제적 자립을 한 마사코조차 사랑이라는 이름하에 자아를 재구성하는 논리를 창출해내지 못했다. 다시 말해서 마사코가 여성성을 거부하고 끊임없이 남편의 지배와 권위에 대항하면서 주체성을 찾으려고 한 것에서 젠더의 가능성이 발견되었지만, 여성성을 완전히 포기하지 않았다는 점에서 한계성이 동시에 존재했다.

제5부에서는 『주부의 벗』이라는 일본의 유명한 여성잡지의 분석을 통해 여성들이 국가의 전시체제하에 어떠한 방식으로 국가와 관계를 맺었는지에 주목했다. 특히 중일전쟁을 거치면서 태평양전쟁에 이르기까지 일본은 전쟁수행과 관련하여 여성을 '관리'하기에 이르는 과정을 고찰했다. 국가는 당시 가격도 저렴하고 저학력여성을 대상으로 누구나 손쉽게 읽을 수 있는 가장 대중적인 잡지였던 『주부의 벗』이라는 잡지를 통해 전시체제하 여성을 국가동원체제로 끌어들였다. 여성 또한 전쟁에 직접 나가서 가담하거나 총후의 여성으로서 남성을 돕고 더 나아가서는 전쟁에 가담하게 되었는데, 이는 여성도 피해자가 아닌 가해자의 행동을 내면화시킨 것이었다. 즉 당시 여성들도 전쟁의 보조자로서가 아닌 주체자로서 전쟁에 가담했던 것이다.

물론 젠더규범으로 인해 수난당하고 고통 받는 여성들이 그것으로부터 저항하고 탈하려고 했다. 그러나 그것에 그치는 것이 아니라 여성들이 사회·문화적으로 만들어진 젠더규범과 경합 또는 충돌하지만, 결국 여성들 스스로 내면화하거나 주변 인물들의 승인으로 인해 여주인공에게서 젠더의 가능성과 한계성이 동시에 발견되었다. 이처럼 젠더라는 학지는 사회·문화적으로 규범들의 경합과 주변 인물들의 승인 속에서 형성되었음이 명증되었다.

그런데 여기서 확실히 밝혀두고 싶은 것은 여성들에게서 발견되는 한계성의 지적도 물론 중요하지만, 여성들이 여성규범을 극복해가는 과정이 무엇보다도 중요하기 때문에 여성들의 극복과정 양상을 살피는 것에 역점을 두었다.

이러한 의미에서 제3의 주체성 찾기 작업은 남성과 여성이라는 이분법을 넘어 융합 담론을 창출하기 위한 시도이며 정체성은 고정된 것이 아니라 끊임없이 변화하는 것이며 늘 형성되는 과정 중에 있는 것이고, 결코 완결된 형태로 존재하지 않는 끊임없이 찾아야 하는 과정 중에 있는 것임이 규명되었다. 다시 말해서 여성의 정체성은 불변성·항속성·동일성을 유지하는 원형 또는 본질의 불변이 아니라 가변성을 향해 열려 있는 비균질적이고 유동적인 것이라 할 수 있다.

바로 그러한 의미에서 여성에 의해 그려진 여성표상에는 자각적인 여성, 주체적인 여성, 자립한 여성으로만 그려지는 것이 아니라 여성들 사이에서도 중층적이고 차이가 있음이 드러났다. 즉 여성들 사이에서도 차이가 드러나는 다양하고 불균일하고 유동적인 여성임을 알 수 있었다. 본서에서 여성이 그린 여성들은 팔레스타인 난민처럼 집을 잃고 유랑하는 영원한 이방인(디아스포라) 같은 여성으로 그려지기도 했다. 따라서 여성의 정체성을 규범화하지 않고 다양한 정체성을 인정하는 열린 인식이야말로 남녀의 이분법을 넘어 소통과 융합으로 발전시켜 나아갈 수 있는 재구성화 작업일 것이다.

그리고 여성만의 문화로 정치되는 사랑, 연애, 결혼, 이혼, 직업, 가사 양립, 육아 등의 문제만이 내포되어 있는 것이 아니라 남성만의 문화로 사유되는 지배, 권력, 폭력, 계급, 계층, 배제, 소외, 차별, 억압 등이 착종되어 있음을 확인할 수 있었다. 따라서 이는 여성문화와 남성문화로 이분화되는 것이 아니라 보편적인 문제임을 간과해서는 안 될 것이다.

더 나아가 여성과 남성은 이항 대립되는 관계가 아니라 상생적·상보적인 관계로써 '소통'의 관계로 자각해야 함을 숙지해야만 할 것이다. 특히 남성 / 여성, 남성성 / 여성성이라는 젠더의 구별짓기를 허물 수 있는 새로운 이론적 가능성을 발견하고, 남성과 여성의 상극 또는 결별을 의미하는 것이 아니라 남녀 모두 상생하고 공생하는 사회를 만드는 계기를 모색하고자 했다.

그러나 본서에서는 중심부를 차지하는 글쓰기가 가능한 특권층 남성과 여성이 생산해낸 이론을 중심으로 분석했고, 주변부라 불리는 드러나지 않은 남성과 여성작가의 작품이나 이야기 속의 삶에 대해서는 기술하지 못한 부분이 있으며 다양한 인간의 존재를 포괄적으로 다루지 못한 것에 대해서는 한계성을 갖는다. 그러한 의미에서 자아와 무분이 배제될 가능성이 있다는 것은 차치해두더라도, 그 시대의 맥락 속으로 들어가 다양한 여성의 층위와 삶을 살펴보는 작업은 반드시 거쳐야만 하는 과정이라고 생각한다. 또한 여성들 사이에서의 내부의 차이를 계급의 차이와도 비교해보거나 다양한 계층 여성들의 논리를 재검토해야 하는 것은 과제로 남는다.

## 참고문헌

1. 한국문헌

① 단행본

거다 러너, 강세영 역, 『가부장제의 창조』, 당대, 2004.

_____, 강정하 역, 『왜 여성사인가』, 푸른역사, 2006.

고모리 요이치, 송태욱 역, 『포스트콜로니얼』, 삼인, 2002.

고부응, 『탈식민주의-이론과 쟁점』, 문학과지성사, 2003.

구연상, 『공포와 두려움 그리고 불안』, 청계, 2002.

구태훈, 『일본근세・근현대사』, 재팬리서치21, 2008.

권김현영, 『남성성과 젠더』, 자음과모음, 2011.

권보드래, 『연애의 시대-1920년대 초반의 문화와 유행』, 현실문화연구, 2003.

권정혜 편, 『트라우마의 치유』, 학지사, 2010.

김경일, 『여성의 근대, 근대의 여성』, 푸른역사, 2004.

김석수, 『주체』, 산해, 2001.

김수진, 『신여성, 근대의 과잉-식민지 조선의 신여성 담론과 젠더정치, 1920~193
      4』, 소명출판, 2009.

김용덕, 『일본근대사를 보는 눈』, 지식산업사, 2005.

김원홍 외, 『오늘의 여성학』, 건국대 출판부, 2005.

김은실, 『여성의 몸, 몸의 문화정치학』, 또하나의문화, 2002.

김은희, 『신여성을 만나다-근대 초기 한・중・일 여성소설 읽기』, 새미, 2004.

김종출 역, 『여사서』, 문화각, 1966.

김지영, 『연애라는 표상』, 소명출판, 2007.

김혜경, 『식민지하 근대가족의 형성과 젠더』, 창비, 2006.

남인숙, 『여성과 교육』, 신정, 2009.

낸시 초도로우, 김민예숙・강문순 역, 『모성의 재생산』, 한국심리치료연구소, 2008.

니시카와 나가오, 윤대석 역, 『국민이라는 괴물』, 소명출판, 2002.

다께무라 가즈꼬, 이기우 역, 『페미니즘』, 한국문화사, 2003.

다리안 리더, 이수명 역, 『라캉』, 김영사, 2005.

다비드 르 브르통, 홍성민 역, 『근대성과 육체의 정치학』, 동문선, 2003.

다이안 맥도넬, 임상훈 역, 『담론이란 무엇인가』, 한울, 2002.

데루오카 야스타카, 정형 역, 『일본인의 사랑과 성』, 小花, 2005.

동아시아유교문화권연구단, 『동아사의 근대, 여성의 발견』, 청어람미디어, 2004.

레나 린트호프, 이란표 역, 『페미니즘문학이론』, 인간사랑, 1999.

로즈마리 통, 이소영 역, 『페미니즘 사상─종합적 접근』, 한신문화사, 2000.

로지 브라이도티, 박미선 역, 『유목적 주체』, 여이연, 2004.

롤랑 바르트, 김희영 역, 『텍스트의 즐거움』, 동문선, 1997.

뤼스 이리가라이, 이은민 역, 『하나이지 않은 성』, 동문선, 2000.

리타 펠스키, 김영찬·심진경 역, 『근대성의 젠더』, 자음과모음, 2010.

_____, 김영찬 역, 『근대성과 페미니즘』, 거름, 1998.

린 페인, 이중열 역, 『남성다움의 위기』, 바울, 2008.

린다 맥도웰, 여성과 공간연구회 역, 『젠더, 정체성, 장소』, 한울, 2010.

릴라 간디, 이영욱 역, 『포스트식민주의란 무엇인가』, 현실문화연구, 2000.

마단 시럽, 전영백 역, 『후기구조주의와 포스트모더니즘』, 조형교육, 2005.

마루카와 데쓰지, 백지운·윤여일 역, 『리저널리즘』, 그린비, 2008.

마에다 아이, 신지숙 역, 『문학 텍스트 입문』, 제이앤씨, 2010.

마에다 아이, 유은경·이원희 역, 『일본 근대 독자의 성립』, 이룸, 2003.

메기 험, 심정순 역, 『페미니즘이론 사전』, 삼신각, 1995.

메리 E. 위너스-행크스, 노영순 역, 『젠더의 역사』, 역사비평사, 2006.

모리 오가이, 김용기 역, 『청년』, 소화, 1998.

문옥표 편, 『신여성』, 청년사, 2003.

문화이론연구소, 『日本人과 日本文化의 理解』, 보고사, 2001.

미셸 푸코, 신은영·문경자 역, 『성의 역사─제2권 쾌락의 활용』, 나남, 2010.

_____, 오생근 역, 『감시와 처벌─감옥의 역사』, 나남, 2005.

_____, 이규현 역, 『성의 역사─제1권 지식의 의지』, 나남, 2010.

_____, 이영목 역, 『성의 역사─제3권 자기에의 배려』, 나남, 2004.

_____, 이정우 역, 『담론의 질서』, 서강대 출판부, 2003.

_____, 『지식의 고고학』, 민음사, 2003.

발터 벤야민, 최성만 역, 『역사의 개념에 대하여 / 폭력비판을 위하여 / 초현실주의

외』, 길, 2008.

벨 훅스, 윤은진 역, 『페미니즘―주변에서 중심으로』, 모티브북, 2010.

수피아 푸카, 유길슈 역, 『포스트페미니즘』, 김영사, 2005.

송혜경, 『연애와 문명』, 문, 2010.

섀리 엘 서러, 박미경 역, 『어머니의 신화』, 까치글방, 1995.

세실 도팽 외, 이은민 역, 『폭력과 여성들』, 동문선, 2002.

스티브 모튼, 이운경 역, 『스피박 넘기』, 앨피, 2005.

스티븐 컨, 이성동 역, 『육체의 문화사』, 의암출판, 1996.

슬라예보 지젝, 이현우 역, 『폭력이란 무엇인가』, 난장이, 2011.

시몬 드 보부아르, 조홍식 역, 『제2의 性』 상하, 을유문화사, 2008.

신선향, 『일본문학과 여성』, UUP(울산대 출판부), 2005.

신인섭, 『일본근현대문학의 명암』, 재팬리서치21, 2009.

심영희, 『모성의 담론과 현실』, 나남, 1999.

아드리엔 리치, 김인성 역, 『더 이상 어머니는 없다』, 평민사, 2002.

아베 마사미치安部正路, 배정웅 역, 『신사문화神社文化를 모르고 일본문화日本文化를 말할
　　수 있는가』, 계명, 2000.

알리스 셰르키, 이세욱 역, 『프란츠 파농』, 실천문화사, 2002.

앤소니 기든스, 배은경·황정미 역, 『현대 사회의 성·사랑·에로티시즘』, 새물결, 2001.

야나기타 구니오, 김정례·김용의 역, 『일본 명치·대정시대의 생활문화사』, 소명출
　　판, 2006.

엘리자베스 그로츠, 임옥희 역, 『뫼비우스 띠로서 몸』, 여이연, 2001.

엘리자베스 라이트, 고갑희 역, 『페미니즘과 정신분석학 사전』, 한신문화사, 1997 .

엘리자베트 바댕테르, 심성은 역, 『만들어진 모성』, 동녘, 2009.

　　　　　　　　　　, 최석 역, 『남성의 본질에 대하여』, 민맥, 1993.

엠마뉴엘 레이노, 김희정 역, 『강요된 침묵―억압과 폭력의 남성 지배문화』, 책갈피, 2001.

여성문화이론연구소, 『여 / 성이론』, 여이연, 2001.

연구공간수유+너머근대매체연구팀, 『新女性―매체로 본 근대여성풍속사』, 한겨레신
　　문사, 2005.

요제프 브로이어·지그문트 프로이트, 김미리혜 역, 『히스테리연구』, 열린책들, 2004.

우에노 치즈코, 이미지문화연구소 역, 『근대가족의 성립과 종언』, 당대, 2009.

유향劉向, 박양숙 역, 『(역사를 바꾼 여인들)열녀전』, 자유문고, 1994.

　　　, 이숙인 역, 『열녀전―중국 고대의 106여인 이야기』, 예문서원, 1996.

윤종혁, 『근대 이후 한국과 일본의 학제 변천 과정 비교 연구』, 한국학술정보, 2008.

이광래, 『미셸 푸코–'광기의 역사'에서 '성의 역사'까지』, 민음사, 1999.

_____, 『방법을 생각한다–해체에서 융합으로』, 知와사랑, 2008.

이남석, 『참여하는 시민, 즐거운 정치』, 책세상, 2005.

이노우에 기요시, 성해준·감영희 역, 『일본여성사』, 어문학사, 2004.

이득재, 『가부장제국 속의 여자들』, 문화과학사, 2004.

이수영, 『권력이란 무엇인가』, 그린비, 2009.

이숙인, 『여사서』, 여이연, 2003.

이영아, 『육체의 탄생』, 민음사, 2008.

이인자, 『의상심리』, 교문사, 2001.

이에나가 사부로, 일본근대사상팀 역, 『근대 일본 사상사』, 소명출판, 2006.

이정우, 『주체란 무엇인가』, 그린비, 2009.

_____, 『전통, 근대, 탈근대』, 그린비, 2011.

이지숙, 『일본 근대 여성문학 연구』, 어문학사, 2009.

이진경, 『철학과 굴뚝청소부』, 그린비, 2006.

이현재, 『여성의 정체성, 어떤 여성이 될 것인가』, 책세상, 2007.

이화인문과학원, 『젠더와 탈/경계의 지형』, 이화여대 출판부, 2009.

임옥희·태혜숙, 『한국의 식민지 근대와 여성공간』, 어이연, 2004.

자크 데리다, 김보현 역, 『해체』, 문예출판사, 1996.

자크 아탈리, 이효숙 역, 『호모 노마드 유목하는 인간』, 웅진지식하우스, 2007.

전미경, 『근대계몽기 가족론과 국민생산 프로젝트』, 소명출판, 2005.

정유성, 『따로와 끼리–남성 지배문화 벗기기』, 책세상, 2006.

정희진, 『페미니즘의 도전』, 교양인, 2005.

조너선 색스, 임재서 역, 『차이의 존중』, 말글빛냄, 2007.

조지 L. 모스, 서강여성문학연구회 역, 『내셔널리즘과 섹슈얼리티』, 소명출판, 2004.

조한혜정, 『성찰적 근대성과 페미니즘』, 또하나의문화, 1998.

조현준, 『주디스 버틀러의 젠더정체성이론』, 한국학술정보(주), 2007.

조혜숙, 『일본근대여성의 시대인식–여류작가 히구치 이치요樋口一葉의 시선』, 제이앤씨, 2010.

조혜정, 『한국의 여성과 남성』, 문학과지성사, 1988.

존 스튜어트 밀, 서병훈 역, 『여성의 종속』, 책세상, 2006.

존스토리, 박모 역, 『문화연구와 문화이론』, 현실문화연구, 1999.

_____, 백선기 역, 『문화연구란 무엇인가』, 커뮤니케이션북스, 2004.

종합여성사연구회, 최석완·임명수 역, 『지위와 역할을 통해서 본 일본여성의 어제와
　　　오늘』, 어문학사, 2006.

수디스 버틀러, 김윤상 역, 『의미를 체현하는 육체』, 인간사랑, 2003.

_____, 조현순 역, 『안티고네의 주장』, 동문선, 2005.

_____, 조현준 역, 『젠더트러블』, 문학동네, 2009.

주디스 허먼, 최현정 역, 『트라우마』, 플래닛, 2007.

주유신, 「처녀들의 식사」, 『여/성이론』, 여성문화연구소, 1999.

줄리아 우드, 한희정 역, 『젠더에 갇힌 삶』, 커뮤니케이션북스, 2007.

줄리아 크리스테바, 서민원 역, 『공포의 권력』, 동문선, 2001.

지그문트 바우만, 함규진 역, 『유동하는 공포』, 산책자, 2009.

질리언 로즈, 정현주 역, 『페미니즘과 지리학 - 지리학적 지식의 한계』, 한길사, 2011.

J. D. 나지오, 표원경 역, 『히스테리의 정신분석』, 백의, 2001.

제프 콜린스, 이수명 역, 『데리다』, 김영사, 2003.

제프리 웍스, 서동진 역, 『섹슈얼리티 - 성의 정치』, 현실문화연구, 1999.

채성주, 『근대교육 형성기의 모성 담론』, 학지사, 2009.

채운, 『재현이란 무엇인가』, 그린비, 2009.

천정환, 『근대의 책읽기』, 푸른역사, 2003.

캐럴 페이트만·메어리 린든, 이남석·이현애 역, 『페미니즘정치사상사』, 이후, 2004.

캐롤린 라마자노글루, 김정선 역, 『페미니즘, 무엇이 문제인가』, 문예출판사, 1997.

케이트 밀렛, 김전유경 역, 『성 정치학』, 이후, 2009.

케티 콘보이공, 고경하 역, 『여성의 몸, 어떻게 읽을 것인가』, 한울, 2001.

크리스 쉴링·임인숙 역, 『몸의 사회학』, 나남, 1999.

크리스토퍼 래쉬·엘리자베스 래쉬 퀸, 오정화 역, 『여성과 일상생활』, 문학과지성사, 2004.

크리스티나 폰 브라운편, 탁선미 외역, 『젠더연구』, 나남, 2002.

태혜숙, 『탈식민주의 페미니즘』, 여이연, 2001.

_____, 『한국의 탈식민 페미니즘과 지식생산』, 문화과학사, 2004.

테오도르 아도르노·호르크 하이머, 김유동 역, 『계몽의 변증법』, 문학과지성사, 2001.

팸 모리스, 강희원 역, 『문학과 페미니즘』, 문예출판사, 1999.

페터 지마, 허창운·김태환 역, 『이데올로기와 이론 - 비판적 인문 사회과학을 위하
　　　여』, 문학과지성사, 1996.

피에르 부르디외, 김용숙 역, 『남성지배』, 동문선, 2003.

하비 맨스필드, 이광조 역, 『남자다움에 관하여』, 이후, 2010.

한국문학연구회, 『페미니즘은 휴머니즘이다』, 한길사, 2000.

한국여성연구소, 『여성의 몸-시각, 쟁점, 역사』, 창비, 2005.

한국일본근대문학회, 『일본근현대문학과 연애』, 제이앤씨, 2008.

한나 아렌트, 이진우·태정호 역, 『인간의 조건』, 한길사, 2001.

한일여성공동역사교재 편찬위원회, 『여성의 눈으로 본 한일 근현대사』, 한울아카데미, 2005.

호미 바바, 나병철 역, 『문화의 위치』, 소명출판, 2005.

헨릭 입센, 안동민 역, 『인형의 집』, 문예출판사, 2004.


② 학술지

권숙인, 「일본제국시대(1868~1945)의 여성의 지위」, 『한국문화인류학』 제30집 제1호, 한국문화인류학회, 1997.

김연옥, 「明治期의 女性 民權論의 思想的 行路」, 『서울대 동양사학과논집』 제26집, 2002.

全泳杓, 「日本雜誌言論의実相研究」, 『出版雜誌研究』 第1卷 第1号, 出版文化学会, 1992.

김은실, 「민족 담론과 여성-문화, 권력, 주체에 관한 비판적 읽기를 위하여」, 『한국여성학』 제10집, 1994.

박양신, 「후쿠자와 유키치福澤諭吉에 있어서의 문명과 독립」, 『한양일본학』 제9집, 2001.

송혜경, 「근대적 남녀관계론의 성립과 문명개화」, 『일본학보』 제63집, 2005.

윤복희, 「다무라 도시코田村俊子 연구」, 『日本學報』 제69집, 2006.

윤혜원, 「현대일본여성운동-青鞜運動과 그 社會的 背景을 中心으로」, 『亞細亞女性研究』 제18집, 1979.

이지숙, 「『그녀의 생활彼女の生活』에 나타난 신여성의 정체성에 관한 연구」, 『일본문화학보』 제31집, 2006.

_____, 「다무라 도시코田村俊子의 『생혈生血』론-여성적 언어의 특징을 중심으로」, 『日本文化學報』 제33집, 2007.

이지형, 「다무라 도시코田村俊子의 문학과 여성정신질환」, 『日本文化學報』 제34집, 2007.

임종원, 「후쿠자와 유키치와 明六社小考」, 『한양일본학』 제13집, 2004.

阿武政秀, 「田村俊子作品の女性像に関する一考察」, 『日語日文学研究』 第55輯 2卷, 2005.

정현숙, 「일본의 출판문화-다이쇼·쇼와 초기의 잡지출판을 중심으로」, 『韓国放送通信大学校論文集』 第31輯, 2001.

참고문헌   331

③ 학위논문

김미영, 「1920년대 여성 담론 형성에 관한 연구-'신여성'의 주체형성 과정을 중심으로」, 서울대 박사논문, 2003.

金彦淳, 「朝鮮時代 女訓書에 나타난 女性의 正體性 硏究」, 한국학중앙연구원 박사논문, 2005.

朴敏成, 「요사노 아키코의 『헝클어진 머리』 연구-性에 대한 표현과 그 심리를 중심으로」, 중앙대 석사논문, 2005.

박소정, 「후쿠자와 유키치의 여성관」, 단국대 석사논문, 2007.

이명선, 「식민지 근대의 신여성 주체형성에 관한 연구-성별과 성의 관계를 중심으로」, 이화여대 박사논문, 2003.

임종원, 「福澤諭吉의 文明思想硏究」, 한양대 박사논문, 1998.

임혜정, 「근대 일본의 『明六雜誌』에 나타난 明六社의 國民敎育思想 연구」, 성신여대 석사논문, 1999.

장미화, 「일본의 아시아·태평양전쟁기 여성동원정책에 관한 연구」, 한양대 박사논문, 2007.

장은경, 「히구치 이치요의 작품에 나타난 여성의 삶의 양상」, 영남대 석사논문, 2005.

曺惠鉉, 「한·일 근대 「신여성」 비교연구-여성지 『新女子』와 『靑鞜』을 중심으로」, 경기대 석사논문, 2003.

최현주, 「일본 근대여성의 신여성론 연구-1910년대를 중심으로」, 서강대 석사논문, 1998.

2. 일본문헌

① 단행본

『主婦之友』, 1937.9; 1938.2; 1939.1; 1939.3; 1939.11; 1939.12; 1940.9; 1940.12; 1941.1; 1941.2; 1941.3; 1941.5; 1942.1; 1942.7; 1942.10; 1943.12; 1944.3; 1944.11; 1945.4; 1945.5; 1945.7.

芥川龍之介, 『現代日本文學全集 第30篇 芥川龍之介集』, 改造社, 1928.

浅田祐子, 『『靑鞜』という場-文学・ジェンダー・新しい女』, 森話社, 2002.

朝日新聞社 編, 『朝日新聞100年の記事にみる戀愛と結婚』, 朝日新聞社, 1979.

天野正子 他, 『新編 日本のフェミニズム5 母性』, 岩波書店, 2009.

阿部恒久・佐藤能丸, 『通史と史料 日本近現代女性史』, 芙蓉書房出版, 2000.

有島武郎, 『或る女』, 新潮社, 2007.

有賀美和子, 『フェミニズム正義論』, 勁草書房, 2011.

五十嵐富夫, 『日本女性文化史』, 吾妻書館, 1988.

井桁碧, 『「日本」国家と女』, 青弓社, 2000.

井桁碧 他, 『「日本」国家と女』, 青弓社, 2003.

伊坂青司, 「森有礼の「妻妾論」をめぐって－伝統的「家」社会と近代家族の葛藤」, 『『明六雑誌』とその周辺』, お茶の水書房, 2004.

石月靜惠・藪田貫 編, 『女性史を学ぶ人のために』, 世界思想史, 1999.

泉鏡花, 『高野聖・眉かくしの霊』, 岩波書店, 2001.

市川浩, 『精神としての身體』, 勁草書房, 1976.

伊藤整 編, 『近代日本思想史講座7』, 筑摩書房, 1972.

絲屋壽雄, 『管野すが』, 岩波新書, 1988.

井上輝子 他, 『新編 日本のフェミニズム3 性役割』, 岩波書店, 1995.

今井泰子 他, 『短篇 女性文学 近代』, 桜楓社, 1987.

イーフー トゥアン, 金利光 譯, 『恐怖の博物誌』, 圖書印刷株式會社, 1991.

上野千鶴子, 『女という快樂』, 勁草書房, 1987.

_____, 『家父長制と資本制－マルクスフェミニズムの地平』, 岩波書店, 1998.

_____, 『ナショナリズムとジェンダー』, 青土社, 2000.

_____, 『差異の政治學』, 岩波書店, 2002.

エステル フリードマン, 安川悦子・西山惠美 譯, 『フェミニズムの歴史と女性の未来－後戻りさせない』, 明石書店, 2005.

江原由美子, 『自己決定權とジェンダー』, 岩波書店, 2002.

江原由美子 他, 『ジェンダーと社會倫理』, 有斐閣, 2006.

_____, 『ジェンダーの社会学入門』, 岩波書店, 2008.

_____, 『新編 日本のフェミニズム2 フェミニズム理論』, 岩波書店, 2009.

大江志乃夫, 『靖国神社』, 岩波新書, 1984.

大木基子 他, 『福田英子集』, 不二出版, 1998.

_____, 『自由民權運動と女性』, ドメス出版, 2004.

大久保利謙, 『明六雑誌』, 国際イラスト技研, 1976.

_____, 『明六社考』, 立体社, 1976.

_____, 『明六社』, 講談社, 2007.

大越愛子, 『フェミニズム入門』, ちくま新書, 2003.

_____,『フェミニズムと國家暴力』, 世界書院, 2004.

大原康男,『「靖国神社への呪縛」を解く』, 小学館文庫, 2003.

大日向雅美,『母性愛神話とのたたかい』, 草土文化, 2002.

岡野他家夫,『日本出版文化史』, 原書房, 1981.

岡野幸江,『女たちの戦争責任』, 東京堂出版, 2004.

荻野美穂,『ジェンダー化とされる身體』, 勁草書房, 2002.

奥田曉子,『女と男の時空』, 藤原書店, 1995.

海後宗臣 他,『教科書でみる近現代日本の教育』, 東京書籍, 1999.

貝原益軒,「教女子法」,『貝原益軒集』, 國民文庫, 1913.

嘉悦孝子 譯,『女四書』, 聚芳閣版, 1926.

金子幸子,『近代日本女性論の系譜』, 不二出版, 1999.

加納実紀代,『女たちの'銃後'』, 筑摩書房, 1987.

加納實紀代 他,『新編 日本のフェミニズム10 女性史・ジェンダー史』, 岩波書店, 2009.

鹿野政直,『婦人・女性・おんな―女性史の問い』, 岩波新書, 1989.

鹿野政直・金原左門・松永昌三,『日本の近代 民衆運動と思想』, 有斐閣, 1977.

鎌田東二,『神道用語の基礎知識』, 角川選書, 1999.

亀山美知子,『近代日本看護史1(日本赤十字社と看護婦)』, ドメス出版, 1983.

河合隼雄,『日本社會とジェンダー』, 岩波書店, 1994.

川島武宣,『イデオロギーとしての家族制度』, 岩波書店, 1973.

川口喬一・岡本靖正 編,『最新文學批評用語辭典』, 研究社, 2003.

川田文子,『女という文字、おんなということば』, 明石書店, 2000.

川村邦光,『セクシュアリティの近代』, 講談社, 1996.

_____,『オトメの身体』, 講談社, 1996.

_____,『戦死者のゆくえ』, 青弓社, 2003.

カント, 篠田英雄 譯,『啓蒙とは何か』, 岩波文庫, 1997.

岸田俊子,「同胞姉妹に告ぐ」(1884), 高田之波,『女性作家集』, 岩波書店, 2002.

木村涼子,『'主婦'の誕生―婦人雑誌と女性たちの近代』, 吉川弘文館, 2011.

木本喜美子 他,『ジェンダーと社会―男性史・軍隊・セクシュアリティ』, 旬報社, 2010.

近代女性文化史研究会 編,『婦人雑誌の夜明け』, 大空社, 1998.

熊谷巽堂,『日本列女傳』, 明治出版社, 1913.

クリスティーナ ガライサバル・ノルマ バスケス, ディグナスを讀む會 譯,『女性のアイデン
ティティの再建を目指して』, 柘植書房新社, 2003.

黒岩比佐子, 『明治のお嬢さま』, 角川選書, 2008.

紅野敏郎 編, 『大正文學アルバム』, 新潮社, 1987.

小堀桂一朗, 『靖国神社と日本人』, PHP新書, 2003.

小森陽一, 『研究する意味』, 東京圖書, 2003.

小松滿貴子 編, 『ジェンダー・セクシュアリティ・制度』, ミネルヴァ書房, 2003.

高知縣女教員會, 『千代の鑑』, 富山房, 1941.

小山靜子, 『良妻賢母という規範』, 勁草書房, 2004.

五味弘文, 『人間はなぜ恐怖するのか?』, メディアファクトリー, 2009.

斎藤純一, 『自由』, 岩波書店, 2006.

斎藤美奈子 他, 『新編 日本のフェミニズム11 フェミニズム文學批評』, 岩波書店, 2009.

坂根義久 編, 『自由民權』, 有精堂, 1973.

佐藤和夫, 『女たちの近代批判—家族・性・友愛』, 靑木書店, 2001.

柴田義松・斎藤利彦, 『近現代教育史』, 學文社, 2000.

渋谷知美, 『日本の童貞』, 大春新書, 2003.

新・フェミニズム批評の會 編, 『『靑鞜』を讀む』, 學藝書林, 1998.

神社新報企画, 『父上さま母上さま』, 神社新報社, 2001.

絓秀實, 『日本近代文學の'誕生'』, 太田出版, 1995.

鈴木裕子, 『フェミニズムと戰爭』, マルジュ社, 1988.

スピヴァック, 著淸水和子・崎谷若菜 譯, 『ポスト殖民地主義の思想』, 彩流社, 1999.

關礼子, 『一葉以後女性表現—文體・メディア・ジェンダー』, 翰林書房, 2003.

瀬戸内晴美, 『田村俊子』, 角川文庫, 1974.

瀬沼茂樹, 「解説」, 瀬戸内晴美, 『田村俊子』, 角川文庫, 1974.

千田有紀, 『ヒューマニティーズ 女性學／男性學』, 岩波書店, 2009.

千田夏光, 『從軍看護婦』, 双葉社, 1975.

ジェイン ピルチャー・イメルダ ウィラハン, 片山亞紀 譯, 『ジェンダー・スタディズ』, 新曜社, 2009.

シルヴィアンヌ・アガサンスキー, 丸岡高弘 譯, 『性の政治學』, 産業図書, 2008.

ジョン W. スコット, 荻野美穂 譯, 『ジェンダーと歴史学』, 平凡社, 2004.

ジャン ドリュモー, 永見文雄 外譯, 『恐怖心の歴史』, 新評論, 1997.

ジャン ボードリヤール 編, 山田登世子 譯, 『恐怖』, リブロポート, 1989.

昭和女子大學女性文化研究所 編, 『日本文化とジェンダー』, 御茶の水書房, 2002.

總合女性史研究會 編, 『時空を生きた女たち』, 朝日新聞出版, 2010.

相馬黒光, 『明治初期の三女性—中島湘煙・若松賤子・淸水紫琴』, 厚生閣, 1940.

高崎隆治, 『一億総特攻を煽った雑誌たち』, 第三文明社, 1984.

高野俊, 『明治初期女兒小學の研究―近代日本における女子教育の源流』, 大月書店, 2002.

竹盛天雄, 『明治文學アルバム』, 新潮社, 1986.

田中彰, 『明治維新』, 岩波書店, 2002.

田中伸尚, 『靖国の戦後史』, 岩波書店, 2002.

田村俊子, 「生血」(1911), 『田村俊子作品集』第1巻, オリジン出版センター, 1987.

_____, 「枸杞の実の誘惑」(1914), 『田村俊子作品集』第2巻, オリジン出版センター, 1988.

_____, 「彼女の生活」(1915), 『田村俊子作品集』第2巻, オリジン出版センター, 1988.

田山花袋, 「蒲団」(1907), 『日本文學全集 田山花袋』, 集英社, 1972.

_____, 『田舎教師』(1909), 岩波書店, 1997.

角田三郎, 『靖国と鎮魂』, 三一書房, 1977.

坪内裕三, 『靖国』, 新潮社, 1999.

遠丸立, 『恐怖考』, 白地社, 1987.

ダン ガードナー, 田淵健太 譯, 『リスクにあなたは騙される'恐怖'を操る論理』, 早川書房, 2009.

樋口一葉, 「十三夜」(1895), 坪内祐三・中野翠, 『明治の文学 樋口一葉』第17巻, 筑摩書房, 2000.

鶴田新藏, 『教訓』, 婦人文庫, 1914.

戸田貞三, 『家族制度』, 三省堂, 1950.

中川善之助 他, 『家族制度全集 法律編 I 婚姻』, 河出書房, 1937.

_____, 『家族制度全集 史論編 I 婚姻』, 河出書房, 1937.

_____, 『家族制度全集 法律編 II 離婚』, 河出書房, 1937.

_____, 『家族制度全集 史論編 II 離婚』, 河出書房, 1937.

中村光夫, 『明治・大正・昭和』, 新潮選書, 1972.

中村三春, 「田村俊子―愛慾の自我」, 『国文学』11月号, 学灯社, 1992.

中部家庭經營學研究會, 『明治期家庭生活の研究』, ドメス出版, 1972.

中山和子 他, 『ジェンダーの日本近代文学』, 翰林書房, 1998.

成田龍一, 『大正デモクラシー』, 岩波書店, 2007.

長野ひろ子, 『ジェンダー史を学ぶ』, 吉川弘文館, 2006.

夏目漱石, 『三四郎』, 新潮文庫, 2003.

西川重則, 『天皇の神社'靖国'』, 梨の木舎, 2000.

西川裕子, 「戦争への傾斜と翼賛の婦人」, 『日本女性史』第5巻, 東京大出版会, 1990.

西村圭子, 『女性群像』, 新人物往来社, 1999.

西村汎子 他, 『文學にみる 日本女性の歴史』, 吉川弘文館, 2000.

_____, 『戦の中の女たち』, 吉川弘文館, 2004.

日本ジェンダー学会 編, 『ジェンダー学を学ぶ人のために』, 世界思想社, 2000.

根本崩騰子, 『文學の中の女性』, 近代文藝社, 2005.

前川直哉, 『男の絆』, 筑摩書房, 2011.

前川愛, 『近代文學の女たち―『にごりえ』から『武蔵野夫人』まで』, 岩波書店, 1995.

水田珠枝, 『女性解放思想の歩み』, 岩波新書, 2006.

牟田和恵, 『ジェンダー・スタディーズ―女性學・男性學を学ぶ』, 大阪大學出版會, 2009.

村上重良, 『近代日本の宗教』, 講談社, 1980.

_____, 『慰霊と招魂』, 岩波新書, 2001.

守中高明, 『脱構築』, 岩波書店, 1999.

長谷川啓, 「解説」, 『田村俊子』, 日本図書センター, 1999.

早川紀代, 『近代天皇諸國家とジェンダー』, 青木書店, 1998.

早川紀代 他, 『軍國の女たち』, 吉川弘文館, 2004.

_____, 『植民地と戦争責任』, 吉川弘文館, 2005.

_____, 『東アジアの國民國家形成とジェンダー―女性像をめぐって』, 青木書店, 2007.

檜垣立哉, 『ドゥルーズ―解けない問いを生きる』, NHK出版, 2002.

平田由美, 『女性表現の明治史』, 岩波書店, 1999.

平塚らいてう, 『元始、女性は太陽であった』1～4, 大月書店, 1992.

布川清司, 『近代日本 女性倫理思想の流れ』, 大月書店, 2000.

福澤諭吉, 「品行論」(1885), 慶應義塾, 『福澤諭吉全集』第5巻, 岩波書店, 1971.

福島瑞穂, 『結婚と家族―新しい関係に向けて』, 岩波新書, 1992.

福田アジオ, 「明六社」, 『結社の世界史1―結衆・結社の日本史』, 山川出版社, 2006.

福田英子, 『妾の半生涯』, 岩波文庫, 1969.

二葉亭四迷, 『浮雲』, 岩波文庫, 1887～1889.

ヘルタ ナーグル・ドツェカル, 平野英一 譯, 『フェミニズムのための哲學』, 青木書店, 2006.

穂積重遠, 『離婚制度の研究』, 改造社, 1924.

細見和之, 『アイデンティティ/他者性』, 岩波書店, 2003.

堀場清子, 『青鞜の時代―平塚らいてうと新しい女たち』, 岩波新書, 1988.

靖国神社, 『靖国神社百年史(資料編)』上, 原書房, 1983.

_____, 『靖国神社百年史(資料編)』下, 原書房, 1984.

_____, 『靖国神社百年史(事歴年表)』, 原書房, 1987.

_____, 『靖国神社に祀られた乙女たち』, 1998.

_____, 『ようこそ靖国神社へ』, 近代出版社, 2000.

_____, 『遊就館図録』, 靖国神社, 2003.

靖国神社社務所, 『英霊の言乃葉(8)』, 靖国神社, 2004.

山折哲雄, 『日本における女性』, 名著刊行會, 1992.

山下明子, 『戦争とおんなの人権』, 明石書店, 1997.

山中恒, 『すっきりわかる「靖国神社」問題』, 小学館, 2003.

山住正己 編, 『福澤諭吉教育論集』, 岩波書店, 1997.

由井正臣 編, 『大正デモクラシー』, 有精堂, 1977.

吉田好一, 『ひとすじの道ー主婦の友社創業者・石川武美の生涯』, 主婦の友社, 2001.

吉見俊哉, 『カルチュラル・スタディーズ』, 岩波書店, 2000.

吉見周子, 『日本ファシズムと女性』, 合同出版, 1977.

米田佐代子, 「母性主義の歴史的意義」, 『日本女性史』第5巻, 東京大出版会, 1990.

米山リサ, 『暴力・戦争・リドレス』, 岩波書店, 2003.

若桑みどり, 『戦争がつくる女性像』, 筑摩書房, 1995.

脇田晴子 編, 『日本女性史』, 吉川弘文館, 1988.

PHP研究所 編, 『検証ー靖国問題とは何か』, PHP研究所, 2002.

② 학술지

大島信三, 「神となった乙女たち」, 『正論靖国と日本人の心』8月号, 産経新聞社, 2003.

大霞会, 「神社行政」, 『内務省史』第二巻, 1970.

大塚明子, 「『主婦の友』に見る'日本型近代家族'の変動(1)」, 『ソシオロゴス』No.18, 1999.

亀山美知子, 「戦争と看護婦」, 『歴史評論』No.40, 校倉書房, 1984.

高橋三郎, 「戦争と女性」, 『戦時下の日本』, 行路社, 1992.

東京歴史科学研究会婦人運動史部会, 「戦時下の日常生活とその崩壊ー日中・太平洋戦争と
　　　総力戦体制」, 『歴史評論』No.407, 校倉書房, 1984.

中島三千男, 「'靖国'問題に見る戦争の記憶」, 『歴史学研究』No.768, 青木書店, 2002.

西川裕子, 「戦争への傾斜と翼賛の婦人」, 女性史総合研究会 編, 『日本女性史』五, 東京大
　　　学出版会, 1982.

森岡清美・今井昭彦, 「国事殉難戦没者, 特に反政府軍戦死者の慰霊実体ー調査報告」, 『成
　　　城文芸』第102号, 成城大学文芸学部, 1982.

山折哲生・福田和也, 「日本人の英霊と靖国神社」, 『Voice』8月号, 2003.

# 부록

<부록 1> 『메이로쿠잡지』 제1호~제43호까지 실린 논설의 목차분류

| 호 | 필자명 | 논문제목 | 논설의 종류 |
|---|---|---|---|
| 제1호 | 니시 아마네西周 | 서양어로 국어를 표기하는 것에 대해 논함洋字키以テ国語키書スル키論 | 학술 |
| | 니시무라 시게키西村茂樹 | 개화 정도에 의한 새로운 문자를 개발하는 논함開化키度內テ改文字키發スベキ키論 | 학술 |
| 제2호 | 가토 히로유키加藤弘之 | 후쿠자와 선생님의 논리에 답한다福沢先生 키論二答フ | 학술 |
| | 모리 아리노리森有礼 | 학자직분론의 평学者職分論키評 | 학술 |
| | 쓰다 마미치津田真道 | 위와 같음同上 | 학술 |
| | 니시 아마네 | 비학자직분론非学者職分論 | 학술 |
| 제3호 | 모리 아리노리 | 개화제1화開化第一話 | 사상 |
| | 니시무라 시게키 | 진언일칙陳言一則 | 사상 |
| | 모리 아리노리 | 민선의원설립건언서의 평民選議院設立建言書키評 | 정치 |
| | 스기 고지杉亨二 | 아국피득왕의 유훈峨國彼得王키遺訓 | 사상 |
| | 쓰다 마미치 | 개화를 진척시키는 방법을 논하다開化키進ルル方法키論ス | 종교 |
| | 니시 아마네 | 박구 상공의 일제駁舊相公議一題 | 정치 |
| 제4호 | 미쓰쿠리 린쇼箕作麟祥 | 인민의 자유와 토지의 기후가 서로 관련되는 논리人民키自由ト土地키氣候ト互二相關スル키論 | 사상 |
| | 가토 히로유키 | 블룬칠리Bluntschli 씨 국제법 범론 적요 번역 민선의원 불가입론ブルンテュリ氏國法汎論摘譯民選議員不可立키論 | 정치 |
| | 스기 고지 | 프랑스인 슈르리 씨의 국가가 쇠퇴로 나아가는 징후를 예로 든 조목佛人シュルリ氏國키衰徵二赴ク徵候키擧ル條目 | 사상 |
| | 니시 아마네 | 교문론1教門論一 | 종교 |
| | 니시 아마네 | 연화석조 설煉火石造키說 | 사상 |
| 제5호 | 쓰다 마미치 | 보호설을 부정하는 설保護說키非トスル說 | 경제 |
| | 니시 아마네 | 교문론2教門論二 | 종교 |
| | 스기 고지 | 북아메리카합중국의 자립北亞米利加合衆國키自立 | 정치 |
| | 미쓰쿠리 린쇼 | 제4호 인민의 자유와 토지의 기후에 서로 상관되는 논리 계속 번역第四號中人民키自由ト土地키季候ト互二相關スル키論續譯 | 사상 |
| | 가토 히로유키 | 미국정교米國政教 | 종교 |

| 호 | 필자명 | 논문제목 | 논설의 종류 |
|---|---|---|---|
| 제6호 | 쓰다 마미치 | 출판자유를 바라는 논리出版自由テランコトヲ望ム論 | 사상 |
| | 니시 아마네 | 교문론3教門論三 | 종교 |
| | 가토 히로유키 | 미국 정교 앞호의 계속 제3장 각각 국역외 교도헌범米國政教前號ノ續キ第三章各邦ノ教道憲法 | 종교 |
| | 모리 아리노리 | 종교宗教 | 종교 |
| | 시바타柴田 | 만국공법의 내의 종교를 논하는 장ヒリモア萬国公法ノ内宗教ヲ論ズル章 | 종교 |
| 제7장 | 모리 아리노리 | 독립국권의獨立國權義 | 정치 |
| | 가토 히로유키 | 무관의 공순武官ノ恭順 | 풍속 |
| | 미쓰쿠리 린쇼 | 개화를 진척시키는 것은 정부에 의한 인민의 민중론에 의한 설開化ノ進ムハ政府ニ因ラス人民ノ衆論ニ因ルノ説 | 정치 |
| | 스기 고지 | 남북미의 연방론南北米利堅聯邦論 | 정치 |
| | 쓰다 마미치 | 고문론1拷問論ノ一 | 풍속 |
| | 시미즈 우사부로清水卯三郎 | 히라가나론平仮名ノ論 | 학술 |
| 제8호 | 쓰다 마미치 | 복장론服装論 | 풍속 |
| | 모리 아리노리 | 처첩론1妻妾論ノ一 | 풍속 |
| | 미쓰쿠리 슈헤이箕作秋坪 | 교육담教育談 | 학술 |
| | 스기 고지 | 공상의 일을 기록한다空商ノ事ヲ記ス | 경제 |
| | 니시 아마네 | 교문론5教門論五 | 종교 |
| | 쓰다 마미치 | 책은 하나가 아니라는 논리本ハ一つに非ざる論 | 학술 |
| 제9호 | 쓰다 마미치 | 운송론運送論 | 경제 |
| | 미쓰쿠리 린쇼 | '반항' 설「リボルチー」ノ説 | 사상 |
| | 니시 아마네 | 교문론6教門論六 | 종교 |
| | 쓰다 마미치 | 정론政論 | 종교 |
| 제10호 | 쓰다 마미치 | 고문론2拷問論ノ二 | 풍속 |
| | 스기 고지 | 진위정자의 설명眞爲政者ノ説 | 정치 |
| | 나카무라 마사나오中村正直 | 서학일반西學一斑 | 학술 |
| | 사카타니 시로시阪谷素 | 질의일칙質疑一則 | 학술 |
| 제11호 | 쓰다 마미치 | 정론2政論ノ二 | 정치 |
| | 모리 아리노리 | 처첩론2妻妾論ノ二 | 풍속 |
| | 나카무라 마사나오 | 서학일반속역西學一斑續譯 | 학술 |
| | 사카타니 시로시 | 질의일칙質疑一則 | 정치 |

| 호 | 필자명 | 논문제목 | 논설의 종류 |
|---|---|---|---|
| | 니시 아마네 | 교문론7教門論七 | 종교 |
| 제12호 | 쓰다 마미치 | 정론3政論ノ三 | 정치 |
| | 나카무라 마사나오 | 서학일반속역西學一斑續譯 | 학술 |
| | 가토 히로유키 | 미국정교 제6호 계속米國政教第六號ノ續 | 종교 |
| 제13호 | 쓰다 마미치 | 상상론想像論 | 사상 |
| | 사카타니 시로시 | 민선의원의문民選議院疑問 | 정치 |
| | 니시 아마네 | 지설1知說一 | 학술 |
| | 미쓰쿠리 린쇼 | 자유liberty의 설 제9호 계속「リボルチー」ノ說第九號ノ續 | 사상 |
| 제14호 | 스기 고지 | 화폐의 효능貨幣ノ效能 | 경제 |
| | 쓰다 마미치 | 텐구설天狗說 | 사상 |
| | 모리 아리노리 | 처첩론3妻妾論ノ三 | 풍속 |
| 제15호 | 나카무라 마사나오 | 서학일반속역西學一斑續譯 | 학술 |
| | 사카타니 시로시 | 조세권 상하 공공설租稅ノ權上下公共スベキ說 | 정치 |
| | 쓰다 마미치 | 정론4政論四 | 정치 |
| | 쓰다 마미치 | 정론5政論五 | 정치 |
| 제16호 | 스기 고지 | 인간공공설人間公共ノ說 | 사상 |
| | 나카무라 마사나오 | 서학일반西學一斑 | 학술 |
| | 니시 아마네 | 애적론愛敵論 | 사상 |
| | 간다 다카히라神田孝平 | 재정변혁설財政變革ノ說 | 경제 |
| 제17호 | 스기 고지 | 지진설地震ノ說 | 풍속 |
| | 니시 아마네 | 지설2知說二 | 학술 |
| | 쓰다 마미치 | 서양의 개화 서행하는 설西洋ノ開化西行スル說 | 학술 |
| | 가토 히로유키 | 경국정부經國政府 | 정치 |
| 제18호 | 스기 고지 | 인간공공설2人間公共ノ說二 | 사상 |
| | 사카타니 시로시 | 화장의 의념火葬ノ疑 | 풍속 |
| | 니시 아마네 | 정실설情實說 | 풍속 |
| | 간다 다카히라 | 국락을 진흥해야만 하는 설國樂ヲ振興スベキノ說 | 풍속 |
| | 니시 아마네 | 비밀설秘密說 | 사상 |
| 제19호 | 간다 다카히라 | 민선의원의 시말에 이르지 않는 설民選議院ノ始末ヲ到ラザルノ說 | 정치 |
| | 사카타니 시로시 | 존이설尊異說 | 사상 |
| | 스기 고지 | 인간공공설3人間公共ノ說三 | 사상 |

| 호 | 필자명 | 논문제목 | 논설의 종류 |
|---|---|---|---|
| 제20호 | 쓰다 마미치 | 신문지론新聞紙論 | 풍속 |
| | 모리 아리노리 | 처첩론4妻妾論／四 | 풍속 |
| | 사카타니 시로시 | 호선의 외념狐說／疑 | 사상 |
| | 사카타니 시로시 | 호설의 광의狐說／廣義 | 사상 |
| | 니시 아마네 | 지설3知說三 | 학술 |
| 제21호 | 후쿠자와 유키치 | 정벌대만 화의의 연설征臺和議／演說 | 경제 |
| | 쓰다 마미치 | 삼성론三聖論 | 사상 |
| | 스기 고지 | 인간공공설4人間公共／說四 | 사상 |
| | 사카타니 시로시 | 여식의 의女飾／疑 | 풍속 |
| 제22호 | 니시 아마네 | 지설4知說四 | 학술 |
| | 쓰다 마미치 | 부부유별론夫婦有別論 | 풍속 |
| | 사카타니 시로시 | 정교의 의념 제1政教／疑第一 | 사상 |
| | 시미즈 우사부로淸水卯三郎 | 화학개혁의 대략化學改革／大略 | 학술 |
| | 간다 다카히라 | 지폐교환원론紙幣引替願論 | 경제 |
| 제23호 | 니시 아마네 | 내지여행內地旅行 | 사상 |
| | 간다 다카히라 | 정금외출탄식록正金外出歎息錄 | 경제 |
| | 나카무라 마사나오 | 서학일반일 계속西學一斑一續 | 학술 |
| 제24호 | 쓰다 마미치 | 내지여행론內地旅行論 | 사상 |
| | 스기 고지 | 무역개정론貿易改正論 | 경제 |
| 제25호 | 니시 아마네 | 지설5知說五 | 학술 |
| | 사카타니 시로시 | 정교의 의념政教／疑餘 | 사상 |
| | 쓰다 마미치 | 괴설怪說 | 사상 |
| 제26호 | 후쿠자와 유키치 | 내지여행의 설을 반박하다內地旅行／說ヲ駁ス | 사상 |
| | 쓰다 마미치 | 무역권형론貿易權衡論 | 경제 |
| | 간다 다카히라 | 지폐성행망상록紙幣成行妄想錄 | 경제 |
| 제27호 | 모리 아리노리 | 처첩론5妻妾論／五 | 풍속 |
| | 사카타니 시로시 | 민선의원변칙론民選議院變則論 | 정치 |
| 제28호 | 사카타니 시로시 | 민선의원변칙론 계속民選議院變則論／續 | 정치 |
| | 니시무라 시게키西村茂樹 | 정체삼종설 상政體三種說上 | 정치 |
| | 니시무라 시게키 | 정체삼종설 하政體三種說下 | 정치 |

| 호 | 필자명 | 논문제목 | 논설의 종류 |
|---|---|---|---|
| 제29호 | 니시 아마네 | 망라의원설網羅議院ノ說 | 정치 |
| | 니시무라 시게키 | 자유교역론自由交易論 | 경제 |
| | 가시와바라 다카아키柏原孝章 | 교문론의문 제2敎門論疑問第二 | 종교 |
| 제30호 | 모리 아리노리 | 메이로쿠사 제1년차 공무원개선에 대한 연설明六社第一年回役員改選ニ付演說 | 학술 |
| | 쓰다 마미치 | 인재론人才論 | 학술 |
| | 가시와바라 다카아키 | 교문론의문 제2敎門論疑問第二 | 종교 |
| | 나카무라 마사나오 | 인민의 성질을 개조하는 설人民ノ性質ヲ改造スル說 | 사상 |
| 제31호 | 가토 히로유키 | 부부동권론 유폐론夫婦同權ノ流弊論 | 풍속 |
| | 니시무라 시게키 | 수신치국을 비(非)한 전도설修身治國非二途說 | 사상 |
| | 가시와바라 다카아키 | 교문론의문 제3敎門論疑問第三 | 종교 |
| | 후쿠자와 유키치 | 남녀동수론男女同數論 | 사상 |
| 제32호 | 니시 아마네 | 국민기풍론國民氣風論 | 사상 |
| | 사카타니 시로시 | 첩설의 의문妾說ノ疑 | 풍속 |
| 제33호 | 나카무라 마사나오 | 선량한 어머니를 만드는 설善良ナル母ヲ造ル說 | 사상 |
| | 니시무라 시게키 | 적설賊說 | 사상 |
| | 가시와바라 다카아키 | 일요일설日曜日之說 | 풍속 |
| | 간다 다카히라 | 화폐병근료치록貨幣病根療治錄 | 경제 |
| 제34호 | 스기 고지 | 상상쇄국설想像鎖國說 | 사상 |
| | 간다 다카히라 | 화폐사록 부언貨幣四錄附言 | 경제 |
| | 쓰다 마미치 | 성욕론情慾論 | 사상 |
| 제35호 | 나카무라 마사나오 | 지나불가모론支那不可侮論 | 정치 |
| | 사카타니 시로시 | 천강설天降說 | 사상 |
| | 쓰다 마미치 | 부부동권론夫婦同權辨 | 풍속 |
| 제36호 | 사카타니 시로시 | 천강설 계속天降說ノ續キ | 사상 |
| | 니시무라 시게키 | 4어12해四語十二解 | 학술 |
| 제37호 | 니시무라 시게키 | 자주자유해自主自由解 | 사상 |
| | 나카무라 마사나오 | 상벌훼예론賞罰毀譽論 | 사상 |
| | 간다 다카히라 | 철산을 개척해야만 하는 이야기鐵山ヲ開クヘキノ談 | 경제 |
| 제38호 | 니시 아마네 | 인세삼보설1人世三寶說一 | 사상 |
| | 사카타니 시로시 | 전환접교설轉換蝶鉸說 | 사상 |

| 호 | 필자명 | 논문제목 | 논설의 종류 |
|---|---|---|---|
| 제39호 | 니시 아마네 | 인세삼보설2人世三寶說二 | 사상 |
| | 니시무라 시게키 | 정부와 인민이 다르지 않는 이해론政府與人民異利害論 | 정치 |
| | 나카무라 마사나오 | 시학일반 속西學一斑ノ續 | 박물 |
| 제40호 | 니시 아마네 | 인세삼보설3人世三寶說三 | 사상 |
| | 사카타니 시로시 | 양정신일설養精神一說 | 사상 |
| 제41호 | 쓰다 마미치 | 사형론死刑論 | 풍속 |
| | 쓰다 센津田仙 | 화화매조법 설禾花媒助法之說 | 학술 |
| | 사카타니 시로시 | 양정신일설2養精神一說二 | 사상 |
| 제42호 | 니시무라 시게키 | 권리해權理解 | 학술 |
| | 니시 아마네 | 인세삼보설4人世三寶說四 | 사상 |
| | 쓰다 마미치 | 폐창설廢娼說 | 풍속 |
| 제43호 | 니시무라 시게키 | 전환설轉換說 | 사상 |
| | 사카타니 시로시 | 존왕양이설尊王攘夷說 | 사상 |

〈부록 2〉 메이지기에서 쇼와시대까지의 교육정책 및 여성관련 주요연표

| 연도 | 교육정책 및 여성관련 주요사건 |
|---|---|
| 1872년明治5 | • '학제'발포(여성에게도 의무교육을 부과, 소학교수업연한을 4년으로 정함, 소학교교과목 —철자, 습자, 단어 읽는 법, 산술, 문법, 지리윤강, 물리학윤강, 기하, 박물, 화학, 생리 등 당시 국민의 생활실태와 의식과는 동떨어지고 당시 교육이념이었던 실학과도 거리가 먼 내용이었음)<br>• 창기해방령포고 |
| 1873년明治6 | • 여성호주를 허가함<br>• 아내로부터의 이혼소송을 허가함 |
| 1875년明治8 | • 학령을 만6세부터 14세까지로 정함 |
| 1878년明治11 | • 부현회府縣會 규칙 제정(여성에게 부현회 의원선거권을 부여하지 않음) |
| 1879년明治12 | • 학제 폐지<br>• '교육령(＝자유교육령)' 공포(남녀별학 지시) |
| 1880년明治13 | • '교육령' 개정(소학교교과—수신, 독서, 습자, 산술 지리, 역사로 간소화함)<br>• 집회조례포고(교원·학생의 정치활동금지, 여성의 정치활동제한)<br>• 자유민권운동이 고양된 시기 |

| 연도 | 교육정책 및 여성관련 주요사건 |
|---|---|
| 1881년明治14 | • 국회개설 소송 |
| 1882년明治15 | • 군마현회群馬縣會 폐창건의를 채택함 |
| 1885년明治18 | • 『여학잡지女學雜誌』 창간<br>• 메이지明治여학교 창립<br>• '교육령' 개정 |
| 1886년明治19 | • '소학교령'·'중학교령'·'사범학교령'·'제국대학령' 공포(남성에게는 중학교졸업 후 고<br>등학교에서 제국대학으로 진학할 수 있는 길이 열린 반면, 여성에게는 고등학교에의 진학의<br>길이 폐쇄됨. 따라서 제국대학에의 진학도 불가능하게 됨) |
| 1888년明治21 | • 시제정촌제市制町村制 제정(여성에게 공민권을 부여하지 않음) |
| 1889년明治22 | • 대일본제국헌법·중의원의원선거법·귀족원령제정(여성에게 선거권을 부여하지 않음) |
| 1890년明治23 | • '교육칙어' 발포<br>• 집회 및 정사법政社法 공포(여성의 정치활동 금지)<br>• '소학교령' 개정(메이지19년에 공포된 '소학교령'폐지) |
| 1891년明治24 | • 민법전논쟁전개 |
| 1893년明治26 | • 일본기독교부인교풍회창립 |
| 1894년明治27 | • '고등학교령' 공포(고등중학교를 고등학교로 명칭을 바꿈)<br>• 군마현 폐창을 단행 |
| 1897년明治30 | • '사범학교령'·'사립학교령' 공포 |
| 1898년明治31 | • 민법 친족편·상속편 제정(근대국가의 법 정비 완료) |
| 1899년明治32 | • '중학교령' 개정(심상중학교 명칭이 중학교로 바뀜)<br>• '실업학교령'·'고등여학교령' 공포 |
| 1900년明治33 | • '소학교령' 개정(의무교육 4년제 확립, 심상소학교의 수업료를 무상으로 하는 것을 원칙으로 함)<br>• 치안경찰법제정(여성의 정치활동금지 지속)<br>• 창기의 자유폐업운동한창 |
| 1901년明治34 | • 애국부인회창립<br>• 일본여자대학교 개교 |
| 1903년明治36 | • '전문학교령' 공포(관립전문학교설치) |
| 1905년明治38 | • 치안경찰법 제5조 개정의 청원활동개시 |
| 1907년明治40 | • '소학교령' 개정(의무교육 연한이 6년으로 연장됨) |
| 1910년明治43 | • '고등여학교령' 개정(2년제 실과 고등여학교 설립인정) |
| 1911년明治44 | • 대역사건에 연좌된 간노 스가코管野スガ子가 처형당함<br>• 『청탑靑鞜』 창간 |
| 1918년大正7 | • '대학령'·'고등학교령' 공포 |
| 1919년大正8 | • '소학교령'·'중학교령'·'제국대학령' 개정 |

| 연도 | 교육정책 및 여성관련 주요사건 |
|---|---|
| 1920년大正9 | • '고등여학교령' 개정(고등과·전공과설치) |
| 1925년大正14 | • '사범학교규정' 개정(제1부를 5년으로 연장, 전공과설치) |
| 1927년昭和2 | • 대일본신과회 설립 |
| 1928년昭和3 | • 어머니의 날(5월 둘째 주 일요일) 개시 |
| 1929년昭和4 | • 제1회 전일본부인경제대회 |
| 1932년昭和7 | • 대일본국방부인회 결성 |
| 1938년昭和13 | • 모자보호법 시행 |
| 1942년昭和17 | • 대일본부인회 결성 |
| 1943년昭和18 | • 부인총결기중앙대회 |
| 1944년昭和19 | • 학도근로령, 여자정신근로령 공포 |
| 1945년昭和20 | • 여자위생병 양성<br>• 초등과를 제외하고 휴교, 군수, 식량생산에 총동원됨 |

출처 : 시바타 요시마쓰柴田義松·사이토 도시히코斎藤利彦, 『근현대교육사近現代教育史』, 學文社, 2000; 가이고 도키오 미海後宗臣 외, 『교과서로 보는 근현대 일본의 교육教科書てみる近現代日本の教育』, 東京書籍, 1999; 와카쿠와 미도 리, 『전쟁을 만드는 여성상』, ちくま学芸文庫, 2000, 271~278면 참조.

〈부록 3〉 학령여자와 남자의 취학률(%)

| 연도 | 여자 | 남자 | 연도 | 여자 | 남자 |
|---|---|---|---|---|---|
| 1873년明治6 | 15.14 | 39.90 | 1893년明治26 | 40.59 | 74.76 |
| 1874년明治7 | 17.22 | 46.17 | 1894년明治27 | 44.07 | 77.14 |
| 1875년明治8 | 18.72 | 50.80 | 1895년明治28 | 43.87 | 76.65 |
| 1876년明治9 | 21.03 | 54.16 | 1896년明治29 | 47.54 | 79.00 |
| 1877년明治10 | 22.48 | 55.97 | 1897년明治30 | 50.86 | 80.67 |
| 1878년明治11 | 23.51 | 57.59 | 1898년明治31 | 53.73 | 82.42 |
| 1879년明治12 | 22.59 | 58.21 | 1899년明治32 | 59.04 | 85.06 |
| 1880년明治13 | 21.91 | 58.72 | 1900년明治33 | 71.73 | 90.35 |
| 1881년明治14 | 26.77 | 62.75 | 1901년明治34 | 81.80 | 93.78 |
| 1882년明治15 | 33.04 | 66.99 | 1902년明治35 | 87.00 | 95.80 |
| 1883년明治16 | 35.48 | 69.34 | 1903년明治36 | 89.58 | 96.59 |

| 연도 | 여자 | 남자 | 연도 | 여자 | 남자 |
|---|---|---|---|---|---|
| 1884년明治17 | 35.26 | 69.28 | 1904년明治37 | 91.46 | 97.16 |
| 1885년明治18 | 32.07 | 65.80 | 1905년明治38 | 93.34 | 97.72 |
| 1886년明治19 | 29.01 | 61.99 | 1906년明治39 | 94.84 | 98.16 |
| 1887년明治20 | 28.26 | 60.31 | 1907년明治40 | 96.14 | 98.53 |
| 1888년明治21 | 30.21 | 63.00 | 1908년明治41 | 96.86 | 98.73 |
| 1889년明治22 | 30.45 | 64.28 | 1909년明治42 | 97.26 | 98.86 |
| 1890년明治23 | 31.13 | 65.14 | 1910년明治43 | 97.38 | 98.83 |
| 1891년明治24 | 32.23 | 66.72 | 1911년明治44 | 97.54 | 98.81 |
| 1892년明治25 | 36.46 | 71.66 | 1912년大正1 | 97.62 | 98.80 |

출처 : 일본근대교육사사전편집위원회日本近代教育史事典編集委員会 편, 『일본근대교육사사전日本近代教育史事典』, 平凡社, 1971, 720면.


〈부록 4〉 소학교교과목(1881년明治14 기준)

| | 소학교교과목 |
|---|---|
| 초등과 (3년) | 수신, 독서, 산술(창가), 체조 |
| 중등과 (3년) | 수신, 독서, 습자, 산술, 지리, 역사, 도화, 박물, 물리, 생리, 재봉(여)(창가), 체조 |
| 고등과 (2년) | 수신, 독서, 습자, 산술, 지리, 도화, 박물, 화학, 생리, 기하, 경제(여자는 가사・경제), 재봉(여)(창가), 체조 |

출처 : 가이고 도키오미海後宗臣 외, 『교과서로 보는 근현대 일본의 교육教科書でみる近現代日本の教育』, 東京書籍, 1999 참조.


〈부록 5〉 본서에서 다룬 작품연표

| | 저자명 | 출판연도 | 작품명 | 최초의 발표지 | 텍스트명 |
|---|---|---|---|---|---|
| 여성 저자 | 기시다 도시코 | 1884년 | 동포 자매에게 고한다 | 자유등自由燈 | 岸田俊子, 「同胞姉妹に告ぐ」, 高田之波, 『女性作家集』, 岩波書店, 2002 |
| | 후쿠다 히데코 | 1885년 | 옥중술회 | 나의 반생애妾の半生涯 | 福田英子, 「獄中述懷」, 福田英子, 『妾の半生涯』, 岩波文庫, 1904 |

| | 저자명 | 출판연도 | 작품명 | 최초의 발표지 | 텍스트명 |
|---|---|---|---|---|---|
| | 시미즈 시킨 | 1891년 | 깨진 반지 | 여학잡지女學雜誌 | 清水紫琴,「こわれ指環」, 中山和子 他,『ジェンダーの日本近代文学』, 翰林書房, 1998 |
| 여성 작가 | 히구지 이치요 | 1895년 | 십삼야 | 문학계文學界 | 樋口一葉,「十三夜」, 坪内祐三・中野翠,『明治の文学 樋口一葉』第17卷, 筑摩書房, 2000 |
| | 다무라 도시코 | 1911년 | 생혈 | 청탑靑鞜 | 田村俊子,「生血」,『田村俊子作品集』第1卷, オリジン出版センター, 1987 |
| 여성 저자 | 히라쓰카 라이초 | 1911년 | 원래 여성은 태양이었다 | 청탑 | 平塚らいてう,「元始、女性は太陽であった」, 平塚らいてう著作集編輯委員會 編,『平塚らいてう著作集』第1卷, 大月書店, 1983 |
| | 다무라 도시코 | 1914년 | 구기자열매의 유혹 | 문장세계文章世界 | 田村俊子,「枸杞の実の誘惑」,『田村俊子作品集』第2卷, オリジン出版センター, 1988 |
| | 다무라 도시코 | 1915년 | 그녀의 생활 | 중앙공론中央公論 | 田村俊子,「彼女の生活」,『田村俊子作品集』第2卷, オリジン出版センター, 1988 |
| 남성 작가 | 가이바라 에키켄 | 1710년 | 여자를 가르치는 법 | 화속동자훈和俗童子訓 | 貝原益軒,「教女子法」,『貝原益軒集』, 國民文庫, 1913 |
| | 메이로쿠샤 | 1874~1875년 | 메이로쿠잡지 | 메이로쿠잡지明六雜誌 | 大久保利謙,『明六雑誌』, 国際イラスト技研, 1976 |
| | 이즈미 교카 | 1900년 | 고야성 | 신소설新小説 | 泉鏡花,『高野聖・眉かくしの霊』, 岩波書店, 2001 |
| | 다야마 가타이 | 1907년 | 이불 | 신소설 | 田山花袋,『蒲団』(1907),『日本文學全集 田山花袋』, 集英社, 1972 |
| | 나쓰메 소세키 | 1908년 | 산시로 | 아사히신문朝日新聞 | 夏目漱石,『三四郎』, 新潮文庫, 2003 |
| | 아리시마 다케오 | 1911~1913년 | 어떤 여자 | 시라카바白樺 | 有島武郎,『或る女』, 新潮社, 2007 |
| | 아쿠타가와 류노스케 | 1920년 | 가을 | 중앙공론中央公論 | 芥川龍之介,「秋」,『現代日本文學全集 第30篇 芥川龍之介集』, 改造社, 1928 |

## 자료

(일반기사 및 소설류 「□」, 황군 혹은 전쟁에 관한 기사 「◆」, 여성의 역할에 관한 기사 「●」, 불분명 「◇」)

| 1937년昭和12 9월호 | | 1938년昭和13 2월호 | |
|---|---|---|---|
| おひるね | 「□」 | 米国大統領夫人と会見記 | 「□」 |
| 観世左近氏の草紙先小町 | 「□」 | 皇軍奮闘の跡を弔ふ | 「◆」 |
| 勇敢なる水兵 | 「◆」 | 皇太子殿下御尊影 | 「◆」 |
| 冒険の騎士 | 「◇」 | 皇軍南京入城 | 「◆」 |
| 皇軍一度起たば | 「◆」 | 変内侍 | 「□」 |
| 禍福の豊美表情集 | 「◇」 | 轟夕起子さんの舞台 | 「□」 |
| 皇軍部隊長の留守宅訪問 | 「◆」 | 富士山頂に戦捷の春を迎ふ | 「◆」 |
| 銃後の女性軍詩書行進 | 「●」 | 愛国の女性絵物語 | 「●」 |
| 空襲があったら婦人はどうすればよいか | 「●」 | 南京空爆の実践談を聞く | 「◆」 |
| 出征した家庭の妻と母に贈る | 「●」 | 南京陥落について | 「□」 |
| 名誉の戦死者の母や妻に慈悲の御法話 | 「●」 | 苦境時代の我妻を語る | 「●」 |
| 皇軍の父・香月司令官母堂の苦闘の生涯 | 「●」 | 皇軍の母の力 | 「●」 |
| 戦火の北支から良人の遺骨と共に帰る記 | 「◆」 | 結婚して一番役に立った娘時代の修業 | 「●」 |
| ナイティンゲール記章を授けられた赤十字の看護婦さんの愛国美談 | 「●」 | 戦争で不具になった勇士夫妻の成功美談 | 「●」 |
| 愛国切手の誕生秘話 | 「□」 | 婿探しをしているお父様の座談会 | 「□」 |
| 遺児を抱えて岐路に立つ未亡人の悩みに答える | 「●」 | 名作悲劇の女主人公のユーモア身上相談 | 「□」 |
| 北支はどうなる | 「◇」 | 働きながら肺病を精神力で征服した体験 | 「□」 |
| 北満の広野に嫁ぎて | 「◇」 | 子供の競争心の導き方 | 「●」 |
| 家庭の戦時経済を切り抜ける道 | 「●」 | 赤ちゃんに風を引かせぬ秘訣 | 「●」 |
| 日は過ぎ行けど | 「□」 | 良人の悪徳 | 「●」 |
| 佐野周二と高峰三枝子のスピード問答 | 「□」 | 良人の愛を得るには | 「●」 |
| 秋口に多い子供の伝染病の予防と手当て | 「●」 | 冬の小児結核の予防と手当 | 「●」 |
| 中流向きお台所の便利な新工夫 | 「●」 | 日本一の貸家王となった夫婦の奮闘記 | 「●」 |
| 変質の子をどう導くか | 「●」 | 胃腸病と胃癌と胃潰瘍が治る漢方秘薬の処方公開 | 「□」 |
| 心臓が凍った話 | 「□」 | 銃後に勤労奉仕する評判女学校のカメラ訪問 | 「●」 |
| 腎臓病の新しい食餌療法 | 「□」 | 顔の欠点を隠して美人になる化粧の秘訣 | 「□」 |
| 開けてニッコリ御家庭慰問袋 | 「□」 | 初めて利殖する人のために | 「□」 |

## 1937年 昭和12 9월호

| | |
|---|---|
| 松町公子の純情秘話 | 「□」 |
| 婦人が始めた新しい商売の繁昌法 | 「□」 |
| 産婦人科の博士が赤ちゃんの出来る方法発表 | 「□」 |
| 肌をしんから白くする蜂蜜の若肌美顔法 | 「□」 |
| 欧米の旅より帰りて | 「□」 |
| 慢性の難病が治ってメキメキ健康を恢復する 新しい健康治療術 | 「□」 |
| 日焼けを生かした流行化粧の秘訣 | 「□」 |
| 通州の虐殺(忘れるな7月29日) | 「◆」 |
| 世界教育会議風景 | 「□」 |
| お子様方が手を打って喜ぶお母様御自慢の美味しいお八つ | 「□」 |
| 各界名士の疲労を恢復する強壮料理 | 「□」 |
| 毛絲編物展覧会出品募集 | 「□」 |

## 1938年 昭和13 2월호

| | |
|---|---|
| 無敵艦隊司令長官・吉田善吾新提督の出世物語 | 「□」 |
| 新型の男女児用エプロンと上被三種の仕立方 | 「□」 |
| 兎に角美味しい和洋料理の作り方 | 「□」 |
| 手紙の書き方・かながき手本 | 「□」 |
| 結婚天気図 | 「□」 |
| ストウ婦人 | 「□」 |
| 吾亦紅 | 「□」 |
| 春園 | 「□」 |
| 人肌観音 | 「□」 |
| 花嫁になったけれど | 「□」 |
| 闇の珠玉 | 「□」 |
| 軍国の母と妻の歌 | 「□」 |

## 1939年 昭和14 1월호

| | |
|---|---|
| 皇大神宮 | 「◆」 |
| 富士山の大写真 | 「□」 |
| 各宮妃殿下の畏き銃後の御精勤 | 「◆」 |
| 日支親善舞踊 | 「□」 |
| 戦捷の春を寿 | 「◆」 |
| 大陸への道 | 「◆」 |
| 子宝行進曲 | 「□」 |
| 非常時お作法の実演画報 | 「□」 |
| 西條八十従軍情詩書帖 | 「◆」 |
| 生活設計を実行して幸福な家庭を建設した夫婦の体験 | 「●」 |
| 戦場の奇跡と霊験を語る感激座談会 | 「◆」 |
| 国民の御模範と仰ぐ事変下の宮中の御質素なる御生活 | 「◆」 |
| 征戦第三年の新春を迎えて | 「◆」 |
| 主婦よ家の太陽であれ | 「●」 |
| 若い夫婦が協力して事業に成功した奮闘美談 | 「●」 |

## 1939年 昭和14 3월호

| | |
|---|---|
| 大陸の花嫁 | 「●」 |
| 銃後の雛祭り | 「●」 |
| 長期建設大陸音頭 | 「◇」 |
| 働く花々 | 「●」 |
| 同じ道を歩む名士夫妻の家庭 | 「●」 |
| 名流夫人の余技 | 「◇」 |
| 職場の戦士の訓練道場 | 「◆」 |
| 豊太閤夫人傳 | 「□」 |
| (白衣勇士)妻と母と兵隊 | 「●」 |
| 軍神西佳大尉の母堂を囲んで戦車部隊長の座談会 | 「◆」 |
| 観音に化身を仰がれる白衣の天使の従軍散華物語 | 「●」 |
| 総親和総努力 | 「◆」 |
| 母と子の重大問題を語る下村・穂積両博士の対談会 | 「●」 |
| 石渡蔵相と山田わか女史の長期建設一問一答 | 「●」 |
| 医学博士となるまでの十七年の苦闘 | 「□」 |

| 1939年昭和14 1월호 | | 1939년昭和14 3월호 | |
|---|---|---|---|
| 中年から迷ひ出した良人を更正させた妻の苦心 | 「●」 | 突飛記録ホルダーの春宵明朗大会 | 「□」 |
| あなたはお金持ちになれますか | 「□」 | 子供を抱えて再婚に成功した男女の経験 | 「●」 |
| 大陸の花嫁と生活の記 | 「●」 | 石坂洋次郎先生を囲んで若い人の青春座談会 | 「□」 |
| 戦場の父へ送る愛児の新年の手紙 | 「◆」 | 文豪菊池寛先生が人気花形の手相判断 | 「□」 |
| 笑爆夫婦スターの新春明朗大会 | 「□」 | 一年生受持のお父様先生とお母様先生の相談会 | 「□」 |
| 「麦と兵隊」の火野葦平軍曹の兵隊通信 | 「◆」 | 長期建設とお茶の精神 | 「□」 |
| 火野葦平軍曹の家庭訪問記 | 「◆」 | 人体の不思議 | 「□」 |
| 銃後のハナ子さん | 「●」 | (夫婦教育)主婦は世帯やつれるな | 「●」 |
| 完全な内助と片輪の内助 | 「●」 | 戦傷勇士の妻の花嫁日記 | 「●」 |
| 美味しい咳止め飴の作り方 | 「●」 | 銃後のハナ子さん | 「●」 |
| 岩永博士が発見した喘息の親魔法と養生法 | 「□」 | ハイディ | 「□」 |
| 支那事変と世界の政局 | 「□」 | 勉強嫌ひの子と勉強しすぎる子の導き方 | 「●」 |
| 白衣を脱ぎ捨てた戦傷勇士の輝く新家庭訪問 | 「●」 | 狭いお台所を便利に工夫した実験 | 「□」 |
| 家庭円満の夫婦道の真髄を語る座談会 | 「●」 | 多勢の子供の学費を生み出す家計の実験 | 「□」 |
| 安井息軒の妻 | 「●」 | 遺児を抱えて生活建設に苦心する戦士軍人の妻(3) | 「●」 |
| 乱暴な子と温柔しすぎる子の導き方 | 「●」 | 春巻きの花草と野菜の作り方 | 「□」 |
| 成績よくない子供を入学させた母の苦心 | 「●」 | 日本一の大農場経営に成功した篤農家夫婦の奮闘 | 「□」 |
| 事変でも不景気知らず | 「□」 | 思春期の子供の重大問題 | 「●」 |
| 色を白くして小皺を除く蜂蜜とにんにくの美顔法 | 「□」 | 主婦之友夫人相談 | 「□」 |
| 親も見放した子供を輝く天才児に育て上げた苦心 | 「●」 | お子様を中心にしたお雛節句の楽しい食卓 | 「□」 |
| 遺児二人を立派に育て上げた軍国の母の苦闘物語 | 「●」 | 染色手芸品展覧会出品募集 | 「□」 |
| 冷症や貧血を治した保温強壮剤の簡単な作り方 | 「□」 | 一流作家総動員の傑作小説<br>(石坂洋次郎・山本有三・氏原大作) | 「□」 |
| 百歳以上の長寿者に長生きの秘訣を聴く | 「□」 | 興亜に微笑む | 「◆」 |

| 1939年昭和14 5월호 | | 1940년昭和15 9월호 | |
|---|---|---|---|
| 招魂の儀 | 「◆」 | 野戦病院 | 「◆」 |
| 竹田宮大妃殿下の御孫様の新生活 | 「□」 | 美術の令嬢 | 「□」 |
| 人気スターの武者人形くらべ | 「□」 | 秋の再生毛糸編み方 | 「□」 |
| スポーツの初夏 | 「□」 | 博士誕生 | 「□」 |
| 家庭的な茶の湯上達の秘訣書報 | 「□」 | 人気スターのパパママぶり | 「□」 |

| 1939년昭和14 5월호 | | 1940년昭和15 9월호 | |
|---|---|---|---|
| 名士の家庭の子宝鍛錬 | 「□」 | 陸軍少尉戦車兵の生活 | 「◆」 |
| 仏渡りの血山に働く婦人の生活両相 | 「□」 | 近衛立麿介 | 「□」 |
| 新流行の春の髪形 | 「□」 | 中支戦線従軍記 | 「◆」 |
| 春日局誠忠詩絵巻 | 「□」 | 生活の修繕 | 「●」 |
| 久邇宮恭仁子女王殿下の御輿入れまでのご生活 | 「□」 | 良人の職業による事変下の花嫁準備教育 | 「●」 |
| 護国の英霊を父として生まれた軍国赤ちゃんの母の感涙座談会 | 「◆」 | 事変下に良縁を得る秘訣 | 「□」 |
| 新婚の戦傷勇士夫妻の職場と新家庭の体験発表会 | 「●」 | 結婚費用を経済的にあげた実験 | 「□」 |
| 三百組縁結びした仲人か晩婚と再婚に成功の秘訣公開 | 「□」 | 一家揃って非常時生活 | 「●」 |
| 銃後のハナ子さん | 「●」 | 優良児を作る家庭・不良児を作る家庭 | 「□」 |
| お金を生み出す新家庭の生活法 | 「□」 | お姑に可愛がられる秘訣 | 「●」 |
| 我家の夫婦喧嘩の仲直り法 | 「●」 | 救頼白衣の天使の感激座談会 | 「□」 |
| 日米を結ぶ尊き人柱亡き斉藤大使の純愛物語 | 「●」 | 人気作家の臨時記者探訪 | 「□」 |
| 信頼される子を作れ | 「●」 | 新支那政府の婦人使節と山田わか女史の一問一答 | 「□」 |
| 肺病は養成で必ず治る | 「□」 | 胃腸病を家庭で全治した体験 | 「□」 |
| 主婦は繕ひ上手であれ | 「●」 | 野戦病院 | 「◆」 |
| 日支親善の基礎となった清水美穂夫人の苦闘物語 | 「●」 | 心臓病の健康食療法 | 「□」 |
| 若き海の勇者と生活する日記―江田島海軍学校を訪ねて | 「□」 | 物資統制下の家庭重宝頁 | 「□」 |
| 遺児を抱えて生活戦線に立つ未亡人の家計の苦心 | 「●」 | 肉親と姪か語る乃木大将夫人の思ひ出 | 「□」 |
| 手術せずに蓄膿症を家庭で全治した方法 | 「□」 | 支那大陸の家庭生活を語る上海の主婦座談会 | 「●」 |
| ドイツの中欧制覇とその後に来るもの | 「□」 | 模範隣組の組長さんの体験発表会 | 「□」 |
| 男女洋服類一切の上手な繕ひ方秘訣 | 「□」 | 近衛内閣生る | 「□」 |
| 冬物衣類の手入れと整理の秘訣実験集 | 「□」 | 防諜は国防の第一線 | 「◆」 |
| 刺繍とペインテュックスの流行手芸品の作り方 | 「□」 | 国策新副業の実験 | 「□」 |
| 一流の料理大家公開のお惣菜向一品料理の作り方二十四種 | 「□」 | 事変下の健康小住宅の建て方 | 「□」 |
| 不帰鳥 | 「□」 | 秋播野菜の多収穫の法 | 「□」 |
| 信子 | 「□」 | 秋の毛糸編物の再生秘訣集 | 「□」 |
| 幼き者の旗 | 「□」 | 材料不足時代の家庭経済料理の作り方 | 「●」 |
| 征人 | 「□」 | 代用食と節米御飯の作り方 | 「□」 |
| 母は強し | 「□」 | 白衣の天使 | 「●」 |

## 1939년 昭和14 5월호

| | |
|---|---|
| 新妻鏡 | 「□」 |
| 時の合唱 | 「□」 |
| 新編路傍の石 | 「□」 |
| 従軍看護婦慰問袋募集 | 「●」 |
| 銃後の歌 | 「●」 |

## 1940년 昭和15 9월호

| | |
|---|---|
| 百円礼事件 | 「□」 |
| 結婚指輪 | 「□」 |
| 未亡人 | 「□」 |
| 従軍看護婦慰問袋募集 | 「●」 |
| 銃後の歌 | 「●」 |

## 1941년 昭和16 2월호

| | |
|---|---|
| 大陸建設 | 「◆」 |
| 皇后陛下奉拝の遺児 | 「◆」 |
| 皇太子様と皇子・内親王様 | 「◆」 |
| 大陸建設移住者の手引き | 「◆」 |
| 新体制名士夫人が語る苦闘時代の内助物語 | 「◆」 |
| 翼賛会と婦人 | 「●」 |
| 新体制下の婦人職業案内 | 「●」 |
| 昨年の経験から割出した新制度入学試験の心得 | 「●」 |
| 学生の生活を語る座談会 | 「●」 |
| 私の結婚 | 「●」 |
| 新時代の夫婦の道 | 「●」 |
| 統制下商人の生きる道 | 「●」 |
| 流産と早産の危機期間 | 「●」 |
| よるべなき支那の孤児に捧げる純愛手記 | 「●」 |
| 赤ちゃんに風を引かせず育てたお母様の苦心 | 「●」 |
| 家庭の修繕法早解り | 「□」 |
| 蒸物の科学 | 「□」 |
| 模範隣組の体験報告 | 「□」 |
| 若い職業婦人ばかりの職域奉公座談会 | 「●」 |
| 朝鮮の主婦の愛国座談会 | 「●」 |
| おねしょと百日咳など | 「□」 |
| 経済的な大豆粉乳の作り方 | 「□」 |
| ハナ子さん一家 | 「●」 |
| 春場所形影問答 | 「□」 |

## 1941년 昭和16 5월호

| | |
|---|---|
| 輝く対面 | 「●」 |
| 評判の明朗師弟 | 「◆」 |
| スコール(蘭印の日本婦人の純情哀話) | 「□」 |
| (家庭の国民教育)家庭の勤労教育 | 「●」 |
| 愛の法律で不良児を導く婦人保護司の献身手記 | 「□」 |
| わが家の食卓 | 「●」 |
| 時局向新高元に成功した家計の実験 | 「□」 |
| 娘と青年の問題を語る対談 | 「●」 |
| 海の若鷲少年航空兵の活躍座談会 | 「◆」 |
| 家庭の問・当局の答 | 「●」 |
| ハナ子さんの一家 | 「●」 |
| 大陸の結婚生活に成功した婦人の体験 | 「●」 |
| 非常時用家庭食料品の作り方と貯蔵法 | 「◆」 |
| 元気な靖国の遺児表彰発表 | 「●」 |
| 結婚生活の体験から得た私の夫婦訓 | 「●」 |
| 産業戦士として再起した傷痍軍人の妻の純愛手記 | 「●」 |
| 変わり種女組長の明朗常会 | 「●」 |
| 地震の話 | 「□」 |
| 副業にも有望な棉と麻の家庭栽培に成功した実験 | 「□」 |
| 難病を治すお灸療法 | 「□」 |
| 料理に心配いらずの内職の実験 | 「●」 |
| 軍服の襟章作りで月収三十七八円 | 「●」 |
| どんな空地でも出来る代用食野菜の多収穫法 | 「□」 |
| 若き靖国未亡人が裁縫塾経営に成功した奮闘物語 | 「●」 |

| 1941년昭和16 2월호 | |
|---|---|
| 国民学校と母の新春 | 「● |
| 戦時下ベルリンの印象 | 「□ |
| 栄養の話 | 「□ |
| 手近な材料で肌荒れを直す法 | 「□ |
| 材料不足の寒い冬を温かく過ごせる防寒小物作り方 | 「□ |
| 傷痍軍人の妻表彰 | 「◆ |
| 子宝家庭で苦心の冬の温かい家庭料理の作り方 | 「□ |
| 国民食料理の作り方 | 「□ |
| 家庭で出来る通学用品の作り方 | 「□ |
| 時局向の有利な新内職 | 「□ |
| 家庭愛国機献納運動－献金者芳名 | 「● |
| 少国民標準服懸賞募集 | 「□ |
| 流れる四季 | 「□ |
| 永遠の良人 | 「□ |
| 谷干城夫人 | 「□ |

| 1941년昭和16 5월호 | |
|---|---|
| 妊娠と出産と新育児法 | 「● |
| 少国民標準服当選発表 | 「□ |
| お子様本位の端午のお節句料理の作り方 | 「□ |
| 配給米で賄へる経済料理の作り方四十種 | 「□ |
| 山田わか女史盟邦伊へ出発 | 「● |
| 家庭愛国機献納運動 | 「● |
| 母性愛感激小説懸賞募集 | 「● |
| 日蓮 | 「□ |
| 流れる四季 | 「□ |
| 母の灯 | 「□ |
| 太陽先生 | 「● |
| 妻の幸福 | 「□ |
| 結婚指輪 | 「□ |
| 永遠の良人 | 「□ |
| 読者の手紙 | 「□ |

| 1942년昭和17 1월호 | |
|---|---|
| 勅題―農村新年 | 「□ |
| 皇太子さま国民練成大会に行啓 | 「◆ |
| 堅実で結美な髪形 | 「□ |
| 戯曲米百俵 | 「□ |
| 建国以来の大新年 | 「□ |
| 愛国秀歌絵巻 | 「□ |
| 南太平洋海戦記 | 「◆ |
| 天皇皇后両陛下の畏き御日常を拝し奉る | 「◆ |
| 勝ち抜く生活の建設 | 「● |
| 海軍兵学校 | 「◆ |
| 豊かな暮らし | 「□ |
| 農国うた日記 | 「□ |
| 陸軍魂 | 「◆ |
| ハナ子さん一家 | 「● |

| 1942년昭和17 7월호 | |
|---|---|
| 白衣の母天使応召 | 「◆ |
| 働く婦人部隊 | 「◆ |
| 海の増産娘部隊の活躍 | 「● |
| 大東亜戦争―病院船従軍記 | 「● |
| 親切心をよびもどせ | 「● |
| 国母陛下の畏き御日常を拝し奉る | 「◆ |
| 日本の母を語る | 「● |
| 決戦下の娘教育 | 「◆ |
| 子供の読書と母の心得 | 「● |
| 大東亜戦争と支那事変 | 「◆ |
| 孤児の母となりて | 「● |
| 家庭官報 | 「□ |
| 月給生活者の妻の増収の実験二十種 | 「● |
| 家庭防空早わかり | 「● |

| 1942년昭和17 1월호 | | 1942년昭和17 7월호 | |
|---|---|---|---|
| 正義と日本婦道 | 「●」 | 転業家庭の主婦の生活建設相談会 | 「●」 |
| 結婚と家庭建設 | 「●」 | ハナ子さん一家 | 「●」 |
| 『日本の母の歌』発表会の盛況 | 「●」 | 農園のうた日記 | 「□」 |
| 手絲と真綿の防寒編物集 | 「□」 | 『建機なほまれの子』表彰式 | 「□」 |
| 配給材料で幾通りにも作れる温かい栄養経済料理 | 「□」 | 夏の子供の病気の早期手当と看護 | 「●」 |
| 内職と副業の増収実験二十二種 | 「□」 | 戦時の妊娠・安産十ヶ月 | 「●」 |
| 全満のお友達へ | 「□」 | 戦時の育児十二ヶ月 | 「●」 |
| 満洲生活と家庭教育現地座談会 | 「●」 | 和洋衣類の更正法誌上相談 | 「□」 |
| 満州の家庭の温かい栄養料理の作り方 | 「●」 | 長期戦下の家庭重実実験集 | 「□」 |
| 寒い大陸で健康児を育て上げた育児の苦心 | 「●」 | 夏の栄養料理とお菓子の作り方二十五種 | 「□」 |
| 肺病の家庭療法 | 「□」 | 更正刺繍の独習法 | 「□」 |
| 堅実で優美な髪形の結び方 | 「□」 | 希望の嵐 | 「□」 |
| 配給材料で手軽にできるお菓子の作り方二十種 | 「□」 | 撫子の記 | 「□」 |
| 武田式実用和服裁縫の独習法 | 「□」 | おばあさん | 「□」 |
| 妊娠と安産 | 「□」 | 月から来た男 | 「□」 |
| 『軍国の母』表彰式挙行 | 「●」 | 幸福問答 | 「□」 |
| 表彰『軍国の母』の苦闘物語 | 「●」 | − | |
| 洋裁と料理の特別講習会会員募集 | 「□」 | − | |
| 文鳥 | 「□」 | − | |
| 月から来た男 | 「□」 | − | |
| おばあさん | 「□」 | − | |
| 幸福問答 | 「□」 | − | |
| 希望の嵐 | 「□」 | − | |

| 1942년昭和17 10월호 | | 1944년昭和19 11월호 | | 1945년昭和20 4월호 | |
|---|---|---|---|---|---|
| 母の手紙 | 「●」 | 敵弾下の防空戦法 | 「◆」 | B29撃墜王機―整備兵の日記 | 「◆」 |
| 機関銃を造る娘部隊 | 「◆」 | 復讐の魂とならむ | 「◆」 | 特攻隊松井少佐の母の手記 | 「◆」 |
| 軍馬を育てる婦人の生活 | 「◆」 | 冬の準備を急ぎませう | 「●」 | 一億特攻の生活 | 「◆」 |
| ソロモン海戦従軍記 | 「◆」 | 疎外学園の父の手記 | 「◆」 | 敵機侵入に万全の構へ | 「◆」 |
| 聖戦と男女道徳 | 「◆」 | 空の白虎隊 | 「◆」 | 空襲羅災家庭の体験に学ぶ | 「◆」 |
| 読書のすすめ | 「□」 | 宿敵 | 「◆」 | 戦時生活の工夫実験集 | 「◆」 |

| 1942年 昭和17 10월호 | | 1944年 昭和19 11월호 | | 1945年 昭和20 4월호 | |
|---|---|---|---|---|---|
| 日本のお母さん | 「●」 | 白金もて突撃せん | 「◆」 | うた日記 | 「●」 |
| 戦時下の結婚生活の建設 | 「●」 | 子供の急病の早期弁当と看護 | 「●」 | 空襲下の急病の応急手当 | 「●」 |
| 世界を動かす織手 | 「◆」 | 空襲下の食生活 | 「●」 | 決戦食生活の工夫 | 「◆」 |
| 転業拓士婦の現地座談会 | 「●」 | 戦ふ隣組 | 「◆」 | 空襲下妊婦の心得 | 「●」 |
| 結婚難時代に良縁を得た婦人の体験 | 「●」 | 燃料の作り方 | 「□」 | ラジオの修繕法と永保ち法 | 「□」 |
| 農園のうた日記 | 「□」 | わが家の図上防空訓練実施要綱 | 「●」 | ワイシャツ代わりのシャツの作り方 | 「●」 |
| 聖戦の運び | 「◆」 | 壕内生活 | 「◆」 | ランドセル・防空頭巾・運動靴作り方 | 「●」 |
| 南方従軍書帖 | 「◆」 | うた日記 | 「□」 | 乗馬ズボン式作業ズボンの作り方 | 「●」 |
| 肺病の家庭療法 | 「●」 | 『建気なほまれの子』表彰発表 | 「□」 | 防空緊急回覧板 | 「●」 |
| 健康あかちゃんの安産秘訣 | 「□」 | 一号具楽部 | 「□」 | 春の家庭菜園手引 | 「□」 |
| 貯金を生み出す増収の実験 | 「●」 | あと山さき山 | 「□」 | 春光の下に | 「□」 |
| 豊かな暮らし | 「□」 | 防寒着と下着・下穿の作り方 | 「●」 | 一号具楽部 | 「□」 |
| 武田式実用和服裁縫の独習法 | 「●」 | 「出陣の誓」 | 「◆」 | 「乙女出陣の誓」 | 「◆」 |
| 家庭充実実験集 | 「□」 | 「戦ふ女子学徒兵」 | 「◆」 | 「皇国護持」 | 「◆」 |
| 秋から冬の婦人子供のお揃ひ服の作方 | 「●」 | 「護国の勲」 | 「◆」 | 「軍国の母」 | 「◆」 |
| 初心者のための洋裁の基礎早分かり(2) | 「●」 | – | | – | |
| 同じ材料で三種に作った健康料理とお菓子の作り方 | 「●」 | – | | – | |
| 満州の愛読者の家庭の実験 | 「●」 | – | | – | |
| 国境警備隊の妻の手記 | 「●」 | – | | – | |
| 堅実で優美な髪形を御工夫ください | 「□」 | – | | – | |
| ふり鼓 | 「□」 | – | | – | |
| 月から来た男 | 「□」 | – | | – | |
| おばあさん | 「□」 | – | | – | |
| 幸福問答 | 「□」 | – | | – | |
| 希望の嵐 | 「□」 | – | | – | |

〈자료 2〉 야스쿠니신사에 합사된 여성의 수

| 횟수 | 합사년월일 | 전몰(사건·사변) | 유신 전후 순난자 | 육군 | 해군 | 기타 | 계 | 합계 |
|---|---|---|---|---|---|---|---|---|
| 1 | 1869년明治2 6월 28일 | 보신전쟁戊辰の役 | 1 | - | - | - | 1 | - |
| 20 | 1891년明治24 2월 5일 | 메이지유신明治維新(諸藩) | 19 | - | - | - | 19 | - |
| 33 | 1907년明治40 5월 1일 | 러일전쟁日露戰爭 | - | - | - | 22 | 22 | - |
| 44 | 1926년大正15 4월 28일 | 다이쇼 3년~9년 전쟁大正3~9年戰役 | - | - | - | 2 | 2 | - |
| 45 | 1929년昭和4 4월 24일 | 청일전쟁日淸戰役 | - | - | - | 3 | 3 | - |
| 47 | 1933년昭和8 4월 25일 | 만주사변滿州事變 | - | - | - | 1 | 1 | - |
| 49 | 1935년昭和10 4월 26일 | 〃 | - | 1 | - | - | 1 | - |
| 53 | 1938년昭和13 10월 17일 | 지나사변支那事變 | - | 3 | - | - | 3 | - |
| 55 | 1939년昭和14 10월 17일 | 〃 | - | - | - | 2 | 2 | - |
| 57 | 1940년昭和15 10월 17일 | 〃 | - | 1 | - | - | 1 | - |
| 58 | 1941년昭和16 4월 23일 | 〃 | - | - | - | 3 | 3 | - |
| 59 | 1941년昭和16 10월 15일 | 〃 | - | 2 | - | 3 | 5 | - |
| 61 | 1942년昭和17 10월 14일 | 〃 | - | 1 | - | 3 | 4 | - |
| 62 | 1943년昭和18 4월 22일 | 〃 | - | 3 | - | 7 | 10 | - |
| 63 | 1943년昭和18 10월 14일 | 〃 | - | 5 | - | 3 | 8 | - |
| 64 | 1944년昭和19 4월 23일 | 〃 | - | 6 | - | 2 | 8 | - |
|  | 〃 | 대동아전쟁大東亞戰爭 | - | 2 | - | - | 2 | 10 |
| 65 | 1944년昭和19 10월 22일 | 지나사변 | - | 3 | - | 3 | 6 | - |
|  | 〃 | 대동아전쟁 | - | 1 | - | 1 | 2 | 8 |
| 66 | 1945년昭和20 4월 24일 | 지나사변 | - | 5 | - | 1 | 6 | - |
|  | 〃 | 대동아전쟁 | - | 17 | 23 | 10 | 50 | 56 |
| 67 | 1946년昭和21 4월 29일 | 〃 | - | 1 | 9 | 8 | 18 | - |
| 68 | 1947년昭和22 4월 21일 | 지나사변 | - | 20 | - | - | 20 | - |
|  | 〃 | 대동아전쟁 | - | 111 | 6 | - | 117 | 127(原) |
| 69 | 1948년昭和23 5월 5일 | 〃 | - | 8 | 7 | - | 15 | - |
| 70 | 1949년昭和24 10월 17일 | 지나사변 | - | 3 | - | - | 3 | - |
|  | 〃 | 대동아전쟁 | - | 15 | - | - | 15 | 18 |
| 71 | 1950년昭和25 10월 17일 | 만주사변 | - | 1 | - | - | 1 | - |

| 횟수 | 합사년월일 | 전몰 (사건·사변) | 유신 전후 순난자 | 육군 | 해군 | 기타 | 계 | 합계 |
|---|---|---|---|---|---|---|---|---|
| | " | 지나사변 | - | 2 | ... | | 2 | - |
| | " | 대동아전쟁 | - | 46 | 9 | - | 55 | 58 |
| 72 | 1951년昭和26 10월 9일 | 만주사변 | - | 3 | - | - | 3 | - |
| | " | 지나사변 | - | 3 | - | - | 3 | - |
| | " | 대동아전쟁 | - | 38 | 8 | - | 46 | 52 |
| 73 | 1952년昭和27 10월 9일 | 지나사변 | - | 1 | - | - | 1 | - |
| | " | 대동아전쟁 | - | 7 | - | - | 7 | 8 |
| 74 | 1953년昭和28 10월 6일 | " | - | 36 | - | | 36 | - |
| 75 | 1954년昭和29 4월 17일 | 지나사변 | - | 1 | - | - | 1 | - |
| | " | 대동아전쟁 | - | 7 | 51 | - | 58 | 59 |
| 76 | 1954년昭和29 10월 17일 | 지나사변 | - | 2 | - | - | 2 | - |
| | " | 대동아전쟁 | - | 182 | 382 | - | 564 | 566 |
| 77 | 1955년昭和30 4월 21일 | 지나사변 | - | 1 | - | - | 1 | - |
| | " | 대동아전쟁 | - | 106 | 19 | - | 125 | 126 |
| 78 | 1955년昭和30 10월 17일 | 지나사변 | - | 4 | - | - | 4 | - |
| | " | 대동아전쟁 | - | 298 | 99 | - | 397 | 401 |
| 79 | 1956년昭和31 4월 21일 | 지나사변 | - | 3 | - | - | 3 | - |
| | " | 대동아전쟁 | - | 209 | 103 | - | 312 | 315 |
| 80 | 1956년昭和31 10월 17일 | " | - | 147 | 4 | - | 151 | - |
| 81 | 1957년昭和32 4월 21일 | " | - | 37 | 63 | - | 100 | - |
| 82 | 1957년昭和32 10월 17일 | " | - | 74 | 62 | - | 136 | - |
| 83 | 1958년昭和33 4월 21일 | " | - | 389 | 194 | - | 583 | - |
| 84 | 1958년昭和33 10월 17일 | 지나사변 | - | 1 | - | - | 1 | - |
| | " | 대동아전쟁 | - | 835 | 62 | 5453 | 5350 | 5351 |
| 85 | 1959년昭和34 4월 6일 | " | - | 483 | 3813 | 12230 | 16525 | |
| 87 | 1959년昭和34 10월 17일 | " | - | 1474 | 213 | 4596 | 6383 | - |
| 88 | 1960년昭和35 10월 17일 | " | - | 860 | 185 | 1683 | 2728 | - |
| 89 | 1961년昭和36 10월 17일 | " | - | 115 | 65 | 1302 | 1482 | - |
| 90 | 1962년昭和37 10월 17일 | " | - | 99 | 9 | 1791 | 1899 | - |
| 91 | 1963년昭和38 10월 17일 | " | - | 209 | 7 | 7063 | 7278 | - |
| 92 | 1964년昭和39 10월 17일 | " | - | 45 | - | 1526 | 1571 | - |

| 횟수 | 합사년월일 | 전몰<br>(사건·사변) | 유신 전후<br>순난자 | 육군 | 해군 | 기타 | 계 | 합계 |
|---|---|---|---|---|---|---|---|---|
| 93 | 1965년昭和40 10월 17일 | 〃 | – | 401 | 2 | 261 | 664 | – |
| 94 | 1966년昭和41 10월 17일 | 지나사변 | – | 2 | – | – | 2 | – |
| | 〃 | 대동아전쟁 | – | 76 | 14 | 497 | 587 | 589 |
| 95 | 1967년昭和42 10월 17일 | 지나사변 | – | 1 | – | – | 1 | – |
| | 〃 | 대동아전쟁 | – | 51 | 73 | 3633 | 3757 | 3758 |
| 96 | 1968년昭和43 10월 17일 | 지나사변 | – | 5 | – | – | 5 | – |
| | 〃 | 대동아전쟁 | – | 57 | 31 | 1711 | 1799 | 1804 |
| 97 | 1969년昭和44 10월 7일 | 〃 | – | 118 | 4 | 1132 | 1254 | – |
| 98 | 1970년昭和45 10월 17일 | 〃 | – | 33 | 1 | 197 | 231 | – |
| 99 | 1971년昭和46 10월 17일 | 〃 | – | 47 | 84 | 273 | 404 | – |
| 100 | 1972년昭和47 10월 17일 | 〃 | – | 52 | 16 | 279 | 347 | – |

출처 : 야스쿠니신사靖国神社, 『야스쿠니신사100년사(자료편)靖国神社百年史(資料編)』 상, 原書房, 1983, 363~367면 참조.

〈자료 3〉 1937년昭和12 7월~1945년昭和20 8월 일본적십자 종군간호사수(출신지별)

| 소속 | 부장婦長 | 간호사 | 전몰자 | 내흉부 질환 및 결핵성 질환사 |
|---|---|---|---|---|
| 본부本部 | 74 | 732 | 27 | 19 |
| 홋카이도北海道 | 32 | 428 | 16 | 11 |
| 아오모리青森 | 32 | 446 | 4 | 3 |
| 이와테岩手 | 27 | 606 | 7 | 6 |
| 미야기宮城 | 34 | 452 | 16 | 5 |
| 아키타秋田 | 33 | 469 | 21 | 16 |
| 야마가타山形 | 28 | 478 | 15 | 13 |
| 후쿠시마福島 | 40 | 754 | 34 | 16 |
| 이바라키茨城 | 39 | 583 | 18 | 15 |
| 도치기栃木 | 33 | 510 | 24 | 10 |
| 군마群馬 | 58 | 756 | 31 | 26 |
| 사이타마埼玉 | 40 | 618 | 31 | 9 |

| 소속 | 부장婦長 | 간호사 | 전몰자 | 내흉부 질환 및 결핵성 질환사 |
|---|---|---|---|---|
| 치바千葉 | 30 | 616 | 16 | 9 |
| 도쿄東京 | 32 | 441 | 19 | 13 |
| 가나가와神奈川 | 35 | 787 | 18 | 11 |
| 니가타新潟 | 52 | 845 | 25 | 17 |
| 도미야마富山 | 36 | 501 | 19 | 12 |
| 이시카와石川 | 38 | 647 | 15 | 7 |
| 후쿠이福井 | 33 | 488 | 10 | 9 |
| 야마나시山梨 | 19 | 345 | 10 | 5 |
| 나가노長野 | 51 | 735 | 28 | 21 |
| 기후岐阜 | 31 | 543 | 14 | 9 |
| 시즈오카静岡 | 62 | 766 | 21 | 12 |
| 아이치愛知 | 47 | 617 | 17 | 15 |
| 미에三重 | 39 | 623 | 15 | 11 |
| 시가滋賀 | 47 | 660 | 26 | 16 |
| 교토京都 | 41 | 639 | 15 | 12 |
| 오사카大阪 | 68 | 1,114 | 48 | 26 |
| 효고兵庫 | 38 | 751 | 28 | 11 |
| 나라奈良 | 24 | 245 | 11 | 5 |
| 와카야마和歌山 | 45 | 657 | 35 | 14 |
| 돗토리鳥取 | 32 | 362 | 18 | 10 |
| 시마네島根 | 36 | 432 | 25 | 14 |
| 오카야마岡山 | 33 | 491 | 46 | 16 |
| 히로시마広島 | 32 | 615 | 46 | 8 |
| 야마구치山口 | 38 | 904 | 40 | 24 |
| 도쿠시마徳島 | 36 | 432 | 13 | 11 |
| 가가와香川 | 34 | 604 | 22 | 15 |
| 에히메愛媛 | 52 | 763 | 45 | 15 |
| 고치高知 | 31 | 393 | 15 | 11 |
| 후쿠오카福岡 | 51 | 995 | 21 | 9 |
| 사가佐賀 | 49 | 928 | 22 | 17 |
| 나가사키長崎 | 19 | 333 | 15 | 9 |
| 구마모토熊本 | 37 | 652 | 23 | 17 |

| 소속 | 부장部長 | 간호사 | 전몰자 | 내흉부 질환 및 결핵성 질환사 |
|---|---|---|---|---|
| 오이타大分 | 35 | 621 | 32 | 16 |
| 미야자키宮崎 | 27 | 328 | 15 | 9 |
| 가고시마鹿児島 | 34 | 669 | 24 | 16 |
| 대만台湾 | 19 | 301 | 5 | 2 |
| 조선朝鮮 | 27 | 428 | 15 | 9 |
| 관동주関東州 | 28 | 459 | 8 | 7 |
| 합계 | 1,888 | 29,562 | 1,085 | 619 |

출전 : 센다 나쓰미쓰, 『종군간호사―통곡의 기록 백의의 천사』, 双葉社, 1975, 97면.

① '본부本部'는 일본적십자사 본사의 직할로 편성된 구호반을 가리킨다.

② '관동주関東州'는 전전戰前의 일본이 중국으로부터 조차지로서 식민지로 삼고 있던 곳, 즉 현재의 중국 · 여순 지구는 일본영토와 동일시되었다.

③ '대만', '조선'도 또한 일본영토로서 각각 일본적십자지부와 일본적십자조선본부가 있었다. 다만 여기서 편성된 구호반은 일본여성이 주체이고 약간의 특례가 있었을 뿐이다.

## 초출일람

본서에 실은 글의 일부는 다음의 학술지에 실린 내용을 가필하거나 수정한 것임을 밝혀 둔다. 출전은 다음과 같다.

제1부 제1장과 제2장
「근대 초기 일본의 '여성' 형성에 관한 연구」, 『일본어문학』 제38집, 2008.

제1부 제3장
「『여자를 가르치는 법』을 통해서 본 여성의 삶과 정체성」, 『일본어교육』 제48집, 2009.

제2부 제1장과 제2장
「여성에 의한 여성의 '주체' 형성에 관한 고찰」, 『일본학연구』 제28집, 2009.

제3부 제1장과 제2장
「일본의 근대 초기 여성의 '순결'과 '자아'에 관한 고찰」, 『일어일문학연구』 제73집 2권, 2010.

제4부 제1장과 제2장
「여성의 생활과 정체성에 관한 고찰」, 『일어일문학연구』 제84집 2권, 2013.

제5부 제1장과 제2장
「전시기戰時期 『주부의 벗主婦之友』에 나타난 '모성' 담론에 관한 고찰」, 『일본문화언어 연구』 창간호, 2006.

# 표 · 부록 · 자료목차

# 색인